比较文学与世界文学名家讲堂

王向远 主编

瀛涯文谭

孟昭毅教授讲东方周边各国文学

孟昭毅 著

中央编译出版社
Central Compilation & Translation Press

作者简介

孟昭毅，北京市人。天津师范大学教授、博士生导师。曾任天津师范大学中文系主任、文学院院长。现任天津师范大学东方文学文化研究中心主任、北京大学东方文学研究中心学术委员会委员、研究员。全国东方文学学会副会长、中国比较文学教学研究会副会长。教育部本科教学工作水平评估专家、《外国文学史》国家级精品课程负责人。全国"五一"劳动奖章获得者、享受国务院政府特殊津贴专家。

已出版东方文学与比较文学专著《东方戏剧美学》、《东方文学交流史》、《比较文学通论》、《阿拉伯波斯与中国文化》、《比较文学与东方文学》等20余部。在《文学评论》、《外国文学评论》、《文艺研究》、《外国文学研究》、《文化译丛》等刊物上，发表论文、译文150余篇。曾多次受到省部级奖励。

《比较文学与世界文学名家讲堂》前言

"比较文学与世界文学"学科,顺应改革开放的时代潮流,在上世纪最后二十年开始起步发展,到现在为止的三十多年时间里,已经有了丰厚的知识产出和思想建树。它的异军突起,是当代中国一道引人瞩目的学术文化景观,是中国走向世界、世界走进中国的鲜明印证,也是当代中国学术文化繁荣的一个重要表征。

三十多年的学科建设和学术发展史已经表明,要在人文研究及文学研究中建立世界观念和视野,要把中国文学置于世界文学背景下加以考察和研究,要把外国文学放在中国文化立场上加以审视和阐发,要连接中外文学,要打通文学研究与其他学科的壁垒,要把细致微观的实证研究与高屋建瓴的理论建构相结合,那必然会走向比较文学与世界文学。

在这里,"比较文学"与"世界文学"两者相辅相成、互为依存。"比较文学"是学术观念、研究范式与研究方法,"世界文学"则是学科资源与研究视野。它在贯中外、跨文化、通古今、越科界的学术视阈与研究方法上的优势,使其无可替代地成为当代中国学术文化中最有时代性、最有包容性、最有创新性的高端学科之一。

事实上,近二十年来,中国的比较文学不仅在中外文学关系史研究等方面生产了大量的新知识,而且逐步建立了既有中国特色又具有理论普适性的学科理论系统,逐步完善了比较诗学、中西比较文学、东方比较文学、翻译文学等分支学科,在学术成果的质与量上已居世界各国之首，还全面进入了大学中文系、外文系文学专业的课程体系，从而使中国比较文学成为当代世界比较文学的重心和中心，代表着世界比较文学兼收并蓄、超越学派的第三个发展阶段。

收在这套《比较文学与世界文学名家讲堂》的作者，在当代中国比较文学学术史上，是继季羡林、乐黛云等老一辈学者之后的第二代学人。这些作者固然只是第二代学者中的一部分，却有相当的代表性。他们现年多在四十五至六十五岁之间，从学术年龄上说大体属于中壮年，都是各大学的教授、博士生导师和学术带头人，大都在1980年代后走上比较文学与世界文学之道，1990年代后崭露头角或脱颖而出，进入21世纪后的十几年里，更成为我国比较文学与世界文学学术界的中坚力量。他们有幸拥有了可以安心治学的环境，赶上了数字化、信息化的新时代。既抬头看世界，又埋头务笔耕，既坚持学术的严谨，也保持思想的活跃，充分展示了中国学者的文化立场，充分发挥了中国学者的学术优势和想象力、思考力、创造力，取得了与时代要求相称的成果。这些成果不仅是个人学术履历的证明，也是对中国学术文化史上的一份奉献，更成为新时代"国人之学"即"国学"的重要组成部分。

《比较文学与世界文学名家讲堂》二十卷，选题上以比较文学与世界文学的学科理论为主，以讲述和示范学术方法为要，涉及比较文学与翻译文学基本理论、比较诗学、东方文学及东方比较文学、西方文学及中西文学关系、世界文学总体研究等方面。各卷均按一定的范围和主题，将作者有原创性、有特色的成果收编起来，将大学讲堂搬到书本上来，以读者为听众，以写代"讲"，以言代"堂"，深入浅出，以雅化俗，汇集中国比较文学第二代学者中的代表人物，以使五指成拳、十指合掌，形成大型丛书的规模效应，得以占书架之一角，入读者之法眼，从一个侧面展示近年来中国比较文学的新进展和新成果。而且，不同作者及著作之间也可以相互显彰、相互映照、相互补充，读者也可以在异中见同、同中见异，在参读和比照中领略五彩缤纷的文学世界和世界文学，得窥比较文学殿堂之门径。

《比较文学与世界文学名家讲堂》的编辑出版，得到了北京师范大学的资助和中央编译出版社的支持，编者和作者深表谢意！

愿"讲堂"满座，愿比较文学与世界文学学术事业更加繁荣！

王向远

2014 年 4 月 20 日

自 序

我对东方周边文学的关注由来已久,已有三十多年的历史了。1982年仲夏时节,我去拉萨西藏师范学院(现西藏大学)支教时,就对印度文学产生了浓厚的兴趣。当时我在西藏师院政语系讲授中国古代文学史课,这不仅对我的学术修养极有好处,也使我对二者的交汇点,即中国的佛教文学产生了诸多的联想,以至于产生对周边地区的文学,尤其是印度文学与西藏文学的关系有了研究的想法,因此,早期发表的学术论文,都是这些思想的粗浅实践。

回到天津师范大学不到一年,1984年春出于援藏时对印度与中国西藏地区文化文学关系的研究兴趣,我克服了种种困难,参加了北京大学东方语言文学系举办的全国高校教师东方文学进修班的学习,收获极大。不仅有幸认识了季羡林、金克木、刘安武、颜保、梁立基、刘振瀛、韦旭升、张鸿年、仲跻昆等诸多东方语言文学领域的专家学者,聆听了他们的教诲,也从此确定了我学习研究东方文学专业和学术方向的目标,在最初的十几年里,我撰写的几乎都是这一领域的学术论文。

1985年夏,中国比较文学学会成立大会暨首届学术研讨会在深圳大学召开,我有幸成为"黄埔一期"的学员。(多年来,比较文学学界同人常将参加过学会成立大会的人员戏称为"黄埔一期")大会期间,我有两点最大的收获。一是钱锺书先生的文章让我了解到比较文学的一个重要任务,即清理中外文学关系,其中尤其是要注重清理中国和周边东方国家的文学关系，要在"剪不断，理还乱"的钩沉梳理中发现一些基本规律。二是季羡林先生在开幕词中特别强调指出的："只有把东方文学真正地归入比较文学的研究范围，我们这个学科才能发展、才能进步、才能有所突破、才能焕发出新的异样的光彩、才能开阔视野。"（《中国比较文学年鉴》，北京大学出版社，1986年，第29页。）他还在会议期间找到孙景尧、韦旭升、许友年、卢蔚秋、温祖荫和我等人，为促进东方比较文学研究，商量成立东方比较文学研究会事宜，主要是想加强中国和东方各国之间文学现象的联系和关系的研究。此后，季先生在他撰写的不少书和文章中又多次提及这一设想。1986年初，他为自己主编的《简明东方文学史》写的"序言"中就明确指出："中国文学同东方国家的文学关系密切，从比较文学的观点上来加以探讨，是十分重要十分有意义的工作。这工作我们做得还很差。"经过季羡林先生屡次的启发，我就想利用自己的研究兴趣和已有的成果，用发生学的理论和比较文学影响接受的方法，努力理顺中国和周边国家间的文学关系的历史轨迹，探索其间有指导意义的规律性，以加强对东方文学整体性和统一性的认识。但是由于东方各国之间的文学关系往往受到民族文化多样、宗教信仰复杂、历史记载模糊、哲学思想分散等多种因素的影响，因此，文学间的相互交流，细如牛毛、浩如烟海、很难梳理，自己只能勉为其难，根据兴趣重点突出地研究那些前人涉足较少的领域。

  1990年，我为参加第十三届国际比较文学学会东京会议搜集资料，准备论文，在注重研究东方文化文学的基础上开始涉及东方戏剧艺术及其美学领域，时常被其中那种莫名的魅力所吸引与感动。相关的论文《面具文化与戏剧美学》使我获得了与会的入场券。1991年夏天去东京参加会议，无论是观看能乐演出，还是参观艺术博物馆，都不断地发现东方戏剧艺术之美及其对与会代表的震撼。

从此，我更加坚定了继续钻研东方文化艺术的决心与信心。在和海内外学者进行学术交流的过程中，和与会的香港中文大学比较文学研究中心的约翰·J·迪尼·（J. J. Deeney，中文名李三达）谈得最多，也最投机。他对共同开发研究这一课题的设想和可能性很感兴趣。回国不久，我就收到他寄来的去香港中文大学进行短期进修与合作交流研究的申请书，但可惜因故未能成行。

此后，我并未停止对这一课题的研究，而是更加注重阅读中外有关东方文化、文学和戏剧艺术内容的书籍，并开始构思《东方戏剧美学》一书。不久，这一研究课题被原国家教委确定为"八五"社会科学规划项目。1992年，我带着这一课题到北京大学东方语言文学系研修访学，师从刘安武先生，并有幸得到季羡林、金克木、颜保、梁立基、张鸿年等老一辈学者的鼓励和帮助。尽管自己曾写过一些有关戏剧美学的文章，但系统性、理论性尚有不少缺欠。以自己的学养和功底，要完成这样一部地域跨度大、理论性强、涉及学科门类繁多的学术著作，确实感到力不从心。但是北京大学东语系的许多老师都鼓励我、帮助我，为我提供资料和信息，并提供他们的研究成果，使我受益匪浅，其中不少老师都是《东方文化集成》的编委和编辑部的成员。在这样的机遇中，我终于完成了《东方戏剧美学》一书的写作。

当时，学术专著的出版异常困难，像我这样一个名不见经传的小字辈要想出版这样一部学术领域涉及面狭窄，读者问津不多的著作，则更是难上加难。正在这万难之际，"东方文化研究会·编辑部"的张殿英、卢蔚秋等先生鼓励我将拙作拿出来请专家审定，最后决定纳入《东方文化集成》第一批出书目录，在经济日报出版社出版。我有幸忝列我国著名东方文学研究专家季羡林、朱维之、叶奕良等先生之后，心中真是百感交集，又兴奋，又惭愧。使我更难以为情的是我还成为《东方文化集成·东方文化综合研究编》的分编委会编委。这些鼓励与鞭策使我终身难以忘怀，也是我至今在学术追求上仍不敢有丝毫懈怠的原因。《东方文化集成》不仅成就了我的第一部重要的学术著作，而且也铺就了我的学术之路，使我顺利地登上第一个学术阶梯。

第二个阶梯，也是在《东方文化集成》的帮助下完成的。《东方戏剧美学》的出版大大坚定了我继续沿着研究东方文化文学的学术之路走下去的决心。它使我产生了某种奢望与学术设想，希望能从东方各国戏剧艺术相互交流影响接受的现象中去发现东方各国文化文学交流的普遍性规律。于是我未敢有过多的喘息就又投入到新的写作构思之中。1995年，我带着尚未完成的天津市高教局社科研究课题《东方文化文学因缘》再次去北京大学进修访学。因为我校（天津师大）有规定不准两次去同一个专业进修，而此课题又有不少中国文学因素，因此，这次去的是中文系，求师乐黛云先生。经过一年的写作，《东方文化文学因缘》终于在翌年春天完稿。在其即将付梓之际，我恳请已85岁高龄的季羡林先生题写书名，先生欣然命笔，拙作因此而熠熠生辉，1996年底由吉林大学出版社出版。在此项课题研究的基础上，我斗胆申请了天津市"九五"社会科学规划重点研究项目《东方文学交流史》，并获得批准。

这个项目是我在研究东方文化文学艺术的基础上，利用已有的研究成果，用比较文学影响接受的研究方法，努力理顺中国和周边东方国家之间文学交流的历史轨迹，探索其间规律性的一次大胆尝试。历时两年多，经过不少个青灯孤影的难眠之夜，36万字的《东方文学交流史》一书终于写成了。拙稿杀青虽然浑身轻松，但脑子却像一下子被什么东西挖空了一样，一片空白，数日后才重新兴奋起来。此时，《东方文化集成》编辑部正准备和天津人民出版社洽谈出版"集成"其他书稿一事，我当然也努力促成此事。协议签订后，我的这本书又有幸列入这批书目的出版计划。2001年夏天，正值季羡林先生90寿辰之际，包括拙作在内的一批《东方文化集成》的新书在天津出版。此书的出版使我的学术研究之路在新世纪初有了新的拓展。也使我登上第二个学术阶梯。

第三个学术阶段又是在《东方文化集成》的支持下完成的。"东方文学交流史"的研究课题完成以后，我原打算休息一下，但是新的写作计划又排到了日程表上。我申报的教育部"十五"科研规划项目《东方戏剧叙述学研究》使我再次从另一个角度，即叙事学的角度审视东方戏剧的本质，形成对东方戏剧另一个层面的剖析，可称为《东方戏剧美学》的姊妹篇。此书的写作耗时之长，除了有关资料极度匮乏的原因以外，还由于申报比较文学与世界文学博士点的工作占用了不少时间。但是，这块硬骨头还是被啃下来了。关于《东方戏剧叙述学研究》这一课题的难度是不言而喻的。首先，叙述学理论是西方理论界提出的，根本不涉及东方问题。其次，早期的叙述学理论不包括戏剧艺术。第三，东方戏剧不像西方戏剧基本是个整体，而是多个单体。这三点就决定了这个课题研究在本体论、认识论、方法论以及实践论等方面存在的难题太多。我查阅了大量的中外文资料，对叙事学、东方戏剧，以及两者之间的联系进行了大量的梳理与分析，尤其是在叙事性及其特点的论述方面颇费思考。个别问题的研究，我还特别邀请了几位曾有过这方面研究的专家联手加盟，终于在2005年夏，书稿草成。在逐步完善、修订书稿后，通过审订最终纳入《东方文化集成》新的出版计划。

这当然不是我学术研究的终点，而是新的研究平台搭建的开始。继后"十五"国家社科项目《二十世纪东方文学对中国文学影响》的研究，写作与出版，是我编著的二十余部书中完成的最为艰苦的一部。它原是2001年获批的由我主持的国家社科基金项目，原名为《20世纪东方文学对中国文学的影响》，以后在漫长的写作过程中，我们觉得还应有中国文学对东方文学影响之一部分，于是改成现在的书名。此书历时 8 年才完成，经两次大的增删修改，无数次小的修修补补。期间正值我们争取比较文学与世界文学博士点、博士后一级学科流动站、国家级精品课、天津市重点学科和天津市级教学团队等工作的紧张时刻，这是真正意义上"与时俱进"，项目写作难免不受诸多工作的冲击。在全国哲学社会科学规划办公室和天津师范大学科研处领导的鼓励与鞭策之下，我在离开文学院领导的岗位以后，才得以完成这一并不艰巨的"艰巨"任务。不客气地讲，真有点自我牺牲的悲壮意味。

2013 年底，构想多年的《中国东方文学翻译史》终于三校后准备付梓了。我多年的梦想也终于实现了。在北京大学出版社 2005 年出版了我们主编的《中国翻译文学史》以后，我就有一个设想，准备出一部东方文学在中国的翻译史，也是为中国的东方文学研究作点贡献，现在终于美梦成真了。

刚要轻轻松松地过个年，《东方文艺思潮研究》一书的催稿通知又来了。这本书属于国家新闻出版总署"十二五"国家重点资助的出版项目，按照申报书中的承诺，该项目必须在 2014 年 9 月完成，否则将追回已下拨的资助费用，为此，我只好再接再厉了，春节前我是快马加鞭、加班加点，争取按时交稿。这也是对东方文学发展史从文艺思潮的角度进行研究分析的一个尝试。由于东方文学的多元性特征，其难度可想而知，好在已有一些前期的研究成果，如今也只能知难而上了。

三十多年来，我对东方周边地区的二十余个国家进行了文化考察与学术交流，各种感受颇深。在东方文学研究领域里，想做的事还有很多，但是正如饭得一口一口地吃一样，事也得一件一件地去做，我愿尽余生之力，快马不鞭自奋蹄，在东方文学研究的沃土上，争取垦拓出更多的硕果。

目 录

《比较文学与世界文学名家讲堂》前言 …………… 王向远 1
自　序 ……………………………………………………… 1

总体文学篇 …………………………………………… 1
东方文学研究方法论刍议 ……………………………… 3
传承与超越
　　——以东方话语研究东方 ………………………… 16
东方面具文化与戏剧美学 ……………………………… 23
东方文学学科史的新开拓 ……………………………… 43
《中国东方文学翻译史》绪论 ………………………… 47
《中国的外国文学研究·亚非诸国文学卷》导论 …… 64
东方戏剧美学——陌生的世界 ………………………… 78
《东方文学交流史》导言 ……………………………… 86
东方戏剧叙事的研究方略 ……………………………… 92
东方比较文学研究刍议 ………………………………… 102
东方比较文学研究之我见 ……………………………… 112

文学交流篇 …………………………………………… 123
中蒙文化文学关系述略 ………………………………… 125

禅与朝鲜——韩国汉诗 ………………………………… 143
朝鲜戏剧艺术与中国文化 ……………………………… 153
黎萨尔与20世纪中国文坛 ……………………………… 163
中越神话比较谈 ………………………………………… 175
文化传播中的中越诗缘 ………………………………… 189
邓台梅与中国文学 ……………………………………… 199
中阿跨文化接触的足音 ………………………………… 208
《一千零一夜》与中国文学的共鸣 …………………… 220
"杜兰铎"的影响与接受 ………………………………… 230
中伊文学交流史断想 …………………………………… 243
中国土耳其文学交流史一瞥 …………………………… 256

作家作品篇 …………………………………………… 273
普拉姆·迪亚作品的反殖民主义倾向 ………………… 275
伊克巴尔文学与伊斯兰精神 …………………………… 285
近现代阿拉伯文论概貌 ………………………………… 296
《列王纪》父子相残主题探得 ………………………… 306
从文本到艺术——印象图兰朵 ………………………… 318
玛卡梅：从艺术到文学 ………………………………… 328
真实与荒诞的变奏曲
　　——赫达亚特小说的美学意蕴 …………………… 343
旅美派作家流散写作的美学特征 ……………………… 353

后　记 ………………………………………………… 364

总体文学篇

东方文学研究方法论刍议[①]

东方文学研究方法论实质上是将"文学研究方法论"加上了区域化的限制词"东方",只不过文学研究方法结合东方文学的特点而已。在众多的研究方法中,我们择其重要的进行深入探讨,其中既有思维方面的、心理方面的,亦即认识论方面的;也有方法论方面的。既有理论方面的探讨,也有实践方面的应用。这些探讨有不少是一孔之见、一家之言,但努力争取做到有的放矢,实事求是,切实可行。这种探讨也是儒家传统的"经世致用"思想和家国情怀在东方文学研究中的具体运用和体现。

一、东方文学研究的学理立场

我们进行文学研究,重要是要有问题意识。问题意识不是凭空产生的,它是在实践中产生的,所谓的实践,对于文学研究者而言,一种是文本阅读实践,一种是越界阅读实践。有了这方两种阅读实践,问题意识油然而生。

文本阅读实践源于文本的意义,因为就文学研究而言,"历史文化存在于文本之中",即是说解读文本很重要,尤其是解读经典文本。读了日本古典名著《源氏物语》,就会对日本平安时期的摄关

---

① 本文原载《认识"东方学"》,北京大学出版社,2014年。

政治与访妻制等社会风习有了深刻的了解。读了奥尔罕·帕慕克的代表作《我的名字叫红》就会对西方透视画以及中国细密画影响下的波斯细密画有更深刻的了解。而读了泰戈尔的代表作《戈拉》就会了解印度教的信仰对于印度近现代社会转型期的进步知识分子的思想有多大的束缚。因为众多的历史文化现象都存在于这些经典文本之中。它们的作者以自己独特的眼光,或积极的生活方式介入到与他人共同生活的世界中去,使读者如同身临其境一般发现了那些历史文化现象存在的现实意义。这种"介入"强调的是一种"对话"与"沟通",一种作家、作品、读者平等的相互理解。

越界阅读实践则源于文本知识的局限。就文学研究而言只看文本是不够的,还要有越界的知识,即源于社会实践的知识,和越界的理解,即对实践知识的深度理解。人们常说读万卷书,即文本阅读,行万里路,即越界阅读,二者相结合,才能产生真知,才能发现真理。例如去过朝鲜半岛才会体会古代朝鲜人格外喜欢陶渊明的那种情怀,因为那里的自然风光和陶渊明的诗歌描写是那样的接近。《春香传》中的广寒楼只有两层高,很低矮,乌鹊桥也没有高高的桥拱,只有几孔涵洞而已,但是都对男女主人公的相识和情感发展起到了推波助澜的作用。亲历过土耳其的特洛伊遗址,才可能联想到大木马是从城门中进去的,还是破墙而入的。没有越界阅读的实践,研究文学就缺少一种底气。

文本阅读实践增加了人们审美的感受性和愉悦性,而越界阅读实践则弥补了文本知识的不足与片面性。在此基础上产生的问题意识才有鲜活性和生命力。才能使人产生一种对问题进行深入开掘的冲动和激情,将文学研究视为一种精神享受,而不是一种思想负担。这样的文学研究会有一种新气象,一种走出书斋融入社会的大情怀。即使研究的是小问题,可是让人感到的都是关注社会人生的深度思考。

有了问题意识之后，就要有一个学理立场的确立。学理立场就是在东方文学研究过程中要确立的中国立场、东方立场与国际视野。这三者对应的其实就是比较文学研究的三个领域，即民族或国家文学，区域性或总体文学，以及世界文学三个层面或学术研究的思维范式。

所谓中国立场即是说要从中国学者的视角出发解读东方文学的各种文学现象；要以中国学者的立场对已发现的问题进行审视和解决。学术兴衰存亡关系到国家的兴衰存亡，没有学术研究的国家是没有希望的。学术的荣耀是国家的荣耀，因为它体现了民族精神的存在方式，体现了学者追求真理、服务社会的担当意识，坚守学术传统、充满人文情怀的精神境界。中国的文学研究者就要站在中国文化传统和中国价值观的立场上发出中国人的最强音。从这一点讲，"绝对中立"、"纯客观"的哲学社会科学学术研究是难以生存在现代的国家或民族意识之上。因为历史的经验告诉我们，任何发达的国家都会谋求自己文化和价值观的表达，以便在世界事物中有更大的话语权。

所谓东方立场即是说研究东方文学要用东方话语，即要用东方话语研究东方，要建构东方文学研究的理论体系，不能只用西方的理论话语评价东方文学，引领东方文学的发展，不能在东方文学研究的领域里出现"失语"状态。即在东方文学研究时不能让西方中心主义思想泛滥，不搞民族虚无主义，言必称希腊，当然也不要搞东方主义、沙文主义。东方立场努力将东方文学视为一个有具体历史内涵的、相互联系的有机整体，对其进行宏观描述和系统阐释。在建立自己的东方话语体系或批评标准时，某一阶段的矫枉过正的态度甚至是需要的，但是那显然不是我们愿意在东方文学研究中长期秉持的正确的学术态度，而是权宜之计。真正的东方立场应该是东西方平等，追求一种生态批评意义上的平衡发展，长期共存，相辅相成。

国际视野下的东方文学研究,指的是在世界文学的场域中考量东方作家作品或文体思潮的具体审美价值和文化意义,这样才能和世界接轨,才能使东方文学研究走向世界,成为世界学术的一部分。学术研究是"天下之公器",不是民族或区域性的"私器",因此,任何学术研究都有学术史的意义,都是承前启后的一环,而不可能是全部。学术研究成果的优劣,不在于它暂时意义上的对与错的价值判断,而在于它自身长期处于世界学术史上绕不过去的"存在"意义,即这项研究在学术史上不可视而不见,你只有正视它、修正它,甚至批判它才能前进。只有这样,这项文学研究无论选题大小,是否是热点问题,才真正具有了学术研究的意义。

东方文学研究的学理立场从根本上说是东方文学的学理基础,是文学研究从自信走向自觉的一个必然。这不仅仅是一种治学方法,而是学者的精神人格,是研究者自身的一种风范。文学研究的格局在很大程度上取决于这种精神人格。大气的精神人格,就会有高的精神境界,就会有相应的开阔的学术视野,就能将文学研究做大、做强,也会有利于社会进步和人类发展。反之精神人格较低,就不会有高的精神境界,最好的也只能做到"欲穷千里目,更上一层楼"的感性层面,难以进入"不畏浮云遮望眼,只缘身在最高层"的理性层面。到头来只能是为个人小家庭的幸福"增一块砖,添一块瓦"而已,难有大作为,学术成果也难以成为承载时代精神的经典之作。

二、东方文学研究的创新意识

西方中心主义思潮长期统治着东方学的各个学科,尤其东方文学研究格外需要创新。但是,不是所有人想创新都可以随时随地创新的,只有具备创新意识的那一部分人才有可能创新。当前世界政治、经济、文化的发展急需创新人才,于是有创新意识的一群先知先觉者就成为社会上一个新的阶层,他们是有某种强烈功利目的需求的人形成的一个新的群体。这个群体主要有社会上的科技机构成员、智库中的智囊成员和大学的教学科研人员等。东方文学研究中的这部分具有创新意识的人才,需要具备主客观两个方面的条件,才有可能创新。

首先,创新者客观方面的条件是长期的、有意识的积累活动。这种积累以往是通过阅读文本得到的,现在往往更重视电脑网络带给人的信息。这两种积累的根本不同点在于,文本阅读有记忆和背诵的过程和功能,而电脑网络给人的是碎片式的、新鲜感的信息,如果不进行有意识地记忆、背诵,那些信息是成不了知识的。无论是在书本上,还是电脑屏幕上看到一个英文单词,不念不背是记不住的,它不可能自动转化成知识。那么经过积累的信息变成了知识,就算有了文化吗?也不是,因为从知识到文化也需要积累,这种积累是通过思考对已有的知识进行分析总结、判断分析后转化而成的,此时的知识才可能变成文化。但是这种思考是一种浅层次的、勾连性的。比如"文化"的定义有数百种之多,学界一般有共识的定义,认为:文化是人类社会实践过程中所创造的所有物质文明(产品)和精神文明(产品)的总和,这是广义的文化定义。经过联想以后,我们想到比这一定义还狭小的界定,即狭义的文化可以指涉"文学艺术"。其实,现今还有那么比共识性界定还宽泛的"文化"的内涵,即文化还应该包括人类行为本身,如茶文化、酒文化、食文化、性文化等。现代"文化"的定义是从日本舶来的,日本1868年明治维新以后,将西方"文化"一词的涵义传到中国。"文"字是中国的汉字,但也失去原意,因为"文"是同"武"相对应,所谓"文武之功,一张一弛"即是。但在"文化"一词中,

"文"已失去与"武"对应的涵义,"文"成为了一个文字符号。所以文化是通过知识积累思考而来的,即古人云:"操千曲而后晓声"。它具有感受性,是被感觉出来的、被发现的,而不是通过学习得到的。能学到的是文化知识,而不是文化本身。

当我们有意识地想培养自己的文化感受力时,思想就开始要出现了。从文化到思想不是简单的积累可以产生的,它需要有深度的哲理思考和信仰的追求。从能够感受文化的张力,学到文化知识,再升华为思想,这是一个质的变化,一个更高层次的认识结晶。人们通过阅读和实地考察了解到的文化,比如东方各国的文化,只有通过认真思考,才能发现它的规律,即文化思潮和文化思想史中表现出来的特征。思想日积月累,再经过总结就成为了智慧。人的经历越丰富,思考的越多,智慧越多。普通人认为的真理,许多都是智慧的结晶,如"出头的椽子先烂",文学语言即"木秀于林,风必摧之"。当我们经过数度的积累,几次的升华将原来的各种信息总结成智慧以后,我们的客观积累活动基本结束,创新意识产生所需要的个体已有的知识积累也已基本完备。如此这般,人们在文学研究中是否可以创新了呢,还不行,因为这是客观条件,还缺乏必要的主观条件,即创新思维。

其次,创新者主观方面的条件是长期培养的思维模式。这种思维具有逆向性、超前性的特点。思维的逆向性是一种与平常人的顺向性思维不同的相反方向的思维,但它也是一种科学性思维、一种理性思维。它的明显特征是表现出对事物认知的叛逆性和颠覆性。它不随便苟同于别人,包括自己的父母、老师、领导的意见,而是要经过自己的独立思考,做出理性的价值判断。例如,在比较文学界,曾有著名学者提出,在影响研究中要注意接受者的变异现象,甚至提出变异学的观点,即接受影响者对域外的信息无意识误读或有意曲解的现象,这确实是很值研究的一种普遍现象。但是如果逆向的思考的话,也会发现同时也存在着一种相反的现象,即接受者对有些"影响"很不以为然,即根本就没想到要接受。例如在包括越南在内的东南亚汉文化圈的国家中很早就表现出对中国《三国演义》的译介和研究热潮,有各种各样的翻版和变种的《三国演义》出现在各国的文坛上,这就是变异现象,但是同是中国四大古典名著《红楼梦》的译本则相对出现得要晚,有的国家甚至很晚才接受,表现出某种排异现象,这就是逆向思考的结果。

逆向思维的另一个颠覆性往往体现在那些学养深厚、具有大胆假设、小心求证学术传统的睿智者的思想里。季羡林曾对自己的得意门生赵国华撰写《生殖崇拜文化论》,"最初有些不大理解",因为在他前面有太多的中外大家都在这一领域有惊人的发现。在读完全书后,季先生有了新的认识:"然而他都并没有躺在这些人身上,亦步亦趋,不敢越雷池一步;而是以他们为基础,同时又纠正了他们的错误或者不足之处,独辟蹊径,大胆创新,利用自己广博的学识,贯穿古今,挥洒自如,为生殖崇拜文化这一门学问开辟了一个新天地。"季先生列举了"他反驳几乎已成定论的'图腾说'"、"他又反驳了外国一些学者主张的'中国文化西来说'"、"他还驳斥了德国学者格罗塞的艺术起源于生产劳动的理论"等。[①]逆向思维的叛逆性和颠覆性使创新成果或真理往往掌握在了少数人手里。因为在没有经过科学论证和实践检验之前,这些创新成果要经过相当长的时间后才能被证明是否正确,三十年河东、三十年河西,不能轻易否定逆向思维的成果。

超前性的思维模式即是人们常论及的超前意识。这个概念是20世纪80年代初在学界被提出来的。其中的哲理思辨很少有人论及,但是应用倒是很常见的事。这种意识提倡人要有远见,有预见性,

---

[①] 赵国华:《生殖崇拜文化论·序》,中国社会科学出版社,1990年,第1—3页。

要有开拓精神,不可随遇而安。人的意识不能被简单地视为现实的直接反应,它还可以根据自己的主观能动性和事物发展的必然性、惯性来预见未来,昭示愿景,表现出未卜先知的前瞻性。超前意识不仅是未来学科存在的依据,即不仅未来发展的大趋势可以被预示出来,而且对不利因素的预测可以对当下起到预警作用。逆向思维的成果是创新见解,虽然它的前沿性、先进性反映了精神文化的价值,但是对于创新见解的前途却存在着诸多的未知数。有的创新见解开始被视为奇谈怪论,甚至被嗤之以鼻,但是继后渐渐被发现是真知灼见而成为显学。有些创新见解随着时间的消磨,由开始的反传统到最终被纳入传统的轨道。而有些创新见解,由于无法进行检验,至今还不为现实所承认。但无论如何,这三种创新见解的结果,在初始时,都启迪了人们的观念,开阔了人们的思路,具有了在学术史上不能视而不见的存在意义,它们永远值得人们记忆。

在东方文学研究中只有具备了客观上的长期的学识积累和主观上的逆向思维,具有超前思维的那一部分先知先觉者,才具有创新的可能性,并能像赵国华一样写出受到学界好评的创新成果。我们抛开这些创新者的深层心理学机制不谈,只论及他创新意识、创造性思维的一个关键认知环节,就是在积累大量材料后的一种"悟"。无论是渐悟,还是顿悟,都是在发现问题的基础上,解决问题的过程。虽然由于"悟"的突发性和转瞬即逝的特点,人们尚未解决其心理机制和脑机制的问题,但是"悟"的"新颖性"、"创造性"却是可以被认知的。犹如宋诗名句中:"问渠那得清如许,为有源头活水来"的那种茅塞顿开、豁然开朗的开悟,也有"山重水复疑无路,柳暗花明又一村"的那种曲径通幽、峰回路转的领悟。其实,日本俳句中也有不少表现"悟"的名句:"古池塘,青蛙入水发清响"(松尾芭蕉),"浮生已与朝露同,君行何复苦匆匆"(小林一茶)。"悟"是在已有知识的可利用性被激活时的一种瞬间感受,是创新意识突变为创新见解时最关键的一环。有的人被评价为悟性高或悟性低，实际上是说其人的理解、判断和推理能力的高低，它直接影响着创新见解的出现或成效。"悟"含有突破语言、物象、判断和推理等思维定势束缚的种种奇思妙想，是一种联想性思维，它和创新思维有异曲同工之妙。

三、东方文学研究的文献整理

东方文学研究首先要解决的问题就是对所研究对象的文献资料进行全面的收集和整理。主要包括作家生平创作情况，作品翻译出版、译介情况，评论家评论综述等。在批评地继承中国传统的朴学治学方法的基础上，从类似的中国传统目录学、文献学研究得到启发，从发生学的角度追根溯源，注重中国语境中的东方文学研究的原典性文献的搜集整理和评述，创建东方文学研究的新历史主义的研究方法。具体的操作方式，即以真实为基础，以假设为先行，以考证为依据，有一分材料说一分话，言必有据，每个观点都要建立在大量的材料和客观旁证的基础上，要令人可信。在具体研究中要紧密联系文本外部的时代、环境、影响、接受等因素，紧紧抓住文本文学性的审美品位和艺术性的敏锐感受力，形成文学研究中的新实证主义的智性和灵性的有机结合与统一，营造出文学批评的新气象。由于这种注重历史上的文献整理的研究方法，是建立在对历史材料的重新思考的基础上的，因此可以说，这种模式的东方文学研究从本质上说已具有了文化研究的性质。

重视文献文本整理在东方文学研究中的作用，只是解决了"知其然"的问题，认识论的深层还要解决"知其所以然"的问题，这就需要对文献文本进行有特殊意义的认识与分析。这一解读文本的过程实际上是一种将历史的、文化的、哲学的、美学的、心理的、道德的诸多因素相融合的复杂思维过程，它需要先激活自己的创造性思维，再启发别人的灵性，最后达到建构某种新颖、智性话语的最终目的。这一解读文本的过程还是一个将自己的研究对象置于广阔、多元的文化背景中，对其进行严谨而有序的历史向度和审美向度的透视，用锋利的理论之刃解剖文本的文学性，努力通过本学科与相关学科的科际整合，发现和阐释文学现象中的诸多问题。比如著名的南亚作家伊克巴尔，从创作时间断代和国别区域划分，他应属印度现代作家，但是如果考虑到他是巴基斯坦建国理论的坚定倡导者，以及在他作品中越来越清晰、越来越强烈地表现出的伊斯兰精神的话，将他归为当代巴基斯坦作家更合适。只有将思想家的冷静思考、艺术家的感悟激情，以及解剖家的科学精细，完美地结合在一种文本的阅读中，并且在用理性筛选自己的阅读行为以后，才可能形成、转化为一种形而上的思辨与实事求是的表述。

　　解决文献整理与文本阅读要"知其所以然"，还有一个问题必须阐发清楚，即文学本质问题，换句话说就是文本与读者的关系问题。在本文涉及的对象中，读者即研究者。在阅读文本的过程中，读者的角色与文本同样重要。读者（研究者）对所关注的文学现象，不仅要作高屋建瓴式的评判，还要将重心放在话语建构上，要破字当头，立在其中。读者（研究者）阅读研究东方文学的文本，除却虔诚地学习、研究其中的观点、道理、词采华章、人物形象以外，还有一项重要工作即要和文本展开密切的、多渠道的对话、交流。无论是表面的，还是潜在的对话，双方都应处于平等的地位和平和的心态，同时要保持适当的审美距离和情感距离，以自如而又清醒的目光审视阅读对象，在读者与文本之间形成一条水到渠成式的心灵通道，相互自然流动。

　　在读者（研究者）与文本密切对话中，读者会不断地"发现"一些自己关注的问题，并且会"生发"出许多自己新的想法，文本尤其是经典之所以会有如此历久弥新的艺术魅力，就是因为它会源源不断地提供给对话者思想探索与思维创新的丰富资源和不竭动力。在这一过程中读者，尤其是研究者要注意两个重要的问题：一个是客观文本的未尽意之处，一个是读者主观的态度。

首先，所谓文本未尽意之处，按接受美学的说法，即文本叙事的盲区或未尽人意之处，需要读者补充的或者深化的部分，即隐含叙事的那部分内容。其实作为研究者的读者，在遵循现存文本叙事之后，还要有接着叙事的才能，即补充叙事，然后对这种叙事空白要有理论分析，要有创造性的延伸，求得"一得之见"。比如研究2006年获得诺贝尔奖的土耳其作家奥尔罕·帕慕克，至今中国学界研究者不多，除语言文化有隔阂以外，另一个重要原因，即他在作品《我的名字叫红》中设立了众多的学术"空白"，需要研究者去填充。小说分为59章，其中有20个角色分别来叙述故事，但没有一个角色连续出场。59章里进行了58次视角转换，即叙事角的转换。每个角色出场都带有他独特的叙事特点，向人们展示了他的"透视区域"。不同的"透视区域"构成一个广阔的视域。读者或研究者不仅可以洞察，而且可以完善不同人物的心理活动和行为轨迹，起到接着叙事的补充作用，为读者的阅读和研究者的思考留下很大的空白。

其次，是读者或研究者的主观立场和态度。作为审美主体、批评主体要克服任何形式的倦怠心理，审美疲劳、阅读倦怠、研究乏力，都是不可取的。应时刻保持一种积极的态度、一种持续的热情、一种探索新事物的新鲜感，即使文本内容已经时过境迁，在不炒冷饭、不贩前人旧说的基础上，深入历史脉络，重新读文献文本，深入了解作者为什么这样写。设身处地了解文本的表面和潜在的内涵，这正是磨砺自己学养的机会。正如日本的山本玄绛禅师在龙泽寺讲经时所说:"一切诸经,皆不过是敲门砖,是要敲开门,唤出其中的人来,此人即是你自己。"①这段话的禅意即是说,无论是写经、讲经、读经,关键是你自己的立场和态度。例如在讲授、研究泰戈尔作品时,传统的做法是先讲他的一般创作,然后再讲代表作。在讲小说代表作《戈拉》时,我尽量将研究《戈拉》的文献材料都找到,经过思考后,提出了"泰戈尔文学"的概念,指出"泰戈尔文学"在形成过程中,其核心是"世界主义"的观点。《戈拉》是泰戈尔获得诺贝尔奖之后思想转变的作品。他深知西方文化的种种弊端,所以他站在维护印度文化传统的基础上,反对接受西方文化中不适合印度发展的成分。将《戈拉》中的同名主人公与世界主义思想联系在一起,理论分析增强,思想深度加深。阅读分析作品之后就达到了敲开了门,"唤出其中的人来,此人即是你自己"的研究效果。

东方文学研究方法是多样化的,除上述而外,还可以将比较文学研究中的"同中之异、异中之同"研究进一步理论化,即探讨同一性与差异性时可形成主题学、题材学的研究实践。利用理性思考与感悟体会结合时的范式,进行类型学、文类学的研究等。这些都不失为东方文学研究的另一途径。但是从根本上说,东方文学研究和其他文学研究一样,首先是要解决研究目的问题,即学术研究要尽量剔除功利性目的,尤其是个人名利等功利性目的。不进行科学研究的大学教师肯定不是一个好教师,因为教学内容必有前沿性、学术性,没有理论深度和哲理思考,犹如白开水。学术研究的目的,决定了研究者的态度,在研究过程中,要始终保持学者型的求真求实的、老老实实的态度,不哗众取宠,不搞五花八门的"流行

---

① 王汎森:《为什么要阅读经典》,《南方周末》2012年12月20日,第30版。

色",不通过任何手段使用第二手材料。学术研究不能凭灵感,不要在学术研究中加入主观臆测,要以科学的实证性说明观点,言必有据。形成扎实、守正、自觉的学术风气。在东方文学研究中不断地阐幽探微、钩深致远,不断发现与运用新的文献材料,发前人之未发,以达到理论创新的目的。东方文学研究必然会取得更多、更大、更新的学术成果。

传承与超越[①]

——以东方话语研究东方

20世纪即将过去,新世纪的曙光已初显亮色,人类即将推开一个新的"世纪之门"。东方学学者季羡林先生曾大胆预言:"'三十年河东,三十年河西。'二十一世纪将是东方的世纪,东方文化在世界文化中将再领风骚。"在这继往开来、令人振奋的时刻,反思东方文化、文学交流的历史,展瞻其未来,就会发现一条规律,文化、文学,只有相互传承,才能生存,只有敢于超越,才能发展。否则只能导致停滞与死亡。

东方文化、文学在长期发展中,具有"剪不断,理还乱"的关系。在东方文化与文化、文学与文学,文化与文学等诸多关系的框架内进行的,本土传统与域外冲击的汇流中,东方文化本体愈来愈表现出一种趋同倾向。当前强化东方文化的认同意识,已在东方各国引起普遍的注意。它们希望通过相互交流,重建自己的文化地位,以取得与西方平等对话的权利。在这种努力中,传承和超越是应该认知的两个重要问题。

[①] 本文原载《东方文化文学因缘·导论》,吉林大学出版社,1996年。

一、传承：传统与影响的双边互动

所谓传承有纵向和横向两个层面的含义。纵向是指东方文化、文学的发展，不可能完全摆脱原来的传统而另辟蹊径，任何人为地割裂历史的做法，都是愚蠢的。横向也不能完全回避外来因素的影响而故步自封，因为民族之间不可能没有文化、文学的交流与融合。每个民族最重要的传承，即是将本土固有的或外来的文化、文学营养，继承下来，传播开去。这就形成了一种互通、滚动状态的文化、文学。推动其发展的主要有认同和离异两种作用。民族或国别文化、文学对传统和域外诸多因素进行筛选、吸收以后，以主流、正统的姿态，向纵深发展，并努力播扬，传递下去，以扩大影响，起到承上启下的中介作用。另一方面，主流、正统的文化、文学在受到传统和域外诸多因素的影响，而传统又不能提供更多的新鲜经验时，会表现出注重域外文化、文学影响的外求趋势，以有意无意地方式，激活自身文化、文学的生命力。于是文化、文学交流会出现这样的规律，即东方各国原来具有共同文化心理素质的民族文化、文学，在保持既成传统的基础上，接受了外来影响，或在东方三大文化体系内各自交流，或跨文化体系进行交流，逐渐形成一个以本民族文化、文学为主，以外来文化、文学为补充的文化或文学的混合体。而一旦生成这样一种新的文化或文学之后，再次的传播、影响、继承、接受即已开始。在这种不断地传承过程中，民族文化、文学会有超越前人的发展。

在传承前人（域外）的精神财富以发扬光大的同时，尤其要重视前人（域外）进行文化、文学交流的思想方法。因为以往的知识只是对过去实践的总结，是向新知识跃进的跳板，是一种借鉴的工具，只有前人（域外）优秀的思想方法，才是活的灵魂、跃进的法则、创造的工具。继承历史唯物主义和辩证唯物主义的思想方法，并灵活运用其神髓，就能找到超越前人的起点，毕其功于一役。因为文化、文学交流史的研究，本质上是国际文化、文学相互作用的历史的研究，唯有历史唯物主义才是剖析这种复杂关系的利刃。而国际间相互作用的双方，又同处于一种彼消此长、互补、双向运动的唯物辩证的关系之中，只有唯物地、辩证地认识文化、文学交流的规律，才最符合历史的真实，最具有科学性和前瞻性。另外，独具慧眼的学者还会运用前人溯本求源的方法，清理东方文化、文学类型中的美学本质，运用各种新的批评方法阐述东方文化、文学的各种主题或母题等等。相对而言，继承前人（域外）的思想方法，得其精神，比继承知识更为重要，因为它可以用来分析现象，帮助洞察思考，得出睿智的结论。

　　历史经验只能提供借鉴思考的蓝本，只有现代人的超前思考，才能推动文化、文学交流向前发展。因此，在继承前人的优秀成果并传播开来时，还要有一种科学求实的态度，一种当代的学术意识和前沿性的学术思维。由于现代科学的发展，东方各国企图保持任何一种形式的孤立、封闭、绝缘、割裂、隔离等，都已成为事实上的不可能。整个东方各国、各民族创造的东方文化、文学，已经成为他们各自伦理、道德、文明、教育等的基础。它们不仅在历史上发挥过巨大作用，而且也是现今东方各国、各民族精神文明的重要组成部分，正在成为推动东方各国政治、经济发展的强大动力。并以整体的实力优势，主宰着文化发展的大趋势。

　　学术前沿性的目光，要求在发现东方文化、文学交流的规律时，不要留下视域"盲区"。只有将学术视域投射到当前东方文化、文学交流的大趋势上，才能继承和发扬传统，达到"不畏浮云遮望眼，只缘身在最高层"的境界。当前中国和东方各国的政治、经济、文化交流，都已进入一个新的历史发展时期，新形势呼吁文化、文学交流要为各种国际间的合作，提供契机。古代东方文化、文学的接触，既有杖策远征的出使，金戈铁马的杀伐；又有驿路驼铃的商贸，张帆远航的扬威。佛教、汉学、伊斯兰文化，成为文化、文学交流的三大基石，及相互沟通的主渠道。东方政治、经济出现了辉煌时期。它们所取得的显著成绩，至今令人仰慕。当代东方文化、文学交流如此频繁、密切、壮观，必将促使东方政治、经济再度出现辉煌。世人无不拭目以待。

传承还需要一个重要的认识前提，即坚持批判的态度。这绝不意味着完全否定以往的传统和经验，以及外来的影响，而是要以当代人的意识对这些因素进行过滤。其中包括发现问题、纠正错误、改进不足，吸收养料。就东方文化、文学交流而言，批判意味着对这一领域的研究成果和经验，进行客观的评判、冷静的审视，其中不乏适当地调整、科学地扬弃，精神的汲取，本质上是对主体文化、文学的发展。这种净化过程，会促成一种新的文化、文学的生成。这就可以改变唯西方文化、文学马首是瞻的现象，真正认识东方文化、文学的价值。在世界文化、文学的多元态势中，找到表达自己声音的位置。

二、超越的现代阐释

文化、文学的传承，必须超越才能得到升华，这并不意味着将传统和现代完全割裂开来，更不意味着排斥外来影响。超越具有现代性、吸纳性、创发性和重建性，从一定意义上讲，具有离经叛道的性质。对东方文化、文学交流而言，就是要超越原来各自的文化、文学传统，超越西方文化、文学中心主义。

当前文化转型、世纪之交焦虑、东西方对话等所形成的全新格局，使域外文化、文学，且不论西方，即使是东方所取得的巨大成就,也足以令人目不暇接。大众传媒有能力在很短的时间里,将一种文化现象、一种艺术作品、一位作家,传遍世界。囿于传统而拒不接受新事物,只能被历史淘汰。当前文化、文学交流的时间在缩短,但空间却越来越大,逐渐向社会学、人类学等人文、社会学科以外的自然科学领域拓展。文学与宗教艺术、哲学、心理学等的关系,乃至文学与数学、物理学等的关系,都已成为文化、文学交流必然涉及的内容。不超越传统,不超越本体,文化、文学交流将成为一纸空谈。

超越西方中心主义,是当前东方文化、文学交流中的防御性措施。按照"后殖民话语"的启示,文化交流的背后还隐藏着权力的相互征服。福柯就认为接受一种知识,就意味着被一种权力所征服。要超越以往东西方对话中,那种处处以西方标准来衡量东方的范式。西方中心的形成,既有西方强权有意歧视、扭曲东方文化的原因,也有东方对西方文化崇拜的不良因素。强调东方文化、文学交流,即可以摆脱这种困惑,克服这种动摇,找到自己的声音与本位,表现出一种多元共存的观点。当然,文化、文学交流中纯粹的权力征服也是可欲难求的。因为,不仅弱小国家对发达国家的文化、文学有所吸收,如中古朝鲜、日本、越南等对中国汉文化的吸收,而且也有发达国家对弱小国家文化的吸收,如中国汉唐时代对西域文化的吸收等。文化、文学交流,历来都是双向的,只是有多寡之分,有"落差"而已。当然在超越西方中心主义,注重"后殖民话语"的同时,要防止诱发出东方权力欲望,即同时也要超越东方文化沙文主义的思想局限,保持一种多元文化的立场。

超越的现代阐释还有一层意思,即面对东方文化、文学交流状况的一种君临态度,一种高屋建瓴的视域,一种超越前人的理论探索。当前,文化、文学交流的重心正在逐步东移,这实际上也是对西方中心论的反拨与突破。东方各国的政治、经济、文化得以迅猛发展，无疑得益于东方文化、文学交流。包括中朝、中日的东北亚地区，包括中越、中缅、中泰、中新的东南亚地区，包括中印、中巴的南亚地区，包括中伊、中阿的西亚地区等地区域性文化、文学交流，以及域外华人文化、文学对所在国的影响等，共同汇成东方文化、文学交流的主潮。起着推波助澜作用的，有在汉城、夏威夷、东京、台湾等地召开的域外汉学大会，在汉城召开的"传统与现代性的再思考——亚洲对西方的回应"研讨会等。这些会议仅仅是对东方文化、文学交流中所表现出的同一性与同质性的一种呼应。与此同时，要注意打破强势文化、文学经常借助其势能渗透到不发达国家和地区的倾向。而判断一种文化是否处于强势地位的标准，主要的依据又是经济实力。这样的文化、文学交流显然是不平等的。因为文化、文学对话都悄声无息地隐入主从地位。于是某种新形式的中心又在所难免的形成，与边缘的差异也不可避免地发生。因此，要警惕东方新的文化权力对别人的征服。事实上，在文化、文学交流中，势能落差是普遍存在的现象，总会有边缘与中心的差异。正是在这种边缘不断拆解中心的意识形态的发展过程中，文化、文学交流，才保持住日日常新的局面。比如，日本1868年明治维新前后，日本和中国文化、文学相互作用的过程就是一例。波斯和阿拉伯在中古前后也有这种影响与接受角色转换的现象。

超越在东方文化、文学交流中的另一层涵义，即是要有"打通"的思考。要善于"打通"东方文化与文化、文学与文学、文化与文学之间的渠道，这实际上已超越了东方文化、文学各自的学术界限，表现出对文化、文学各种现象之间的事实联系所特有的关注。还要努力超越东方文化、文学交流中空间的中外、时间的古今，以及各学科之间人为的藩篱，打破"画地为牢"式的文化、文学交流范式，使纵横交错的文化、文学关系有较为清晰的轮廓。以便发现东方文化、文学的趋同性，乃至摸清或理出东方文化、文学发展的基本规律。

千百年来，东方文化、文学交流的总趋势是互相影响、互相促进，共同提高。因此，它促成了东方文明取得了辉煌的成就。为了进一步促进东方文化、文学的繁荣昌盛，东方文化、文学有必要在传承中扩大影响，在超越中重新建构。中国文化、文学的发展曾受惠于东方各国并形成传统，而后它又将自己优秀的精神成果毫无保留的奉献给东方，乃至世界。面对新时代的挑战，面对西方话语，包括中国在内的东方应再创辉煌。

东方面具文化与戏剧美学[①]

面具是人类文化现象的一种历史积淀，它记录了迄今为止人类审美活动的一个侧面。从原始文化的一种造型艺术，进而成为戏剧艺术的一种服饰，面具经历了历史长河源远流长的冲刷。无论是作为一件艺术品，还是作为具有装扮性的戏剧服饰，面具始终是人类美学意识凝固成的特殊的物化形态。它融绘画与雕塑为一体的神韵，极大地丰富了戏剧艺术的美学功用。因为"我们的美学是现代的，和旧美学不同的地方是从历史出发而不从主义出发，不提出一套法则叫人接受，只是证明一些规律"[②]，因此，对面具进行历史的和现实的分析与考察可以发现：它是从现实生活中提取美的素材，经过艺术加工再造成的一种美的结晶，是人类想象的产物，它在发展变化过程中，又不断地诱发了人的想象，就如同人类创造了文化世界，而文化又造就了人类本身一样。

一、原始想象与原始艺术美

面具的出现固然离不开原始生活的现实，然而却是初民原始想象的产物。人类早期思维阶段，往往把主观和客观混合、把想象和

[①] 本文原载《国际比较文学学会第十三届年会中国学者论文集》，江西人民出版社，1991年。

[②] ［法］丹纳：《艺术哲学》，人民文学出版社，1981年，第10页。

现实混淆。具有这种"先逻辑思维"的人类,难以把自己与自然分开。他们往往把一个自然对象在他们自身上"所激起的那些感觉,直接看成了对象本身的性态。有益的、好的感觉和情绪,是由自然的、好的、有益的引起的;坏的、有害的感觉,像冷、热、饿、痛、病等,是由一个恶的东西,或者至少是由坏心、恶意、愤怒等状态下的自然引起的。因此,人们不由自主地、不知不觉地——亦即必然地……——将自然的东西弄成了一个心情的,弄成一个主观的亦即人的东西"①。面对这种主观想象出来的超自然力,人类或者制伏它、或者屈服它、或者取悦它。当时社会生产力很低下,想尽办法求得这种超自然力的和解与宠幸,才是唯一出路,而巫术"表演者自己从模拟舞蹈中享受到乐趣,认为超自然力量在观看这种表演时也同样会享受到乐趣,这种乐趣就会促使它和解和让步"②。表演者为了避免自然力的伤害,或者显示自己精神的力量,也可能是想进一步取悦于超自然力,就采取了涂面或戴上简陋面具的方法。

原始人类的思维进一步发达,就对超自然力和巫术仪式之间的偶然性联系产生某些怀疑,于是有些仪式被修改或放弃,经筛选后的仪式形式上日臻完美、意义也日趋明确。后来,人类还处于"野蛮时的低级阶段……想象力,这个十分强烈地促进人类发展的伟大天赋,这时候已经开始创造出还不是用文学来记载的神话、传奇和传说的文学"③。人类试图用这些想象去阐释巫术仪式,想使之进一步理想化,仪式就逐渐从满足实际需要的巫术仪式转化为满足抽象需要的宗教仪式。人类终于把在现实中对赖以生存的超自然力的敬畏、崇拜与祈求的心理偶像化了。在宗教仪式中慢慢出现的扮演故事或神话中角色的活动,使歌、舞、面具等有了新的美学功用。角

---

① 《费尔巴哈哲学著作选集》下卷,三联书店,1962年,第458页。
② 吴光耀:《西方演剧史论稿》,中国戏剧出版社,1989年,第6页。
③ 《马克思恩格斯论艺术》第2卷,中国社会科学出版社,1983年,第4—5页。

色意识使扮演者学会使用面具将自己与旁观者间隔开来,并把人们的想象进一步形象化、具体化了。从面具中,他们"看见具体化了的痴情希望—愚不可及的崇高希望"①面具一出现实际上就以其独特的绘画、雕塑技艺与造型美进入原始艺术领域。它开始用于有歌舞表演的宗教仪式,预示着它将与戏剧结下不解之缘。在仪式中,人类把自己的想象通过头戴面具的表演者"手之舞之,足之蹈之"的简单动作表现出来。这些动作无需表演者以更多的意志进行控制,但有时也可根据他们的本能和想象有意地仿效野兽和飞鸟的动作,即兴进行歌舞。这种模仿性是戏剧美的神髓。中国的今本《竹书纪年·帝舜元年》、《尚书·舜典》、《吕氏春秋·古乐》等史籍中都有"百兽率舞"的记载,这实际是尧舜时代一种图腾仪式中的歌舞表演。这种假形舞蹈的表演者头戴假面,主要是用熊、虎等兽的假头进行表演,是一种有利于现实性意识的想象或幻想的产物。亚·泰纳谢也在《文化与宗教》中指出带有普遍性的结论:"神话剧就是从纪念图腾的礼仪中演变出来的。献祭是这种神话剧的高潮,剧中人带着假面具、装扮成神圣的植物或动物,来进行献祭活动,并象征性表演出祖先的经历和图腾真实的形象的生活。"②尽管东西方戏剧在不同文化背景的制约下形成了不同的存在方式和流变趋向,但是最早的胚芽,却都是在相同的原始文化的沃土中,经过人类的想象培育出来的。

《国语·楚语》载:"古者民神不杂,民之精爽不携贰者。而又

---

① [英]马林诺夫斯基:《巫术科学宗教与神话》,李安宅译,中国民间文艺出版社,1986年,第78页。

② 王朝闻:《戏剧美学思维》,中国戏剧出版社,1987年,第45页。

[旧题]左丘明撰,鲍思陶点校,济南:齐鲁书社,2005年,第274页。

能齐肃衷正……如是则明神降之,在男曰觋,在女曰巫。"①在早期仪式中,巫觋凭借着自己独特的聪慧,被认为是可以沟通人间信息的使者。王国维在《宋元戏曲考》中指出:"盖群巫之中必有象神之有服形貌动作者,而视为神之所冯依,故谓之曰灵。"②这些模拟为神的装扮者都被视为神灵,面具在其中起了不小的作用。《周礼·夏官·司马下》所载"傩祭"的情景更有说服力,"方相氏,掌蒙熊皮,黄金四目,玄衣朱裳,帅百隶而时傩,以索室驱疫"。"黄金四目"即指面具而言。至今江西、湖南、浙江、广西、贵州等部分地区,仍有保留面具的傩舞流行。在西藏和蒙古也广泛流传着戴有面的"羌姆"(意即"舞蹈")表演。保加利亚著名藏学家亚历山大·费多代夫认为:"'羌姆'作为一种宗教和社会现象,最早出现于印度。从远古的时候起,演员就要戴上特殊的面具,穿上特制的服装,扮作鬼魅和神灵表演。后来,西藏人知道了这种神秘的宗教舞蹈。"③据藏文史料记载和一些藏、蒙学者研究认为,"羌姆"传入中国西藏大约在8世纪后期,当时,赤松德赞执政,印度(现属孟加拉国)僧人莲花生大师组织跳神法会,驱鬼酬神,为藏南建造桑耶寺,大兴佛法而表演过。而后,"羌姆"又由西藏慢慢渗透到中国的广大地区。1811年传到蒙古的乌尔加寺,后又蔓延到蒙古其他地方的寺庙。虽然其内容和形式由于民族文化的交融而与西藏传统的"羌姆"略有差别,但二者的实质都是由头戴面具的跳神占卜仪式构成。

美国当代戏剧界权威布罗凯特也指出:"原始仪典中还蕴蓄着戏

---

① [苏]兹拉特科夫斯卡雅著,陈筠、沈澂译:《欧洲文化的起源》,三联书店,1984年,第110页。
② 参见[苏]拉齐克著,俞久洪、臧传真译:《古希腊戏剧史》,南开大学出版社,1989年,第2页。
③ 《国外藏学研究译文集》第六集,西藏人民出版社,1989年,第241页。

剧的根苗，因为音乐、舞蹈、化装、面具与服装等在仪典中几乎无可或缺。"①这些主持仪典的祭司，代表部族，穿戴服装面具，模仿人兽或鬼神之属，并以歌舞表演仿拟期求得到的各种想象中的结果，如狩猎成功、祈雨、丰收等。英国著名戏剧史家哈特诺尔也认为："戏剧起源于很远古时期人类最初的村社的宗教仪式。"前苏联著名学者兹拉特科斯卡雅在研究了大量的公元前两千年前的古代克里特人的宗教观念的资料以后，大胆提出："可能，希腊人创造的关于可怕的牛人——米诺牛的神话是由戴牛头假面具的祭司跳的仪典舞或者带上牛头的卖艺人的表演促成的。"②

综上可以发现，由原始想象衍化出来的面具，在原始歌舞与祭典仪式混合而成的原始艺术中，已成为一种重要的服饰，具有了艺术美的成分。头戴面具所进行的各种仪式中的表演，无疑为原始戏剧美增加了装扮性和观赏性，为戏剧的萌生奠定了基石。

远古人类对各种仪式中的面具产生了一种特殊的想象，这种想象和人的心理作用有关，人类婴幼时期的心理主要靠着成人面部的喜怒哀乐等表情来调节。面具的使用，使人由于看不到常见的表情而在潜意识里产生一种神秘感和恐惧感。而鬼神也是人类惧怕自然力的心理的产物，当面具与无人形的鬼神由祭仪的表演者联系在一起时，会产生很强烈的心理感受，这种潜意识难以用理智消除。远古人类有意识地利用这种潜意识的心理作用，用极简陋的工具制成极简陋的面具，用它起到把现实与想象维系起来的作用。现保存在德国柏林民俗学博物馆中的出自阿拉斯加的满面血污的吃人山魈模样的仪礼面具，和英国伦敦大英博物馆收藏的出自新几内亚埃利马

---

① ［美］布罗凯特：《世界戏剧艺术欣赏——世界戏剧史》，中国戏剧出版社，1987年，第61页。

② 在发掘梯林夫和斯巴达的城市遗址时，发现那里有克里特—迈锡尼文化时期使用过的假面具，这足以说明欧洲古代确实有面具存在。

县的仪礼面具,以及瑞士苏黎世里特贝格博物馆收藏的西非丹族人的各种假面等,都是珍品。①它们那强烈的表现力、特殊的美学内涵,至今仍会使人产生压抑不住的丰富想象。面具由想象的产物,到能给人以美的感受,完成了由原始想象到原始艺术再现的过程,并开始渗透出戏剧美的原始信息。

二、宗教寄托与戏剧美的萌芽

面具通过仪式中的歌舞表演而登上戏剧艺术的大雅之堂,似乎可以表明戏剧艺术离不开宗教文化的熏陶。当然也不是所有的戏剧都源于宗教文化,戏剧从本质上说决定了它是一种再现性与模拟性的艺术。这两种性质决定了面具与戏剧美学的关联。亚里士多德认为"人最善于模仿,他们最初的知识就是从模仿得来的",戏剧应该让模仿者"化身为人物"、"用动作来模仿"②,这些成了戏剧的再现性与模仿性的理论基础之一,从中也可以发掘面具在戏剧中使用的原因。面具在戏剧萌芽状态中就给人以艺术美的享受,可用来满足观念中的某些求知欲望和超凡想象。面具同样满足了启蒙思想家狄德罗对艺术家的美学要求:"你必须先感动我,惊吓我,使我心碎、恐怖、战栗、流泪、愤怒;然后如果你还有余力,你才怡悦我的双目。"③面具是对人类想象中的事物的一种再现与模拟,当它从原始艺术蜕变而进入带有宗教色彩的萌芽状态的戏剧之中时,面具开始有了更明确的美学含义。

原始仪式中的歌舞表演,经过漫长的发展之路,慢慢由民间或

---

① 参见[美]阿纳森著,邹德侬等译:《西方现代艺术史》,天津人民美术出版社,1986年,第213—314页。

② 伍蠡甫《西方文论选》上卷,上海译文出版社,1982年,第380页。

③ 伍蠡甫《西方文论选》上卷,上海译文出版社,1982年,第387页。

宗庙进入宫廷，混杂着原始宗教性的戏剧开始萌芽。中国古籍南宋罗泌《路史·后记》十三注引《史记》以及汉代刘向所著《列女传·孽嬖传·夏桀末传》中，都载有夏代最后一个皇帝桀"大进倡优"、"造烂漫之乐"的传说。"所谓'烂漫之乐'，即'曼延之戏'，是指人扮巨兽的假形舞蹈"①，这种假形舞蹈的化装是戴面具的，极富感染力，它是汉百戏的雏形。在"百戏杂陈"的汉代，包括戴假面具的傩舞在内的古代乐舞和杂技表演进入宫廷。东汉文学家张衡就在《西京赋》中详细记载了这些总称为"百戏"的演出盛况，其中重点提及"鱼龙曼延"、"总会仙倡"、"东海黄公"等。"鱼龙曼延"就是由人头戴面具装扮成鱼和巨龙表演的假形舞蹈。人一会儿扮成"舍利之兽"，一会儿又化作"黄龙"，"舍利"是佛家语，"黄龙"有以蛇为主体的"龙"图腾的痕迹，都有宗教意味。"总会仙倡"中的兽舞是由演员头戴假面扮成豹、罴、虎、龙等巨兽的表演，伴随着神仙娥皇、女英的歌唱，笼罩着宗教气氛。在南阳出土的一块汉画砖上，刻有多组头戴假面的舞蹈表演，其中一组，一人戴牛头假面，卧地假寐，另一人戴大面具持棍偷袭，表现了一定的内容。戏剧史家周贻白先生认为，这可能即是"总会仙倡"中的一种表演。"东海黄公"也是由演员头戴虎头假面，身着虎皮、虎爪和人相搏的角抵戏。而角抵戏可上溯至上古时代祭礼战神蚩尤的歌舞，含有图腾巫术的意味。周贻白先生认为："中国戏剧的起源，便是孕育在古代的'百戏'中。"②可见百戏中的宗教文化成分也是显而易见的。东方艺术史家常任侠先生说得更为明确："'角抵'与'大傩'，便是从远古流传下来的两种原始戏剧"，"拟兽的装饰，而作威赫的战斗，即是中国戏剧里假面化装的开始"。③台湾学者唐

---

① 叶大兵：《中国百戏史话》，浙江人民出版社，1985年，第17页。
② 周贻白：《中国戏剧史讲座》，中国戏剧出版社，1958年，第6页。
③ 常任侠：《东方艺术丛谈》，上海文艺出版社，1984年，第48页。

文标先生也指出假面剧起源的两种可能性,一是"角抵",一是"巫觋"①。无论怎样,事实是戴假面的表现已初具戏剧艺术必备的再现性和模拟性等美学特质,并且有了令人产生观赏性心理的诸多因素,它具有浓厚的宗教文化色彩。

中国不少地区在民间流行的傩舞,明清时期有的发展成傩戏,如湖南的"傩愿戏",湖北的"傩戏",贵州的"傩坊戏"、"脸壳戏"等。这些傩戏有的只表演有一定情节的歌舞,有的仅仅有了雏形的角色行当,但都清楚地表明宗教仪式和民间戏剧之间的血缘关系。从藏戏的舞蹈、唱腔、面具、服饰等戏剧美方面考察,都可以寻觅到从"羌姆"仪式中脱胎的痕迹。西藏自莲花生大师导演了酬神醮鬼的"羌姆"之后,民间也流传着跳神的"面具舞","到了14世纪,噶举派僧人汤东结布,在跳神仪式中,融合进去一些宗教神话和民间故事的内容,向群众进行宗教宣传,从而形成了最初的藏戏"②。而流传到中亚蒙古地区的"羌姆",最后也发展成为一种具有明显戏剧美学特征的"佛教戏剧",并成了"佛教戏剧发展的最高标志"③,人们始终是以宗教寄托的心理去感受萌芽状态的戏剧美的。

在亚洲其他国家,戏剧的萌芽也和宗教文化的培植分不开。在日本民间流传的假面舞蹈和戴面具的歌舞剧,面具主要"表现为神、恶魔和鬼怪,类似我们(西方)的幽魂面具"④,都有宗教仪式的印迹。产生于11世纪前期的印度尼西亚假面剧,最初也是一种宗教仪式,人们在殡葬仪式上常戴假面具为亡灵招魂,后逐渐发展为

---

① 唐文标:《中国古代戏剧史》,中国戏剧出版社,1985年,第42页。
② 佟锦华等:《藏族文学史》,四川民族出版社,1985年,第355页。
③ 《国外藏学研究译文集》第6集,西藏人民出版社,1989年,第249页。
④ [德]罗伯特·京特编,金经言译:《十九世纪东方音乐文化》,中国文联出版公司,1985年,第179页。

假面戏剧。泰国孔剧又称假面剧，1238年在素可泰王朝时初具规模，其最大的特色是演员都必须戴着精美的面具表演，而且专演传到泰国的印度史诗《罗摩衍那》中的故事。16世纪由泰国传入缅甸的"罗摩剧"也是主要表演《罗摩衍那》故事的剧种，剧中人罗王子和十首魔王都戴假面具。斯里兰卡祭神时也用面具，后在民间流传的魔鬼舞的基础上，形成假面具舞，也有不少宗教戏剧成分。以此看来，亚洲许多国家的雏形戏剧从形式到内容都和宗教仪式有密切联系，而且大都使用面具作为服饰。其实，那时的戏剧还只能称作是宗教歌舞与表演故事相混杂的一种艺术形式，还只是一种萌芽状态的戏剧艺术。

印度作为东方戏剧的发源地之一，和东方大多数国家相同的是梵剧也和宗教有关联，所不同的是，它虽然可能在雏形时期也使用过面具式脸谱一类的服饰，却未能延续下来。著名梵文学者许地山先生曾引用西人麦东那的观点指出："印度戏剧很像与祭祀韦纽天（Vishnu）和遍入天（亦称黑天）典礼有关系，即从颂神底歌曲和拟神底行为发展而来底。"①德国梵文学者温德尼兹认为："印度戏剧的起源得在古代的谣歌中去找寻，大半与宗教崇拜有关。"②牛津大学梵文学家麦唐纳则指出："印度戏剧产生的最可能的原因是背诵的史诗传说与古代哑剧艺术的合并。"③这种哑剧很早就在中印度的寺院中为弘扬佛法而向俗人表演。金克木先生则提供了进一步的信息："节日迎神赛会的戏剧性的表演，即使不能把《吠陀本集》中的对话诗算进去，也可以上溯到史诗时代。在公元前2世纪的语法书《大疏》里……还说有人表演、讲说黑天的故事，黑天和敌人双方还分

---

① 郁龙余：《中印文学关系源流》，湖南文艺出版社，1987年，第32页。
② 冯黎明等：《当代西方文艺批评主潮》，湖南人民出版社，1987年，第532页。
③ [英]A.A.麦唐纳：《印度文化史》，龙章译，上海文化出版社，1984年影印版，第83页。

了颜色,似乎有面具或脸谱。"①国内外这么多著名学者都指出印度戏剧起源与宗教仪式有关,有的甚至还指出可能使用过面具和脸谱,那为什么现在印度戏剧中没有留下什么痕迹呢?主要原因大概和《舞论》有关。《舞论》是公元前后印度的一部戏剧理论专著,它从理论上总结了印度戏剧艺术的发展实践,详细制定了戏剧美的原则,对戏剧表演的程式进行了规范化的限定。按《舞论》归纳,表现不同的情感需用7种眉毛的动作、9种颈部的动作。书中还对脸、眼、下巴、面颊、鼻子、嘴唇、牙齿,甚至舌头等的动作与表情的关系,作了极细致而不免琐碎、极具体而不免呆板的规定,在这种情况下要想戴上面具进行表演,是根本不可能的。印度古代戏剧一直未用面具为服饰,其根本原因恐怕就在于此。

宗教与戏剧有因缘关系,并用面具增加戏剧效果的现象,在西方戏剧的渊源古希腊戏剧中表现也很明显。古希腊戏剧是具有极高美学特质的艺术形式,它起源于身穿兽皮、头戴假面的祭司和神的崇拜者在仪式上表演的歌舞,而后发展成在丰收季节装扮成羊形人,取悦酒神狄奥尼索斯,并有了酬答颂词,逐渐具备了戏剧的表演、装扮、再现、模拟等美学特质。因此。罗念生先生指出:"古希腊戏剧特别是悲剧的另一个特点,是它始终带有宗教色彩。"②面具作为宗教的活化石也进入了古希腊的戏剧世界。古希腊戏剧中的面具相传是生于公元前6世纪初的一位希腊歌舞教师忒斯庇斯最先使用的,他被希腊人称为悲剧创始人,他使用铅粉涂面,用轻质软木或麻布制作面具,表演逼真动人。古希腊戏剧中的面具可以表示角色的年龄、身份和性别,可以变换角色喜怒哀乐的感情。

东西方戏剧萌芽时期都使用面具作为服饰,这说明宗教仪式与

---

① 金克木:《梵语文学史》,人民文学出版社,1980年,第253—254页。
② 罗念生:《论古希腊戏剧》,中国戏剧出版社,1985年,第3页。

戏剧美之间的密切关系。古希腊宗教仪式上采用的多是兽形面具，当戏剧成熟之后，演员多使用人的面具，这些面具直接流传到罗马戏剧里。中国的戏剧也不乏宗教色彩，由于面具有很大的美学功用，终究还是被引渡到中国戏剧中来了。这说明宗教会给人以巨大的精神寄托，而与宗教有千丝万缕联系的戏剧，则恰恰表现了这种寄托，二者巧妙地融合了。人们从宗教因素中找到了心理上的平衡，从面具运用到戏剧艺术中得到审美享受，这是使宗教与戏剧联姻的一种强大的外力。

三、娱乐功能与戏剧美的嬗变

随着生产力的发展，人类的视野不断开阔，在实际生活中，审美意识越来越多地取代了实用心理。宗教仪式中的表演活动由于被越来越多的观众所接受，就逐渐脱离了宗教的禁锢，而变得世俗化了。于是戏剧作为一种独立的艺术门类就诞生了。在宗教仪式中，戴上面具的人变成了神或鬼；在戏剧艺术中，戴上面具的人变成了另一个人，即由演员变成了剧中人。面具的这种美学功能的变化，取决于人对审美对象的抉择。娱神的仪式变为娱人的戏剧，使面具有了新的美学意义，并逐渐被观众的欣赏心理和审美意识所接受。精神分析学鼻祖弗洛伊德曾说："我想人生的目的主要还是由享乐原则所决定。"[1]这种观点有显而易见的偏颇不当之处，但它无疑也是艺术发展的一种催化剂。德国著名戏剧家布莱希特也认为："使人获得娱乐，从来就是戏剧的使命。"[2]面具不但具备娱神的功能，而且也具备娱人的功能，它进入戏剧艺术领域，并成了艺术成熟的一种

---

[1] 《外国现代剧作家论剧作》，中国社会科学出版社，1982年，第87页。
[2] 《外国现代剧作家论剧作》，中国社会科学出版社，1982年，第87页。

标志。

当从原始文化的母体中躁动着的戏剧胚胎，经过宗教文化孕育，完善了娱人职能以后，戏剧就以其独立的特性而与宗教分道扬镳了。戏剧要完成本体的建构，必然要遵循自身的发展规律，从美学角度协调所有的演出程式。面具作为戏剧多重本体的建构层之一，要从为种族生存的实用功能和精神寄托的宗教功能中解脱出来，加强表现剧中人心理的美学功能，以此来加强观众的心理反应。由于使用了面具，才使剧中人和观众不同属于一个世界，才保持了二者的心理距离，才能引起观众的联想，产生更大的审美感受。

面具有了娱人的美学功能，在中国最早的记载当推隋代的《文康乐》。据说此乐是晋代的太尉庾亮的家人为悼念他的死，戴着面具，手持麈尾扇，用舞蹈模仿其举止动作的表演，因庾亮死后，追谥"文康"而得名。此乐虽还不是完整的戏剧，但已没有宗教意味。由此可联想到隋代薛道衡的《和许给事善心戏场转韵诗》，其中有"羌笛陇头吟，胡舞龟兹曲。假面饰金银，盛服摇珠玉"的诗句。"假面"即是由扮演故事者头戴面具演出的歌舞戏。历史剧目《兰陵王入阵曲》堪称是最早的戏剧，唐代段安节在《东府杂录·鼓架部》中称此戏为"代面"，崔令钦在《教坊记》中称之为"大面"。原来北齐兰陵王高长恭虽勇武过人，但因貌美而不足以畏敌，因此上阵时戴一面具。北齐人将此事编成歌舞戏，模仿他当日上阵指挥、击剑等姿势而得名。面具在此戏中已明显有了娱乐性质。据《全唐文》卷二十九郑万钧《代国长公主碑文》记载，武后久视元年(700)，5岁的李隆范(李隆基之弟)在76岁的祖母武则天面前就表演过"大面戏"《兰陵王》。这种叙述个人英雄事迹的歌舞戏尽管还有不完善之处，但已初具成熟戏剧的规模。娱人的美学功能已成为戏剧的主要成分了。此后，有不少文人墨客描写过面具戏演出的盛况，如白居易《新乐府·西凉伎》一诗中的"假面胡人假狮子"。《宋史·列传·狄青传》中也有散发并带铜面具入队者的记载："临敌被发，带铜面具，出入贼中。"元杂剧中也有不少演员头戴面具装扮成鬼神的剧目，如《楚昭王疏者下船》、《看钱奴买冤家债主》、《陈季卿悟道竹叶舟》、《蔡顺奉母》、《西游记》等。明代文学家袁宏道还在《迎春歌和江进之》一诗中写下"假面胡头跳如虎"的诗句。清人汤古曾在康熙三十三年（1644）十二月十四日观看礼部排练后，写了《莽式歌》，其中有"轻身似出都卢国，假面或著兰陵王"的诗句，可见面具戏影响之深远。

日本古代文化受中国影响的史实久为人知，日本不少文化史家也早有宏论。如尾形龟吉的《中世艺能文化史论》、盐古温的《中国文学概论讲话》、西村真治的《文化移动论》、山根银二的《日本的音乐》等，都颇有代表性。他们认为被中国称为百戏的散乐，随唐文化而输入日本。散乐在日本因音近转讹为"猿乐"。日本头戴面具演出的"能乐"就是在猿乐和其他日本民间艺能的基础上，发展形成的一种比较成熟的戏剧。从能乐中不难发现中国唐代参军戏、宋代杂剧和南戏，以及元杂剧的影响。能乐剧目有不少取材于中国历史，如《昭君出塞》、《四面楚歌》、《白乐天》、《东方朔》、《杨贵妃》、《项羽》等。能乐中的假面又称能面，制作精美，种类繁多。保存至今的有二百余种，包括人、鬼、兽、男、女、善、恶，应有尽有，可表现各种复杂的表情。中国《兰陵王破阵曲》传入日本后，称为《兰陵王》或《罗陵王》，简称《陵王》，其面具和彩绘全被保存下来。对此，中、日、苏、德等国学者略有歧义。中、日面具戏的不同点在于，在中国，面具是按剧情需要而定，哪个角色都可以戴；在日本，则必须是主角（仕手）一人戴。中国传统戏剧中的面具线条色彩极富夸张，有整面具和斗戴面具（可露出演员嘴部）之分，形象鲜明，但表情呆板。日本能面（即面具)一般比真人脸要小一些,构图匀称,简洁有力,每个面具都有极细腻的感情色彩。中国的面具不是戏剧表现的中心,而是人物性格心理的一种外在表现形式和类型模拟,演员要靠唱、做、念、打等手段刻画人物,推动剧情发展。而日本的能面则是能剧的中心,演员要不遗余力地用手、脚、声音,乃至身体的每个动作,把所要表达的一切细腻感情,淋漓尽致地反映在能面上。这说明外来文化的影响,在经过民族文化融摄之后,会发生某种文化折射现象,即产生出一种新的适应本民族需要的文化形式。20世纪,日本文学家川端康成就在名作《山之音》中,多次细腻地描写了能面,借以表现主人公的性格。芥川龙之介也在小说《火男面具》中,写一个头戴吹火表情的丑男子面具的男子,在模仿祭神舞蹈的狂跳中丧命的悲惨命运。由此可见面具在日本流传得很广泛。

在西方,古希腊罗马戏剧就有了明显的娱人性质。文艺复兴时期,意大利出现了两种以面具为主要特征、以娱乐为目的的戏剧——假面舞剧和假面喜剧。两种剧名仅一字之差,本质却有很大区别。假面舞剧由宫廷诗人写成,是职业演员和皇亲国戚、命臣贵妇在宫廷串演出的贵族化表演。主要目的是消遣娱乐,纵情声色。这种剧后来又传到英国,甚至于像本·琼生那样著名的戏剧家也写了32部假面舞剧,并获得英国第一位"桂冠诗人"的赞誉。莎翁受这种剧的影响,在喜剧《温莎的风流娘儿们》中有面具装扮的喜剧场面,在传奇喜剧《暴风雨》第四幕中还有假面舞会的场景等。假面喜剧是流传在意大利民间的即兴表演,又称即兴喜剧,虽然对其渊源众说纷纭,但因其浓厚的娱乐性与世俗性,一直流传到18世纪中期,以至20世纪仍有不少喜剧演员从中汲取营养。由于意大利假面喜剧演员巡回演出,足迹遍及欧洲,因而影响很广,在法国扎根尤深。17世纪,法国古典主义喜剧大师莫里哀就明显受过假面喜剧的影响。18世纪中期,假面喜剧开始衰落。意大利伟大的喜剧家哥尔多尼也曾对喜剧传统的固定角色进行了改革，他在《喜剧》（1750）一书中提倡废弃面具，他认为刻板的面具妨碍细腻感情的表达，限制了演员的表现。因此，假面喜剧渐渐湮没。但在19世纪英国哑剧中的丑角及其情人身上，在法国的一些喜剧人物身上，都可以发现假面喜剧的影响。欧洲文学家雪莱的政治诗歌《虐政的假面游行》、司汤达的名篇《法尼娜·法尼尼》、巴尔扎克的中篇《假面具中的爱情》、莱蒙托夫的诗剧《假面舞会》、哈代的《还乡》等，都曾直接或间接描写过面具，或者引用过面具的本义或引申义。虽然东西方的主要戏剧种类几乎都萌生于原始仪式中的歌舞表演，但是以面具为特征的世俗剧，因其美学功能由娱神到娱人的变化，及戏剧美的变化，在戏剧艺术成熟之后，东西方戏剧仍然有明显的差别。首先，东方的戏剧，主要包括中国、印度、日本等国的戏剧，发展到近现代，与原始宗教文化的母体仍有这样或那样的联系；而西方的戏剧，一般只在古代才与宗教文化有关联，到了近现代则突出对人与外界冲突的探索。其次，东方戏剧一般来讲一直与歌舞融合在一起，有载歌载舞的多体艺术的性质；而西方戏剧起初也是熔歌、舞、戏于一炉的多体戏剧，文艺复兴后表演元素单一化，形成歌剧、舞剧和话剧。再次，东方戏剧相比较而言，更注重视听效果的审美观赏性，在叙述中达意抒情；而西方戏剧则较为重视戏剧的矛盾冲突，通过冲突的解决达到感情的宣泄。尽管如此，面具在东西方具有娱乐性与世俗性的戏剧中，作为审美对象，始终给人以"欲真则不实"的心理作用这一点是相同的。它用线条、色彩、图案等外部特征与角色的内部性格去统一，帮助完成戏剧人物的总体塑造。面具的美学功能从娱神到娱人的变化，使神秘感变成了审美快感，毕恭毕敬的恐惧心理变为一种自然流露的审美心理，这正是戏剧独立于宗教仪式以后的戏剧美的演变。

四、象征夸张与戏剧美的魅力

艺术离不开想象,即使是最写实的艺术形式,也存在着想象的思维活动。因为现实中的素材经过人脑的加工,才能成为艺术,而思维活动中的象征夸张成分也自然而然地浸透在艺术中。面具作为人类想象的产物,由神秘的鬼怪世界—仪式,进入人的世界—戏剧,更直接地表现出人类真、善、美,假、恶、丑的本质,给人以美的享受,这主要依靠象征夸张的艺术魅力。这种奇特的魅力为观众提供了发挥想象、修正自我体验,以至揣测未来发展的空间。正是由于人的思维常处于感性与理性、模糊与明晰、具体与抽象的交织状态,才使面具的象征夸张有了形成戏剧美的可能。到了近现代,面具在戏剧中表现出更加具体的象征和更加合理的夸张。它既没有一味地去追求"逼真再现",也没有听信西方现代艺术大师毕加索"艺术就是欺骗"的箴言,而是恰到好处地达到了想象而不玄妙,象征而不神秘,夸张而不失真,虚实、表里完美统一的美学意境。

面具的象征性主要表现在,作为审美对象,它是可以通过某种感知觉或想象联想体察到的一种具体形象,它有个别性、形象性和有限性的特征,而被象征的对象却有普遍性、抽象性、无限性的特征。二者之间只存在结构与表象上的相符,却有质的差异。而审美主体正是通过自己的想象将二者联系起来,使表象与本质沟通,从而构成象征的实现。面具的夸张性实际上是利用审美想象与实际经验间的差距形成的。客观存在只有在人的理性思维可接受的限度之内,才能得到认同。随着社会的进步、生产力的发展、人的思维的发展,面具的象征夸张愈来愈受到重视,对此,中外戏剧界都作出了可喜的探索。

中国自元代以后，戏剧艺术成熟。据《元史·礼乐志》载，宫廷演出《乐音王队》，表演者皆头戴面具。明朝初年，朱权在《太和正音谱》中把杂剧分为"十二科"，称"神佛杂剧"为"神头鬼脸"，明代弘治年间游潜就在《梦蕉诗话》中描写过流行在民间的"神头鬼脸"戏。明清传奇中，神鬼角色戴面具者数量很多，后来大多改为勾脸。这种主要是由面具派生出来的涂面化装，既简便，又丰富，使用很广泛，堪称中国戏剧艺术的杰作。勾脸的象征性比面具更加浓厚，夸张更加强烈。这种涂面化装进一步完美、定型，成为脸谱。其黑、红、花、青、蓝等色彩经过艺术夸张，被绘制成特定的纹样，丰富了象征指向。把象征人物性格品质、暗示人物本质特征的纹样图案固定下来，激发了审美者的定向联想与不定向漫想，使演员与观众有了情感上的交流。因此，鲁迅先生就曾深刻地指出，脸谱是"优伶和看客共同逐渐议定的"[①]。当然，在传统剧目中，仍有戴面具的情节。在东方许多古老的剧种中都是面具与涂面化装共同存在的，面具的那种象征夸张的艺术魅力，有时是任何其他艺术形式所取代不了的。

现当代的西方剧坛，由于受现代派思潮的影响，对面具的象征夸张有了理论上的再认识与实践的新探索。意大利20世纪具有世界影响的戏剧家皮兰德娄就是这样一位开拓者，他于1934年获得诺贝尔文学奖，是"由于他果敢而灵活地复兴了戏剧艺术和舞台艺术"。其中自然包括了将面具成功地运用于现代舞台的贡献。他从反传统的审美意识出发，不注重塑造人物性格，而强调表现人物精神面貌。试图将剧中人的心理活动加以"直观性"、加以"外化"，使角色成为某种时代精神的体现者。因而他在一些剧目中使用了面具，

---

① 《且介亭杂文集·脸谱臆测》，《鲁迅全集》第6卷，人民文学出版社，1981年，第134页。

以期达到强烈的感官和思想上的双重刺激所形成的戏剧美效果。《亨利四世》写一位青年绅士在化装游行中遭到情敌的暗算,大脑受伤而导致精神失常,从此以神圣罗马皇帝亨利四世自居。12年后,他从迷狂中清醒,发现恋人早被情敌夺走,就在佯狂中将情敌杀死。为了逃避罪责,只好再次借亨利四世的身份掩护自己,永远装疯,苟延残喘。亨利四世在剧中只是一副假面具,初时,主人公在化装舞会上戴上它追求欢爱,残酷的现实铸就他永远不能摘下这具假面。他的心理与面具的功能在审美意识上合而为一。皮兰德娄将"幻觉"和"现实"、"灵魂"与"面具"巧妙地统一起来,从而调动起观众对面具的象征夸张的想象力。主人公从盲目到自觉、从情愿到违心、从自信到内疚,这一系列复杂的心理变化与面具的象征夸张的美学内涵相交织,产生了超越前人的艺术效果。

西方另一位将面具用于戏剧,并从理论上大加阐发的,是美国著名戏剧家尤金·奥尼尔。"由于他那种体现了传统悲剧概念的剧作所具有的魅力、真挚和深沉的激情"[1],而获得1936年诺贝尔文学奖。他曾深入研究了古希腊悲剧和东方尤其是中国的戏剧,证明面具曾广泛应用于戏剧,而且进一步阐明:"面具是人们内心世界的一个象征","面具本身就是戏剧性的……它比任何演员可能作出的面部更微妙、更富于想象力、更耐人寻味、更充满戏剧性。那些怀疑它的人尽可以研究一下日本能剧中的面具、中国戏剧中的脸谱或非洲的原始面具!"他认为戏剧使用面具可增强表现力与感染力,可激发观众的想象力。他在自己创作的《毛猿》、《古舟子吟》、《上帝的孩子都有翅膀》、《大神布朗》、《拉撒勒斯笑了》等名剧中,都大胆使用过面具。其动机是"希望扩大观众想象的范围,一定要给公众一个这样的机会。据我所知,公众数逐年增多,并且在精神上

---

[1] 《外国现代剧作家论剧作》,中国社会科学出版社,1982年,第76—77页。

日益渴望参加对生活作出富于想象力的解释,而不把戏剧同于忠实模仿生活的现现象"。因此,他的结论是:"面具并没有消灭希腊演员,也没有妨碍东方的戏剧表演成为一门艺术。"①应当实事求是地指出,奥尼尔的"新型面具戏剧原理"虽不失为一种新颖的戏剧观,尤其是在关于面具在戏剧中的作用问题所进行的全面、系统、深刻的阐述,具有划时代意义,但由于和观众的审美习惯有差距,而未能扩大影响。

德国现代重要戏剧家布莱希特使欧洲剧坛出现了别开生面的新局面。他不仅仔细研究过欧洲的戏剧,而且还研究过亚洲的戏剧,而中国戏曲艺术直接影响了他的史诗剧理论。他提出的"间离效果"("陌生化效果")的理论,丰富了面具象征夸张的美学。他认为:"间隔的反映是这样一种反映:对象是众所周知的,但同时又把它表现为陌生的。古典和中世纪的戏剧,借助人和兽的面具间隔它的人物,亚洲戏剧今天仍在应用音乐和哑剧的间离效果。"他认为"戏剧必须使它的观众惊讶,而要借助 种对于令人依赖的事物进行间隔的技巧"②。面具就是他采用过的"间隔"手法之一。他在与别人写的《措施》一剧中,被共产国际派往中国沈阳开展地下工作的四个宣传员,在化装成中国人时就一直戴着面具,而其中之一的青年,在公开暴露自己身份时,就采用了撕下面具的做法。"间离效果"的实质是引导观众在艺术欣赏过程中进行积极的思考。布莱希特认为:"一台戏的演员,他们的表演可能是一场欺骗;另一台戏的演员,他们带着怪诞的面具,全心全意的表演却可能完全是真实的。"③因为他始终强调的是戏剧手段要为目的服务,戏剧要加强对观众的教育作用。

---

① 《外国现代剧作家论剧作》,中国社会科学出版社,1982年,第81—82页。
② 张黎:《德国文学随笔》,外国文学出版社,1986年,第102—103页。
③ 张黎:《德国文学随笔》,外国文学出版社,1986年,第144页。

东西方戏剧中的面具，在早期多数是角色"造型性性格"的外在表现，是类型化的一种外在表现，因而是外向性戏剧的一种服饰。在近现代戏剧中，由于人物内心世界成为向观众揭示的重点，因而向内开掘日深。表演时要求从内心到外形完全与角色吻合，这时面具又成为内向性戏剧的一种表现手段。然而角色表演上的这种变化并未能减弱面具本身象征夸张的艺术魅力。东西方的现当代戏剧家在相互借鉴和影响中，都对面具的美学功能进行了不同程度的改进，取得了引人注目的成绩。

如上所述，面具作为人类文化的一种活的艺术标本，无不打上戏剧发展轨迹与审美心理结构的印迹。它从萌生到成为戏剧艺术的一种服饰，从宗教功能发展到娱人功能，以自己顽强的生命力和表现力保持了一种独特的美学意义。面具依靠想象在角色与观众之间架起一座牢固的桥梁，因此，只要人类还有想象力，它就永远不会消失其美学意义。

东方文学学科史的新开拓[①]

向远从事东方文学的教学与研究已有二十多年。从年龄上看,我长他十多岁,不过,若从都是已故东方文学学科开拓者之一——陶德臻先生的学生这一角度而言,互称学兄学弟也颇为相宜。

1987年,向远研究生毕业后留在北京师范大学中文系任教,从那时认识他,现在算来已有近二十年的时光了。记得1989年10月,在北京师范大学召开的全国东方文学研讨会上,向远曾做了关于他的第一部专著《东方文学史通论》的基本构思与写作大纲的发言,引起了与会同行的浓厚兴趣和关注。最终,他于1994年初正式出版了此书。《东方文学史通论》构建了独具特色的东方文学史体系,不仅成为他进入我国东方文学研究领域的奠基之作,而且为他后来的研究准备了一个高起点。当时他只有32岁。

在随后的日子里,我和他结识日深,情感愈深,成为他们夫妇俩的好友。记得90年代初,我听说他由于伏案久坐,缺乏运动,腰椎间盘突出症又复发了。我去北京看他。在西城区护国寺附近的老辅仁大学古旧的校舍里,他俯卧在床上,仍手不释卷。那股顽强劲,看着实在让我感动并从内心钦佩。从那时起就想,向远将来定会成为东方文学界的一个"人物",因为无论是他的为人也好,著作

[①] 本文原载《王向远著作集》第二卷《东方文学译介与研究史》(宁夏人民出版社2007年)的序言。收入本书时题目另加。

也好，都彰显着一个为了学术而孜孜探求的执著，表现出一种敢于挑战自我，挑战前人的锐气与勇气。果然，在此后的十几年间，向远兄辛勤垦拓，著书立说，成果迭出，为该学科的发展做出了突出的贡献，成为东方文学、比较文学界的前沿人物，令同行瞩目。

以后由于各自忙于研究与教学，除却开会时得以一见，其他时间则只能通通电话、互赠作品而已。近些年来，我几乎每年都能收到他寄来的新作。记得数年前，当《东方各国文学在中国——译介与研究史述论》刚出版时，向远便很快给我寄了过来。为东方文学撰写一部学科史书，是一件很不容易的事情，但我在佩服之余并不感到意外。以向远对东方文学学科史的重视和对学科状况的熟稔程度，写出这样一本书对中国的东方文学学科史加以总结，那是很自然的事情，而且这样的书对于新世纪我国的东方文学翻译、教学、研究和学科建设来说，都有承前启后、继往开来之功。现在该书改题《东方文学译介与研究史》，收入《王向远著作集》第二卷，必将有助于扩大该书的影响，也有助于扩大东方文学在我国学术文化中的影响，是令人欣喜的事情。

正如向远在《东方文学译介与研究史》中所揭示的，我国的东方文学学科史源远流长，成果丰厚。但长期以来，由于政治气候特别是国内学术文化界的西方中心主义观念的影响，与西方文学学科比较而言，我国的东方文学学科还处于明显的弱势。表现为大学课堂上，许多大学由于师资缺乏、学科本位主义等原因，在《外国文学史》基础课程中，只讲欧美（西方）文学，不讲东方文学。我们东方文学界的学者同仁，包括老一辈的季羡林教授、已故的陶德臻教授等，都为改变这种以西方文学代替世界文学的不合理状况做了大量的工作，其中包括成立东方文学学会、编写东方文学教科书，开办东方文学研讨班等。近年来，随着时光推移，向远由学界晚辈，逐渐成为中壮年阶层的学术骨干，他对东方文学及东方比较文学学科建设的责任心也更加显示出来。记得去年10月在北京大学召开"东方文学学科史专题研讨会"的时候,向远曾做了一个题为《我国的东方文学理应成为一个强势学科》的主题发言,引起了与会者的强烈共鸣。若将他的那个发言与几年前出版的他的《东方各国文学在中国》相对照,可以明显地看出他对东方文学要成为"强势学科"的日益明确、日益强烈的诉求。

为使我国的东方文学成为"强势学科",向远做了许多扎扎实实、不可或缺的基础工作。除了在《东方文学史通论》中尝试构建自己的东方文学的理论体系外,还整理编写"论文索引"、出版学科史。他在《东方各国文学在中国》一书的书后,附了一个长达十余万字的《20世纪中国的东方文学研究论文索引》,将20世纪一百年中中国的东方文学评论与研究文章,做了系统的收集、整理与编目,为东方文学的论文查阅、教学与研究提供了必不可少的索引系统,极大地方便了后来者。可惜这次《东方各国文学在中国》收入《王向远著作集》第二卷的时候,那个"索引"没有收进来。这或许是因为向远认为"索引"属于"编"而不属于"著"的缘故吧。向远还在《20世纪中国的日本翻译文学史》一书的书后,附录了《20世纪中国日本翻译文学译本目录》,首次对百年来中国出版的两千多种日本文学译本做了系统的整理与编目。不仅如此,他还主编了《中国比较文学论文索引》(1980—2000)一书,为20世纪最后二十年——也是中国比较文学最为繁荣的时期——的一万两千多篇论文做了编目。在那本"索引"中,向远将比较文学的论文划分为五类,其中第二类就是"东方比较文学",使"东方比较文学"与"中西比较文学"并置,这样的分类突出了"东方比较文学"的地位,也完全符合学术史的实际情形。

向远为我国的东方文学学科建设所做的努力,不仅有长期埋头苦干的行动,也有明确的学术指导思想。在《东方各国文学在中国》的"后记"中,向远明确地指出:"一个人文学科没有自己的学科史,就很难说它是一门学科;有自己的学科史而不把它总结和书写出来,就会迷失它的传统,就不能很好地了解和借鉴学科史上的成果与经验,也就会丧失它的创新的基础。"这就精辟地点明了学科史研究的意义与价值,也阐明东方文学学科史研究的必要与紧迫。而且,向远为东方文学学科所做的这些具体而扎实工作、所进行的呐喊与呼吁,意图之一就是突破"学科本位主义"的狭隘,绝不是只为东方文学这一个学科争自己的"地盘"。他从"文化生态平衡"的高度看问题,认为长期忽略东方的"西方中心"或"中西中心主义",造成历史上"苏联一边倒"、现实中"美国一边到"的局面,不仅在大学课堂上造成了学生知识结构的欠缺,更威胁着"文化生态的平衡"与"学术生态的平衡"。《东方文学译介与研究史》显然就是他这种"学术生态平衡"论的具体实践,这样,东方文学学科建设与学术研究的意义就远远地超出了一个具体学科的范畴,而进入了广阔的文化大视野。

《东方文学译介与研究史》是一本很专业的、很专门的书,但又是值得许多人阅读的书。我认为比较文学与世界文学专业的研究生应该将它作为案头必备,作为进入东方文学学科领域的启蒙书与常备常查的工具书;同时,在许多大学尚不能开设东方文学课程的情况下,该书也十分适合一般大学生读者阅读,这将有助于完善他们的知识结构。同时,《东方各国文学在中国》也是一部东方文学翻译史著作,从事翻译学及翻译文学研究的人及东方各国文学的翻译家们,也可以从中找到自己所需要的东西。

最后,我衷心祝愿向远兄百尺竿头更进一步,为东方文学界提供更多更好的精神食粮,以稳健的步伐,迈向学术的新高峰。

《中国东方文学翻译史》绪论[1]

人世间任何事物的诞生、成长和发展皆有其规律可循。翻译，作为一门独立的学问可以追溯到原初的人类社会。地球上由于时空的差异形成了不同语言、不同习俗、不同文化维系的人类族群。他们之间为了表达相互的意愿，需要一种联介，通过这种联介来传递彼此信息，交流双方感情，互通你我有无，于是翻译活动也就因此缘由应然诞生了。可以说我们现在所说的翻译，就其实用而言早就是人类的一项古老的活动了。

从一种语言代替另一种语言来传达同样的信息开始，以一种文字译成另一种文字，进入阅读、欣赏、体味社会文化深层领域的意蕴，翻译使不同语言所承载的文化信息进行的交流与转换得以实现。从此，翻译活动由实践旅程跨进了理论殿堂。在长期的研究探索中人们发现，"翻译不仅是一种艺术，一种技巧，一种文学的再创作，而且还是一门科学。"[2]不仅如此，翻译活动已经在自己的行进中，正在形成一门特色鲜明相对独立的学科，即译介学。而今它已成为了语言学家、文学史家、文化学家颇为关注的问题之一。

---

[1] 本文原载《中国东方文学翻译史》"绪论"，昆仑出版社，2014年。收入本书时略有删节。

[2] 《外国翻译理论评介文集》，中国对外翻译出版公司，1983年，第51页。

一、中国翻译文学的本体认知

一个国家或一个民族的作品被译成另一国家或民族的文字,使国与国、民族与民族之间缔结了"文学因缘",并从而相互影响。本国人民或本民族人民接受这些影响,无论其程度深浅、范围大小,主要是通过译文材料来实现的。因此,文学翻译不仅是译介学的一个重要组成部分,而且也成为"大文学"研究所关注的一个重要方面。因为翻译同语言和数字一样,它既不隶属于经济基础,也不隶属于上层建筑,既非自然科学,也非社会科学,所以翻译文学也就具有了它独特的美学质地。正如著名翻译家叶廷芳所说:"文学翻译,严格说来,它是所有翻译中难度最大的一种,因为文学作品不是科学思维的产物,而是心灵与缪斯结缘的一种审美游戏。"①

翻译文学在自身的发展过程中,与本土文学产生了千丝万缕的联系。首先,它既不等同于外国文学又不等同于本国文学,而是介于二者之间的文学形态,并使它们产生了影响与接受的互动关系。其次,它既有异域文化的本质特征又带有译者明显的本土文化的特征。因此,翻译文学这种中介性与跨界性必然使它进入比较文学研究者的视域。正如比较文学家乐黛云指出:"而今比较文学的翻译学科不能不面对语言差异极大的不同文化体系,文学翻译的难度大大增加,关于翻译的研究随之成为比较文学学科当代最热门的话题之一。"②

翻译文学,从广义上说可分为中国翻译文学与外国翻译文学两种,是以本国、本民族文字翻译域外的文学。就中国翻译文学而

---

① 《文学翻译:还是回你原来的家》,见《中华读书报》,2003年8月27日。
② 乐黛云:《21世纪比较文学发展趋势》,见《文艺报》1998年9月1日第2版。

言，又可分为中译外国文学和外译中国文学两种；中译外国文学又可分为以汉语或其他少数民族语言翻译的西方或东方文学等。当然，早期的翻译文学以伶工文学口耳相传的口译为主，而后期主要以笔译为主。本书着重探讨的是以汉语笔译东方文学的历史轨迹。近年来，处于改革开放热潮中的中国人民，对外国文学和域外文化知识的需求正在迅速增加，学者对于翻译史、翻译理论、翻译家以及译本的研究，已经形成译介学的新学科。翻译文学做为其中的热点之一，突出研究两种语言文字表达的同一部文学作品的深层关系有哪些不同，翻译家在译介过程中进行哪些文化选择，社会文化对文学翻译的制约，以及翻译文学对中国文学发展的影响等等。

中国翻译文学有着源远流长的历史。因为佛典所具有的明显的文学性质，所以，佛典翻译可视为中国翻译文学之始。又因为佛典生成于东方的南亚地区，所以佛经的翻译又理所当然地成为东方文学翻译的滥觞。自汉代翻译印度佛经开始，至明末清初大量翻译外国科学、文学、哲学的"西学"，将文学翻译放在更广阔的文化交流领域内进行；至"五四运动"前后，中国的文学翻译事业有突飞猛进的发展，解放以后，翻译文学犹如汪洋恣肆之春水，波及到世界各国的文学。自中国翻译文学乃至翻译活动开始，翻译理论上的"直译"和"意译"两种主张即贯穿始终，至今难分优劣。人们不断将翻译实践总结为理论，希图找出其中的规律性，极大地丰富了翻译文学史的内容。

由此可见，中国翻译文学尤其是东方文学的翻译已成为研究中外文学关系的重要媒介，实际上它也是中国文学的一个特殊而又重要的组成部分，组成了具有异域色彩的中国各民族文学。当然，一般中国读者阅读的所谓的外国文学作品，实质是中国翻译家翻译的外国文学，即"翻译文学"。它显然是独立于原作而存在的新作，它来源于原作，但又不同于原作，因为它不可能保全原作具有的原发性特点。因此，翻译文学就具有了译者认同的文学再创作的性质。多么完美的翻译也不可能存在完全等值的文字表述。因此中国翻译文学形成了有无懈可击的原作，而无完美无缺译作的现象，这也是再正常不过的事情了。

中国翻译文学史包括东方文学翻译史是中外文学交流史的一个重要组成部分，是研究中外文学关系必然要涉及的领域。它赖以产生的异质文化的性质，又使它具有了梳理学术史的研究兴趣与探索意义。于是中国翻译文学史的研究与写作不仅成为可能，而且是顺应历史潮流而运作的必须。翻译文学家在中国翻译文学史上犹如繁星丽天璀璨夺目。在翻译佛经的过程中涌现出鸠摩罗什、真谛、玄奘、义净四大翻译家。自明代万历年间至清代"新学"时期，徐光启、林纾、严复等人成为译介西学的先驱。"五四"运动之后，鲁迅、茅盾、郭沫若、巴金、瞿秋白、周作人、林语堂等人又成为中国现代翻译界的巨擘。新中国以后，诸多国别、语种的翻译家雨后春笋般地展现在全国各地的文坛上。历代翻译家像辛勤的园丁，将外国文学的优秀之作移植到中国，把华夏大地的文学艺术百草园装点得更加花红叶绿惹人注目。国人在阅读欣赏中，开阔了眼界，获得了知识、延伸了思考。随着时代的发展，翻译范围在不断扩大，翻译水平在不断提高。新译、复译、重译等各种类型的版本一批一批地涌现出来，满足了不同时期各个层面读者的所求所需。

中国翻译文学就本体论而言，就是翻译批评的历史，是对已存在的翻译文学，进行理论阐发与价值判断。除却中国古代对印度佛经一类宗教典籍的翻译以外，中国翻译史上第二次大规模的译介高潮是16世纪后期大量翻译西方自然书籍的过程。前者主要带来东方语言文化的思辨哲学，后者则主要接受了西方先进技术的科学精神。当中国自近代大规模翻译西方和东方的文学作品时，这种思辨哲学和科学精神杂糅一体，就成为了翻译批评的主要标准。其主要表现在翻译活动中要有求真、求实的严谨性，这一优秀传统一直延续到当代。

虽然自20世纪70年代后西方的翻译实践和理论研究层出不穷，例如："描写译学"、"女性主义译论"、"解构主义译论"、"后殖民主义译论"等，并都以哲学和文化思潮为其基础。但是在整个翻译研究过程中，是以作家为中心还是以译者为主体的问题始终困扰着西方翻译理论界和批评界。中国翻译文学通过研究翻译批评的发生学意义和文化批评实质，重点梳理了近代晚清偏重对读者负责的"雅训"译笔，进步为至现代"五四"以后对作者、读者、译者负责的"忠实"翻译。中国的翻译批评逐渐完成了由古代译经的经验式、评点式，到现代的经院式、学理式的转变。从此，中国的翻译文学逐步走上系统化、理论化的批评之路，并逐渐形成当代具备中国特色的翻译理论传统。

二、中国东方文学翻译的界定及意义

"东方文学翻译史"这一论题的提出，首先要对"东方"和"东方文学"及"东方文学翻译史"进行理论研究范畴的界定。"东方"是一个有着多种学理内涵的概念，它是一个被长期广泛使用、但是其边界又较为模糊的词汇。它有时因立足点不同而被用作方位概念；有时又按照国际地理疆域的规定成为地理学概念；有时又因国际政治关系变化而成为地缘政治学概念；但更多的是历史文化概念，即泛指古希腊罗马之外的几大古代文明的发祥地。本书使用的"东方"主要指的是亚洲和非洲地区，它在综合了历史文化和地理学"东方"概念的基础上，外延有所拓展。"东方文学"主要研究亚洲和非洲的文学现象及其发展规律。"东方文学翻译史"的主要内容则包括以日本、朝鲜、韩国、蒙古为主的东亚、以菲律宾、印度尼西亚、越南、泰国、缅甸为主的东南亚、以印度、巴基斯坦、孟加拉、斯里兰卡为主的南亚和以埃及、伊朗、土耳其、黎巴嫩、叙利亚、阿富汗为主的西亚北非等国家和地区的文学。中国和这些国家和地区有着相近的历史命运，相似的人文关怀，感同身受的心理结构。与西方文学翻译相比，东方文学翻译注重的是对文学性的体验、对文化交流的感受，是一种不易模仿而只可意会难以言传的情绪和意境。

在自近代至今的中国翻译文学史上，日本文学和印度文学的翻译和俄国文学、英美文学、法国文学的翻译一样，具有重要的地位。百余种经典翻译出版，日本文学译本2000多种，印度文学译本也有数百种。这些属于东方文学的翻译作品对中国的近代文学、五四新文学、20世纪30年代文学以及80、90年代的文学都产生过不小的影响。但长期以来，中国尚未出现过一部专门研究东方文学翻译历史的著作，致使这方面的研究也长期处于落后状态。《中国东方文学翻译史》一书就是为了弥补这一缺失而完成的。此书的问世无疑对总结和借鉴东方文学交流史以及东方文学翻译的历史经验，对于丰富近代以来的中国文学发展史的领域，拓展中国东方文学史研究的空间，对于打破中国翻译文学现状中的西方中心主义状态都有重要的理论探索意义和现实意义。

东方文学翻译家具有学者型翻译家的特点。即东方文学翻译史上的翻译家主要是学者，多数是大学任教的教师。这是和中国西方文学翻译史上的译者主要的不同点。翻译是研究的基础，没有文学翻译，研究异域的文学就成为一句空话。东方文学的翻译不仅是读者阅读的需要，而且也是教学研究的需要。因为东方文学在审美阅读上较少提供给读者某种心理需要，而主要提供与西方文学不同的一种审美范式或参照。这是为了某种社会需要和政治需要而提供的平衡元素。东方文学翻译家翻译的是异域作家的作品，因为没有两种语言符号是等值的，所以翻译不是简单的语言转换，它必须超越语言技巧的层面，而达到文学审美的层面。由于掌握东方各国语言的人才要比掌握西方语言的人才少得多，所以能够从事这种创造性劳动的翻译家少之又少。因此，出现了早期翻译中多从第三国语言转译的情况，而极少重译的现象。

东方文学的翻译家中不少都在大学任教，尤其是新中国以后，大量的译者都对东方文学起着译介作用，即又翻译又评介，以满足授课和研究之需。这些翻译者克服了以往的外语系教师多在语言层面上研究翻译的技法，而极少涉及文学作品本身文学性的弊端。出于政治、经济、文化交流的急需，不少大学教师是一面翻译作品，一面讲译给学生听，其中不乏自己的审美体验与感受。他们在这一过程中逐渐产生了研究的兴趣和需要，于是形成一个带有普遍性的规律，即东方文学的译者大多是学者，而且主要是大学教师。他们完成了翻译家主体性向学者研究型的转变。

因而《中国东方文学翻译史》一书涵盖了东方文学范畴内的翻译家、他们翻译的东方文学作品以及翻译活动前后所关联的事件和影响接受情况等。该书以文学社团的翻译活动和有关翻译的历史事件为经线，以著名翻译家的翻译成就、翻译思想为纬线，纵横交叉史论结合，呈现出一种丝线串珠的整体性和系统性。全书对近百位主要翻译家均有涉及，对三十多位重要翻译家设有专节介绍，力图展现自近代至现代乃至当代，中国东方文学翻译五彩缤纷的全貌。

三、中国社会文化对翻译文学的选择

任何翻译活动都是在一定的社会文化语境中完成的，社会文化与历史背景对翻译文学的制约和调节是久已存在的事实。从这一角度分析，翻译无疑又是一种具有文化倾向的政治行为。当前社会学、文化学、人类学、传播学得以长足发展，对翻译文学的认识还有待于进一步挖掘梳理深化。不能只限于语言和文本的范畴，而应该注意到社会文化语境的某些需要。翻译文学研究正在走出追求语言符号等值的狭小洞天，进入被社会文化辐射的广阔天地而投入人们的大视野。影响翻译文学的社会文化包括民族文学状况、文化心理结构、审美的选择与接受、意识形态等。中国社会文化对翻译文学的影响在上述领域表现出明显的特性。

首先，民族文学处于"强势"或"弱势"地位时对翻译文学的影响是不一样的。民族文学处于发生期，转型期，或正在建构过程中，翻译文学在整个文学系统中会占主导地位，反之会处于次要地位。当翻译文学占据中心地位时，译文会尽量忠于原文，并忠实于原文的结构和内容，以便丰富和发展民族文学。反之译文为了适用读者意愿，会尽量采用他们熟悉的语言，及他们所喜读的结构和内容。魏晋南北朝时期，中国文化正处于转型期，翻译佛经加速了中国民族文学的生成。唐代，民族文学不仅样式齐备，而且内容丰富，一派成熟期的大国风范。虽然有译场和玄奘翻译大师的努力，但是由于唐代文学的繁盛，翻译佛经形成的异域文学经变异后化为中国文学之一部分。"五四"运动前后，中国文化处于又一个转型期，急需新文学批判封建文化，这时大量的翻译文学出现在文坛，对中国新文学的生成起了推波助澜的巨大作用。20世纪末，后现代思潮随着翻译文学而涌入国门，但是它不可能成为主学主流，因为博大宏深的各民族文学已经成为主力军正在引领着中国文坛向前进。

其次，翻译文学不仅是译者有限的个人行为，而且表现出民族文化心理的价值取向与道德取向。译者对原著的理解、阐释，以及读者对译本的认同、吸收，都和民族文化心理结构息息相关。译者和读者理解翻译文学时，思维认识并非一片空白，而是具有许多长期以来形成的理念信仰和希冀期望。其中既包含着已拥有的熟悉世界，也包含了突然邂逅的陌生世界。因为它属于心理或心智活动层，因此，是一种深层的社会文化。译者竭尽全力去体会、理解、述说那些本不属于自己本国的文化生活模式，读者也努力去体会翻译文学中的那些迥异于自己的社会文化场景。这样翻译文学才有可能符合民族文化心理的需求，二者才能在阐释阅读上找到契合点。

再次，对于异域的文学，出于民族审美需求的差异，译者的翻译与接受都是有选择的。对于译者来讲，各个时代、各种文化形态在他们头脑中的反映是不一样的，这取决于他们选择不同的翻译策略。20世纪30年代，《简·爱》有两个译本，李霁野的译本几乎是逐字逐句的翻译，而伍光健的译本，可能是要避去欧化句法的原因，则多有删节，尤其是其中有关西方文化典故的内容删削更多。20世纪90年代夏目漱石的名作《我是猫》也有刘振瀛、于雷两个译本，由于译者对原文内容理解的差异导致了译本的不同。当然这其中不排除某种误读。这是因为语言既是文化的一部分，同时又是文化的载体。它及其负载的文化信息向人们展示的是该民族的历史和文化背景。译者必然对这些具有理解与审美上的双重选择性。因此，译本的差异性是不难理解的。

第四，意识形态与翻译文学的关系主要体现在译者的主体意识里。因为"译者的行为受制于所处社会文化环境，在一定程度上体现其文化意识，翻译并不是在两种语言的真空中进行的。译者对自己和自己文化的理解，是影响他们翻译方法的诸多因素之一。"①"五四"运动前后，中国社会发展急需先进的科学技术和进步的思

---

① 参见2003年青岛"跨文化视野中的外国文学研究学术研讨会"，姜秋霞博士的论文《论社会文化对文学翻译的影响》。

想政治，于是"五四"前重在评价西方先进的科技与教育书籍，"五四"后重在评介俄国和西方的小说，大量吸收其中的政治意识和人本主义思想。

由此看来，翻译活动是译者将原著转化为译作的一个具有主动性的动态过程。它不仅涉及两国语言转换的诸多问题，更重要的是涉及接受国的社会文化对翻译文学的选择与吸收等问题。所以，对翻译文学在中国发生、发展、繁盛的全程，进行细致的梳理，仔细的考察，不仅能推动翻译文学的研究向深度和广度发展，而且丰富了译介学和研究内容。尽管有的学者认为林纾的翻译文学无法从语言学的层面去进行分析，因而不能视为真正的翻译，但是如果从中国的社会现实、社会文化的需求以及民族文学的整合等角度去分析，林纾在中国翻译文学史上的地位是功不可没的。

四、中国翻译文学广泛而深远的影响

中国的翻译文学历史悠久，源远流长。无论它处于弱小的边缘状态，还是强大的主流状态，都已融于中华民族的文学之中，成为中国文学不可或缺的一部分。它横驻中外文学之间，又成为中外文学与文化交流的一个重要的组成部分。因此，翻译文学对中国文学的影响是多方面的。

（一）文艺思想方面的影响

中国在魏、晋以前，尚无独立的文学观念。文学当时被笼统地包容在整个文化与学术领域之中。直至所谓文学自觉的魏、晋时代，文学理论才作为独立的学术范畴逐渐发展起来。此时正值佛典大量传译，佛经文学大量流传的时期，其中佛学的理论对中国建立与发展文学理论有很多影响。中国文人借鉴佛典的认识论、方论、宇宙观,对文学的性质与功能、文学创作的规律等问题提出许多新的见解和观点。①

刘勰的文学思想基本上属于儒家思想范畴,但他也经常在《文心雕龙》中强调"心"在创作中的作用。中国文学思想史上的"形神"、"形象","形似"与"神似"等问题,都可发现佛教、佛典影响的痕迹。佛教瑜伽行派的著作被译成中文后,其关于认识论方面的理论影响了中国文学理论中的"境界"说。中国诗论中就曾有论述诗境的理论,自诗僧皎然始,至中、晚唐时,论诗境蔚然成风。以禅喻诗在中国颇有传统,严羽在《沧浪诗话》中就说:"禅道惟在妙悟,诗道也在妙悟",二者的契合点和相通之处恰恰在"悟"上。佛理与中国文艺思想的密切关系在中国已形成传统。

鸦片战争以降,中国思想界掀起了激烈的思想斗争,其中新文化和旧文化的斗争尤其激烈。当时,在教育制度问题上,有学校与科举制度之争;在学术思想问题上,有新学与旧学,即西学与中学之争;在文学问题上,有新文学与旧文学之争。而当时所谓的学校、新学(西学)、新文学等,对摧毁旧中国的各种封建意识,都起到了积极的推动作用。中国翻译文学就是在新兴资本主义和落后的封建主义的斗争中兴盛发展起来的。最初的翻译文学拓宽了中国知识阶层的视野,引进了西方民主主义思想。"五四"运动中,中国产生了一支完全崭新的文化生力军。这支文化军队,为了打垮毒害中国人民的封建传统、蒙昧主义,提出了用"德先生"(民主)和"赛先生"(科学)改造中国的要求。为了这个目的,翻译家们,不管他们的主观意愿如何,通过翻译文学传播了个性解放和自由、平等、博爱的思想,为中国的文化革命提供了思想武器。许多翻译文学作品中还介绍了西方的婚姻自由、男女平等的思想,对推动中国的妇

---

① 参见孙昌武:《佛教与中国文学》,上海人民出版社,1988年,第322—381页。

女解放运动发生过良好的影响。由于当时中国正处于半封建半殖民地状态，中国翻译界对介绍被压迫人民的文学是很重视的。这时期翻译的亚洲和欧洲弱势民族的文学和俄国批判现实主义文学，使广大读者"明白了一件大事，是世界上有两种人：压迫者和被压迫者"（鲁迅语）。这种思想影响非常重要和深远，它使中国新文学的主流从一开始就走上了为人民大众服务的健康道路。革命先驱李大钊在《什么是新文学》一文中认同："宏深的思想、学理，坚信的主义，优美的文艺，博爱的精神，就是新文学土壤根基。"他为中国新文学的发展，指明了正确的方向。

翻译文学对中国新文学的影响是多方面的，既有世界观方面的影响，也有创作方法上的影响，其直接成果则表现在许多作家的创作过程之中。中国现代的小说、诗歌、散文、戏剧等，在从翻译文学中吸收了思想营养之后，不是削弱了中华民族原有的优秀思想、传统和道德观，而是使之更高尚，更完美，更符合历史要求，更富有时代精神。

（二）艺术形式方面的影响

佛典的文学表现主要在其多思辨和多形象两方面。这两点都潜移默化地影响着中国文学的艺术形式。如夸诞譬喻、玄想无稽、神变奇异等，这只是抽象的艺术形式，而具体的艺术形式则更多地表现在以下几个方面。

对散文的影响。魏、晋以后，中国佛教信徒中的一些知识分子既接受了佛典的表现艺术和写作方法，又掌握了中国传统的散文技巧，融会贯通写出不少佛家文章。其中包括汉译经论和中国佛家作品，这显然是中国散文史上的一大成果，同时又促进了中国散文的发展。

对诗歌的影响。佛典中有不少散韵结合的经文。其中"祇夜"

和"伽陀"是宣扬佛理的独立的韵文。二者在汉译中统称为偈、颂或偈颂。它们为中国诗歌输入了不少新的艺术表现方法。首先是使诗风通俗化、自由化、大胆运用民间语言。这种通俗诗体在唐代大为流行,至明、清,仍有人在提倡。其次是诗意的说理化。这类诗有一定的意境,哲理或从诗语中自然流露或意在诗外。到宋代诗人借诗讲义理,作诗如参禅形成一代风气,再次是丰富了诗歌的表现手法。偈颂中极甚夸张、极尽铺排的表现手法增强了中国诗歌的艺术感染力。

对小说的影响。佛典影响中国小说,首先在思想内容方面,其次在艺术构思方面以及表现方法方面。晋代的志怪小说集、唐代的传奇等皆不乏亡灵神怪,因果报应、生死转回、人生如梦、灵验报应等内容,这和佛典中的许多内容有承继关系。

对戏曲的影响。从文学发生学的角度来看,中国戏曲比小说发展为晚,因此在主题、题材、结构、情节、人物等方面都程度不同地受到小说的影响。其中有直接或间接取自佛典的戏曲题材,有剧作家接受佛家意识形态进行的创作等。

对中国民间文学的影响也不少,如变文和宝卷等等。佛教翻译文学促使中国文学极大地改变了自己的艺术风貌,对中国文学的思维方式、表现方法以及体裁、语言上的影响都是巨大的。

中国古典文学在漫长的历史时期,经过各民族长期的创作实践而逐渐成熟起来的,是历代劳动人民和知识分子智慧和血汗的结晶。中国古典文学的艺术精华至今仍闪烁着灿烂的光华。但是,由于中国经历了两千多年的封建社会,那些适应其需要的文学艺术形式已远远满足不了新时代的需要。譬如中国古典小说的章回体,于宋代兴起,在话本小说《大唐三藏取经诗话》中已初具雏形,后来不断流传,逐渐成为中国古代小说的固定模式,历经宋、元、明、清,直至民国初年,还被采用。章回体小说,平铺直叙,形式呆板，少于变化。首先打破章回体小说形式的是中国近代著名翻译家林纾。他于1899年翻译出版的小说《巴黎茶花女遗事》，就完全摆脱了章回体的束缚。郑振铎对林纾的这个创造性贡献曾予以高度重视，他在《林琴南先生》一文中说："中国的章回小说的传统体裁，实从他开始打破——虽然现在还有人在作这种小说，然其势力已大衰。"林纾以著名"古文家"的身份革新古典小说形式的这种大胆的创举，在当时的历史条件下难能可贵。他不仅在提高小说的地位，扩大小说的影响方面做出了重要贡献，而且使传统的中国文学形式向前推进了一大步。

中国现代新诗形式的创立也和翻译文学的影响有直接关系。中国许多现代的著名诗人，如郭沫若、闻一多、刘半农、徐志摩、戴望舒等等，都亲手翻译介绍过很多外国著名诗人的优秀诗篇，这对中国新诗的形式和发展起过良好的作用。

中国现代散文的成就曾受到鲁迅的重视，究其原因，鲁迅在《南腔北调集·小品文的危机》一文中曾阐述说："到五四运动的时候，才又来了一个展开，散文小品的成功，几乎在小说、戏曲和诗歌之上。这中间自然含着挣扎和战斗，但因常常取法于英国的随笔，所以也带一点幽默和雍容；写法也有漂亮和缜密的，这是为了对于旧文学的示威，在表示旧文学之自以为特长者，白话文学也并非做不到。"

中国新文学运动中产生的新剧种——话剧，更是直接脱胎于翻译文学才揭开了序幕。中国第一个话剧团体——春柳社，最初上演的剧目就是根据翻译小说改编的剧本《茶花女》和《黑奴吁天录》。周扬在《表现新的群众的时代》一文中说："话剧是最现代的进步的戏剧形式，但它是从西洋输入，并且作为旧剧的彻底否定兴起来的（这个否定在五四当时是有革命作用的），而且又完全是在都市长生起来的。"

综上所述，中国现代小说、诗歌、散文、戏剧，在其形成和发展过程中无不受到翻译文学的深刻影响，但这种影响一直是在立足于创新，立足于"洋为中用"的基础上而发挥其重大作用的。翻译家的功劳就在于他们把外国文学中的精华用民族语言再现出来，使其成为中国广大群众所乐于接受的东西，为发展中国新文学提供了营养。

（三）文学语言方面的影响

语言是一种社会现象，是人类交际和交流思想的工具，也是推动社会发展的重要力量。每个民族的语言都不是孤立的，它是在全民族的社会实践中以及和外民族的交往中逐渐形成和发展起来的。中国的主要语言——汉语，在其发展过程中也受到过兄弟民族语言和外国语言的重要影响。中国现代语言之所以比古代语言更严密，更富于表现力，就是由于我们保存了古代语言的精华，又吸收了外国语言中的某些语汇成分和语法成分，并随着中国社会的发展而发展。

佛典的翻译丰富了当时中国的文学语言。佛典的传入促进了中国人思维的变化。思维的形式是语言，因此，这种变化必然会反映到口头语言和书面语言上来。例如佛典中的一些新观念的输入引进了大量新词，从而极大地增加了汉语的词汇量，而佛典翻译必然促成许多外来语法结构输入中国汉语，这反过来又影响到中国人的思维方式。佛典的翻译语言与传统的中国汉语，在发展中形成相辅相成的辩证关系。

"五四"前后掀起的白话文运动，为中国现代语言的发展，开辟了广阔的道路。在这场运动中，翻译文学为中国新的文学语言的形成建立了不朽的功勋。许多翻译家都为中国现代文学语言输入了营养成分。瞿秋白在与鲁迅讨论翻译时说："翻译除了能够介绍原本的内容给中国读者之外——还有一个很重要的作用：就是帮助我们创造出新的中国的现代言语。"翻译家的创造性劳动证明瞿秋白的论断是正确的。这正如毛泽东在《反对党八股》一文中所指出的："要从外国语言中吸收我们所需要的成分。我们不硬搬或滥用外国语言，是要吸收外国语言的好东西。因为中国原有语汇不够用，现在我们的语汇中就有很多从外国吸收来的。例如今天开的干部大会，这'干部'两个字，就是从外国学来的。我们还要多多吸收外国的新鲜东西，不但要吸收他们的进步道理，而且要吸收他们的新鲜用语。"

但是，翻译工作者引进外国语言中的有用成分和新鲜用语，并非轻易之举，而是要克服种种困难，花费很多心血的，许多翻译家都为之进行过艰苦的劳动。中国古代翻译佛经的高僧就曾新创造很多富有表现力的新鲜用语和词汇。梁启超曾在《饮冰室合集·专集》第十四册中指出，"……其（指新的成分和词汇——笔者）见于'一切经音义''翻译名义集'者既各以千计，近日本人所编《佛教大辞典》所收乃至三万五千余语，此诸语者非他也，实汉、晋，迄唐百年间诸师所创造，加入吾国语系统中，而变为新成分者也。"中世纪的中国佛经翻译大师们，在十分艰巨的条件下创立了白话的前身——语体，"使语体显然成了一大流派"（成仿吾《从文学革命到革命文学》）。"五四"以来，中国著名的作家和翻译家，如鲁迅、瞿秋白、郭沫若、茅盾等，都为中国新的文学语言的确立和发展作出过卓越的贡献。中国现代汉语中的丰富的词汇和严密的语法，除了人民群众的创造和这些作家、翻译家的贡献是分不开的。今天中国语言文字、词汇、语法，得益于翻译文学之处，比比皆是。

（四）结语

中华民族是富有创造性和善于学习的民族，伟大的中国文化就是中国各族人民通过不间断的创造性劳动和注意吸收外来文化的影响而逐步建立起来的。中国古典文学是中国古代人民创造的,它的光辉成就也包含着古代翻译家的功劳。中国现代新文学出现在中国社会的大变革时期,它的产生和发展则和中国翻译文学息息相关。正是由于中国人民的创造性劳动和善于学习的精神,才使得我们克服了民族的片面性和局限性,才使得中国文化成为世界上最光辉灿烂的文化之一。当然。外来文化决不能代替民族文化,外国文学也不能代替中国文学。伟大的中国文学具有中华民族的特色和中国的气魄,它是人类文学宝库中的灿烂的明珠。在悠久的发展过程中,中国文学曾不断受到外国文学的影响,不接受这种影响或不承认这一事实是不对的,但接受影响不等于简单的模仿,而是要像鲁迅所说的那样——"放开眼光,自己来拿"。正如同人体吸收营养一样,中国文学把外来的影响当作营养来吸收利用,才能使自己的身躯健康成长。世界文学经典经过翻译家的再创造成为各民族的文学财富,因此,我们在充分肯定翻译家们对中国新文学的贡献,充分肯定翻译文学的历史地位的同时,必须注意发展民族新文学,提高民族自信心。只有不断发扬中国文学的民族性精华,中华民族才能对世界文学的发展作出应有的贡献,才能让中国文学在世界文学的大花园中结出累累硕果,飘香万里,世代芬芳。

《中国的外国文学研究·亚非诸国文学卷》导论[①]

一、本体论视域中的亚非文学研究

亚非是相对于欧美的区域性称谓，亚非文学主要包括亚洲和非洲地区的文学，是世界文学的重要组成部分。从研究角度来分析，它应属于比较文学总体文学研究的范畴。从渊源上看，生活在这一区域的人民有着相近的历史命运，相似的人文关怀，感同身受的审美传统。从现代来看，这一区域的人民形成了相互理解的东方精神，相互融通的东方智慧，相互认同的东方情操。在此基础上，亚非文学研究者对该区域的重要作家、作品、文学思潮等文学现象进行深入的分析与研究，找出其中的规律，总结经验，为今后的研究提供科学而有说服力的借鉴，提升亚非文学研究的品位，才真正具有学术史意义。

亚非文学研究始于20世纪初期的欧美学术界，他们在挖掘整理已有的文字材料、破解亚非主要国家文字的基础上，对中国、印度、阿拉伯和日本等国家和地区的文学进行了阐释。中国的亚非文学研究始于20世纪20、30年代，周作人、谢六逸对日本文学的研

[①] 本文是《新中国外国文学研究六十年·亚非诸国文学卷》的"导论"，重庆出版社，2014年。

究，许地山对印度文学的研究等成绩尤为显著。郑振铎的《文学大纲》对东方文学作了较多篇幅的论述，但这些研究都只停留在对于个别国家文学的研究层面上。真正意义上的亚非文学研究还是开始于20世纪50年代，即新中国成立以后。在亚非作家会议召开的背景下，大量的亚非国家的作家作品被译介到中国。随之许多高校开始开设亚非文学的相关课程，亚非文学的研究也提到日程上来了。随着教学研究的深入，亚非文学内部的规律和体系也日见明朗。20世纪60年代刚刚有些建树的亚非文学研究就因"文化大革命"而中断，直至80年中后期，才重整旗鼓，恢复发展起来。亚非文学的学习不仅被列入高校的教学大纲，而且成为各级研究所的研究对象，专家学者联手协作编著了一些专著和教材，多次举办了全国性的讲习班和培训班。20世纪90年代至21世纪初，亚非文学的翻译与研究已有很大的发展，虽然相比欧美文学还有差距，但蓬勃发展的态势已蔚然成风。

亚非地区的几人文明古国都属于河流文明，它们在古代社会几乎经历了大致相似的社会历程，近代以来大多都沦为殖民地、半殖民地，在走向现代化的历史进程中又有大体一致的历史境遇。尽管在面对欧美文化的冲击时都采取了略有不同的回应措施，但是在努力保存自己民族的文化传统、文化心理方面还是相通的。因为"亚细亚生产方式"决定了亚非地区古代主要国家的人们几乎具有相同的价值观，即个人的从属关系。子女理应从属父母，卑下者理应从属于高贵者，所有的人都应从属于人间的最高权威和天上的最高神明。而到了近现代，上述地区的人民从上千年的生活体验中得知没有和谐、安定、合作的生活环境就无法生存，这种自发意识经过智者的归纳、提炼，升华成为传统的价值观，即和谐有序的价值体系。

这种相近的文化心理结构，相似的思想价值体系，相通的思维行为方式就形成了亚非文学同质性的文化潜质。这种近似统一的文化精神深深地潜藏在亚非近现代文学的传统之中。亚非地区在文学上民族传统与域外传统有对抗也有交融。由于文化势能的差别，强势的欧美文化对弱势的亚非文化形成有力的冲击与多方的渗透，亚非文学在转型过程中，华丽变身，表现出别具一格的美学特征和文化特质。

二、多元文化语境中的亚非文学研究

亚非文学在中国是一个新兴的研究领域，由于它的研究时间短，学术历史也不长，给研究者造成较大的学术困境。亚非文学的研究囿于文化传统多源、宗教信仰多样、民族语言各异、文学记载较晚、交通阻隔严重、文学生态发展不平衡等主客观的原因，始终被有些学者视为畏途。长期以来，由于缺乏创造性、科学性的世界观和方法论，人们难以发现其发展的特点和规律性。亚非文学各民族文学之间，由于不同的文化背景，不同的价值观和审美观，所创造的文学必然会超越民族界限、语言界限和时空界限，成为世界文学的一部分。

首先，近现代以来的亚非文学在民族文学传统和欧美文学冲击的交互活动中逐渐融入世界文学的大潮，这已成为一种大趋势。他们在继承传统与吸收先进的过程中，艺术技巧不断提高，创作体裁逐渐完备。在诗歌方面，叙事长诗、抒情诗、散文诗等方面都不乏优秀之作，此外还出现了欧美文学中也少见的简洁明快、富于感召力的歌谣短诗等。印度大诗人泰戈尔的诗歌创作代表了亚非诗坛的最高成就。小说形态是亚非文学中的新秀，它以蓬勃的朝气活跃于亚非文坛，表现出巨大的活力和光辉前景。长篇、中篇、短篇小说也呈现出繁荣局面。日本的川端康成和埃及的马哈福兹的创作都赢得了世界声誉。

欧美文学的冲击虽然在相当大的程度上影响了亚非文学的发展进程,并给各民族文学带来巨大的困惑,但是客观上也为亚非民族作家和文学的发展提供了空间。面对这一难题他们在长期的探索中找到了明确的答案。开始从纯文学和审美的角度去看待现代欧美文学的发展,尤其是现代主义文学。20世纪70年代以后,经过独立后民族激情的洗礼,亚非文学的作家逐渐以冷静的目光审视世界文学的演变,借鉴欧美现代文学表现手法的自觉程度大大提高。他们纷纷走出国门,向全世界展示各自民族文字的独特魅力。亚非文学不再是欧美文学非平衡关系的弱势一端,两者之间改变施惠者与受惠者的关系,开始建立起真正的平等关系,于是对话、沟通成为主流。一些亚非作家在坚持民族文学传统和风格的基础上,有意或无意地融合欧美文学,尤其是现代、后现代文学前卫的表现方法,创造出具有世界影响的文学作品。可以确切地说,现当代亚非文学已基本融入世界文学之中,并成为其主潮之一部分。

其次,亚非文学从启蒙开智、救亡图存到批判性考察殖民关系,始终未间断探索民族自我建构的努力。亚非近代以来的文学在欧风美雨的影响下,对传统的封建文学进行改革,由传统的古典文学向反帝反封的新文学过渡。随着"西学东渐"的大潮袭来,一些留学或旅居欧美,且受其文化文学熏陶,但又具有强烈民族意识的知识分子,积极进行文学改良,倡导建立适应时代发展,表现时代精神的民族新文学。19世纪中期以来的亚非各国几乎都程度不同的有过引进译介欧美文学的阶段。欧美文学中的民族意识,人道主义精神,以及反映现实的风格,是近现代亚非文学发展的外部推力,而亚非各国反帝反封,呼唤民族意识,改革社会现实的实际需要,才是近现代亚非文学发展的内在动力。因而这一阶段的亚非文学从整体上讲,属于启蒙文学性质。在文学观念上,强调文学服务于现实；在文学内容上，以揭露封建黑暗、批判殖民压迫，追求自由、民主为主体；在文学意义上，主要思考民族独立，国家振兴的出路问题。其文学创作的目的是对广大民族进行启蒙思想教育，鼓舞人民为争取民族独立、争取自由、民主而奋斗。这个时期出现了一批在各国产生巨大影响，甚至世界影响的诗人和作家。如朝鲜的李箕永、缅甸的德钦哥都迈、印度的普列姆昌德、巴基斯坦的伊克巴尔、伊朗的赫达亚特、埃及的塔哈·侯赛因等。他们的作品都具有强烈的反帝反封和民族民主的进步内容，主题鲜明，笔调深沉。

亚非文学发展到当代阶段，呈多元发展的趋势，但"后殖民文学"却逐渐形成主流。对于"后殖民文学"，欧洲学者认为："它倒并不是仅仅指帝国'之后才来到'的文学，而是指对殖民关系作批判性考察的文学，它是以这样或那样的方式抵制殖民主义视角的文学。非殖民化过程不仅是政权的变更，也是一种象征的改制，对各种主宰意义的重铸。后殖民文学正是这一改制重铸过程的一部分。"①简言之，亚非后殖民文学就是亚非地区对"殖民关系作批判性考察的文学"，是该地区摆脱欧洲殖民统治后，作家以历史主体地位的身份，审视殖民关系，在民族文化建设的层面上确定真正的民族自我的一种努力。亚非地区的国家独立前文学的主旨是救亡，是反映国家要独立，民族要解放的要求，性质是"反殖民主义文学"。独立后这些政治愿望已经实现，亚非文学面临的是欧美文化霸权背景下的民族文化建设与发展的问题。因此后殖民文学的创作主旨就是将民族传统的精华与当代优秀的文学进行有机地整合，以确保独立自主的民族国家自立于世界之林。这也是贯穿整个当代亚非文学发展过程中的最基本特征。这其中印度尼西亚作家普拉姆迪亚、土

---

① 艾·博爱默：《殖民与后殖民文学》，盛宁、韩敏中译，辽宁教育出版社、牛津大学出版社，1998年，第3页。

耳其作家奥尔罕·帕慕克与尼日利亚作家沃尔索因卡等的作品最有代表性。

再次，亚非文学自近代以来，尤其是20世纪之后，得到多元的、全方位的发展。受欧美文学影响，亚非文坛多种文学潮流交相涌动。欧美文坛数百年发生发展过的各种文学思潮，如启蒙主义、浪漫主义、现实主义、自然主义、唯美主义、社会现实主义、现代主义，以至后现代主义等，都在亚非各国文坛"亮相"表演，你方唱罢我登场，很难发现有哪一种思潮能得以充分的展示，相对而言，现实主义文学在亚非地区各民族文学中都取得较为满意的发展。这与近代以来各民族文学的历史担当是分不开的。亚非近代至当代作家出于对民族命运的焦虑，对国家前途的担忧，大都怀有民族忧患意识和民族悲剧感。正是这种强烈的民族危机意识，才使得这一时期的作家难以躲进文学的"象牙之塔"，而是以现实创作完成文学的社会功利目的。现实主义文学无疑最适合这一社会诉求。因此在各种文学思潮中，现实主义文学大家，如：日本野间宏、印度作家耶谢巴尔、缅甸作家吴登佩敏、埃及的谢尔卡维、尼日利亚小说家阿契贝等。他们的作品用现实主义的创作方法表现了对亚非当代社会各种状况的深切关注和深刻反映。

三、"东风"劲吹中的亚非文学研究
（20世纪50至70年代）

新中国成立以后，百废待兴，除中华民族的优秀文化文学遗产得到继承和保护以外，外国优秀的文化文学遗产也在"洋为中用"的号召下，大量进入中国的文化文学领域。尤其是在1951年底召开的"全国第一届翻译工作会议"和1954年中召开的"全国文学翻译工作会议"以后，外国文学的翻译与研究得到突飞猛进的发展。根据中国版本图书馆提供的 1949 年至 1979 年这三十年间中国翻译出版的外国文学目录统计，中国翻译出版了亚、非、欧、美、大洋五大洲 85 个国家 1909 位作家的 5677 种作品，其中包括 503 种不同的译本和版本。

  在建国后三十年的这段翻译出版、介绍研究外国文学的大潮中，亚非国家文学的翻译介绍也有突飞猛进的发展。东亚的日本文学作品是翻译、介绍研究最多的领域，翻译的作品不下百种，各种介绍研究的单篇文章和专著不可胜数。蒙古文学作品也有单行本出版，其中达木丁·苏伦和纳楚克道尔吉等著名作家作品都被译介过来，为研究者和读者提供了宝贵的材料。朝鲜的作品多达 70 多种译本都和中国读者见了面。东南亚国家中，除越南文学作品已翻译出版了三四十种单行本以外，还翻译出版了印度尼西亚、马来西亚、柬埔寨、泰国和缅甸等国的文艺作品。南亚地区除十卷本的《泰戈尔选集》已经翻译完毕，等待出版外，迦梨陀娑的《沙恭达罗》和《云使》早在 1956 年就有合订精装本。尤其是 1964 年金克木的《梵语文学史》的出版，对研究印度古代文学提供了极大的方便。其他南亚国家如：斯里兰卡、巴基斯坦等也都有了文学作品的译本问世。西亚各国中土耳其作家希克梅特的诗作也已结集出版，为研究土耳其现代文学和中国和土耳其文学的关系等提供了不少资料。其他如：伊朗、黎巴嫩、伊拉克、以色列、约旦、阿富汗等西亚国家的作家作品也都有汉译本出版。由于我国自成立以来就在国际政治格局中采取了与亚非拉国家结盟的政策，非洲国家的作家作品在亚非文学的翻译研究中也有了重要的一席之地。如埃及，它虽地处非洲，但文化文学传统却属于阿拉伯——伊斯兰，所以在一些像《阿拉伯短篇小说集》（作家出版社，1958）中就有埃及的作品。当然也有《埃及短篇小说集》（北京作家出版社，1957）；《埃及现代短篇小说集》（人民出版社，1958）、《台木尔短篇小说集》（1975）以及埃及著名作家塔哈·侯赛因的代表作长篇小说《日子》(1961)等问世。其他非洲国家如：喀麦隆、马达加斯加、埃塞俄比亚、南非联邦等也有文学作品在中国译介出版。这些国家的文学作品几乎都是第一次以单行本的形式出现在研究者的视野里。不论它们是直接译自原文，还是转译自其他国家文字，无论是当代的作品，还是古代的作品，都为研究者，尤其是非外语专业的研究者提供了极大的方便。

在提及亚非国家文学的翻译与研究时，还有两个重要的因素必须给予考虑，一是出版刊物《译文》的因素，另一个是人才培养的因素。新中国成立后不久，我国以译介外国文学作品为己任的刊物《译文》在停刊十六年后于1953年复刊。1934年9月在鲁迅和茅盾的组织领导下，对中国翻译文学有重要意义的刊物《译文》在上海创刊。一年后由于反动当局的迫害与查禁而被迫停刊。在以鲁迅为首的进步作家的努力下，又于1936年7月复刊。1937年6月再次停刊。《译文》从创刊到停刊总共近三年，共出29期，发表了一百篇译作。当时著名的翻译家鲁迅、茅盾、巴金等都在《译文》上发表过译文。译介的内容涉及俄、苏、法、英、德、意、匈、荷、丹麦、日本等诸多国家的作家。1953年《译文》的复刊，不仅是中国要重新大规模译介外国文学作品的一个标志和信号，同时也是中国即将要开展大规模的外国文学研究的一个前奏和缩影。它为1954年召开的"全国文学翻译工作会议"奠下了基石。1959年《译文》更名为《世界文学》，更表明它以译介包括亚非各国文学为己任的办刊宗旨。亚非文学的译文开始越来越多地出现在研究者的视野里。

亚非文学的教学、译介、研究的人才培养是和"季羡林"的大名分不开的。它不仅是我国大师级的专家，而且也是我国著名的教育家。他抛家舍业、废寝忘食地海外求学，归国创业，为中国的东方学学科的建立，东方文化对峙西方文化态势的形成，东方文学教学、科研体系的创制和发展，立下了空前绝后的卓越功勋。

1946年，季先生从德国归国期间，一路走、一路讲学，弘扬东方文化文学，深受南北方广大师生的欢迎。到达北京大学后，在当时印度学大家汤用彤的鼓励下创建北京大学东方语言文学系。一时间天下影从，诸多国内亚非文化、语言、文学的研究专家和学者云集北京大学。此后，在季先生的领导下，人才济济的东方语言文学系为我国东方文学的翻译与研究培养了一批又一批的杰出人才。他们活跃在我国的教育、科研、经济、外交、国防、军事等各个领域。半个多世纪以来，为我国的各项事业都做出了巨大的贡献。正是由于国家建设急需这些人才，相对而言，亚非文学的翻译与研究的人才还是缺少。此外，历史和现实的种种难以克服的各种因素，也加速了这种局面的恶化。尽管新中国成立后三十年是"东风"压倒"西风"的历史大趋势，亚非文学作品的翻译介绍相对欧美还是要少得多，而且文学研究一直显得薄弱。直至中国改革开放以后，这种趋势才发生了重大的转变。

四、改革开放后的亚非文学研究
（20世纪80年代至21世纪初）

1979年，中国进入改革开放的新时期，人们放眼世界、渴望新知、实事求是、博采众长，迫切需要广泛吸收和接纳外来的优秀文化成果，建设我国的社会主义新文化。知识界、学界对外国文学中的优秀思想和新的创作技巧，有着极强的求知欲。而外国文学翻译对于中国人了解世界、认识世界、启迪才智、创作借鉴、审美教育等方面都有不可或缺的意义。只有实事求是的分析，才能做出科学的论断。自1979年至今，翻译文学的发展日新月异。世界文学中的绝大多数文学名著几乎都已翻译出版。其中大部分是翻译原文原作，单独出版，也有在刊物上发表的短篇作品。之所以取得如此娇人的成绩,除翻译者的队伍不断扩大,质量不断提高以外,出版外国文学作品的单位不断增加也是一个重要原因。20世纪80年代末外国文学出版社就已达40多个,即使经过1990年调整,现在仍有20多个阵容最大、对外联合活跃的出版社,编辑人员已达千人。据不完全统计,从1980年至1986年,又新翻译了81个国家的1640多位作家的3300多种作品,至1989年已达近7000余种作品。至20世纪末,21世纪初,这种势头依然强劲。21世纪初全国出版的外国文学新书,2001年约为450种,2002年约为520种,2003年约为600种。1996年至2006年,翻译类新书(不包括重译和多版本译著)的数量已达到12.75万种,内容包括文学作品、语言教学、哲学社科、学术交流等。若计算重印的数量,翻译出版的外国文学作品每年可达千种以上。这些充足的精神食粮不仅满足了广大读者阅读审美的需要,而且为广大研究者提供了弥足珍贵的文本资料,促进了外国文学、尤其是亚非文学的深入研究。

自20世纪50年代开始,由于形势的需要,翻译工作者和研究者就已开始重视对亚非文学的翻译与研究了。发展到20世纪80年代这几乎已经成为传统,亚非文学的翻译与研究由于多方面的提倡和多单位的努力,以及高校教师和科研人员的共同努力,得到长久的发展并取得了可喜的成就。例如:亚非古代文学主要有以日本的《源氏物语》为代表的物语文学,以《日本谣曲狂言选》为代表的戏剧文学;印度有以两大史诗《罗摩衍那》和《摩诃婆罗多》为代表的史诗文学,以迦梨陀娑创作为代表的梵剧和抒情诗;波斯有鲁达基、菲尔多西、萨迪、海亚姆为代表的古典诗歌;阿拉伯有《一千零一夜》的全译本等,都已译介到中国,并成为众多学者研究的重点。又如现当代文学主要作家有朝鲜的赵基天、李箕永、韩学野等;日本有小林多喜二、芥川龙之介、井上靖、水上勉、川端康成、大江健三郎、村上春树等;印度尼西亚有普拉姆迪亚等,印度有泰戈尔、安纳德、普列姆昌德、查特吉、克里山·钱达尔等；巴基斯坦有伊克巴尔等；黎巴嫩有纪伯伦、努埃曼等；伊朗有赫达亚特等；土耳其有奥尔罕·帕慕克等；埃及有哈基姆、马哈福兹、塔哈·侯赛因等；塞内加尔有乌斯曼；尼日利亚有索因卡；南非有戈迪默、库切等，这些作家的代表作或主要作品基本都已译介到中国。此外菲律宾、越南、缅甸、泰国、以色列、几内亚、肯尼亚、坦桑尼亚等国的著名作家有代表性的作品，也基本都译介到中国，为中国众多的研究者提供了方便，使亚非文学的研究重点突出，涉及面广，有了更大的广度和深度。

20世纪80年代开始，还翻译出版了许多小说集和丛书。比较有影响的有元文琪等翻译的《亚非拉短篇小说集》(1980)，刘寿康等翻译的《亚非民间故事集》(1980)，李玉琦等翻译的《血谷》(见《西亚北非短篇小说集》，1981)沈春涛等翻译的《东方短篇小说选》(上、下，1988)等，此外还有《日本文学丛书》(1984—2010)，《东方文化丛书》(1990—1997)，《非洲文学丛书》(1983—1988)和《亚非拉文学丛书》(1984—1993)等。这些选本，不仅规模庞大，而且内容涉及面广，对读者和研究者都影响深远。改革开放的第一个十年，随着外国文学作品译介的大潮，亚非文学也得到较为全面的译介，有了空前的规模。但是由于历史和现实的诸多原因，亚非文学作品的译介相对欧美而言还是显得薄弱。但就绝对数量而言还是相当可观的。它几乎涵盖了古今亚非重要国家主要语种的所有代表作家和流派思潮。这和中国作为一个有责任心的亚非地区的大国地位基本是相符的。

20世纪80年代，中国对亚非文学的研究开始全面展开。其成果首先表现在中国社会科学院外国文学研究所编撰的两卷《东方文学专集》(1979)和北京大学东语系卢蔚秋老师等编著的《东方比较文学论文集》(1987)。这些翻译介绍和研究东方文学的综合性成果为后续的研究树立了榜样和标杆。与此同时北京大学《国外文学》杂志在亚非国家文学译介与研究上的贡献更是功不可没。早在20世纪60年代，在季羡林先生主持领导下的北京大学东语系出于教学与研究的实际需要，提倡教师各自编写亚非各个国家文学史讲义。教师们一边讲课，一边编写，经历了"文革"十年的阻断，直至1981年季羡林先生主编的《国外文学》杂志创刊，才为这些教师提供了发表的机会。《国外文学》开始有计划地组织主要是北京大学东语系各专业的教师和部分中国社会科学院外国文学研究所和北京外国语大学的专家学者，撰写译介亚非各国文学概况的文章。正如《国外文学》"编者"说："东方文学是世界文学的一个重要组成部分。但因为种种原因，过去东方文学介绍得很不全面。为了补苴罅隙，本刊自本期起，将有计划地陆续介绍东方各国文学，以飨读者。"《国外文学》先后发表了姚秉彦、李谋撰写的《缅甸文学概况》（1982年第1期），张鸿年撰写的《波斯文学介绍》（上、下）（1982年第2、4期），梁立基撰写的《印度尼西亚文学介绍》（1983年第1期），刘振瀛撰写的《日本文学介绍》（上、下）（1983年第3、4期），卢蔚秋、赵玉兰撰写的《越南文学介绍》（1984年第1期），邬裕池撰写的《阿拉伯文学介绍》（上、中）（1984年第2、3期）和李振中撰写的《阿拉伯文学》（下）（1984年第4期），邓殿臣撰写的《斯里兰卡文学介绍》（1985年第1期），范荷花撰写的《泰国文学介绍》（1985年第2期），史习成撰写的《蒙古现代文学介绍》（1985年第3期），黄宝生撰写的《印度古代文学》（1985年第4期），刘安武撰写的《印度印地语文学介绍》（1986年第1期），李宗华撰写的《印度乌尔都语文学》（1987年第1期），鲁正华撰写的《尼泊尔文学介绍》（1987年第2期），董振邦撰写的《阿富汗文学概述》（1987年第3期），白开元撰写的《孟加拉国现代文学概况》（1989年第1期），张良民撰写的《老挝文学介绍》（1989年第2期），邓淑碧撰写的《柬埔寨文学介绍》(1990年第1期)。这20位专家撰写的15个国家的古代和现代文学史为亚非文学研究提供了极其珍贵的资料,为今后亚非国别文学研究奠定了坚实的基础。他们筚路蓝缕,以启山林之功,是东方文学界的一座丰碑。其中大部分学者都为1984年在北京大学东语系举办的全国高校东方文学讲习班的教师讲过文学史的课,培养了一批热爱东方文学,从事东方文学教学与研究的中坚力量,他们至今仍活跃在教学第一线,成为中国部分高校东方文学的骨干。

20世纪90年代,至21世纪第一个十年,亚非文学的翻译与研究进入一个新的阶段。首先是由于国内许多高校都开设了东方文学的基础课或选修课,授课教师从事东方文学研究,招收东方文学专业的硕士生和博士生,不仅形成了阵容强大的学术群体,同时也促进了国内东方文学的翻译与介绍。其次,以中国社会科学院外文所东方文学研究室为龙头的全国各地的社科研究机构,以其精、专、深、广的研究价值取向,不仅在国内享有盛誉,同时在国际上,尤其是亚非各国的学术界也颇有影响,其研究成果受到外界极大的重视。第三,中国学者依靠自己的力量撰写了亚非一些国家和地区的文学史,不仅填补了我国的研究空白,在亚非学术界也获得广泛赞誉,如对阿拉伯文学、非洲地区文学、东南亚地区的区域性总体研究成果,都令人瞩目。尤其是亚非近期获得诺贝尔奖的作家研究引发了中国学者的极大兴趣。

总体来看,虽然亚非文学在近年来的研究呈现出越来越热的趋势,并随着亚非地区国家在国际上地位的提高和文化的发展,越来越受到国内外的重视。但是与欧美文学相比还存在着明显的不足与差距,其最大的也是最明显的不足就是研究发展不平衡。亚洲地区与非洲地区的研究不平衡、强国与弱国的研究不平衡、大民族与小民族的研究不平衡、文人创作与民间创作的研究不平衡、古代与现当代的研究不平衡、文学形式与文学理论的研究不平衡、小说体裁与诗歌体裁的研究不平衡等。尽管在今后的研究征程中，定会有诸多的困苦和艰难，但只要我们中国的学术界，尤其是东方文学学术界的同仁们能高瞻远瞩通观全局，在这块园地大胆开掘，精心经营，我想中国的亚非文学研究在不远的将来，定会绽放出耀眼夺目的奇葩。

东方戏剧美学——陌生的世界[①]

东方是广袤神奇的大地。植根其上的文化艺术以璀璨辉煌的光焰照亮了人类文明史上漫漫的长夜,至今仍以顽强的生命力和经久不衰的魅力,使人类的精神生活得以丰富和完美。其中堪称瑰宝的戏剧、舞蹈、绘画、音乐等,尤为震烁东西古今,并以五色纷呈的风姿神韵,奥妙无穷的美学风范,给人以赏心悦目的享受。

自近代以来,不论其目的如何,西方学者对东方的研究已经由最初的印度学、中国学(汉学)、日本学、伊朗学等分散独立的学科,形成一门综合、专门研究东方的学科——东方学。一批西方学者怀着强烈的开拓欲望,伸出渴望获得新营养、新知识、新技巧的触角,突破自身文化形成的封闭网络,殚精竭虑地想破译"东方"这个斯芬克司之谜,他们企图从东方的艺术中领悟一种更深的哲理、更淳朴的人生态度以及对艺术本质的新的更符合人性的理解,东方艺术便成了西方学者的又一片新大陆。相比之下,东方学者由于缺乏审视自身的最佳角度,难以整体把握东方精神故园的全貌,加之面对西方科学与文明所产生的不同形式的自卑感,使整体的东方意识受到削弱,多年来一直受到身在庐山之中,"难识庐山真面目"的困惑,因而形成了东方学者远逊于西方学者对东方研究这样一种现实错位与尴尬局面。在这种缺乏自信心的所谓"西方情结"

[①] 本文是《东方戏剧美学》"导论",经济日报出版社,1997年。

的困扰之下,东方戏剧的整体研究和美学价值的理论评估则更成为不可能。

戏剧在东方同西方一样也是一种历史悠久的艺术形式。作为综合性艺术,它需要文学、舞蹈、音乐、美术等诸种可感性美学载体,天衣无缝地杂糅与融通于一体。作为动态艺术,它又呈现出以歌舞和表演故事为主的,存在于舞台时空的演出形式。正如古代印度最早论述戏剧、舞蹈、音乐的文艺理论著作《舞论》指出的,"戏剧将编排吠陀经典和历史传说的故事","这种有乐有苦的人间的本性,有了形体等表演,就成称戏剧"。[①]中国古代戏剧理论家则认为:"并曲与白而歌舞登场","至元而始有戏剧。"[②]东方戏剧艺术在不断发展的历史长河中,曾出现过许多本体论的界说,但终究未能脱离上述的本质特征。

美学是一门年轻的科学门类,作为哲学的一个分支,它在欧洲也是近200年来才开始使用的新名称,西方学者为建立科学化的美学学科进行了长期不懈的努力。至近代美学研究开始传入东方。日本的中江兆民(1847—1901)在译著《维氏美学》中首次引用了西方美学观念。印度的泰戈尔(1861—1941)以介绍西方美学先驱的姿态写下了许多篇美学专论。美学作为一门独立的学科传入中国只有几十年的历史,王国维(1877—1927)以西方近代美学思想考察分析中国文学,成为贡献出创造性成果的第一人。嗣后的一些东方学者在研究美学的过程中开始注意到东方美学,但那只是将其视为一种观照对象,一种西方美学的参照系,而极少有人将其作为一种思维工具。东方美学虽然为现代孕育出不少美的实迹和创造者,却未能在理论上构建起体系。

---

① 《古代印度文艺理论文选》,人民文学出版社,1980年,第4页。
② 王骥德:《曲律·杂论上》,《中国古典戏曲论著集成》,中国戏剧出版社,1959年。

与东方美学的研究状况相比，东方戏剧美学的研究更显薄弱。因为它需要人们将美学研究的目光投射到东方艺术的层面，将美学研究的热情投入到舞台上，使人类境况的戏剧化趋势成为当代美学思考的重要一翼。就东方戏剧的整体性而言，其美学的批评视境理应包括、实际也包括对中国戏剧美学的思考。难以设想东西方的戏剧美学研究者的心目中，会有意或无意地回避对中国戏剧美学的探讨，因为那将是跛足式的理论研究与构想。但是，鉴于中国戏剧美学的著述与研究者较多，而对东方其他国家的戏剧美学研究甚少的缘故，在宏观审视与归纳东方戏剧美学时，只将中国戏剧视为一个背景，作为一个观照对象，而将探求其他东方国家戏剧美学奥秘作为研究重点，这是东方戏剧美学研究应取的最佳态势和方式。

　　东方戏剧是世界戏剧的组成部分，研究东方戏剧美学的前提是以西方戏剧美学为理论参照。为了强化两种不同的理论体系各自畛域内的美学特性，不能完全援用领先一部普及的西方美学模式和理论框架、概念及范畴来套笼东方戏剧艺术的发展规律和特征，因为这种研究手段无异于削足适履。东方多文明古国、原始形态的艺术风范流播广泛而久远，形成在戏剧传统、审美心理和对话语境等方面和西方的明显差异。如果袭用西方某种美学体系研究东方戏剧美学，往往会陷入哲学史和艺术史的泥淖之中。因此只有从实际出发，而不是从理论出发，运用科学实验和分析归纳的方法，研究东方戏剧反映生活的基本规律及其独特的审美特征，才能对东方戏剧美学基本趋于统一的概念的范畴进行界定，以便能够追索出一种全新的艺术思想。正如李希凡先生所指出："为了更准确地把握东方艺术与美学的规律和特色，东方应当致力于挖掘自己的艺术、美学的宝贵遗产，系统地、深入地探讨它形成独特体系与形态的源流，并对其进行科学的整理"①。

东方戏剧美学试图探索东方戏剧内部的各个美学层面，以及东方各国戏剧在冲撞、选择、融合、再造等历史现象中所蕴含的美学底蕴。东方戏剧本体有足够的艺术原动力、理论思维，以及雄厚的文化积淀，和西方戏剧在美学领域里平分秋色。现代一些戏剧理论家在比较研究东西方戏剧美学异同的基础上，从纵向戏剧发展史的角度，提出古希腊戏剧、印度梵剧、中国戏曲为世界三大古老戏剧系统；从横向戏剧观念和表演方法的角度，提出斯坦尼拉夫斯基、布莱希特、梅兰芳三大体系，将东方戏剧置于世界戏剧的立体坐标中进行美学评估，力图揭示出东方戏剧中那些形式和内容皆迥异西方的美学本质。

戏剧是以感性的艺术形象、直观的方式，给人以审美启示的艺术。主体文化的发展、裂变、演绎，外来文化因素的渗透、浸润、影响，都促使人们从更广阔的文化空间来把握戏剧变化流程，对原有的戏剧美学进行理论调整与观念更新，这就要求东方戏剧美学研究注意美学范畴的相对稳定性和延续性。对各类戏剧的种种特质进行理论阐释，作出美学价值判断；对各国戏剧文本和演出实践进行理论总结与美学分析，都是东方戏剧美学研究亟待垦拓的领域。而现代东方戏剧在形式上对传统结构模式的突破，时空大幅度跳跃、舞台上下之间据距离的伸缩，象征手法的运用；在内容上加强哲理性思考、抽象化理解、潜意识的揭示、强化心理流程探索等等，又为东方戏剧美学的研究提出了新课题。只有运用现代的文化学、社会学、人类学、民俗学、阐释学、心理学、接受美学、符号学等科学的研究方法，力图透过民族文化、精神实质、心理态势等深层结

---

① ［美］托马斯·芒罗：《东方美学》序言，欧建平译，中国人民大学出版社，1990年。

构去探寻东方戏剧美学的深涵,才能使这一研究成果升华为理论,最后上升到哲学的高度,取得事半功倍的效果。

中国已故的著名哲学家、美学家宗白华先生毕生致力于东方文化艺术美学的研究。他认为:"美学就是一种欣赏。美学,一方面讲创造,一方面讲欣赏,创造和欣赏是相通的。"[①]戏剧尤其蕴含着创造和欣赏相通的美学特质的艺术。它是戏剧家融文学、舞蹈、音乐等诸种修养为一体,并将它以舞台演出的形式展现在观众面前,并供其自由欣赏的激魂荡魄的艺术。东方戏剧美学就是要从创造和欣赏的两极,即主体与客体两方面探讨与建构东方戏剧美学原则。使这一理论系统不仅能适应东方戏剧的主要模式,而且能从美学高度考察东方戏剧的历史与现状,对各种戏剧现象作出合理的解释。其中包括剧作家和表演艺术家对戏剧矛盾情势的处理、东方悲剧和喜剧的特点、角色和观众的心理以及东方戏剧的起源与发生等问题。从而使东方戏剧艺术这一东方民族文化创造生活的程式和手段有了审美认识价值。

戏剧美学是一块尚待开垦的处女地。即使在西方美学中,戏剧美学的研究有待于进一步深入展开。不少当代戏剧美学家又超越戏剧而将视线投向影视美学的领域,进一步造成戏剧美学的乏力状态。但还是有一些戏剧理论研究者将自己襁褓中的婴儿奉献出来,使一批批高质量的戏剧论著作相继问世,为东方戏剧美学的研究提供了可借鉴的摹本。这其中不乏深宏的理论、高品位的美学修养和经得起推敲的真知灼见,但也暴露出欧洲中心论的偏颇。有些论著或连篇累牍地搬用西方美学的经典的理论观点,或系统地套用西方的美学体系,并大多以西方戏剧进行举隅分析,仿佛东方既无戏剧,又无美学一般。这种对世界戏剧审美结构宏观上的失衡研究,是东方虚无主义的"西方情结"困扰戏剧美学研究的结果。当代日

---

① 宗白华:《艺境》,北京大学出版社,1987年,第364页。

本美学家、国际美学学会副会长今道有信（1922—）曾批评这种现象说："我们虽生在东方，却太久地忘了东方，有过于向西方文化消化吸收狂奔之嫌。"[①]诚然，历史悠久的西方美学凭借强大的科学文明背景和自身理论力度，在现代文艺理论界获得捷足先登的地位，即使东方学者由于接受正规教育时所吸收的基本上是西方的理论模式，所以在戏剧美学研究过程中的整体理论思维框架也难以摆脱西方美学的影响。但是成绩斐然的西方美学研究毕竟有自己的困惑点，而自身有弱点的东方美学也有不少特性。将戏剧美学作为人类艺术美的研究对象时，东西方不应有所偏废。这样提出问题，不是否认吸收西方理论的研究的成果，更不是放弃开放式的研究方法，而是希望在东方戏剧美学的研究中既要立论公允，又要凸现东方特色。通观东方文艺理论，严格意义上的戏剧理论著述并不多，戏剧美学理论则更少。这并非有意忽视或轻视前人优秀的研究成果，也不意味着东方戏剧美学思想本身的匮乏。恰恰相反，正是由于丰富绚烂的东方戏剧艺术中蕴含着无穷的美学宝藏，相比之下，对于其自身的研究才显得还不尽如人意，需要更上一层楼。东方戏剧美学研究迫切需要理论，但必须是在深入、系统地探讨东方戏剧自身及其规律的基础上总结出来的理论。在理论建树过程中，即使援引西方经典作家作品的观点，也是为了作为个别参照物来说明东方戏剧美学的。否则不仅东方戏剧美学会失去本体意义，而且原有的理论也会被消解得支离破碎。

东方戏剧不及西方戏剧发达，但中国戏曲、印度梵剧、日本的能乐和歌舞伎、泰国的"孔剧"、印度尼西亚的哇场戏以及朝鲜的唱剧和越南剧等，都曾有过名家济济、佳作迭出的辉煌时期，为丰富世界戏剧宝库做出过重大贡献。印度梵剧的佼佼者《沙恭达罗》不仅被歌德评论为"一部不可测的作品"，而且席勒还高度评价说：

[①]［日］今道友信：《东方的美学》，蒋寅等译：三联书店，1991年，第64页。

"在古代希腊,竟没有一部书能够在美妙的女性温柔方面,或者在美妙的爱情方面与《沙恭达罗》相比于万一。"①中国的《赵氏孤儿》不仅被伏尔泰称赞为"是一篇宝贵的大作",而且还被改编成《中国孤儿》搬上法国舞台。而日本的戏剧在西方为人熟知的程度是其他东方国家所不及的,能乐和歌舞伎早已是享誉世界的优秀剧种。东方学者及时从理论上总结了这些多姿多彩的戏剧艺术。如古代印度婆罗多牟尼的《舞论》(公元前后成书),胜财(10 世纪)的《十色》;日本世阿弥(1363—1443)的《风姿花传》、坪内逍遥(1859—1935)的《心乐剧论》;中国王骥得的《曲律》、李渔(1610—1680)的《闲情偶记》等等,都堪称是东方戏剧理论的上乘之作,为东方美学的研究奠下了基石。

可是必须认识到东方戏剧理论并不等于东方戏剧美学。戏剧理论是人们对各种戏剧现象,包括戏剧文学的理性认识和科学概括与总结。千百年来,东方各国创造了种类繁多的戏剧,对剧本创作、角色表演等戏剧实践活动也进行了理论层次的分析。力图掌握戏剧艺术的一般规律,并争取以后有章可循,达到直接指导戏剧实践的目的。戏剧理论研究对象与范围比戏剧美学要宽泛,它涉及戏剧艺术的诸多方面。戏剧美学主要在研究戏剧发展史、戏剧文本、戏剧批评以及戏剧表演时,要从美的本质、美的规律、美的表现以及审美经验等方面去重新考察它们的价值。毫无疑义,戏剧理论先于戏剧美学而产生,只有在戏剧创作大量涌现,戏剧理论深入发展并提供更多的思想资料的前提下,而审美活动在社会生活中的经验有日趋完备,并愈来愈具有独立意义时,戏剧美学才会水到渠成地应运而生。为了形而上地掌握和实证东方戏剧美学的深层内涵,可以在东方学者的理论论述、笔记、日记、书信、自娱诗文等文字中发掘,去芜取精地筛选出含有碎金片玉般闪光夺目的美学思想。

---

① 《沙恭达罗》译本序,人民文学出版社,1980 年,第 19 页。

显然,美学不能代替戏剧美学。因为戏剧美学较之美学有自己的针对性。它们是特殊和一般的关系。美学研究的范围虽然部分涵盖了戏剧美学的研究对象,但它不可能尽括其中。因为在戏剧创作和表演中出现的许多美学意识和审美感知等问题,用一般的美学观点或理论去分析,是在宏观的艺术哲学层面上进行的,缺乏具象性。反之,如果完全离开美学的基本原理去研究戏剧美学,或探索戏剧艺术中的美,那将使戏剧美学的研究流于肤浅,成为某些具体的戏剧文本、表演手段、舞美设计等低层次的分析批评,难以登上美学高度的大雅之堂。东方戏剧美学研究所面临的正是这样一个严峻局面。著名东方学家金克木先生就曾针对东方

美学研究中的难点问题指出:"较容易的是用一个哲学体系的框子去套。较困难的是一般的科学实验和分析。是不是可以将东方美学研究的对象定为艺术思想?从艺术出发追索思想,是不是比从哲学出发寻找实证要好些?如果研究美学不是从建立体系开始或由破开始,而是从实际开始,就会出现一些问题,从哲学说未必重要,从人类文化说却很重要。"[①]这段话对研究东方戏剧美学同样适用。

东方戏剧由于受到不同文化体系的影响,缺乏趋同倾向,而处于一种流散的多元状态中。阐释这些戏剧美学概念难以统一界定,定于一尊。这为探讨东方戏剧美学带来很多困难。可是,为了求得一种区别于西方的,而又可以用来关照整个东方戏剧的美学观点和美学理论,进行拓土维艰的努力,无疑是有意义的。面对21世纪将再领风骚的东方,如果能在东方戏剧的美学研究的陌生领域中,掬起一簇艺术美的浪花,献上一抔处女地的沃土,那将是美的探寻者的最大快慰。

---

① 《文化猎疑》,上海三联书店,1991年,第136页。

《东方文学交流史》导言[①]

21世纪的大门已经缓缓开启,新世纪的曙光已经照在人类赖以生存的地球上。人们回顾历史发现古老的东方文化带给世界人类的快慰,反身自省看到足迹未远的西方文化影响全球世界的阴影。人们多么希望在享受西方文化福利的同时消除其弊端,融合东方文化,使人类发展史掀开新的一页,开创一个新纪元。与此同时,人们普遍认为东方文化应该焕发出新的青春,再生出激活力,在新世纪里东方文化应该重放光芒,并发扬光大,与西方文化异彩纷呈、相映成趣。

文化蕴涵着文学,文学深化了文化的美学品味。东方文学是东方文化重要的组成部分,不了解东方文学就无法真正了解东方文化。

"东方",无论就中国或世界而言都有一个历史演变过程。古代所谓的"东方"纯属地理概念,以中国为中心,在西边的地区称为西方,在东边的地区称为东方,有"中国中心论"的因素。就欧洲而言,"东方"这一概念是以罗马帝国为中心而提出的,指古代的西亚北非地区,颇有"欧洲中心论"的味道。近代以来,由于欧洲各殖民主义国家的蚕食、殖民,亚洲和非洲都成为西学东渐的对象。进入20世纪,"东方"由一个纯粹普通的地理概念而衍化为具有丰

[①] 本文是《东方文学交流史》"导言",天津人民出版社,2001年。

富内涵的政治概念,成为与西方对应,并与之互相参照的具体对象。东方文学一般指亚洲和非洲的文学,不包括中国文学。因而本书所描述的东方文学交流史即指中国与东方各主要国家之间文学的相互影响与接受的作用过程。

中国与东方各国之间有着悠久的政治、经济和文化文学交流的历史。这一优良传统对中国人民的物质文明水平的提高,精神生活内容的丰富,尤其是文学艺术的健康发展都起到了积极的作用。在即将到来的新世纪这一东方文化大发展的时期,中国和东方各国强化这一友好往来的传统和梳理它们之间文化文学交流的事实,对发展和繁荣中国的社会主义文学艺术事业,无疑是一件有百益而无一害的事。回顾中国人民和东方各国人民在文学上密切往来、相互影响和血肉联系的历史,源远流长,事例难以历数。一方面,中国借鉴、接受了东方各个国家、民族的文学成就,丰富了自己的文学创作,促进了中国各民族文学事业的发展;另一方面,中国的文学成就和创作经验也影响、传播到东方各国。从陆路丝绸之路到海上丝绸之路,既输出了物质文明,又送去了精神产品,形成域外汉学(中国学)繁盛的局面。

在以往的东方文学交流的研究中,中国与周边各国的文学往来都有不少涉足者,其中尤以中日、中印、中朝之间的文学关系梳理得清晰、明白,但是不足之处在于中国在区域性的文学交流,如东北亚、东南亚、南亚、西亚等地区的文学交流中所扮演的角色,叙述得太少。另外,在探讨中国和东方各主要国家的文学交流时,往往偏重与它们对中国文学的吸收和研究,而较少关注这些东方国家的文学对中国的影响。还有一种倾向即注重对古代文学、中古文学以及近代文学交流的研究,而忽视了现当代,即20世纪东方国家之间的文学相互影响接收的情况。如果说古代的东方文学交流因三大文化圈的中心向外辐射影响而呈现出单向授予性、受惠性特点的话,那么到了现当代,这种状况显然有了改变,而表现出双向互动性、互补性的趋势。东方文学交流这种动态流程需要一种全新式的学术思维和创造性的研究方法,才能将其描述清楚。

东方文学交流史的研究,由于文化传统多源,宗教信仰多样,民族语言各异,交通阻隔严重等因素的禁锢与影响,被一些学者视为畏途,难以发现其特点和规律性。如果能够大胆运用创造性的、科学性的世界观和方法论,将思维习惯从个人的心智形式与传统的思维模式中解放出来,大胆探索东方文学交流的内在规律性,一定会有新的发现。

首先,东方文学交流形成纵向的、单维的直线性特点。研究文学交流的思维惯性使人们的心智更富有弹性,它拓展了人们的认知才能,延伸了人们的学术思维,使之能够超越自己的经验范畴去认知和其他相关领域的联系。用这种思维方式思考东方各国文学之间相互影响、接受、流变和译介时,就会发现,它或以某一国家、民族文学为产生影响的发源地;或以某一国家、民族文学为受惠者;或与某一国家、民族文学有历史因缘关系;或通过翻译,从原文寻觅到相互关联的痕迹;或起媒介作用,使某一风格、流派得以播扬,但无论如何,都顺延直线,向纵向发展。这种单向思维模式在东方文学交流研究中就形成了文学现象间的历时性研究。

其次,东方文学交流的研究还具有横向、二维的平面性特点。用开放式的学术目光,从平面的角度考察、分析东方各国文学内部的关联,会得出更为客观和中肯的评价。在东方各国文学之间,不同的文化背景、不同的价值观与审美观,犹如两条平等线之间勾连的无数横线,使这种研究形成一个有机的平面。在东方文学交流所形成的这一平面内,可以从相似的文学现象之间发现某种事实联系,也可以从相异的文学现象之间看到受到影响后的变异。这样就形成了东方文学交流在同一历史发展断层上的各个文学平面向横向延伸。这种双向思维模式在东方文学交流研究中会形成两国文学史之间诸多文学平面的共时性研究。东方文学交流的事实被放在一个平面网络里进行梳理与审视，会表现出更为生动的新景象。

再次，东方文学交流史的研究，在表现出直线性与平面性特点的基础上还会逐渐形成立体坐标式的研究。它在多维、多变的空间里观察研究东方文学交流的轨迹，在东方文学交流研究纵向直线和横向平面中交错穿插，融影响研究于平行研究与一体，形成互相关联的全方位立体思维。这种由直线性、平面性发展到立体性的思维结果，显然不是人为的主观臆想，它将随着东方文学交流史研究的深入，以及自身特点的形成而逐渐显露出来。这种研究超越了国家界限、文学界限、语言界限、时空界限，不断拓展思维空间，在不断变化发展的过程中形成不稳定性和开放性。因此，只有将东方文学交流史的研究作为一个整体来进行思考，认识到它的主体性、整一性和综合性，只有超越理性思维的纵向历时性与横向共时性的局限而形成一种多维多度的研究空间，才能深入对其规律进行理性的总结，东方文学交流史的研究也才会有更加实际而深刻的意义。

东方文学交流史的研究在理论上的升华，最终会形成对本体的规律性认知。注意到因本体超越而形成的文化视角、因本体张力所形成的文学文化渗透等想象。

认识东方文学交流史研究的范畴、内涵、实质和规律，必须运用理性思维，感性的认识是肤浅的、粗糙的，而理性的认识才是深刻的、精细的。经过对东方文学影响接受过程所表现出的复杂现象进行分析综合、演绎推理，会发现整个东方文艺思潮发展的脉络，从而形成对东方文学交流史研究本体的理论升华，即形成对东方文艺思潮发展史的研究。文学交流所形成的事实联系为人们提供了多视角进行理论分析的可能性，并使之加深了对本体的认知。

当建构了东方文学交流史的本体研究范畴以后，会逐渐发现文学研究的深层是文化交流史的研究。因为从本质上说文学交流属于文化交流的范畴,前者是后者的一种形式和表象,后者是前者的实质和深化。东方自古代开始就存在着中国、印度、阿拉伯伊斯兰三大文化体系。东方文学交流的背景即是三大文化体系之间的沟通与浸润。实际上文学交流研究的范围恰恰是在它们之间所形成的交感区域里,那些处于胶着状态的文学文化状况,认清这一点,能找出某种规律性的东西。

一旦东方文学交流史的研究进入文化层面,并具有了文化交流的厚重感,即本体定位确立就必然表现出一定的张力,一种对外的亲和力,于是东方文学文化交流开始拓展为东西方文学文化交流。如果将东方视为本体,将西方视为客体,那么,重视东学西渐的研究,便能在此基础上寻找其规律。在古代,东方文学文化在于西方的相互交流中为世界做出过突出贡献。在现当代,西方许多有识之士冥思苦想,想寻求一条解决西方当前诸多社会问题的钥匙,那就是向东方寻找智慧,于是逐渐形成东学西渐的大趋势。

本书在上述总体构思的基础上进行撰写,并注意到下面几个问题。

注重从"通变"到"史论"的理论研究构思。"通"即指通古今文学的发展史,在本书中指要粗通东方文学交流史,理清其发展线索。"变"即指要发现动态文学交流史中的变化,在本书中指要将这种变化阐发清楚,即将变化的原因、结果和详细进程解释明白。从而达到以"史"为纵向线索,以"变"为横向延伸,金线穿珠、史论结合的目的。在论述中国和东方各国文学交流的现象和规律时,首先注重清理中国文学与周边国家文学的相互关系;其次重点研究中国作家与这些国家的作家之间的相互影响,以便给人以条理清晰、重点突出的整体感和统一感。

注重分析从文学交流到文化交流的学术研究趋向。从文学研究进入文化研究在当今学界已成不争的事实。不从文化层面分析文学现象的研究都会给人一种较肤浅和不够成熟的感觉。东方文学交流与三大文化体系中的宗教影响密不可分，这就要求本书的一大特色即不全是纯文学的研究，它与文化交流的现象成为一种互相关联的状况，一种水乳交融的状态。因此，东方文学交流史在一定程度上染上了东方文化交流史的色彩。

注重中外文学双向交流的事实研究。实际上没有任何一个民族的文学史未曾受过影响而独立形成。因为文学的发展受到诸如语言、种族、民族往来等主客观因素的影响。从这一角度看文学影响是绝对的。在研究中不仅要重视中国对周边东方各国文学的影响，还要重视中国对周边东方各国文学的接受。到了近现代以后还要重视中国对周边的东方国家中国文学的研究，即形成域外汉学的学术氛围和条件，以便从中发现某种规律。

总之，东方文学交流的整体研究是个亟待开发的新领域，东方各国文学之间相互影响接受的现象犹如这一领域里五彩缤纷的花朵。愿在恳拓这块沃土时，采撷一些花束献给新世纪。

东方戏剧叙事的研究方略[①]

自近代以来,西方学者对东方的研究已由传统的印度学、中国学(汉学)、埃及学、亚述学、伊朗学、日本学等的分散独立的区域性研究,形成一门综合、系统、专门的"东方学"学科。东方戏剧艺术作为这种总体研究的一个层面,便随之成为西方学者研究东方文化的"新大陆"。在所有的艺术领域里,无论是戏剧、文学、影视、音乐还是建筑,某种作品只有超越了特定的时空,具有普遍的审美意义,才能称得上是"经典"之作,即是说"经典"艺术创作于过去,但仍能感动当代的观众。东方戏剧之所以成为"经典",而引起西方学者那么多的注意与那么大的兴趣,正是因为它属于过去,但对当代西方戏剧艺术仍有参照意义和认识价值。相比之下,东方各国的学者因为缺乏审视自身的最佳角度,难以把握东方戏剧艺术的全貌,加之面对西方科技与文明的进步所产生的不同形式的自卑感,有意无意地削弱了自身的东方意识,而且使富有美学内涵的东方戏剧艺术难以得到充分的发掘和研究。在东方戏剧艺术的深层研究方面,形成东方学者深逊于西方学者这样一种现实错位与尴尬局面,对东方戏剧叙事学的研究尤其如此。

[①] 本文是《印象:东方戏剧叙事》的"绪论",昆仑出版社,2006年。收入本书时标题另加。

一、叙事学研究的偏颇

叙事学作为一门独立的学科自20世纪前期问世以来,至60年代末才正式命名。半个世纪以来西方学者在这一领域取得了可喜的研究成果。近年来,中国的学者也开始对这一领域进行探索性研究,成绩斐然。令人遗憾的是,国内外的学者往往习惯于将叙事学研究的触角深入到神话学、民间文学、小说美学等有限的学术天地,致使叙事学研究形成一种"失衡"状态。20世纪80年代以后,学术理论的发展显示出多元共生的时代特色。人们愈来愈认识到叙事学的发展也应该注意到多元化,否则将成为一潭死水而毫无生机。于是文学的叙事性逐渐成为叙事学总体研究的基本对象。人们发现叙事性实际存在于一切叙事文学的本体之内,并非只存在于神话、民间故事和小说之中。戏剧、影视等艺术表现领域同样具有各种叙事形态,只是表现形式不同而已。戏剧艺术的叙事学理论与神话、民间故事和小说的叙事学理论的重要区别在于前者更注重表演过程中的叙事性,而不是叙述故事过程中的叙事性。

叙事是与文本紧密相连的,戏剧表演无疑也是一种文本。戏剧文本在加入了演员的因素后扩大了原文本的叙事范畴。因此,戏剧表演从本质上分析就是一种文本叙事的延伸,就是一种新形态的叙事,是演员在进入角色后,用其身体来叙事的一种新形态,即用面部表情和手势讲述故事。实际上戏剧表演中存在的故事(或事件)以及对其充分的表达,就是戏剧艺术的叙事。这种叙事是依靠演员的身体来完成的,是一种自我叙事,因为他既是"叙",也是"事"。表演中的语言问题也存在着文本与作品的问题,即是由语言构成的剧本,只是文学性的文本,但不是表演,只提供了表演的说明。剧本中大量的指导性文字和台词,只有经过演员之行动才能变成舞台表演和台词，才有戏剧演出意义。因此可以说演员由于其重要的叙事作用，才成为戏剧表演的终结者。这种以演员表演来丰富戏剧文本叙事意义的努力，目的在于深化了戏剧叙事的美学内涵，扩大了戏剧叙事学研究的范畴。

然而，这种针对戏剧艺术叙事性的研究依然存在着不合理性。不少西方学者都试图只通过西方戏剧的实践研究，来建构一种能够对所有叙事文学提供指导的总体叙事学体系，那当然是不可能的。因为他们忽略了诸多的东方戏剧形式所能提供的研究范例，即使对东方戏剧的叙事性进行分析研究，也会因为所依赖的西方审美标准和文化心理而难以得出正确的结论。不少中国学者也纷纷运用西方的叙事学理论分析中国戏曲的美学底蕴，以得出对整个东方戏剧艺术都具有普遍性的结论，那同样是不可能的。因为中国戏曲代替不了整个东方戏剧，而东西方戏剧是异质文化的产物，是对话的对象而非统一体的两个侧面。东方戏剧有其存在的独立性，东方戏剧叙事学在叙事学中应该有自己的一席之地。

无论是建构在西方美学基础上的西方叙事学理论，还是建构在东方戏剧美学基础之上的东方戏剧叙事学理论，都是一种总体研究。由于当前研究的对象已不局限于纯叙事性的文学作品，而是正在向各种形式的"叙事"过渡，因此"叙事"这一艺术表现手段已成为超越文学具体体裁而存在的现实现象。戏剧叙事学中的"叙事"包括"文本叙事"和"表演叙事"，其理论分析方法的基本出发点是"叙事"。这意味着以"叙事"为中心的戏剧艺术，其最基本的美学品格就是在文本转化为表演时的那种叙事性。这种以戏剧的叙事方式为本体的学术研究，是对文学分类的挑战和文学理论的拓展。在此基础上，戏剧叙事学才有了理论上的立足点。如果能够进一步大胆探索，从东方戏剧艺术发展的实际出发，使抽象的"叙事"具象为一个独立的研究对象，并在此基础上建立东方戏剧叙事学的理论，这不仅有助于认识狭义的东方神话、民间故事、小说等叙事类作品的形式规律，而且有助于认识东方其他各种含有叙事因素的作品，如戏剧、电影、电视剧等艺术形式的规律，这无疑对戏剧叙事学是一个重要的补充和极大的丰富。一旦通过实践研究和某种形式的定量分析，发现整个东方叙事类作品存在着某种共同的特征，定会推动"东方学"的总体研究。东方戏剧叙事学的研究实际上是克服西方中心论及结构主义的反"文学性"等对叙事学影响的一个重要学术领域，也是克服当前有些学者"言必希腊"这种学术通病的一剂良药。

二、东方戏剧叙事学的研究对象

东方戏剧叙事学主要研究中国的元曲、传奇、京剧，以及朝鲜——韩国的唱剧，日本的能、歌舞伎，越南的口从剧、改良剧，印度尼西亚的哇扬戏，泰国的"孔剧"，印度的梵剧、卡塔卡利舞剧，波斯古代的宗教剧，埃及的现代剧等东方各国戏剧的叙事性。主要包括传统意义上的东方各种戏剧的"叙事结构"，即对戏剧所叙述的故事进行的分析，旨在探讨故事情节的逻辑与结构；也包括东方各种戏剧叙事时的本体结构，即叙事主体、叙事客体、叙事补充者等与叙事文体，诸如悲剧、喜剧、正剧、哑剧、电视剧等的艺术构成关系；以及包括东方各种戏剧的基本叙事方式，及隐含的剧作者在进行戏剧叙事时所采取的聚焦模式、功能模式、时空模式、话语模式等。最后，东方戏剧的叙事性离不开"叙述话语"，即研究戏剧所表述的行为，旨在找出叙事在戏剧表现方面的规律。

值得注意的是，东方戏剧在文本叙事转换为表演叙事时所表现出的特殊性。首先，东方戏剧较之西方戏剧有忽视文本的倾向，因此演员叙事的主动性较强，随意性较大。其次，在文本叙事转换为表演叙事时，突出了转换媒介，即叙事媒介。因此，舞台上的各种戏剧表现手段，如灯光、布景、音响等都成了叙事的重要辅助性手段。但是，无论文本叙事和表演叙事有多么辩证统一的关系，其背后都有一个无形的共同中介人，即隐含的剧作者。它始终体现着作者的主体意识。主要人物跃然纸上，主要演员活跃于舞台上，实际上都受到了隐含剧作者的操纵。因此，东方戏剧叙事学要对各国、各民族戏剧的基本叙事方式进行分析综合，要对它们的叙事内涵进行阐释、探求，演绎推理出符合于东方戏剧实际的叙事学理论。例如颇具东方色彩的傀儡戏、皮影戏、面具戏等，就都有各自特殊的叙事表演方式，并都对东方戏剧美学进行了补充，因而具有了特殊的审美意义。

东方戏剧表达叙事的方式，既可以是口头有声语言和无声的书面文字，也可以是固定或活动的图像和手势，抑或是所有这一切井然有序的混合体。东方各国主体传统文化的发展、裂变、演绎；外来文化因素，尤其是戏剧因素的渗透、浸润、影响等，都会敦促研究者从更为广阔的艺术空间来把握戏剧发展的变化流程，并对原有的戏剧美学进行新的理论调整、刷新，使之更新观念，重构框架。这就要求东方戏剧叙事学从戏剧思维出发，不忘记本体"叙事性"的特点，即运用戏剧学、比较戏剧学、戏剧美学、戏剧发生学、文学人类学、接受美学、阐释学等各种学科门类的观点，对东方各种类的戏剧艺术的"叙事性"进行理论阐释，以便得出一套较为系统完整的适合于东方戏剧特点的叙事学理论。

此外，还要注意到东方戏剧表达叙事的方式由传统向现代的过渡。传统的东方戏剧在形式上重视演员的表演性和表演的直观性，而比较轻视剧本的指导作用及表演的内涵意蕴；重视戏剧产生、发展过程中的娱神色彩，并形成演出的随意性，而比较轻视戏剧的娱人性质和舞台的作用。现代的东方戏剧在形式上注重对传统结构模式的突破，例如，剧本和舞台时空的大幅度跳跃，演员期待和观众期待的沟通，象征、比喻手法的运用，内容日益强化的哲理性思考，对剧情的抽象化理解，角色潜意识的揭示，强化角色心理流程的探索等等。这一切无不为东方戏剧叙事学提供了广阔的研究天地。

东方戏剧艺术的叙事方式试图最大限度地利用文本所提供的叙事范畴，利用形体表演与讲唱技术将这一叙事表现出来。任何忽视东方戏剧艺术叙事性、表演性与观赏性的思想，都不仅是戏剧艺术理性思维的偏颇，而且是戏剧艺术创作中的误区。如何摆脱观众的单一视点，舞台空间的局限，以及表演过于模式化等问题的困惑，使东方戏剧艺术的叙事性更为完善，这就需要综合运用现代的文化学、社会学、民俗学、符号学、心理学等科学的研究方法，发掘东方戏剧艺术的民族文化精神和演员、角色、观众的心理势态等深层结构，丰富东方戏剧叙事学的理论，就有可能更多更深地揭示出东方戏剧艺术内涵的奥秘。

三、东方戏剧的叙事模式

东西方戏剧主要有3种叙事模式，即"潜在的戏剧叙事"、"显在的戏剧叙事"和"反戏剧式的意象性叙事"。由于西方客观的科学主义和重直观再现的艺术效果，使原本已隐在的剧作家退居于更隐蔽的地位，从而铸就了两千余年的戏剧叙事模式，即"潜在的戏剧叙事"。东方的"天人合一"、人与自然融为一体的哲学思想和重表现的艺术传统，就使原本隐在的剧作家走到前台来和叙述客体合作，营造出一种显在的叙事景观。西方现代针对人的存在所进行的非理性和反理性的哲学思考，导致了20世纪以来现代派与后现代派的戏剧表现为"反戏剧式的意象性叙事模式"。戏剧是综合性艺术，包括戏剧文本和舞台艺术两大部分，作为叙事模式，相应地形成文本叙事和表演叙事两种方式，二者既有联系又互相区别。作为东方传统的戏剧艺术，具有综合性更强、剧种更丰富多彩、表现手段更为复杂等特点，因此形成了相对区别于西方的独特的美学原则和叙事模式。其"显在的戏剧叙事"基本上体现了中国、印度、日本、泰国、缅甸等东方戏剧的传统。

"显在的戏剧叙事"其核心实质是"演员通过表演讲故事"。一部戏剧在其叙事过程和结果确定之后，通常考察审美效果如何，关键在于演员的叙事本领，即是否能在一个经典化的表演模式中，通过个性化的审美想象，创造出精彩的艺术表演细节，以达到叙事表演的目的。除却这种"演员表演叙事"，演员之外的补充叙事者也可以完成戏剧叙事。如皮影戏、傀儡戏的替身演员叙事，印度梵剧中舞台监督的叙事，中国戏曲中的"开场"、"谱概"、"传概"、"先声"，以及日本能剧中的"间狂言"等的叙事，他们以剧情之外的叙事者的身份向观众讲述说明剧中人、剧情，明显具有为剧作家代言的目的，起到剧情过渡的作用。这种叙事也克服了舞台剧视点单一、舞台空间受限等不足。此外，"显在的戏剧叙事"是作为"本源述体"的剧作者以"人述体"的身份，即主要是委托述体的身份完成戏剧叙事的结果，作者态度一览无余，因此，艺术效果更为明显直露。这种叙事模式接近或实现作为"本源述体"的作者那些不愿外露的意图和态度，具有主观色彩和表现主义特征。东方戏剧作为一种艺术表意系统，或是一种艺术语言，正是在它形成了自身的叙事逻辑之后才臻于完善的。对东方戏剧上述主要叙事模式的探讨，实际上就是在建构东方戏剧叙事学的基本理论框架。

在东方戏剧中，"显在的戏剧叙事"主要表现在中国戏曲和印度戏剧这两大戏剧体系中，并通过它们几乎辐射到东方各地。中国戏曲的叙事特征直接影响了朝鲜、日本、越南及东南亚部分地区的戏剧形态；印度戏剧的叙事特征直接影响了南亚及东南亚诸国乃至中国、中东等地的戏剧发展。因此，要运用比较文学比较文化的研究方法对东方国家戏剧叙事特征之间的关系，以及对各自周边国家和地区的影响进行分析研究；要以西方的潜在戏剧叙述模式为参照系进行东西方戏剧叙事模式的对比研究；还要从跨学科的高度出发，将东方戏剧的叙事性和东方文学中的神话、传说、史诗、小说等文体的叙事性进行研究，只有这样，东方戏剧叙事学才会形成系统的理论，并表现出本体的排他性和独立性。

四、东方戏剧的叙事性

东方戏剧叙事学研究的重点即东方戏剧的叙事性问题。具体而言，作为一种重要的时空艺术，东方戏剧的叙事性主要表现在以下方面。

首先，早期东方戏剧艺术的面具，中国傩戏的傩面，藏戏的面具，朝鲜处容剧中的假面，日本能乐中的假面，泰国孔剧中的面具等，无不渗透出东方戏剧的某种叙事信息，以及戏剧装扮性中的美学意义。遍及东方的傀儡戏其姿势语的叙事方式和替身演员的叙事方式具有早期戏剧的美学特征，遍及东亚及东南亚的皮影戏及其影像的动态话语叙事，同样具有东方戏剧美学的因素，研究这二者的原始戏剧艺术风韵以及对现当代影视艺术"画外音"叙事方法等的影响，颇有现实意义。

其次，针对东方特色的悲剧及其情节构成和东方悲剧的团圆之趣；针对喜剧的场次划分以及动作衔接的喜剧性，分析其"显在的叙事模式"所表现出的叙人、叙事、叙情、叙景等的话语，可以发现东方戏剧艺术中那种旁观者全知叙事的重要作用。东方戏剧最大限度地利用观众的心理认同倾向，注重表演叙事语言的作用，使观众的眼睛能够先于戏剧中的人物洞悉一切，了解情节的发展。观众通过这种全知叙事的方式，将自己想象为一个无所不知的"先知者"，他们不仅了解并掌握了戏剧或喜或悲的叙事情节，而通过观看表演叙事，满足了百看不厌的审美乐趣。

再次，事实上，对戏剧艺术的欣赏都带有某种程度的强制性。因为它只允许以一个特定的角度，按照一种事先策划好的顺序来接受戏剧表演的内容。一旦这种叙事体制得以确定，作为一种具备诱导性的机制，它实质上就强制性地左右了观众对戏剧意义的理解方式，影响了戏剧艺术的叙事性。东方戏剧叙事过程中与观众"间离"的程度，以及叙事诱导进入"场"时的特殊话语和观众对叙事的期待视野等，都涉及戏剧叙事性的表现问题。至于舞台布景的叙事性，演员服饰、面具、化装等所可以表现出的叙事性等，都有必要进行理论探讨。突出这些个案研究，以丰富东方戏剧叙事学理论，供三隅之反。

第四，东方戏剧的叙事性尤其突出地表现在演员载歌载舞的表演之中。东方戏剧普遍具有以演员为中心的叙事特征。其表演的综合性和程式化，决定了它在诸多的演出因素中，不是以文本，也不是以导演，而是以演员表演为中心。演员的演技有肉身传承的特点，是师徒相授、口耳相传的结果。因此，演员成为剧情故事的主要叙事者，已成为东方各主要戏剧种类的叙事传统。

第五，随意转换叙事时空的角度已成为东方戏剧普遍的叙事传统。就一般而言，东方戏剧不是完全的代言体戏剧。其人物角色在表演故事的过程中有叙事者与代言者身份转换的机会。演员可以自由往来于本体与喻体的时空里。观众对于这种叙事角度的转换则由于审美惯性而习以为常，演员叙事身份变换不会影响他们准确再现剧情故事。

第六，东方戏剧往往将叙事手段作为戏剧再现场景的一种补充，东方戏剧传统始终认为，戏剧艺术作为表现生活的一种手段，对于客体的映像无论如何也会受到自身形态的限制。它不可能、也没有必要将真实的生活原封不动地照搬到舞台上，而必然以自己的独特艺术手法来处理二者间的关系。东方戏剧往往借助于叙事手段将时空差异衔接起来，使之得以从容不迫地将过多的矛盾推向幕后，将叙事空间更多地留给演员，使非写实性的东方戏剧诸多因素有更多的机会参与叙事。

东方戏剧艺术的发展实际需要将抽象的"叙事"作为一个单独研究的对象，在此基础上建立的东方戏剧叙事学理论，既有助于认识狭义的东方叙事作品的美学规律，又有助于认识东方各种含有叙事因素的艺术作品，如古代的史诗、现代的电影、电视等的发展变化规律。在建构东方戏剧叙事学的过程中，要克服结构主义的"文学性"的影响，重视东方戏剧独特的美学内涵和戏剧思维形式，使东方戏剧在新世纪的曙光中大放异彩。

东方比较文学研究刍议[①]

文学是人学,"……透过千变万化的形式,不断地揭示人的一致性,这是艺术和科学的主要目的。"[②]这种"人的一致性"使文学这种人类生命运动过程中的物化形态,超越了时空的鸿沟,形成人类共同具有、彼此相通、有审美共鸣的文学的同一性。在人类文学史上,近代意义的"世界文学"概念诞生于1827年1月31日歌德与爱克曼的谈话和1848年发表的马克思、恩格斯的《共产党宣言》。二者区别在于,歌德从纯文学的角度论及,有唯心的人性论的倾向;马克思、恩格斯指的是与物质产品相对的精神产品,包括科学、哲学、文学和艺术。"世界文学"的概念一经提出,大大拓宽了文学研究的视野。因此,在人类文学的同一性和世界文学两大基石之上,依靠人类比较性思考的思维习惯即事物是互相关联的思维方式,比较文学的研究才有了可能性和现实性,而东方文学无论从上述哪一个角度来讲,都是研究的重要对象。

东方文学作为比较文学研究的组成部分,和西方某些国家的文学相比,确实有差距。可是悠久的文化传统、雄厚的文化基础,使东方比较文学研究刚刚起步就显示出强大的生命力。东西方、东方各国,中国和东方各国以及和西方各国文学之间的比较研究,不仅

[①] 本文原载《国外文学》,1988年第5期。
[②] 《比较文学译文集》,北京大学出版社,1982年,第156页。

促进了东方文学自身的研究与发展，也丰富了比较文学研究的内容，有助于建立东方比较文学研究的完整体系。通过概括世界各国文学中的典型现象，"导致揭示世界的社会文化过程的较普遍的规律性和它的历史发展的主要倾向"①，在各国文学紧密关联、分析比较之中揭示某一国家或民族文学的地位，这样，东方比较文学的研究就进入了更高层次的探索。

比较文学作为一种开放性的文学研究方法，使各国各民族都在世界文学中，找到了自己的位置，客观地发现了自身存在的价值。东方文学在与之相关联的文学现象的比较、鉴别之中，会找出与人类文化同步发展的规律性和自身发展的内在独立性。由于东西方文化背景不同、历史发展的条件有差异，以及价值观念的相对性，东西方文学比较研究被一些西方学者视为畏途；而东方国家文学之间的比较又由于传统、语言、宗教、交通等因素的禁锢，造成一定的困难。尽管如此，东方比较文学还是具有内在的规律性，形成了自己的特点。在比较文学研究中，如果说，以实证主义哲学为指导思想的法国学派注重影响研究；以形式主义为主导思想的美国学派强调平行研究，那么，他们在世界观和方法论上的偏颇，必然会导致比较文学研究的片面性，甚至产生危机。只有用历史唯物主义和辩证唯物主义的方法宏观地研究比较文学，才能纠正欧洲文学中心论或研究范畴过于宽泛的缺点。我们既要吸收法国学派依据准确翔实的材料进行比较的严谨态度，又要抓住美国学派扩大了比较文学的领域、使东西方文学有了可比性的关键，运用科学的世界观和方法论，把思维习惯从个人的心智形式与传统的思维模式中解放出来，大胆探索东方比较文学研究的特点和规律性，东方比较文学才有可能成为一门全面的、系统的、完善的学科。在探讨、研究东方比较

---

① 《比较文学研究译文集》，上海译文出版社，1985年，第365页。

文学的规律性和特点时,将涉及以下几个方面的内容。

  直线性 东方比较文学研究具有纵向的、单维的直线性。比较的思维习惯使人们的心智更富有弹性,它伸展了人们的才能,使之能超越自己的经验范畴去认识和其他范畴的关系。用这种思维方法考虑东方文学的影响、接受、流变、翻译和媒介时,会发现,它或以某一国家、民族文学为产生影响的发源地;或以某一国家、民族文学为受惠者;或与某一国家、民族文学有历史亲缘关系;或通过翻译,从原文找到相互关联的痕迹;或起媒介作用,使某一风格、流派得以传播,但无论内容如何,都顺延直线,向纵向发展。这是单向思维模式在东方比较文学研究中的一种反映。

  东方文学在自身发展过程中,到中古时期逐渐形成以中国、印度、阿拉伯为中心的三大文化区域。它们成为东方文学影响研究时要注意到的三个主要源头,是向外传播文化的中心。中国文学影响了朝鲜、日本、越南的文学。朝鲜的诗、词、曲,受到唐诗、宋词、元曲的影响,朝鲜的说话、小说的发展和《太平广记》大有关系,《金鳌新话》里能发现《剪灯新话》的不少痕迹。朝鲜著名小说《壬辰录》借鉴了很多《三国演义》、《水浒传》中的写作手法,《春香传》则多处引用了《西厢记》的典故。一衣带水的日本,从《万叶集》对《诗经》的借鉴开始,至著名长篇小说《源氏物语》中白居易文集的影响,唐传奇《游仙窟》促进了日本最早的小说《浦岛子传》的成型。此外,《水浒传》、《红楼梦》、《金瓶梅》等也都对日本文学产生过很大影响。在越南,最著名的小说《金云翘传》来自清初青心才人的同名小说,《西厢记》被移植为《西厢传》诗而广为传颂。印度文学随着佛教的传播,在东南亚的缅甸、泰国、柬埔寨、老挝、爪哇、巴厘等地流传广泛,大史诗《摩诃婆罗多》、《罗摩衍那》和佛本生故事是主要传播对象。印度古代文论《诗镜》影响了中国西藏地区的诗歌创作,敦煌变文中的佛本生故事对唐传奇和一些戏文也很有影响。波斯诗人菲尔多西的《王书》在伊拉克、阿富汗、印度、巴基斯坦等国也流传甚广。可见东方文学的影响，是以中国、印度、阿拉伯为中心呈放射型。但之间的联系是单维的、直线型的，思维空间也是单一的。

从其他接受、流变、翻译、媒介等方面来分析，东方文学仍然沿着直线纵向的轨迹，没有新的特点。东方各国近现代文学主要通过译介西方包括俄国文学名著接受影响。中国系统地译介外国文学名著自林纾1897年的《茶花女遗事》开始，一发不可收。继后，鲁迅、瞿秋白、闻一多、茅盾、郭沫若、郁达夫、老舍、巴金、曹禺等都程度不同地接受了外国文学的影响。印度近代大诗人泰戈尔的短篇小说形式上受益于英法文学，正是由于他以娴熟的英文写的诗集《吉檀迦利》中，"充满诗意的思想成为西方文学的一部分，"才获得诺贝尔文学奖。被誉为印地语文学高尔基的普列姆昌德也继承了莫泊桑、契诃夫短篇小说的优秀传统。日本自19世纪后期坪内逍遥译介莎士比亚的剧本，森田思轩翻译雨果的作品，二叶亭四迷译介屠格涅夫小说之后，外国文学作为新的文学食粮被后人大量吸收。坪内逍遥的《小说神髓》、二叶亭四迷的《浮云》、森鸥外的《舞姬》、尾崎红叶的《金色夜叉》、岛崎藤村的《破戒》等名著都接受了西欧或俄国的影响。亚洲第二位诺贝尔文学奖获得者、日本作家川端康成也是在大量吸收西方现代派的技巧以后，才写出后期的重要作品。埃及自1842年成立翻译局以来，莫里哀、高乃依、莎士比亚的作品及荷马史诗《伊利昂纪》等就有了译本，促成了阿拉伯和西方两股文化潮流的汇融。19世纪末、20世纪初，埃及杰出诗人巴忽迪模仿欧洲写了许多诗，邵基模仿雨果的史诗《历代传说》写了长篇叙事诗《尼罗河谷的巨大事件》，穆特朗的抒情诗中洋溢着西方浪漫派的某些精神。埃及现代第一部长篇小说《伊萨·本·希沙姆对话录》也是阿拉伯传统的玛卡梅韵文故事体裁与西方小说相结合的产物。

在东方比较文学研究中，上述种种封闭式的直线形的思维模式，难以适应实际需要。因为这种单向思维，尤如线段的端点一样，始终有一个源头，是在一个窄长的文学洞天里，在孤立的文学背景下研究东方比较文学，难免不落入"实证主义"、"经验科学"的泥潭，形成文学研究中的寻根求源、顺藤摸瓜的倾向。这种文学研究的思维空间，尽管比各国、各民族囿于己见、封闭孤立的思维空间有所拓展和延伸，并且形成比较的思维习惯，但仍束缚着东方比较文学的发展，忽视了文学内部自身规律的认识，难以发现文学内部的规律性，更难提到理论高度进行总结。因此，东方比较文学研究的这种金鸡独立式的线性方法，只考虑到单一范畴、单一层次的研究，不是唯一的、最好的方法，因为人的认识不断深化，它必然会由只考虑形成文学的种族、环境、时代、历史亲缘关系等外部联系，进而走向研究文学内部自身的一些规律性。

平面性　东方比较文学研究除具有上述的单维纵向的直线性以外，还具有二维横向的平面性。用开放式的眼光，从平面的角度观察分析东方文学内部或与外部的种种关联，会得出更为客观和中肯的评价。在东方文学之间或东西方文学之间，不同的文化背景、不同的时代与传统、不同的价值观与审美观等，尤如许多组成平面的平行线，而比较研究则在平行线之间增添了许多横向线条，使之联系成一个有机的平面。在这个东方比较文学研究形成的平面里，可以从相似的现象之间求同找异，也可以在不同的现象之寻异找同，还可以把两种不同传统的文学对某个问题的不同处理作对照性考察，从而发现各国或各族文学独特的发展规律，再从个别中找出一般，从个性中概括出共性。

东方比较文学研究，从平面角度主要可分为两个层次，即东方各文化圈、各国、各族文学之间的比较和东西方各国、各族文学之间的比较。

前一层次主要包括《圣经》文学、《古兰经》文学和《佛经》文学之间的比较，中国、印度、日本的创世神话在幻想性方面的异同，中国、印度、斯里兰卡关于"信使诗"的比较，亚洲流行的有关蛇郎故事的比较等。除这些带有区域性的文学现象之间的比较以外，具体的比较还有《长生殿》和《沙恭达罗》，"三言"、"二拍"和《一千零一夜》中的商人生活与市民心态，中朝三十年代女作家肖红与姜敬爱的小说，中国新时期小说与日本战后文学，陶渊明与松尾芭蕉超凡脱俗的人生观，鲁迅前期的思想与夏目漱石的思想，泰戈尔与纪伯伦等，从这些作家或文学现象之间的比较研究中可以得出许多很有价值的结论。

后一层次主要包括东西方文学中道德观、浪漫主义文艺思想、诗学、著名吝音鬼的感情系统等比较研究。具体的比较还有，《王书》中鲁斯塔姆、苏赫拉布的故事与欧洲史诗《希尔德布兰特之歌》，《水浒传》英雄与罗宾汉故事，阿Q和堂·吉河德的形象，汤显祖与莎士比亚，波斯长诗《蕾莉与马杰农》与《罗密欧与朱丽叶》，《桃花扇》与《熙德》的悲剧美等，东西方作家、作品及思想的比较远非这些，还有许多。

通过对东方比较文学这些平面层的研究，可以从不同国家或民族文学中选取出共同性的主题，在毫无历史接触的文学现象中，发现相似的思想感情、雷同的内容、相仿的表现形式、相近的审美心理和相通的审美感受。由于各国各民族政治、经济、历史和文化传统的不同，即使同一历史发展断层上的各个文学平面，也会呈现出各自的特点，会出现冲破时空界限的束缚，在一特定的文学平面层内延伸的现象。这种延伸要注意对不同传统的文学艺术的准确理解与美学评估，要加强对作家作品创作过程和文学现象木质的观察，对文体、艺术美的表现形式、倾向性与特色等诸方面的探讨，从而使东方比较文学研究所形成的每个平面都像一幅幅闪烁着文学异彩的图画，在未来世界文学中具有不可低估的价值。东方比较文学在同世界文学汇流之中，会表现出自己的独特规律，不仅古代、中古前期的东方文学已走在世界前列，即使在近现代文学中仍然会得出这样的结论："这些文学中的每一种文学都有一些个别作家，他们不是跟随欧洲先进国家的总的现实主义运动前进，而是同他们并驾齐驱，在某种程度上他们接近总的发展水平。"①而中国文学无疑是东方文学中的佼佼者。

立体性　东方比较文学研究在直线性和平面性的基础上形成另一个重要的特点——立体性。这一特性是东方比较文学向纵深发展的必然趋势。因为用"一种习惯性和积极性的思考态度，进而透过一种在关系上呈现多度空间的视界来阅读文学"②乃是文学研究者所应该追求的境界。从思维结构分析，在多维空间里观察研究文学现象，总结东方比较文学研究纵向直线和横向平面交错穿插互相关联所构成的全方位立体，再将这个文学系统置于世界文学的大立体坐标之内进行比较评价，可以使任何一个文学研究者都持论公正，既能摆脱欧洲中心论，又能避免产生新的东方中心论的偏颇。这种由直线性、平面性发展到立体性的结果，不是人为的主观臆想，而是随着东方比较文学研究的深入，及其自身特点的形成而逐渐显现出来的。它的研究跨越了国界、洲界、语言障碍，打破了时空界限，不断拓展思维空间，在不断变化发展的过程中形成不稳定性和开放性。正如乐黛云先生指出："人类文化发展总的趋势都是从孤立的、封闭的个体逐渐发展到相互联系的开放体系。以国别文学研究为基础发展到对两个或两个以上文学体系相互关系的研究再发展到全世

---

① 《世界文学中的现实主义问题》，人民文学出版社，1958年，第249页。
② 《比较文学译文选》，湖南人民出版社，1984年，第228页。

界文学的综合的总体研究(一般文学),这种倾向与人类文化发展的总趋势正相一致。"①因此,只有把东方比较文学作为一个整体来理解,考虑到它的立体性、整一性和综合性,才能深化对文学规律的认识,东方比较文学研究也才会有实际意义。

东方比较文学的立体性还包涵另一层意义,即在研究中不能只注意东方国家之间文学的关系及西方文学对东方文学的影响,还要考虑到东方文学对西方文学的影响。至于像有的西方学者所说:"亚洲文学对欧洲文学几乎一向没有任何影响"②那当然是谬误的。德国早期浪漫主义作家施莱格尔兄弟和赫尔德早在1815年至1820年间,就提出亚洲是人类文化摇篮的看法,而罗曼·罗兰干脆说:"我很想知道欧洲有什么真正的发明创造。所有的宗教都是外来的;重要的哲学思想也一样。欧洲的艺术,溯本寻源都要追到亚洲或埃及"。③世界三大宗教都产生于亚洲,宗教文学,尤其是基督教的《圣经·旧约》就是古希伯来文学的总集,影响了西方近两千年。东方三大名人伊斯兰教的创始人穆罕默德、道德师表孔子、及祆教创始人琐罗亚斯德早被欧洲人所熟知。中世纪十字军东征促进了东西文化的交流。仅《一千零一夜》中的框架式结构和一些故事就对文艺复兴时期薄伽丘的《十日谈》、乔叟的《坎特伯雷故事集》产生了很大影响。17世纪,意大利等国率先接触到中日精美典雅的工艺品,促进了几乎遍及整个欧洲的巴洛克风格的形成。德国莱布尼兹在1697年发表的《中国新论》中,肯定中国与欧洲两大文化在

---

① 《比较文学发展的现实性和可能性》,《国外文学》1981年第2期,北京大学出版社,第21页。

② 《比较文学译文集》,北京大学出版社,1982年,第172页。

③ 《比较文学译文集》,北京大学出版社,1982年,第162页。

"特定的时期发生接触,互相裨益,实出天意"①。1735年,在巴黎出版的耶稣教会教士杜赫德编辑的《中国通志》中,不仅收入元曲《赵氏孤儿》的法译本,还译述了《庄子休鼓盆成大道》等四个《今古奇观》中的故事。一向赞扬东方文化和文明的欧洲启蒙运动的先驱伏尔泰在《礼俗论》(1760)中,对中国文明推崇备至,还根据《赵氏孤儿》的法译本写出悲剧《中国孤儿》(1755),并认为孔子的道德学说已包含其中。18世纪,支配欧洲的罗珂珂艺术从中国文化的影响中汲取了不少营养。歌德未完成的悲剧剧本《爱尔培诺尔》也脱胎于杜赫德编辑的《中国通志》中的两篇作品。"在歌德看来,东方具有一种象征的性质,并因而具有教育的重要性。"②他在抒情诗杰作《西东诗集》中大力赞美东方,揭起风靡一时的"东方热"。20世纪初,布莱希特借鉴中国古典诗词和日本古典俳句,创造了一种节奏不规则的无韵抒情诗,他的叙事剧理论也深受中国戏曲艺术的启发。美国现代意象派诗人庞德钻研中国字的结构,大量译介中国古诗、儒家哲学以及日本戏剧等东方文化,在英美文学界掀起喜爱东方文学和哲学的高潮。寒山及其诗作也在美国备受崇拜。从立体思维的角度不难看出东方丰富的文化对欧美文学产生的巨大影响,西方学者已经从东方学习到不少关于文学、哲学、心理学等方面的知识,东方比较文学大有可为。

东方比较文学无论是纵向,还是横向研究都是多层次的。只用单维直线型或二维平面型的思维方式是远远不够的,还必须用多维立体型的思维方式,把东方文学放在世界文学的整体内进行透视性观察。以文化为横纵剖面的立体交点,对东西方文学、东方各国、

---

① [德]利奇温:《十八世纪中国与欧洲文化的接触》,商务印书馆,1962年,第71页。

② [德]利奇温:《十八世纪中国与欧洲文化的接触》,商务印书馆,1962年,第124页。

各民族文学之间的宗教、审美、伦理道德、心理状态、主题、创作理论、创作特色等诸方面进行横向、纵向、多层次的研究，东方比较文学才能得到发展。认识东方比较文学的直线性、平面性和立体性等特点，对于推动世界各国、各族文学之间的交流，在不同的文化系统里求索共同的规律，加深对各种文学现象的理解与研究，都具有一定的意义。

东方比较文学研究之我见[①]

"东方文学"中的"东方"一词,最早源于欧洲的习惯用法。英文、德文、法文原字都是"orient",这个词又源自拉丁文"orient",意思是(太阳的)升起,进一步就演化成太阳升起的地方:东方。从欧洲人的眼中看,整个亚洲都在东方,在历史地理的演变中,以欧洲为中心,东方又分别以距离欧洲的远近分为近东、中东、远东。古代中国所谓的"东方",是以中国为中心的,在西边的地区称为西方,在东边的地区称为东方。近代以来,尤其是进入20世纪以来,"东方"逐渐由一个纯粹普通的地理概念而演化为具有丰富内涵的政治区域概念,成为与西方对应,并与之相互参照的具体对象。当代"东方"一般指包括中国在内的亚洲和非洲的广大地区,并越来越有了明确的指代对象和意义。

比较文学是一种跨越了民族界限、语言界限、学科界限以及文化界限的文学关系的研究。这种研究离开包括中国文学在内的博大精深的东方文学,肯定是一种失之偏颇的跛足式的研究。因此,东方比较文学是指包括中国在内的东方文学的比较研究。将东方文学尤其是中国文学纳入比较文学研究的范畴,不仅可以纠正欧洲中心论的狭隘观念,而且也使比较文学扩大了研究领域。季羡林先生也曾指出:"没有东方文学,所谓比较文学就是不完整的比较文学,这

[①] 本文原载《东方文学研究集刊》(3),北岳文艺出版社,2007年。

样比较出来的结果也必然是不完整的,不完全符合实际情况的。"①中国比较文学发展二十多年来的实际情况表明,比较文学的一系列领域,如文学人类学、比较诗学、文化发生学、华人文学与流散文学、跨文化生态文学、形象学、译介学、主题学等的研究,如果离开包括中国文学在内的东方文学,都将会出现无本之木、无源之水的现象,都会得出肤浅、片面、以偏概全而又难以令人信服的结论,从而失去价值观、道德观及社会学上的参照意义。本文从其本体论和生态失衡以及当代性的角度探讨东方比较文学发展的必然趋势,既有理论探讨意识,又有实践研究的意义。

一、本体论意义

首先,东方比较文学研究已成为中外文学关系研究中最重要的一个领域,这已是不争的事实。钱锺书先生早就指出:"从历史上来看,各国发展的比较文学最先完成的工作之一都是清理本国文学与外国文学的相互关系,研究本国作家与外国作家的相互影响。"②这些话对于论述东方比较文学研究的意义,尤其具有指导性。因为东方比较文学研究本质上是东方文学交流史的研究。而东方文学交流史的研究,由于文化传统多源、宗教信仰多样、民族语言各异、交通阻隔严重等因素的禁锢与影响,被一些学者视为畏途,难以发现其特点和规律性。如果能够大胆运用创造性的、科学性的世界观和方法论,将思维习惯从个人的心智形式与传统的思维模式中解放出来,大胆探索东方文学交流的内在规律性,一定会有新的发现。

第一,东方文学交流形成纵向的、单维的直线性特点。研究文

---

① 《中国比较文学年鉴(1986)》,北京大学出版社,1987年,第5页。
② 《中国比较文学年鉴(1986)》,北京大学出版社,1987年,第48页。

学交流的思维惯性使人们的心智更富有弹性，它拓展了人们的认知才能，延伸了人们的学术思维，使之能够超越自己的经验范畴去认知和其他相关领域的联系。用这种思维方式思考东方各国文学之间相互影响、接受、流变和译介时，就会发现，它或以某一国家、民族文学为产生影响的发源地；或以某一国家、民族文学为受惠者；或与某一国家、民族文学有历史因缘关系；或通过翻译，从原文寻觅到相互关联的痕迹；或起媒介作用，使某一风格、流派得以播扬，但无论如何，都顺延直线，向纵向发展。这种单向思维模式在东方文学交流研究中就形成了文学现象间的历时性研究。

第二，东方文学交流的研究还具有横向、二维的平面性特点。用开放式的学术目光，从平面的角度考察、分析东方各国文学内部的关联，会得出更为客观和中肯的评价。在东方各国文学之间，不同的文化背景、不同的价值观与审美观，犹如两条平行线之间勾连的无数横线，使这种研究形成一个有机的平面。在东方文学交流所形成的这一平面内，可以从相似的文学现象之间发现某种事实联系，也可以从相异的文学现象之间看到受到影响后的变异。这样就形成了东方文学交流在同一历史发展断层上的各个文学平面向横向延伸。这种双向思维模式在东方文学交流研究中会形成两国文学史之间诸多文学平面的共时性研究。东方文学交流的事实被放在一个平面网络里进行梳理与审视，会表现出更为生动的新景象。

第三，东方文学交流史的研究，在表现出直线性与平面性特点的基础上还会逐渐形成立体坐标式的研究。它在多维、多变的空间里观察研究东方文学交流的轨迹，在东方文学交流研究纵向直线和横向平面中交错穿插，融影响研究与平行研究于一体，形成互相关联的全方位立体思维。这种由直线性、平面性发展到立体性的思维结果，显然不是人为的主观臆想，它将随着东方文学交流史研究的深入，以及自身特点的形成而逐渐显示出来。这种研究超越了国家界限、文学界限、语言界限、时空界限、不断拓展思维空间，在不断变化发展的过程中形成不稳定性和开放性。因此，只有将东方文学交流史的研究作为一个整体来进行思考，认识到它的主体性、整一性和综合性，只有超越理性思维的纵向历史性与横向共时性的局限而形成一种多维多度的研究空间，才能深入对其规律进行理性的总结，东方文学交流史的研究也才会有更加实际而深刻的意义。

其次，重视东方比较文学研究，无疑具有中国特色。因为中国和周边国家的文学关系始终是该研究领域的一个重点与中心。中国与东方各国之间有着悠久的政治、经济和文化文学交流的历史。这一优良传统对中国人民的物质文明水平的提高，精神生活内容的丰富，尤其是文学艺术的健康发展都起到了积极的作用。在即将到来的新世纪这一东方文化大发展的时期，中国和东方各国强化这一友好往来的传统并梳理它们之间文化文学交流的事实，对发展和繁荣中国的社会主义文学艺术事业，无疑是一件有百益而无一害的事。中国人民和东方各国人民在文学上密切往来、相互影响和血肉联系的历史源远流长，事例难以历数。一方面，中国借鉴、接受了东方各个国家、民族的文学事业的发展，丰富了自己的文学创作，促进了中国各民族文学事业的发展；另一方面，中国的文学成就和创作经验也影响、传播到东方各国。从陆路丝绸之路到海上丝绸之路，既输出了物质文明，又送去了精神产品，形成域外汉学（中国学）繁盛的局面。

在以往的东方文学交流的研究中，中国与周边各国的文学往来都有不少涉足者，其中尤以中日、中印、中朝之间的文学关系梳理得清晰、明白，但是不足之处在于中国在区域性的文学交流，如东北亚、东南亚、南亚、西亚等地区的文学交流中所扮演的角色，叙述得太少。另外，在探讨中国和东方各主要国家的文学交流时，往往偏重于它们对中国文学的吸收和研究，而较少关注这些东方国家的文学对中国的影响。还有一种倾向即注重对古代文学、中古文学以及近代文学交流的研究，而忽视了现当代，即20世纪东方国家之间的文学相互影响接受的情况。如果说古代的东方文学交流因三大文化圈的中心向外辐射影响而呈现出单向授予性、受惠性特点的话，那么到了现当代，这种状况显然有了改变，而表现出双向互动性、互补性的趋势。东方文学交流这种动态流程需要一种全新式的学术思维和创造性的研究方法，才能将其描述清楚。

季羡林先生早就认为："中国文学同东方国家的文学关系密切，从比较文学的观点上来加以讨论，是十分重要十分有意义的工作。这工作我们做得还很差。至于东方文学同西方文学的比较，其意义就更为重要。"从这种比较研究中，我们可以探讨出世界文学，也就是人类整个文学的发展规律。他还明确地指出："最近，许多国家的学者大声疾呼，说进行文学比较研究，必须把东方文学纳入，否则，比较文学的道路是很难走下去的。这种见解是非常高明的。"[①]

二、文化失衡

在当前学界的比较文学研究中，由于其本体的包容性和跨界性等，许多边缘领域被学界同人所认同，并被纳入其研究范畴，但是却往往忽视了东方，忽略了有关东方的诸多领域的学术成果。其实在世界文学史上，东方文学始终占有重要的地位。中国、印度、伊朗、埃及、希伯来、阿拉伯、日本及其他许多东方国家的文学都取得了令世人瞩目的成果，丰富了世界文学的宝库，不仅促进了世界文学的发展，而且对世界文学产生了很大影响。但是由于有些人头脑中固有的世界文学即等同于西方文学的观念根深蒂固，在比较文

---

① 《简明东方文学史》，北京大学出版社，1987年，第2页。

学研究领域,东方文学并未得到它应有的地位和重视。这种由于东方在世界范围里形成的边缘化甚至"缺失"状况,不仅形成在实践研究中的"失语",更重要的是使中国比较文学研究形成一种失根状态,一种失去包括中国在内的东方之根,失去立足点的尴尬局面。

我们可以将这种状态视为与人类自然生态发展一样的生态文化失衡状态。这种失衡表现在比较文学研究中,作为比较的参照系的东方或作为西方参照物的东方文学在国际性研究中成为被忽略的角色、被遗忘的角落。究其原因,主要有以下几个方面:

首先,比较文学本体论意义上的本质动态性、认识论意义上的性质不确定性,决定了它的危机几乎无时不在。它不仅在中国崛起时存在着这样或那样的危机,而且早在20世纪五六十年代,因为比较文学的法国学派与美国学派之间一场持续了十余年的理论论争,而产生了危机。以至于这场论争所引发的关于学科界定与研究方法等问题的答案,至今未能清楚彻底地解决。这不仅是说比较文学的两种主要研究方法,影响研究被认为务实考证,平行研究被认为务虚推理,而是说比较文学研究与考察的对象不够全面,缺乏代表性与概括性,它们只涉及西方文学中的各种文学现象,而很少涉及东方,他们的话语是"西方"和"非西方",而很少涉及西方的对立面"东方"。正如季羡林先生在二十年后的中国比较文学学会成立大会开幕词中所说:"现在许多国家的比较学者都承认,讲比较文学而忽视东方文学,这一条路是行不通的。""只有把东方文学真正归入比较文学的研究范围,我们这个学科才能发展,才能进步,才能有所突破,才能焕发出新的异样光彩,才能开阔视野。"①

其次,在比较文学研究中,由于包括中国文学在内的东方文学自身的一些社会形态不够完善,因此在与西方文学比较中往往出现

---

① 《中国比较文学年鉴》,北京大学出版社,1987年,第29页。

被有意矮化、或无意弱化的情况。在东西方文化文学交流中，无论是和平的方式或是暴力的方式，人们处心积虑、千方百计地想挤进对方的肌体之内，但是这种"进入"是不平衡的，是以某些牺牲为代价的。东方各国绝大多数都经历过被西方殖民的历史，尽管时间长短不一，但是对西方殖民文化与殖民话语，却耳熟能详，因此，在文化上，它常常表现为强势文化浸润弱势文化，这种不平衡也不平等的方式，让强势文化表现为一种主流话语的特权。而作为弱势文化，作为东方文化传统中诞生的东方文学，在与西方相对峙的抗衡中，往往表现出种种无可奈何的态势。在世界文学的大格局中包括中国文学在内的东方文学往往被忽视，长此以往，渐渐地，东方文学就会失去自己的立场和声音，在比较文学研究中只习惯于听西方的话语，并唯西方文学马首是瞻。有时解释和分析中国文学现象也特别善于运用西方的思维和方法，形成西方中心论的色彩，其实，包括中国文学在内的东方文学早已被边缘化、被泛化、被弱化了。

　　再次，在比较文学研究中，东方文学的立场与艰难选择。东方文学的立场主要指在与西方文学对应与参照、比较中，东方和东方文学自身的一种价值。长期以来，东方文学由于历史的原因，已经很习惯于被西方文学和理论观照，形成"言必希腊"的思维惯性。这使得东方和东方文学成为某些人这种思维定式的附属品和牺牲品，这不仅使其失去知识分子的学术自立，而且也在客观上销蚀了东方和东方文学的美学品格。东方所要面对的事实是，世界经济一体化必然使得各民族文化、文学处于一个共同的语境中，但是这种一体化并不等于文化文学的一体化，也不是西方文化文学一体化，更不能以牺牲民族性为前提。恰恰相反，这种局面为东方各国提供了更多更好更能全面体现民族化的契机。这种文化选择的基础是"合而不同"，就是在共同语境中都要发出自己独特的声音，要能积极表达自己在国际对话交流中的愿望,不能千人一面,万人一腔,否则就会在这种大潮中迷失自我,丧失表现民族化特点的绝好机遇。

最后,不难发现在近代以来,"东方"话语已被"中国"话语所代表,这也形成东方和东方文学在面对西方或西方文学时的一种两难选择。自近代以来,由于中国有志之士的反思与探索,以"中西"为题的比较研究层出不穷,汗牛充栋。"中西文化"、"中西文学"、"中西文明"、"中西传统"、"中西……"等等词语,一时间成为学界的口头禅。从理论和理性上分析,在与西方对比参照的各种研究中,即使是作为东方重要组成的中国从来无权或不应该代替东方,但是人们往往以中国为一极去直面西方,从而肩负起本不应该代替东方所承担的历史责任。事实上,中国不仅早已不能承受其重,而且从学理上看,中西对应也是不科学、不全面的。因为中国基本上是一个文化传统,而西方在中国人眼中是一个整体,其实它并非单一义化传统,因此"中西"之说总有不尽如人意之处。正确的提法应该是"东西"、"中外"、"中法"、"中美"、"中印"、"中日"等用语,在这种语境中的比较文学研究,才有明确的指代性与对象性。正如季羡林先生所指出的:"在世界文学史上,东方文学一向占据着很重要的地位,中国、印度、伊朗、阿拉伯、日本及其他许多东方国家的文学对世界文学产生过巨大的影响,促进了世界文学的发展。但是到了今天,仅仅在比较文学这个范围的东方文学却远远没有得到应有的重视。……因此,我们想着重提倡一下以东方文学为基础的比较文学"①二十五年后的今天,季先生提倡的东方比较文学研究在整个比较文学界还是处于弱势的地位,这是值得比较文学界深入思考的问题。

---

① 《比较文学论文集》,北京大学出版社,1982年,第1—2页。

三、当代性

我们提倡东方比较文学研究，不是为了给包括中国文学在内的东方文学争什么名分，更不可能打击、压制西方文学在世界文学中的地位，而是想实事求是地恢复东方比较文学研究在比较文学界的真正地位，找回它存在的理由和实际的价值。

当今世界正从过去的两极对立走向多极对话，通过多极多边的对话解决国际关注的社会问题。东西方对话所形成的全新格局，使各方都取得了巨大的成功。东方比较文学参与的不是世界文化的一体化，而是世界的全球化，希望在这种参与中弘扬自己的民族文化和文学，这即是东方比较文学的当代性。它具有超越传统、超越本体、超越地域、超越时空等特性，为东方比较文学的发展提供了更为广阔的空间和万难的契机。

超越西方中心主义，打破欧洲中心论，是当前东方比较文学研究的防御性措施，也是它必须面对的严峻现实。按照"后殖民主义话语"的启示，文化交流的背后还隐藏着权力的相互征服。福柯就认为接受一种知识和观点，就意味着被一种权力所征服。只有超越这种处处以西方标准来衡量东方的思维模式，才能体现东方独特的异于西方的东西。西方中心的形成既有西方强势文化有意歧视、扭曲东方文化文学的原因，也有东方对西方文化崇拜的不良因素。强调东方的比较文学即可摆脱这种困惑，克服这些动摇，找到自己的声音与本位，表现出一种多元共存的观点。当然，东方比较文学研究中也会出现强势文化与弱势文化的区别，也有二者的相互交流与影响接受。如中古时期相对弱小的朝鲜、日本、越南等国对汉文化的吸收。反之，也有发达国家对弱小国家文化的吸收，如中国汉唐时期对西域异族文化的吸收等。东方比较文学研究领域里的这种相互交流与影响接受只有多寡之分、强弱之分，而没有拒绝的可能。当然在超越西方中心的努力中，在注重"后殖民话语"的同时，也要防止诱发出东方权力欲望，即同时也要超越东方文化沙文主义的思想局限。只有保持一种多元文化文学的立场，东方比较文学研究才会兴旺发达。

超越前人的探索，克服传统的束缚，对当前东方比较文学研究要有一种君临的态度，一种高屋建瓴的视域。当前东方比较文学研究的顺势而生已表明比较文学研究的重心与思想正在逐步东移，这实际上也是对西方中心主义的反拨与突破。当前东方各国的政治、经济、文化迅猛发展，无疑得益于东方各国在各方面的交流。东方比较文学也是一种总体文学研究，它要研究其中文化、文学方面的交流及其如何汇成东方文化、文学主流的规律。要努力发现其中所蕴含的同一性与同质性的质素，以东方整体的优势与西方对话，发出整体的声音。如东方文化、东方文学、东方美学、东方文艺思潮等，只有这样才能打破西方强势文化、文学借助其势能渗透到不发达国家和地区的企图。以往判断一种文化的势能高低、大小，主要的依据是经济实力，而不是该文化在时空中存在的价值，这样的交流难免不合理，尤其是东西方之间，由于殖民的原因所造成的各种实际上的不平等尤其如此。东方比较文学研究要警惕依靠经济实力形成的文化权力征服，要在平等互惠的基础上，解决好文化、文学交流中影响与接受造成的角色随时转换的困惑。

超越在东方比较文学研究中的另一层含义，即要有"打通"的思考，又要有通变的认识。要善于"打通"东方各国文化与文化、文学与文学、文化与文学之间的交流渠道，这虽然实际上已超越了东方各国文化、文学之间的学术疆界，但是却表现出"通古今之变，立一家之言"的文学研究传统。东方各国在文化、文学的各种现象之间普遍存在着"剪不断，理还乱"的事实联系，学界梳理得尚不够清楚，只有打通东方各国在文化文学交流过程中空间的中外，时间的古今，以及学科间人为的藩篱，打破"画地为牢"式的文化文学交流范式，使思想大大开放，才能使纵横交错的各种文化文学关系通过东方比较文学研究，变得日渐清晰起来。打通的结果必然会有质变的发现。不通不变，通则变，只有纵向史的打通——梳理清楚，才会发现变在何处，才会在同中见异，异中见同，最终在趋同性与变异性中摸清或理出东方文化文学发展的根本规律。这才是东方比较文学研究的最终目的与成果。

比较文学研究用国际性的眼光审视世界文学的各种变化、找出其中规律的努力，在东方比较文学研究领域里同样适用，只不过它具有的是总体文学的性质，而非世界文学的性质。因为东方文学成为文学研究对象的历史较西方文学要短得多，人们对它的关注与重视也差得多，由于缺乏研究与了解这种被边缘化的结果，形成它的神秘性与复杂性。东方比较文学研究恰恰要弥补这一学术缺失，使之成为比较文学垦拓的又一块沃土，从而让全世界的人像了解西方文化文学一样了解东方文化文学，那才能实现研究比较文学与世界文学的目的。

文学交流篇

中蒙文化文学关系述略[①]

蒙古之名最早见于唐代，最早的汉文译名出现在《旧唐书》中，称为"蒙兀室韦"，可追溯到古代"室韦"（即5、6世纪源于呼伦贝尔草原后延伸至嫩江一带的蒙古族先祖部落）。匈奴时期其东部地区住有东胡人，因在匈奴东而称东胡，语言属阿尔泰语系，蒙古语族源于东胡的一支方言。7、8世纪时的突厥人称"室韦"为"达怛"（后多写为鞑靼）。这个"室韦—达怛"即今日蒙古族祖先，其中一支在唐代被称为"蒙兀室韦"。自唐以降，汉语文献上分别称为"蒙瓦室韦"、"蒙古儿"、"蒙兀儿""朦骨"、"萌骨"、"盟骨"、"盟古"、"蒙豁"、"蒙瓦"、"朦古"、"盲古"、"漠葛失"、"毛揭室"、"毛褐"、"忙豁仑"、"篾劫子"、"梅古悉"、"萌古"、"蒙国斯"、"蒙古里"等，大多为蒙古一名的谐音。元代以后"蒙古"这一名称才被正式采用。其名称来源说法不一，大致有三种，其一蒙古高原原有座蒙古山、附近有蒙河，生息在这一带的部落，即称蒙古。其二是说蒙古一名的读音与蒙语中的"银"和"永恒"两词相近，蒙古族历来尚白，蒙古作银解，可与金国号对应，即解释为银和永恒之意。其三是从词根上分析，意思是"我们的火"，因游牧后每到一地要煮饮休息，并推一长者掌管此事，故有此称。第一种说法比较可靠。

[①] 本文原载《东方文学研究集刊》(6)，北岳文艺出版社，2011年。

《元史·地理志》说汉隋唐宋"幅员之广,咸不及之",这的确是事实。"若元,则起朔漠,并西域,平西夏,灭女真,臣高丽,定南诏,遂下江南,而天下为一,故其地北逾阴山,西极流沙,东尽辽左,南越海表。"从陈垣先生《元也里可温教考》和《元西域人华化考》这两部名著中可知,在蒙古人席卷欧亚大陆之后,国界相对淡化,广袤的空间大地上人来人往,欧洲人到中国(蒙元),绝不只有马可·波罗。而中亚西亚等所谓的西域人来蒙元(中国)者似乎更多。他们一方面成为学到中国的儒家、佛老、文学、美术、礼俗诸领域文化的"外国专家",一方面也带来了阿拉伯的文化。其时通过丝绸之路到中国(蒙元)者不知比汉唐多多少倍。这些随着蒙古人进入汉地的西域人已经将世界的知识传进蒙元(中国),包括地理知识。现藏于日本京都龙谷大学附属图书馆中的《混一疆理历代国都之图》即例证。这是一幅明建文帝四年(1402)画于丝织物上的地图,长150厘米,宽163厘米。地图上的地名、山水等名称无疑都表明这幅地图反映的是蒙元时代的知识。由此可见,中国和蒙古国之间的关系源远流长。

蒙古民族有数千年的历史,公元前3世纪,蒙古地区成为匈奴帝国的中心,蒙古人的先祖成为被统治者。也有学者认为蒙古人是在匈奴统治瓦解,尤其是840年回鹘汗国崩溃后,室韦—达怛乘机向西移入的。公元4至10世纪东突厥人势力强大。公元13世纪,成吉思汗(铁木真)统一大漠东西南北各部落,建立了统一的蒙古汗国,继而征服了中亚和波斯湾。1234年,其继承者征服女真金朝。忽必烈1279年在中国建立元朝(止于1368年)。1368年后数百年间,蒙古人被限制在最初生存区域。17至18世纪期间,被清朝征服,成为满清王朝之一部。1911年12月,外蒙古王公在沙俄支持下宣告独立。1917年沙俄倒台后复归中国版图。1921年蒙古人民革命党成立,同年7月11日成立君主立宪政府。1924年11月26日人民党在苏联支持下，宣布废除君主立宪制，成立蒙古人民共和国。1945年2月英美苏三国首脑共同签订了《雅尔塔协定》，提出以"外蒙古"（蒙古人民共和国）的现状须予维持作为苏联对日作战的条件之一，从而确立了外蒙古的独立地位。1946年1月5日，当时的中国政府发表公告，表示承认外蒙古独立。1992年2月12日蒙古国新宪法生效，改国名"蒙古人民共和国"为"蒙古国"。

考察蒙古国的历史不难发现与中国历代政权的关系。14世纪初，蒙古帝国崩溃后，这一地区分为内蒙古（南部）和外蒙古（北部）。15世纪初，漠西蒙古（瓦剌）、漠北蒙古（喀尔喀，外蒙主要蒙古族名，占现蒙古国人口的四分之三左右。）先后与明朝建立臣属关系。1636年，漠南蒙古归属后金—清。漠东在明清之际已为清地。广袤的蒙古大地长时期信奉萨满教，蒙元（忽必烈）时期蒙古人已接受喇嘛教，明末清初，喇嘛教已在蒙古地区广为流传。

蒙古族的语言属阿尔泰语系蒙古语族，在13世纪已有以回鹘文字母为基础创制的文字。从1272年约至1310年使用源自藏文的八思巴字。蒙古语包括9种主要方言，其中喀尔喀方言是蒙古国的官方语言，也是蒙古语言文学的基础。蒙古文字从上至下竖写，源于粟特字母（为阿拉米字母变体）。蒙古国自1946年以来采用基本与俄语字母相同的西里尔（斯拉夫）新字母，并开始横写。14世纪时的蒙古文字用于翻译梵文和藏文的佛经，这种文字一直沿用至今。

中国和蒙古的文化文学关系可分为三个阶段。

一、古代时期

第一，成吉思汗与道教的关系主要表现在成吉思汗与全真教真人丘处机的接触上。丘处机（1148—1227），字通密，登州栖霞人，师从王重阳。①成吉思汗于1219、1220年先后两次下诏召见丘处机,一为求治国之术,二为求养生之道。1220年3月丘处机率18名弟子历经数十国,行万里,生死度外,在阿姆河营帐第一次见面,10月再见面设道三日,内容《元史》有载。丘处机被蒙古大汗成吉思汗的威严、圣明折服,元太祖对丘处机的释道、胆识很赏识,双方都比较满意。

成吉思汗终生信奉萨满教,他利用这一信仰获得军事、政治上的成功,统一全蒙而成为大汗。萨满教是一种原始宗教,教理不完善,也未形成排他性的教义,而王重阳创立的全真教宣扬"三教合一"的思想,即规定老子《道德经》、佛教《般若心经》和儒家《孝经》为全真教徒必修的经典。宣称"儒门释户道相通,三教从来一祖风"。全真教排他性也不强,而作为王重阳七大弟子之一的丘处机渴望实现教主"四海教风为一家"的盛举。这对于以"欲治身,先治心"为训的元太祖而言,可谓一拍即合。

道教成为成吉思汗支持的第一个外来宗教,对道教处理的成功,为他日后处理与基督教、伊斯兰教和佛教的关系奠定了基础,积累了经验。客观上促进了宗教的发展,民族的融合,领地的统一。

第二,忽必烈与汉文化

成吉思汗之子窝阔台、拖雷等击灭金国,拖雷之子忽必烈灭亡南宋,最终统一了中国,南诏和越南归入版图。于1271年建立元帝国。在忽必烈以前,蒙古汗国以武力将带有强烈游牧色彩的蒙古文化推行到势力所及之地。到忽必烈时代,以在征战中华大地的同时受到汉文化影响,他清楚地认识到要治理文明程度高的汉地,必用

---

① 王国维校注:《长春真人西游记校注》,北京文殿阁书庄,民国二十六年(1937)版。

汉法，即吸收中原汉文化以适应新的统治需求。于是开设幕府，重用汉儒汉官，仿效中原前朝建立年号，改国号为元，迁都大都（今北京）。建立封建王朝的国家机构和官职、礼仪等制度，推行劝农政策，提倡以儒学为主体的传统文化，设立国子学，以汉文化的教育方式培养蒙古贵族子弟。但科举制、嫡长子预立为皇储等汉制，则由于蒙古贵族的强烈反对而未能推行。由于较全面地接受了汉制、汉文化，其统治的性质发生了实质性的变化，由中国之外的蒙古汗国而蜕变为中国之内的"元朝"，成为中国统绪的承继朝代。

在这一过程中，中原也融进了一些蒙古文化的元素，如沿用至今的行省制度、黄色为皇帝独享、元大都的建筑风格等。蒙古统治者同时也倡导其他民族的文化。因为忽必烈信奉藏传佛教，所以在兼容各种宗教的局面下，喇嘛教得到了特别的发展。直至1640年9月，卫拉特和喀尔喀封建主结成广泛同盟，制定了《蒙古——卫拉特法典》，终于规定藏传佛教为蒙古各部共同信仰的宗教，并严禁用言语和行动侮辱僧侣等。

在忽必烈时代以后，蒙古汗国以强悍的武功文治冲破了闭塞保守的大宋王朝的疆域，再次打开中西交通，于是域外文化和宗教得以涌入，致使中国文化在多元化道路上迈进了一大步。

第三，《蒙古秘史》和其他蒙古古代典籍

《蒙古秘史》（即《元朝秘史》）是一部非常重要的蒙古文典籍，是研究蒙古历史文化和语言文学的重要文献，也是学习了解蒙元文史者必须首先研读的主要原始史料。1989年联合国教科文组织将《蒙古秘史》列为世界名著，并将其英译本收入世界名著丛书。同时号召成员国，于1990年为《蒙古秘史》成书七百五十周年举行纪念活动。

《蒙古秘史》以近三十万言的篇幅被中外学者誉为"蒙古史三大要籍之首"，"世界文学史上足以赞夸的神品"。它不仅是一部填补世界历史空白的史书,更是一部描述马背上的民族成长经历的文学巨著。一般认为该书写成于13世纪上半叶,即成吉思汗的继位者窝阔台时代。其蒙语书名为《忙豁伦·纽察·脱卜察安》,直译即《蒙古秘史》。

学者普遍认为其原文是畏兀儿体蒙古文(回鹘蒙古文或八思巴蒙古文),它如同成吉思汗的安息地一样至今尚未发现。但它并未绝迹,而是以一种奇特的形式留存下来,即明代四夷馆用五百六十三个汉字标音(译音)拼写成的蒙古语本。全书由汉字标音的蒙古语本文、汉字直译的词汇"旁译"和节后概译的"总译"三部分构成。书的内容极其丰富,从成吉思汗二十二代先祖孛儿贴赤那、豁埃马阑勒写起,直至窝阔台十二年(1240年)止,共记载了蒙古族约五百年的盛衰成败的历史。其中既有蒙古高原父系氏族社会的狩猎生活,以及相关的图腾崇拜的记载,也有氏族到部落,又到部落联盟进而发展成一个民族的历史脉络叙述,更有从狩猎文化嬗变到游牧文化后崛起的一代天骄成吉思汗如何成就霸业的追忆。全书对上述及其与此相关的风俗习惯等都以丰富多彩的文学语言进行了系统的阐述。书中数以千百条计的诗句和谚语等韵文为全书增色不少。而散文叙事更是以文学语言那种简捷的表达方式,惟妙惟肖地描绘了众多的人物形象和社会生活。堪称是蒙古民族现存最早的历史文学长卷,绝无仅有的史诗力作。

蒙古古代文献典籍之间有着非常重要的关系和联系。其中《蒙古秘史》是其总的源头。蒙古族的汉文史籍《圣武亲征录》即是根据《蒙古秘史》写成,而伊朗的《金册》则是《圣武亲征录》的蒙古文译本。蒙古族拉施特《史集》中的成吉思汗纪则主要是根据《金册》编纂而成的,因而与《圣武亲征录》以及源自《圣武亲征录》和《元太祖实录》的《元史·太祖本纪》较为接近。①

著名历史学家陈垣教授在《元秘史译音用字考》一文中对《元朝秘史》的版本来历进行了详尽介绍。《元朝秘史》有十五卷本和十二卷本两种。十五卷本载于《永乐大典》，后经清代鲍廷博抄出，为韩泰华藏，有嘉庆钱大昕写"跋"的"钱本"。十二卷本有顾广圻本和叶德辉本两种。三种中顾本讹误最少。《元朝秘史》自明代洪武年间问世，已经六百多年，但明版《元朝秘史》至今未现，现存的版本都不是明代原版本。国外从 19 世纪 60 年代开始对《元朝秘史》进行研究，至少有法、德、俄、日、英、匈、捷、土等八种外文版本问世。

早在 1940 年左右，一些蒙古知识分子就在研究《蒙古秘史》的基础上，努力将汉文本还原为蒙古文本，于是，阿拉坦敖其尔、卜和克什格、贺西格巴图等人的译注相继刊印发行。新中国成立以后，《元朝秘史》的还原和注释工作主要由原内蒙古语言文学历史研究所负责，成果显著。蒙古国学者达木丁苏伦在精心研究的基础上将《元朝秘史》翻译成现代蒙古语，在普及《蒙古秘史》方面做出了有益的贡献。

第四，元明清戏曲中的蒙古语

对于元明清戏曲中的方言俗语，尤其是以借入汉语里的以蒙古语为主的字、词、语、句的音译、义译和音义相间的诠释，最为困扰教者和学者。对于这样的难题，王国维（1877—1927）、顾随（1897—1960）、任讷（1897—1991）、周贻白（1900—1977）、贺昌群（1905—1973）等前贤都颇为关注。尤其是现代著名诗人、翻译家戴望舒（1905—1950）对中国古典文学中的小说、戏曲颇有研究，其中

---

① 《二十世纪蒙古学巨匠亦邻真教授》，《亦邻真蒙古学文集》，内蒙古人民出版社，2001 年，序言第 15 页。

《读元曲的蒙古方言》一文给后人以很大启发。

当代学者方龄贵教授(1918—，云南师范大学)曾出版了《〈元朝秘史〉通检》、《大理五华楼新出元碑选录并考释》、《元明戏曲中的蒙古语》、《古典戏曲中外来语考释词典》、《通制条格校注》、《元始丛考》等六部学术专著，广泛涉及了蒙汉语言中的杂糅问题。曾其在所著《元明戏曲中的蒙古语》中收录源于蒙古语的词语一百一十四条。并著有《元明戏曲中的蒙古语拾补》、《元明戏曲中的蒙古语续考》、《〈伍伦全备忠孝记〉剧中的蒙古语》以及清代戏曲中源于蒙古语的词语，如《关于〈吊琵琶〉剧中的蒙古语》、《〈升平宝筏〉剧中的蒙古语》、《清代戏曲中的蒙古语散论》等论文。在他所著《古典戏曲外来语考释词典》一书中，已收得见于戏曲中的蒙古语词语合计近二百条。由此可见元以降的文艺作品中元代文化尤其是蒙古词语的渗透应该说程度是很深的。如果有一天对中国古代小说中的蒙古词语进行发掘，可能会有更多的发现。

二、中古时期

第一，从元朝开始，随着蒙古族统治者入主中原，汉蒙文学文化交流日益密切。在蒙古族知识界中，越来越多的人受汉文化影响而学习甚至精通汉字，并能熟练地运用汉文进行诗文写作，在蒙古族文学史和整个中华民族文学史上都留有数量可观的诗词、戏曲、散文和小说。

元代有诗人伯颜、泰不花(华)、阿禨(女)、散文家、翻译家察罕(曾受命翻译《脱必赤颜》名为《圣武开天记》，著名史学家陈垣认为即《元秘史》)[①]、中国汉字书法家阿尼哥、词家阿鲁威等。明

[①] 陈垣：《元西域人华化考》，上海古籍出版社，2000年，第9页。

代有戏曲家杨景贤，清代有散文家法式善、小说家蒲松龄等①。他们的汉文创作无疑丰富了汉蒙文学文化关系，也为两国的学者研究本国的文学提供了一个新的视域。

蒙古族的文学应该是在民族独立与自觉的条件下才得以产生的，它不可能离开催生它出现的其他民族文学或国家文学的影响。正如俄罗斯蒙古学学者波兹德涅耶夫在所著《蒙古文学讲义》中就认为蒙古文学应包括西藏蒙古文学、中国蒙古文学、满洲蒙古文学和蒙古本土文学四部分。其中前三部分虽然主要指由藏、汉、满文翻译的译作，但不无将西藏、满洲割出中国之嫌。正是19世纪至20世纪包括藏满文学作品在内的中国古典文学典籍的蒙译，才使蒙古学者自诩的"蒙古国是一个翻译的国度"成为最恰当的评价，并得以实现。

第二，19世纪至20世纪初，中国的古典文学作品被大量译介到蒙古。其中，《诗经》、《论语》、《三国演义》、《水浒传》、《西游记》、《红楼梦》、《说唐》、《隋唐演义》、《封神演义》、《今古奇观》、《东周列国志》等大量古典名著被译成蒙古文字，并在蒙古广大地区播扬。中国藏族的史诗《格萨尔王传》、民间故事、格言谚语等也被大量改编或再创作，以蒙古说唱文学和故事的形式在蒙古民间广为流传，几乎到了家喻户晓的程度。这不仅推动了蒙古作家文学和民间文学取得了长足的发展，也促进了19世纪蒙古文学的历史性转变。为尹湛纳希的长篇小说创作奠定了基础。如果没有对汉文小说的积极译介和借鉴，以长篇小说出现为标志的蒙古文学巨大变迁几乎是不可能的，也很难准确理解与把握这一时期蒙古文学发展的客观规律。

---

① 特·赛音巴雅尔主编：《中国蒙古族当代文学史》，内蒙古教育出版社，1989年，第3页。

第三，蒙文《西游记》抄本及其他

现在国内外收藏的蒙古文《西游记》抄本多达四十余部，其文本样式、思想内容、艺术特色不尽相同。蒙古人编译或改编《西游记》的方法有两种，一是依据明清时期的一部或两三部抄本进行互相参考性质的编译。另一种则是综合整理《西游记》多种蒙文的手抄本，重点对唐僧和孙悟空的故事进行大刀阔斧地改编，完全不受《西游记》原版本（无论是刊行本或手抄本）在形式和内容上的各种约束。1721年（康熙六十年）由乌弥氏阿日那（？—1724）翻译的《西游记》属于前一种范围，另有两种回鹘体蒙古文《西游记》小册子则属于后一种。从蒙古文《西游记》版本和抄本比较研究的角度来分析，阿日那翻译的蒙古文《西游记》抄本流传最广泛，在蒙古文学史、翻译文学史上都占有及其重要的地位。阿日那蒙译的《西游记》分为二十卷一百回，附带回后批语。其翻译底本明显是明版《李卓吾批评西游记》。通过蒙古学者的研究，可以得出阿日那与李卓吾心心相契、文学批评观点基本一致的结论。阿日那在深入研究《西游记》各种版本的基础上创造性地进行编译，并突出各回后的批语，不仅弥补了明版《西游记》或者不带回后批语，或分回不分卷的缺失，迎合了蒙古人喜读《西游记》的审美心理，成功地再创作出符合蒙古古典小说发展演变规律的蒙文《西游记》。阿日那蒙译《西游记》在蒙译汉长篇小说并附带批语方面勇开先河，功不可没。

现在收藏于蒙古图书馆特藏部的两种回鹘体蒙古文《西游记》小册子，书名分别为《唐皇发愿西天取真经，金山寺唐僧奉旨赶来》和《孙悟空故事之第一回》。根据这两种抄本的文体、草纸、及毛笔文字书写特征推断，均为18世纪末或19世纪初形成的民间传抄本，现已无法辨别作者或传抄者的其他信息。前一本小册子在故事情节和主人公姓名的蒙古化方面有特色，如"李翠莲"（明刊本11

回)变为"乌哲斯古楞·莲花",直译是"美丽的莲花",另与《翠莲宝卷》故事之间产生了借用与变异性质的联系,同时也间接受到蒙文佛教文学作品《乔吉德仙女传》的影响。①

两种版本的《西游记》小册子,都试图将儒释道三位一体的思想通过神话小说蒙古化。也都强调了故事所主张的传道作用,即推崇佛教,以寻求心灵释化的理想途径。另外这两种小册子都具有早期蒙古本子故事的性质,即字体工整、段落清楚、错别字不多、偶有脱漏。最后值得一提的是,这两种小册子篇幅短小精悍,合起来只有七万多字,便于民间传抄或由民间说唱艺人作说唱底本使用。

第四,哈斯宝和《新译红楼梦》

《红楼梦》问世不久即流传到蒙古族的读者中。19世纪上半叶出现了一位出色的《红楼梦》研究者和传播者,即蒙古族文学家哈斯宝。他自称"施乐斋主人",生平不详,只知大约生于嘉庆、道光年间。1819年嘉庆皇帝六十寿辰时到过承德府。1847年(道光二十七年)他写了《新译红楼梦》的序言。哈斯宝的翻译作品和随手拈来的文字,都表明他是蒙汉兼通、博览群书,但不得志的士绅文人。

哈斯宝在自己的著作中不断赞美曹雪芹,最后还宣布自己是曹的"后世的知音"、"步他后尘费尽心血,我也成了一个曹雪芹。"可见他是曹的崇拜者、追随者和学习者。他用蒙文翻译《红楼梦》,将百二十回节译成四十回,每回之后都写了批语,还写了一篇"序",一篇"读法"和一篇"总录",还画了十一幅十二钗正册图像。他将自己所译的书题为《新译红楼梦》,并说可以名之为《小红楼梦》。他的译文和评论均用清代规范的蒙古文即所谓"古典蒙古语"写成。翻译风格严谨、绝少误笔,风格独特,反映出他对

---

① 巴雅尔图、玉海转写、译注:《蒙文〈西游记〉抄本拾零》,民族出版社,2007年,第5—6页。

古典蒙汉文字造诣深、功底厚。他在序言文末写道:"道光二十七年孟秋朔日撰起",这就表明他开始进行译著的时间:1847年前后,即19世纪40年代是《小红楼梦》译述成书的主要年月。他的这部译著直到最近还是以手抄本流传的。

三、现当代时期

第一,中国文学在蒙古

20世纪上半叶,同亚洲其他地区和国家一样,蒙古国诞生了新文学。在蒙古新文学的发生发展过程中,俄罗斯文学和十月革命后的苏联文学发挥了重要作用。与此同时,大量的中国古典文学作品也被译成蒙古文,并成为自己新文学的一部分,其中《水浒传》被多次译成蒙文,广为流传,为蒙古人民所喜闻乐见。20世纪50年代前后,蒙古国和中国的学者相继出版了一些为大中学生编写的文学读本。其中呈·达木丁苏伦编撰的《蒙古古代文学精选百篇》(1959)颇具代表性。其中收入的100篇作品已成为蒙古文学经典。半个多世纪以来,这个选本不仅被两国文学史家和文学评论家所充分研讨,而且作为名著已列入中蒙两国相关地区的高校教材,并在这些地区多次再版发行。其中包括19世纪的汉文译作《水浒传》第四卷第二十二回(第七十八篇),琶杰演唱的《水浒传》第二十二回(第七十九篇)等篇目。

1957年,由呈·达木丁苏伦和曾德主持编写的《蒙古文学概要》第一卷出版,二十余年才出齐,其中收入了"《西游记》蒙文译本节选"、"《水浒传》"、"汉文作品在蒙古地区的口头传播"等章节(第三卷),可见中国古典文学对蒙古国文学的影响相当大,这是在民族文学内部考察译作是否能揭示在特定条件下文学交流与中文学接受演变模式的新课题。

蒙文《西游记》在蒙古影响广泛且深远。1976年，由辽宁人民出版社出版的三卷本蒙文《西游记》，是根据阿日那蒙译《西游记》时的一个抄本刊行的（1791年成书，1972年被发现），发行了25000套仍不能满足读者需求。1980年由蒙古人民出版社出版了由学者仁嘎瓦、阿拉坦巴根等翻译的四卷本蒙古文《西游记》。其底本为1955年由人民文学出版社出版的《西游记》，没有回后批语。1996年，蒙古国学者胡布思古乐（女）将蒙古国国立师范大学图书馆收藏的一部附带四十三则回后批语和一篇"后记"的蒙古文《西游记》抄本转写成蒙古国通用的斯拉夫蒙古文，分作两册出版。这对蒙古国读者和蒙古文《西游记》研究者产生了极大吸引力。

蒙古人崇拜狼喜欢狼，因此对中国作家姜戎写的当代长篇小说《狼图腾》情有独钟。2009年"蒙古国Admon印刷出版公司的一位高级编辑，将德文版《狼图腾》的部分内容译成蒙古文，在影响很大的《时政》杂志上连载，还介绍了《狼图腾》在中国和世界的发行情况。"①《时政》杂志连载的《狼图腾》部分译文和报道一经刊出，蒙古国的读者反响强烈，纷纷给杂志打电话要求早日看到蒙文《狼图腾》的全译本。由此，姜戎和《天狗》的作者、蒙古国国家中央图书馆馆长格·阿吉姆有过一段文学交流的佳话。

第二，蒙古文学在中国

现当代蒙古文学与中国的关系是从翻译文学开始的。自20世纪50年代初开始，中国文坛译介蒙古作家的作品。主要由呈·达木丁苏伦（1908—1986）、达·纳楚克道尔基（1906—1937）、宾·仁钦（1905—1977）、达·僧格（1916—1959）、洛岱丹巴（1917—1978）、达西登德布（1912—1997）、乔·敖伊道布（1917—1963）、策登扎布（1913—1992）、道·策伯格米德（1915—1991）、巴·索特那木、

---

① 《南方周末》，2009年12月17日。

策·盖达布(1929—1979)、达·塔尔瓦(1923—1993)、焦吉、巴·巴嘎苏蒂、敦·纳姆达克(1911—1984)等作家的作品先后被译出、重译或译介成中文。

首先,蒙古文学在中国概说。

蒙古现代文学奠基人达·纳楚克道尔基生前曾被授予"人民作家"的光荣称号。代表诗作有《我的祖国》、《四季》;小说有《旧时代的儿子》、《喇叭爷的眼泪》、《白月与黑泪》;歌剧有《三座山》、《大小姐》等。还曾将普希金、莫泊桑的作品译成蒙古文。1964年,蒙古政府设立"达·纳楚克道尔基文学奖",以表彰他在创作上的巨大成就。1955年,伊·霍尔查和陶·漠南根据内蒙古人民出版社出版的蒙古诗集和《内蒙古日报》等译出《我的祖国》(蒙古人民共和国诗集),由新文艺出版社出版。1957年,诸敏根据蒙古国家出版社1955年本译出达·纳楚克道尔基的四幕现代歌剧《三座山》,由新文艺出版社出版。1959年,安柯钦夫又根据内蒙古人民出版社1955年翻印的蒙古版《三座山》,并参考新蒙古版《达·纳楚克道尔基选集》译出《三座山》,由中国戏剧出版社出版。这两个版本是同一部作品的不同译本。内容描写身为青年牧民的男女主人公的坚贞爱情和他们在牧民的支持下反抗封建势力的斗争。达·纳楚克道尔基1934年的原作是以悲剧结局的,曾在蒙古历演不衰,甚至被誉为蒙古的"国剧"而深受欢迎。蒙古作家达木丁苏伦1943年将其改编成圆满的戏剧结局,只是反映现实的侧重点不同,剧本的主旨部分没有本质的改变和太大的区别。另外,《三座山》还曾被改编为京剧在中国舞台上演出过。

蒙古现代著名作家宾·仁钦博士的诗歌、散文和小说在蒙古文坛都很有影响。他还著有《蒙古书面语语法》等多部语言学和文艺理论方面的著作,并将印度古典梵语诗人迦梨陀娑的长诗《云使》翻译成了现代蒙古语。其代表作三卷本长篇历史小说《曙光》

(1951—1955)分别为：达基翻译，陈乃雄校对的第一部《在清朝的奴役下》(1958)、第二部《水深火热之中》(1958)和由陈乃雄译出的第三部《在战斗中成长的祖国》(1962)，均由人民文学出版社出版。小说反映了19世纪末至20世纪30年代喀尔喀蒙古的社会历史巨大变迁。巴·仁钦在为中译本写的序中说道："听到《曙光》在中华人民共和国被译成汉文出版的消息，我的心里又高兴又惭愧。高兴的是，我们蒙古的近代文学作品引起了我们的邻邦—兄弟般的人民中国的读者的兴趣。惭愧的是，对于有悠久的高度的古代文化的、有光辉文学传统的中国读者，我这部在工作余暇匆忙写出的、各方面都不成熟的作品，恐怕会引起乏味的感觉。"①

达·僧格是20世纪40年代颇有影响的蒙古作家。他从40年代起先后担任蒙古作家协会总书记和主席职务。文学创作有小说、诗歌和剧本等多种体裁，尤其擅长军事题材的创作。曾获乔巴山奖，并两次获蒙古国家奖。1955年和1959年作家出版社和人民出版社分别出版了由色道尔吉根据内蒙古自治区人民政府文教部1950年出版的蒙文翻印本译出的中篇小说《阿尤喜》。小说描写了一位蒙古人民革命军的侦查员，在苏蒙联军于张家口以北进击日寇时，他为争夺一座桥梁深入敌阵，最后为保住桥梁而英勇牺牲，为中国人民解放军能够顺利解放张家口献出了生命。小说中的爱国主义和英雄主义影响了40年代的文坛，乃至整个蒙古现代文学史。1963年，作家出版社出版了由陈乃雄翻译的他的诗集《深厚的情感》。其中《在红场上》、《莫斯科使我们相识》、《致朝鲜的卓娅》、《给中国的小姑娘》等诗篇，无不表现出作者深厚的国际主义精神和高涨的政治热情。在1955年新文艺出版社出版的《我的祖国》(蒙古人民共和国诗集)中，包括了达·僧格的《和平鸽》和《我曾会晤过列宁》两首

---

① 陈乃雄译：《曙光》，人民文学出版社，1958年。

诗。《和平鸽》是在二战后，和平运动兴起的 1951 年创作的。它的深刻寓意表达了蒙古人民热爱和平、反对战争、追求幸福的愿望。1953 年，达·僧格到中国访问回国后，写有歌颂两国人民友谊的诗篇。

蒙古作家洛岱丹巴也有不少作品被译成中文。他曾长期担任国家文化部副部长。后任国家艺术委员会副主任等要职，曾两次获国家奖。一生创作中、短篇小说及戏剧二十余部。1955 年，作家出版社出版了诺尔博和陈乃雄根据蒙古国家出版社 1952 版合译的洛岱丹巴的中篇小说《我们的学校》。作者在中译本的序言中说："我这本渺小不足道的中篇小说，将用具有悠久的、灿烂的文化传统的伟大中国文字翻译出来，将被正在建设自己幸福生活的伟大中国人民所阅读，这对我来说，实在是莫大的荣幸。"1956 年，由少年儿童出版社出版的坪父根据苏联儿童出版社 1955 年俄文版转译的《活着为人民》，实际上是《我们的学校》的节译本。1956 年，作家出版社出版了色道尔吉根据蒙古国家出版社 1951 年版译出的长篇小说《在阿尔泰山》。1959 年，内蒙古人民出版社出版了由齐星宝译出的短篇小说《戴帽子的狼》，描写了蒙古人民为了破除迷信而进行的斗争。1985 年，内蒙古人民出版社出版了温中和翻译的《清澈的塔米尔河》（上册）。洛岱丹巴是一位在中国读者中有广泛影响的蒙古当代作家。

其他对中国文坛产生影响并比较重要的蒙文译本也还有很多，可见蒙古现当代作家作品在中国的翻译呈现出作家众多、体裁广泛、内容丰富、读者面广、影响持久等特点。

其次，呈·达木丁苏伦与中国。

呈·达木丁苏伦是蒙古著名学者、诗人、小说家、文艺评论家和翻译家，蒙古现代文学奠基人之一。他不仅是作品译介到中国最多的蒙古作家，也是文学史、文学理论译介到中国最多的学者，是对中国文坛影响最大的蒙古作家。

达木丁苏伦的学术著作《格斯尔传的历史根源》对研究中国蒙古族、藏族的英雄史诗《格斯（萨）尔传》有较大的参考价值。他在精心研究的基础上，将《蒙古秘史》翻译成现代蒙古语，不仅在普及《蒙古秘史》方面做出了有益的贡献，而且为中国学界研究这一文学巨著增添了方法和途径。他提出的"十五世纪和十六世纪时期"的"萨满教诗歌"的观点对中国近年来对蒙古萨满教祭词、神歌的研究有明显的启发意义。达木丁苏伦以敏锐的目光捕捉社会问题，很迅速及时地反映现实生活，作品语言通俗朴实、清新流畅、感情充沛、爱憎分明，深受广大读者的喜爱。因此，他是被中国译介最多的蒙古现当代作家。

1953年，上海的文化生活出版社出版了丰子恺、丰一吟等根据苏联作家出版社1949年俄译本转译的《蒙古短篇小说集》，封面署名"达姆定苏连著"。这部达木丁苏伦的短篇小说集收入了他早期创作的《在荒僻的游牧地上》、《没耳朵》、《白石》、《索丽雅》、《草原的花》、《幸福山的马》、《失去的牡马》、《黄金色的小山羊》、《聪明的小羊》等九篇短篇小说。这一版本的短篇小说集1959年被上海文艺出版社、1975年被新文艺出版社先后再版。三版共印了两万多册，可见读者的需求和阅读热情。

1961年，作家出版社出版了张玉元根据蒙古国家出版社1956年版译出的《达木丁苏伦诗文集》，收入了达木丁苏伦1929年至1955年间的重要作品，显示了作者在这一时间段内创作上的主要成就。共分为"诗歌"和"小说散文"两大部分。诗歌部分共收辑了三十二首诗。其中包括1934年发表的著名抒情长诗《我的白发母亲》。小说与散文部分共收辑作品十六篇。主要包括《被抛弃的姑娘》、《中国工人老刘》、《聪明的小绵羊》、《晚生的小白羊》、《两个都是我的儿子》、《苏莉变了》、《两个白色的东西》、《师徒》、《知识的顶峰》、《老太婆》等。其中1929年发表的中篇小说《被抛弃的姑娘》（又译《受歧视的姑娘》）是蒙古新文学中第一部有影响的中篇小说，它奠定了达木丁苏伦在蒙古现代文学史上的地位。

总之，不仅蒙古现代作家作品已通过翻译进入中国读者的阅读视野，而且蒙古文学史的知识在中国读者中也得到了较好的传播。由于20世纪80年代后出版的有关东方文学史的著作和教科书中都要讲述蒙古现代文学的内容，所以，以纳楚克道尔基和达木丁苏伦为代表的蒙古现代作家在大学生读者中并不陌生，但要使更多的蒙古现当代作家作品在中国产生更大的影响，还有待于中蒙两国政治、经济、文化的发展和进一步加强相互间的交流。

禅与朝鲜——韩国汉诗[①]

朝鲜—韩国(以下简称"朝韩")的汉诗创作是亚洲汉文学中中国域外成就最突出的文学现象。这是因为古代中国和朝鲜半岛的关系最为密切,汉字传入也早于越南和日本。《高丽史》卷七一中就有西周初箕子在朝鲜实施"八条之教"的记载。《三国史记》卷一〇《新罗本纪第一〇·元圣王》都有建立"读书三品制"的记载。朝韩古代诗人也一直以创作汉诗为主要言志抒情的工具和载体。由于这种血肉联系,朝韩汉诗与中国诗歌之间不仅在内容、形式和风格上联系密切,而且在禅佛思想上产生了诸多的共鸣。

中国佛教的禅宗名义上源于印度,实际上是与中国传统文化相结合的产物。东汉末年来华的伊朗高僧安世高(安清)带进的禅学属于小乘,而后流传于中国的达摩禅法则属于大乘。两种禅法完全不同。以达摩顿悟为主的禅宗理论和实践进入中国诗的时间约在两晋南北朝。禅宗勃兴于唐,盛于宋,其间相继传入朝韩,并慢慢浸润了它们的诗坛,因此汉诗得以与禅结缘。正如严羽在《沧浪诗话》中所说:"禅道惟在妙悟,诗道也在妙悟。"二者的契合点和相通之处恰恰在"悟"上。诗自渗入禅理而愈显灵性,禅自有了诗意而尤显深幽。朝韩的僧俗两类诗人同在用汉诗表达的禅的意境中觅得思

[①] 本文原载《比较文学与文化研究丛刊》,2014年第1辑,中央编译出版社,2014年。

想归宿。诗禅的结合令他们心驰神往、浮想联翩，成为他们表现自己文化心理结构和审美感受的最佳选择。他们常将那些江松暮雪、山村落照、渔歌晚唱、远浦归帆、石幽水寂、林泉野趣等有禅机的意象，巧妙地纳入自己用汉诗构筑的自由王国，追求一种清远幽深的意境，在享受自然风物之美的同时，含蓄委婉地传达出自己的心性所在。但是，正如东方学家季羡林先生指出的："诗与禅，或者作诗与参禅的关系，是我国文学史、美学史、艺术史、思想史等等中的一个重要问题。在一些与中国文化有关的国家，比如韩国和日本等等中，这也是一个重要问题。"[①]

一、悟：无我、空

禅是梵文 Dhyana 和巴利文 jhana 的音译缩写，意译为"静虑"、"冥想"，英文为 meditation。禅宗认为，要开发真智必先入禅，只有心绪宁静关注，才能深入思虑义理，才能有所悟，非顿悟，即妙悟。禅宗主张远避俗世，修身于自然，提倡"五戒"与"六根清净"。这种以天地自然为静，并以之为修身养性之所，以求有所悟的禅宗思想，时隐时现地贯穿于朝韩汉诗的发展进程中。禅宗所提倡的无论是达摩之顿悟，还是古人所云之妙悟，都指出参禅要悟到"无我"的境界，要悟出"空"的层次。禅宗五祖弘忍在选择衣钵传人时，就是因为神秀之偈颂不如慧能之偈颂在"无我"与"空"的问题上悟得彻底，才将慧能定为六世禅祖的。这种追求无我的境界与空的思想，在进入受汉文化影响很深的朝韩的汉诗创作以后，"其结果是将参禅与诗学在一种心理状态上联系了起来。参禅须悟禅境，学诗须悟诗境，正是在'悟'这一点上，时人在禅与诗

---

① 《人生絮语》，浙江人民出版社，1996年，第64页。

之间找到它们的共同之点。"①

禅宗在朝鲜半岛影响很大。早在中国禅宗盛极之前,新罗僧人法朗就从中国禅宗四世祖道信(580—651)学得禅法,返归新罗。神行(又名信行、慎行,704—779)随法朗学禅法后觉不足,又赴唐投师北宗禅神秀弟子普寂(大照禅师,651—739)的门人志空的门下修习,返回新罗后弘扬北宗禅法。但是真正使禅宗在朝韩大行其道的却是南宗禅慧能之法孙道义等。道义、洪直、惠彻、玄昱、道允、无染、梵日等新罗僧人,都先后到过唐朝,向不同流派的禅师学法,归国后成为朝韩各派禅法的大师。因此,朝韩《东诗话》云:"吾东自新罗至高丽,禅释盛行,儒教则仅存其名而已。"在这种氛围中,禅理入诗尤显三昧之境,诗中有禅则更多解脱之趣。

高丽前期诗人崔冲(985—1068)擅长汉诗,不少作品立意新颖。《补闲集》云:侍中上柱国崔公,功名富贵之极,雅尚出尘,诗语清婉。忽一夕,风清月朗,松篁自籁,不觉吟一绝云:

> 满庭月色无烟烛,入座山光不速宾。
> 更有松弦弹谱外,只堪珍重未传人。

这首《绝句》诗借月夜景物抒发胸臆,自然流露出空寂的禅佛之趣。全诗以象外之象、意外之意描绘出一个静极的空灵意境,只有内心与外物合一,才能体味到月色、山光、松弦那种"无烟烛"、"不速宾"、"未传人"等空寂的禅旨,已入禅家"即空即有,非空非有"之境。

高丽中期诗人李奎报(1169—1241),号白云居士,崇尚苏轼(号东坡居士),通晓中国经史、诸子和佛、老典籍,长于汉诗文写作,

---

① 《中国美学思想史》第2卷,齐鲁书社,1989年,第290页。

流传至今的汉诗有 2000 余首,有《东国李相国集》53 卷问世。其中《咏井中月》一诗最具禅味:

　　山僧贪月色,并汲一瓶中。
　　到寺方应觉,瓶倾月亦空。

诗中写有山僧去汲井水,水和月满瓶中而归,入寺瓶空无所见,方知色是空。此诗如偈颂,点出佛心禅修,佛境禅理。诗中以月喻微妙的禅义,山僧渴求,并汲于瓶中,于是瓶中之月随瓶倾而空,虚空一片,无色可取。大有"道可分不可分,无在无不在"的禅机妙悟。

李奎报另一首寓禅理于诗中的名作是《北山杂咏三首》之一:

　　山花发幽谷,欲报山中春。
　　何曾管开落,多是定中人。

北岭上的山花静静地在幽谷中怒放,静中有动,简中有繁,无意中春的信息已进入山中。无人关注这些山花的花开花落,因为能看到这些山花的多是禅定之人。"定"是梵语的意译,三学或六度之一,指的是修行之心专注于一境而不散乱。可见要想修得禅悟首先要进入禅定的思想境界,心无旁骛,四大皆空,方可成功。

宋翰弼(生卒不详)《偶吟》一诗,虽名为偶吟,但却是作者的慎思常想:

　　花开昨夜雨,花落今朝风。
　　可怜一春事,往来风雨中。

前两句"花开"、"花落"表明随时间推移,万物枯荣,瞬息变化,都不必放在心上,即外物无非是幻空的思想。诗中后两句流露出超越时空的一夜间的花开花落之事却能完成一个春季之事的感慨。春天花开花落的轮回无异于风雨之一瞬。这种超生死得佛道、不求自外之物的心态,让人豁然开朗,也是一种禅悟。

高丽诗人李岩(生卒不详)风流高致,官至都佥议府赞成。晚年与息影庵禅老为方外交,扁舟往还,至辄忘返。曾作《寄息影庵禅老》一诗:

浮世虚名是政丞,小窗闲味即山僧。
个中亦有风流处,一朵梅花照佛灯。

此诗于清绝可爱之处尽显禅意。诗人将入仕为官视为"浮世虚名",而羡慕"小窗闲味"的山僧息影庵禅老,遁世归隐之心跃然纸上。后两句点出其中的风流处,即禅旨在于"梅花照佛灯",此处梅花非真实物,暗示追求禅境非世俗所能理喻,它以超思维、反知性的语言说明"真知"、"禅心"无以言说。

由此可见,禅与诗的融通,这种精神文化领域内的互相渗透在朝韩汉诗中并不鲜见。尽管禅悟与诗悟有心领神会的相通之处,但也有明显区别。禅悟毕竟是一种佛教哲学所追求的精神境界,诗悟则是从艺术审美的角度对外部世界的感发。不需要文字表达,只需参禅者精神投入与参与的禅悟,在朝韩汉诗作者的心中向诗悟转化,并述诸文字。汉诗中禅悟原本那种神秘感、形而上倾向,被公开化、通俗化。这使汉诗中禅悟所传达的神韵更趋向于艺术之美,是哲学表现为艺术哲学的一种进步与发展。

二、悟：自然、山水诗

在表现禅趣的朝韩汉诗中，一个显著的特点即是多妙悟、顿悟，绝少烟火，而洋溢着一派山林、田园蔬笋的清新之气。尽管佛祖释迦牟尼一生并未号召僧人普遍坐禅，也不提倡佛法与山水、田园有何关联，但是"灵山会上，如来拈花，迦叶微笑"，这种禅的起源之说还是有了自然的因素。至于释迦牟尼在王舍城外尼连禅河畔伽耶的一株毕钵罗树下，坐禅七天七夜达到"觉悟"；悟道之后到贝拿勒斯城外的鹿野苑宣讲佛法，初转法轮，也无一不是在大自然环境中进行的，只是不格外强调而已。佛教传入中国以后，禅宗初祖达摩所修大乘禅法认为，修禅最好远离尘嚣，因而他于梁武帝时期（约6世纪前半叶）来中国授法，并不住在洛阳城外的白马寺中，而是远遁隐居在嵩山少林寺。达摩之后的二祖慧可、三祖僧璨、四祖道信、五祖弘忍、六祖慧能，甚至包括神秀在内，基本上都提倡独宿孤峰，端居树下，空山静坐，以求有所大彻大悟。

禅的实质即为悟，而只有悟出"无我"或"空"，才能称得上"觉"。要达到此目的，参禅者的主观条件是必须要达到一个标准，即不论"心如明镜台"（神秀语），还是"身为明镜台"（慧能语），都要求"慧心"。佛学上的"慧心"一词，指的是能够顿悟真理之人，一尘不染。而在参禅者的思想深处，无论"身是菩提树"（神秀语），还是"心是菩提树"（慧能语），都会变为自然界景物之一的景象。当心中之物与外物相沟通，达到物我合一的程度，才会产生悟解。即五世禅祖弘忍所说"法以心传心，当会自悟"，才会参透禅之妙法。参禅者求"悟"的客观条件，就禅的本质而言，要想"静虑"、"冥想"，理应是在一个静谧的自然环境。它最好是秋意浓郁的溪，春花绚烂的林，云雾缭绕的山，宁静明澈的水，漂泊不定的船,黑夜明亮的月,古朴简陋的屋,青灯木鱼的刹,以及与此背景融和为一体的情趣。这一切就使那不受尘世干扰的深山野林成了最理想的静悟之地。

禅宗所谓人人皆有悟性,与诗家所说"人性中皆有悟"①有相通之处。但"悟"不会自然生出,只能有感而成,即触景生意而有所悟。这对于那些在山林深处坐禅与闲云野鹤为伍的僧人,或者徜徉于名山大川之中的旅人,都是很自然的事。他们将心中所悟之意外化为诗,由禅家的不立文字,到诗家的大立文字,见自然山水之景,悟禅佛之道,引起他们内心的共鸣,于是山水诗就成了他们表现"悟"的最得心应手的工具。刘勰在《文心雕龙·明诗》中说:"宋初文咏,体有因革,庄老告退,而山水方兹。"在玄言诗为山水诗所取代的晋宋时代,正是佛教日隆之时,禅宗思想也杂糅其间。山水诗日后成为诗坛重要组成部分,恰为那些企图从自然山水景物中求禅悟的僧俗两界诗人准备了条件。诗歌空前繁荣的唐、宋时代,恰逢禅宗鼎盛,在山水诗中表现禅悟势在必然。而深受唐、宋诗影响的朝韩汉诗,也一脉相承,并有不少佳作问世。

9世纪与10世纪之交的高丽诗人朴仁范(生卒不详)曾到唐求学,写有《泾州龙朔寺》一诗:

> 翚飞仙阁在青冥,月殿笙歌历历听。
> 灯撼萤光明鸟道,梯回虹影倒岩扃。
> 人随流水何时尽,竹带寒山万古青。
> 试问是非空色里,百年愁醉坐来醒。

诗人面对青冥中的龙朔寺"翚飞仙阁"、"月殿笙歌",顿生飘

---

① 钱锺书:《谈艺录》,中华书局,1984年,第99页。

飘欲仙之感。而"灯撼萤光"、"梯回虹影"尽写龙朔寺的超然之静。"流水"、"寒山"这些表面看来的实在之物无非是假象。诗人悟出是非真理即在色空之中,在于醉醒之间。《般若心经》讲:"色不异空,空不异色,色即是空,空即是色。"这里的"色"指有形质、能感触到的事物,"空"则认为客观事物皆假象,都不是独立存在的实体。诗人在禅宗的色空观中发现了一生愁醉、悟道即可醒的禅理。

朝鲜李朝另一位诗人成侃(1427—1456)的《渔父》诗写道:

数叠青山数谷烟,红尘不到白鸥边。
渔翁不是无心者,管领西江月一船。

这首山水诗句与句之间并无必然的逻辑联系,明显暗示禅理。前两句写青山、白鸥是远离世俗之景物,渔翁垂钓的本意也并不在鱼,而在禅理(西江月)之中,暗示了禅家追求禅旨有所得后的参悟之喜悦。

高丽末期诗人郑道传(?—1398)能诗善文,其汉诗有唐风,崇尚朱子理学。在《访金居士野居》一诗中表现了一种求禅悟的无我空寂之境:

秋云漠漠四山空,落叶无声满地红。
立马溪桥问归路,不知身在画图中。

这首诗禅同道的诗,诗中有画,以秋云山空,落叶无声,来表现自然外物之空寂。心怀禅机的诗人进入无我之境,心问禅旨在哪里,不知不觉恍然觉悟,原来身在图画中,流露出一种心向佛性、参悟得道的喜悦。全诗意在表明"人性中皆有悟",只要能善持自性，就会发现围绕在身边的快乐。

高丽诗人李仁老（1152—1220）曾因躲避武臣迫害而削发为僧，隐居深山。还俗后被列为"海左七贤"之一。现存部分汉诗，其中《山居》一诗写道：

春去花犹在，无晴谷自阴。
杜鹃啼白昼，始觉卜居深。

诗中将奥妙的禅理"心即佛，佛即心"寄寓山水之中。"花犹在"、"谷自阴"表示时间的不可确定，在不定中参透禅定。直至"杜鹃啼白昼"时，才从中觉悟到真性，即悟得事物的真实，"始觉卜居深"。

朝鲜李朝诗人金时习（1435—1493）自幼有才名。1455年得知世祖废端宗登基后绝食焚书，削发为僧，四处流浪，开始文学创作。他汉文化功底很深，多有汉诗创作问世。《无题》诗写道：

终日芒鞋信脚行，一山行尽一山青。
心非有想奚形役，道本无名岂假成。
宿露未晞山鸟语，春风不尽野花明。
短筇归去千峰静，翠壁乱烟生晚晴。

诗中的"芒鞋"和"行尽"二句也表明作者的行脚僧身份。"心非有想"、"道本无名"，又说明其中的禅味：有而若无，实而若虚，只能心悟，不可言说。后两句"山鸟语"、"野花明"在"露未晞"、"风不尽"的一动一静之中，与"千峰静"、"生晚晴"的一动一静相呼应，这就使全诗笼罩在一派无禅语、有禅趣的意境中。

从上述山水诗的分析、阐发之中可以进一步发现，禅的实质就是要通过自我调心达到主体自我与客体自然界的和谐、统一，达到精神上的超脱、安宁。这种心境在朝韩的汉诗中，经常通过欣赏自然山水田园之美来达到表现作者内心的安恬，或从对人事和自然现象的观察反省中抒发万法皆空、人生如梦的感触，以及随缘任远、超脱自如的生活态度。这种禅味是朝韩汉诗受到佛教影响后而表现出的一种特殊意境。对这种艺术境界的欣赏，形成了受中国禅宗思想波及的朝韩文人的一种特殊的审美情趣与感受。

其实，诗歌创作几乎是世界上所有的民族最初所共有的精神活动之一。闻一多先生就曾在《文学的历史动向》一文中指出："对近世文明影响最大最深的四个古老民族——中国，印度，以色列，希腊——都在差不多同时猛抬头，迈开了大步。约当纪元前一千年左右，在这四个国度里，人们都歌唱起来，并将他们的歌记录在文字里，给流传到后代……"[①]而参禅却不是所有民族所共有的精神活动，它似乎仅限于在信奉佛教禅宗的少数国家里流行。朝韩在禅宗兴起以前，就已开始了汉诗的写作，这表明作诗与参禅并无必然的逻辑联系。但当禅宗流行，且作诗与参禅在"悟"这一点上找到共通之处，即诗之言与禅之意相统一以后，禅悟便以汉诗为载体大行其道。正如钱锺书先生在论及"妙悟与参禅"问题时所指出的："了悟以后，禅可不著言说，诗必托诸文字。"[②]正是禅宗之禅将朝韩汉诗从一般的说理、写景的玄言诗、山水诗、田园诗的层次，上升到"理趣"的高度和成熟的境界。这些汉诗在空灵、清淡、恬静、和谐的意境中，将禅的博大宏深，以及深受禅理影响的那种文人的精神境界表现得如此淋漓尽致，以至营造出一个令后人永远神往的诗禅合鸣的艺术世界。

---

① 《闻一多全集》共1卷，三联书店，1982年，第201页。
② 钱锺书：《谈艺录》，中华书局，1984年，第101页。

朝鲜戏剧艺术与中国文化[①]

朝鲜戏剧是一种历史悠久的艺术,在长期发展过程中,它集文学、舞蹈、音乐、美术于一身。作为一种综合性艺术,它极大地丰富了东方文化的内涵。在其发生、成熟的过程中,由于受到作为强势话语的汉文化冲击,其中又不乏中国文化的遗痕。但是朝鲜民族是个极善于吸纳他国优秀文化成果的民族,在经文化筛选、过滤之后,它将中国文化中那些有益的养料融于本民族的戏剧艺术之中,形成一种新的具有民族特色的艺术,表现出朝鲜民族敢于敞开胸襟,吸收异域营养的民族个性。本文希图在梳理朝鲜戏剧发展轨迹的过程中,找出中国文化浸润的蛛丝马迹。

一

朝鲜最原始的戏剧起源于同祭祀和农功事毕欢庆活动相结合的原始歌舞。其间就已有不少中国文化的影响。从冬寿墓的挖掘中就能发现这一点。

墓主冬(佟)寿,原为辽东慕容氏官员,于336年亡命高句丽。其墓于375年营造,位于朝鲜黄海南道安岳郡,1949年发掘。在前室壁画奏乐图上可以看到有乐队坐,仪仗队立的情景。乐器有箫、

[①] 本文原载《戏剧艺术》,2002年第2期。

鼓等，据推断在殿庭前演奏的这种礼乐可能是鼓吹乐，即中国汉代的黄门鼓吹。从该墓的回廊大行列图中可以看到由檐鼓（枫鼓）、檐钟（镯、金钲）组成的前部鼓吹，以及由二重鼓、箫、角、铎形打击器组成的后部鼓吹。此景推断为中国汉代的短箫铙歌。

从该墓后室壁画舞乐图中可以发现有高句丽乐器玄琴。据朝鲜《三国史记·乐志》载："初，（中国）晋人以七弦琴送高句丽，丽人虽知其为乐器，而不知其声音及鼓（弹奏）之法。购（征求）国人能识其音而鼓之者，厚赏。时，第二相（丞相）王山岳，存其本样，颇改易其法制而造之，兼制一百余曲以奏之。于是玄鹤来舞，遂名玄鹤琴，后但云玄琴。"从后室的舞乐图中可以发现，与前室壁画的殿庭鼓吹不同，这里没有仪仗队。由此可断定这不是礼宴，而是曲宴（私宴）。使用的乐器为玄琴、洞箫，以及（中国）晋人创制的阮咸。①

在三国时期，除高句丽外，中国同百济也有文化交流的史实。《旧唐书·音乐志二》载："百济乐，中宗之代，工人死散。岐王范为太常卿，复奏置之，是以音伎多阙。舞二人，紫大袖裙襦，章甫冠，皮履。乐之存者，筝、笛、桃、皮筚篥、箜篌、歌。"由此可知，构成朝鲜雏形期戏剧重要元素之一的早期音乐中，已有不少中国文化的因子。

6世纪后半叶至7世纪后半叶这一百余年的时间为高句丽乐舞的大发展时期，中国隋开皇初制定的"七部伎"、大业中的"九部伎"，以及唐太宗的"十部伎"中都列有"高（句）丽伎"。可见朝鲜三国时期的音乐、舞蹈已传入中国，并对中国的音乐和舞蹈的发展做出过积极贡献。

7世纪中后期，新罗统一了朝鲜半岛，至9世纪中后期这二百余年，是朝鲜与中国政治、经济、文化交流非常密切的时期。在新罗

---

① 《韩国音乐史》载《韩国文化史大系》，韩国汉城，1971年，第974页。

每年中秋举行的"八关会"上表演的"歌舞百戏"中,就明显可以发现中国"散乐百戏"、"角抵戏"等的影响。在有"东方汉文学之鼻祖"赞誉的朝鲜著名诗人崔致远(857—?)所描写的《乡乐杂咏》诗中,对"新罗五伎"即"金丸"、"月颠"、"大面"、"束毒"、"狻猊"都进行了细致入微、惟妙惟肖的描写。①其中的"月颠"、"大面"、"束毒"、"狻猊",都可以在中国古代的伎艺或经由中国的西域伎艺中发现诸多的渊流关系。其中的"大面"恰恰是唐代的五伎之一,而且对产生于高丽末期的假面剧具有深刻的影响。

朝鲜的木偶戏(傀儡戏)约形成于高丽时期。其中不乏中国文化因素。由于唐代音乐、歌舞、雕塑、绘画等艺术高度发达,其傀儡戏的水平很高,且颇为盛行、流传。随着唐文化向域外播扬而进入朝鲜半岛和日本。据朝鲜史书《文献通考》载:"傀儡并越调夷宾曲,李勣破高丽所进也。"②《旧唐书·音乐志二》载:"窟礧子,亦云魁礧子,作偶人以戏。……高丽国亦有之。"朝鲜语文献中的"傀儡子"就是直接用汉字书写的。继后,朝鲜傀儡戏主要分为汉城木偶戏和长渊木偶戏两类,虽都具有明显的民族地方特色,但都与中国的傀儡戏有着千丝万缕的联系。

朝鲜的高丽时期,正是中国戏曲艺术极为活跃繁盛的宋元两朝,两国在艺术方面的交往显得格外频繁、密切。尽管韩国国文文学史研究的开拓者和奠基者之一的韩国学界巨擘赵润济(1902—1978)曾说:"中国宋代的话本,元代的戏曲,在中国盛极一时,但是,它们却没能传入韩国,更没有对韩国的小说文学和戏曲文学产生影响。"但是,他也不得不承认这样的事实:"对中国通俗文艺怀着顽固的警戒心态的朝鲜正统读书人在抵制通俗文学的时候,一些

---

① [韩]金镇英等著《韩国汉文学选读》,汉城新闻社,1989年,第16、17页。
② 李勣为唐将,破高丽时为公元668年,故此处高丽应为高句丽。

来往于中国与韩国之间的使臣们却对中国的通俗文艺产生了兴趣。他们偷偷地把那些评话小曲打在行装中,带到了东国(即朝鲜)。"①事实确实如此,只是比"偷偷"地进行更为大胆与公开,而且高丽初的文宗年间,从宋王朝输入了教坊乐歌舞戏,主要有"抛毬乐"、"惜奴娇曲破"等。睿宗年间又由宋进口了大晟乐和新式乐器,采用汉文辞章,宫中乐舞迅速汉化。此时还举行"傩"演出,以致形成高丽王御前演出经常是"胡汉杂戏"并陈的现象。1220年,蒙古军入侵半岛以后,元"杂戏"又成为朝鲜朝野经常能见到的曲艺形式。朝鲜史籍中就记载有:"元之男女倡优,来朝呈百戏"的盛景。

这一时期朝鲜的戏曲艺术尚处于萌芽阶段,从戏曲发生学角度分析,它尚不具备成熟戏剧的矛盾性,角色分工,扮演故事的特点,以及东方戏剧成型所表现出的假定性的虚拟、象征美,戏剧性的动作、冲突美,情境的悬念、共鸣美等,戏剧本体所应有的美学品格。

二

高丽末期,即 12 世纪末至 14 世纪,假面剧又称台山剧的产生标志着朝鲜戏剧艺术的成熟。假面剧继承了古代歌舞的传统,并形成鲜明特色,如出现了剧本,有了角色分工,戏剧冲突更加尖锐化等等。逐渐形成朝鲜中部京畿道一常的山台剧;黄海道的凤山假面剧和南部庆尚道一带的五广大剧等三个流派。这些假面剧的中心内容是讽刺封建贵族和僧侣的荒淫无耻,揭露贵族对人民的残酷压迫

---

① [韩]赵润济,张琏瑰译:《韩国文学史》,社会科学文献出版社,1998年,第187、188页。

和剥削等。

假面剧的出现表明朝鲜在进入近世这一历史时期的歌舞表演，已基本结束完全从中国拿来为我所用的倾向，而是开辟将中国文化的神髓进行消化吸收，以形成具有朝鲜民族特征的戏剧艺术的新局面。假面剧脱胎于假面舞剧"处容剧"，而"处容剧"则又和中朝两国的傩和傩戏有密切联系。

朝鲜关于傩的记载要数高丽靖宗六年（1040）为最早。至睿宗十一年（1118）宫中举行大规模傩戏表演，甚至动员了朝野的倡优、杂伎艺人等不计其数。高丽诗人李穑（1328—1396）在《驱傩行》一诗中对当时的傩和傩戏进行了十分详尽的描绘。在22个乐工中有一人戴"方相面"，披熊皮，玄衣朱裳，左盾右戈，主持驱疫仪式；又有"十二支神"，各有假面。傩结束后的各种杂艺表演，尤其是西域胡人假面戏和"华侨踏蹯"、"鱼龙漫衍"等，都清楚地说明，在当时朝鲜的这种表演已将汉唐百戏与傩结合在一起了。这种描述和《周礼·夏官·司马下》中所载"傩祭"情景异常相似："方相氏，掌蒙熊皮，黄金四目，玄衣朱裳，执戈扬盾，帅百隶而时难（傩），以索室殴疫。"南宋罗泌《路史·后记》十三注引《史记》以及汉代刘向所著《列女传·孽嬖传·夏桀末传》等，均载有夏代最后一个皇帝夏桀"大进倡优"、"造烂漫之乐"的传说。这种"烂漫之乐"即汉代百戏的雏形。在"百戏杂陈"的汉代，包括戴面具的傩舞在内的古代乐舞和杂技表演进入宫廷。东汉文学家张衡就在《西京赋》中详细记载了这些总称为"百戏"的演出盛况。其中重点描绘了"鱼龙曼延"、"总会仙唱"、"东海黄公"等。在中朝关于傩和傩戏的记载中，最大的相同之处在于许多表演者都戴着"面具"，这明显是中国影响的结果。

继后，朝鲜的傩和傩戏的发展过程中开始由简单的演技型表演向扮演故事的方面发展即形成"处容剧"，并表现出鲜明的民族风格和独特色彩。"处容"是朝鲜半岛特有的一种民俗信仰。相传新罗四十五代宪康大王（约公元879）曾在云浦遇东海龙王之子"处容"。由于他辅政出色，而赐其美女为妻。有一时疫之神因钦慕她的美貌而与之私通。处容归家发现后没有恼怒而是载歌载舞退出。时疫神闻歌幡然悔悟，显形为人请处容原谅，并表示："今凡见贴有公之形容的家室，吾誓不入其门。"于是朝鲜百姓遍贴处容像以驱邪逐疫。由于传说人物处容与从中国流传过去的方相氏驱疫，在本上有某种相通之处，所以，由处容信仰派生的歌舞得以进入傩和傩戏。开始，处容歌舞与其他演艺一同作为傩仪和傩戏后的即兴表演。后逐渐升华为一种有固定演出形式，一半哑剧、一半舞蹈的假面舞剧。这时的"处容剧"已初具戏剧的基本要素，如专业演员、演出舞台、戏剧冲突等，这说明朝鲜戏剧艺术正趋于形成。

有关处容的故事、表演，逐渐形成一种艺术形式，说明了戏剧艺术形成的一种规律和范式。首先出现的是围绕着处容这一传说中的人物所形成的一系列说话艺术。韩国学者认为，处容说话明显受到中国"门神"钟馗说话和佛教说经的影响。后来，又模仿"征服四夷的象征"的唐乐舞"五方舞"，创制了"五方处容舞"。后又与鹤舞、莲花台舞合并而扩大了规模。最后，处容歌中出现了处容与疫神对话，并加一人调停，这三人用歌诗对话的内容来表现一段叙述，被视为是朝鲜最初的"剧诗"，表现了歌舞向戏剧艺术发展过程中一种必然趋势。[①]假面舞剧的这种演化趋势最终使之成为假面戏出现的一个必然阶段，在其形成的整个过程中与中国文化，尤其是中国的傩文化和面具文化等都产生了难以割裂的联系，这是不争的事实。

---

① 翁敏华《中国戏曲》，上海古籍出版社，1996年，第125页。

三

朝鲜 19 世纪末产生的唱剧是颇有民族性和生命力的剧种。这种以演唱民间故事为主的戏剧主要由台词、情节和戏剧动作三部分构成。在其形成的过程中尤其是其形式和剧本内容，都可发现中国文化影响的印痕。

唱剧脱胎于朝鲜说唱艺术"潘索里"。"潘索里""产生于 18 世纪，距今已有 200 多年的历史。"① "潘索里"是朝鲜语的直译音，意为在大庭广众面前演唱的歌，古名"广大潘索里"或"山台潘索里"，均为其在舞台艺术化之前在场院表演时的称呼。长期以来"潘索里"以其富有叙事性，善于表达人物内心世界，而逐渐成为朝鲜族人民普遍喜闻乐见的一种艺术门类。

"潘索里"只有两个登场人物，一个歌手，一个鼓手。歌手根据有故事情节的说唱本，和着鼓的节奏，以唱词、说白和动作进行表演。鼓手则一手拍鼓，一手持棒击鼓，忽重忽轻，有急有缓，和着歌词内容与曲子节奏，不失时机地发出"咿呀"、"哼哈"之声，与歌者默契配合相得益彰。对它的表演特征，古人曾有诗文记载。朝鲜诗人尹达善（1802—1832）在《广寒楼乐谱》（李朝哲宗三年出版）中写道"唱优之戏，一人立，一人坐，而立者唱，坐者以鼓节之，凡杂歌十二腔，香娘歌（指春香歌）即一也。"这说明当时像《春香传》那样具有完整故事情节，塑造多种人物的长篇作品，也用"潘索里"的表演形式。"潘索里"具有一人多角色，以唱为主，说中有唱，唱中夹说的表演特色，因其演出形式简洁而便于传播。它

---

① 《朝鲜唱剧史》，转载于《朝鲜族文化》，吉林教育出版社，1990 年，第 179 页。

随部分朝鲜族人北迁而传入我国,在辽宁、吉林、黑龙江三省朝鲜族聚居的地方,通过民间艺人的口传身教和便于在各种娱乐场所表演的形式保存下来,成为中国朝鲜族民间艺术的一枝奇葩。

"潘索里"在经过百余年的丰富发展之后,经过朝鲜著名剧作家申在孝(1812—1884)的整理改编。形成了定性定型的剧本,出现了由众多名演员分别装扮成多个剧中人的代言体形式,于是"唱剧"应运而生。唱剧虽脱胎于"潘索里",艺术表现形式却高出于"潘索里"。它以唱为主,唱白结合,融合了舞蹈。演出时依据剧本,分场分幕演出。其音乐有固定的调式,表演无程式化和脸谱化倾向。唱剧类似中国的评剧,而区别于西方的歌剧,是一种综合性艺术。

唱剧古名"打令"或称"打咏",是古代朝鲜说唱台本的一种表现技法。传统剧本之一的《春香传》在成型前即与"打咏"有关。据载,李朝末年纯祖时期文人赵在三(1801—1834)在《松南杂识》中记载的"春阳传说"①与《春香传》的内容有源流关系。"南原府史与李道令眄童妓春阳,后为李道令守节。新史卓宗立杀之。好事者哀之,演其义为打咏,以雪春阳之冤,彰春阳之节云。"②可见有关春香的"打令"先于《春香传》唱剧而存在。

其实,"打令"一词原是中国古代的一种音乐游艺术语。早在唐代,文人雅士中流行诸种行酒令,以佐酒宴。其中最为歌舞化的即为"抛打令","抛打令"通常也简称为"抛令"或"打令"。至宋代,"打令"一词已不再局限于行酒令,而具有了更为广泛和艺术化的意义,即说某曲可用作"打令曲",或说"优伶家犹用手打令"等。至此,"打令"一词已含有打拍、合曲的音乐意味了。由此派生

---

① 朝鲜语"春阳"与"春香"二者发音极近,口耳相传时将"春阳"讹传为"春香"。

② 韦旭升:《朝鲜文学史》,北京大学出版社,1986年,第382页。

出的宋代的歌令讲唱,主要以鼓板伴奏,或加一两件弦乐类,说唱爱情故事和历史战争故事,这与朝鲜的"打令"性质已很相似了。高丽朝时曾从宋朝廷输入过"抛球乐"等教坊乐歌舞演出,其正是唐代酒令"抛打令"中最常用的曲子,而后和宋代的歌令讲唱一样,具有了以佐酒宴的表演性质。这对后世集大成者的朝鲜唱剧不能说没有影响。

此外,朝鲜唱剧和中国京剧也有一定的渊源关系。晚清年间,朝鲜汉城有一条中国人聚居的"清人街"。设在这条街上的"清龙馆"戏楼经常上演京戏。当时李朝末代统治者纯祖发旨要创作朝鲜戏曲。并组建"圆觉社"(王宝剧场)邀集270余名戏曲艺术家,从事创作演出活动。他们有意到清龙馆观摩中国京剧《三国戏》,以求从中获得某种灵感与教益。他们借鉴京剧的演出模式、表演技艺、伴奏方法等。终于在"潘索里"的基础上创造出"唱剧"。在圆觉社创作的四个唱剧剧目中,有由京剧译制再创造的《赤壁之战》。百余年来唱剧剧目不断增加,仅译制的京剧剧目就有《霸王与虞美人》、《万里长城》等,其他著名剧作《春香传》、《沈清传》、《兴夫传》等剧的内容里均有中国文化影响的各种印迹。《春香传》运用了大量中国典籍、典故和名人诗词,人所共知,《沈清传》则不仅宣扬了中国的"孝"道伦理,而且引用了不少中国《三国演义》中的典故和乐府、陶渊明、苏东坡等的诗句;《兴夫传》故事原型源于新罗,经唐代段成式杂录于《酉阳杂俎》中,宋代李昉《太平御览》也收录,并将杨贵妃、张飞视为誉恶有报的象征等等。正如韩国学者赵润济所总结的:"对韩国来说,在其他文化领域受中国影响极为敏感和巨大,唯独在戏曲方面,受动反应却显得十分迟钝。直到历史进入这一时期,韩国方开始接受其影响,但其结果也不是产生真正的戏曲，而是出现了一种叫做唱剧的戏剧形式。"①

无论分析朝鲜戏剧的发生、雏形，还是分析其戏剧的成熟形式，都会不容置疑地发现中国文化的滋养，及其与中国戏曲存在的多种血缘关系。它们是植根于同一中国文化土壤却绽出不同异彩的艺术奇葩。这种现象不仅说明中国文化对朝鲜戏剧影响的大量存在，更重要的是朝鲜民族在强势文化冲击下所表现出的鲜明的民族个性。也为研究民族文化艺术吸收域外影响时提供了可供借鉴与参考的规律与范式。

---

① ［韩］赵润济著，张琏瑰译：《韩国文学史》，社会科学文献出版社，1998年，第378页。

黎萨尔与20世纪中国文坛[①]

黎萨尔(1861—1896)全名何塞·黎萨尔,是菲律宾民族独立运动的先驱与领袖,启蒙主义思想家和近代最杰出的文学家。在菲律宾他作为民族英雄家喻户晓,有"菲律宾国父"的赞誉。他具有中国汉族的血统,是祖籍福建的菲律宾人。他因在菲律宾创建第一个民族主义的政治团体"菲律宾联盟",反对西班牙的殖民统治,曾多次遭到逮捕、流放、囚禁,直至枪杀。

黎萨尔英年早逝,牺牲时只有35岁。但是他的革命精神,不仅鼓舞了菲律宾人民争取民族独立的斗争,而且也影响了清末民初时期中国的热血青年的叫"喊复仇"与激烈反抗。他的创作,尤其是2部长篇小说、一部自传、37首诗歌、2部剧本和大量的散文、书信等,以其深刻的爱国主义思想、强烈的反抗精神和高度的艺术性成为世界文学的宝贵财富,并从20世纪初开始与中国文坛结下近一个世纪的不解之缘。

黎萨尔1896年11月3日被押回马尼拉圣地亚哥城堡监狱,12月26日西班牙总督判处他死刑,12月30日清晨被枪决。在临刑前夕,他用西班牙文写下《我的诀别》一诗,全诗14节,每节5行,共70行。他将写好的诗藏在酒精灯里,交给前来探监的妹妹带出监狱,再由香港长大的爱尔兰姑娘约瑟芬·布蕾肯(1876—1902,黎萨

[①] 本文原载《华文文学》,2014年第1期。

尔在临刑前和她举行了悲壮的婚礼)带到香港。继后由黎萨尔的好友马里亚诺·彭西(1863—1917,是孙中山先生在日本结识的菲律宾战友,菲律宾第一共和国驻日本的外交代表,历史学家。)于1897年1月率先在香港发表。黎萨尔这首绝命诗流入中国内地的详细过程,已无从稽考,只知到目前为止共有17种中文译本,其中中国的译者(包括香港的王世昭)共有6位。

早在1904年(光绪三十年)4月,黎萨尔的《我的诀别》一诗就已传入中国。当时由清末资产阶级民主革命运动的中坚分子戢元丞[①]与日本友人下田歌子在上海合作创办的"作新社"出版了一本"学堂乐歌"珍籍:《教育必用学生歌》(简称《学生歌》)。该书分正续编,前者辑有"近人近作新歌"18篇,计有:《醒狮歌》、《醒国民歌》、《爱国歌》、《新少年歌》、《爱祖国歌》、《励志歌》(一)、《励志歌》(二)、《合群歌》、《醒狮歌》、《警醒歌》、《阅法文支那变色图狂歌当哭》、《爱国自强歌》、《可惜歌》、《进步歌》、《幼稚园上学歌》、《出军歌》、《军中歌》、《旋军歌》。后者"附录"有翻译成中文的6首外国诗歌:《日本少年歌》、《日耳曼祖国歌》、《法国国歌》、《德国国歌》、《德国男儿歌》和《菲律宾爱国者黎沙儿绝命词》。只看这些歌名即可知其中强烈的爱国主义精神和振兴民族的激情。黎萨尔的"绝命诗"也赫然列入其间,可知诗中那种为国忘我献身的革命精神,那种"不迟疑,不彷徨,我国民奋勇兮赴生存竞争之战场"[②]的豪迈气概,必然会激起感同身受的中华少年的普通共鸣,在他们稚嫩的心灵中定会留下刻骨铭心的印象。只可惜不知道这首爱国诗歌的译者是谁,但它的影响不异于20世纪

[①] 又名戢翼翚,湖北人,19世纪末官费留学日本,创办多种报刊鼓吹革命,排满反对保皇党。

[②] 施蛰存主编:《中国近代文学大系·第11集·第28卷·翻译文学集三》,上海书店出版,1991年。

中国"万马齐喑"中的一声惊雷,响彻大地。①黎萨尔的"绝命诗"在中国的第二个译者是梁启超。1925年时值北京爆发"女师大事件"和上海发生"五卅惨案"之后,鲁迅有感而发,在6月16日写的《坟·杂忆》一文中特意提及黎萨尔:"时当清的末年,在一部分中国青年的心中,革命思潮正盛,凡有叫喊复仇和反抗的,便容易若起感应。那时我所记的人,还有波兰的复仇诗人Adam Mickiewicz;匈牙利的爱国诗人Petofi Sandor;飞猎滨的文人而为西班牙政府所杀的厘沙路,——他的祖父还是中国人,中国也曾译过他的绝命诗。"②文中所写"飞猎滨"即菲律宾;"厘沙路"即黎萨尔,系日文"リサル"的音译,黎萨尔在香港行医时,印在名片上汉文名字;"他的祖父"现已考证应是"他的高祖父",名柯南,系清康熙年间从中国福建泉州晋江罗山镇上郭村移居菲律宾的。据《鲁迅全集》第1卷549页的注释:厘沙路(J. Rizal,1861—1896)通译黎萨(尔),菲律宾作家,民族独立运动领袖。1892年发起成立"菲律宾联盟",同年被捕;1896年第二次被捕后为西班牙殖民政府杀害。著有长篇小说《不许犯我》、《起义者》等。他的绝命诗《我的最后的告别》,曾由梁启超译成中文,题作《墓中呼声》。有的学者根据"厘沙路"一词是日文音译的理由,推测"梁氏是从日文转译绝命诗的。"③遗憾的是虽经多方设法查找,至今尚未找到梁氏的中译文,只好留待日后补缺。

但是就此问题,学界颇有争议。菲律宾学者邦规(吴文焕)在菲律宾2000年5月16日的《世界时报》上的《鲁迅谈黎刹名诗〈我的

---

① 详见胡从经著:《胡从经书话》,北京出版社,1998年,第311—321页。
② 参见朱正"厘沙路的中国根—《鲁迅全集》的一条补注"《鲁迅研究月刊》,2008年第12期,第69—70页。
③ 凌彰"鲁迅译介黎萨尔的重要意义"《鲁迅研究年刊》1991—1992年合刊,中国和平出版社。

诀别〉》一文中谈到这一问题时,以编者按的形式注明了实际上那首诗是陈天怀所译。2000年7月4日,梅南在菲律宾《商报》上发表的一篇文章《关于黎刹绝命诗梁启超译文》,文中指出,作者几经探访,寻找到了曾发表在《人民日报》上的梁启超中译的黎刹绝命诗第三段,抄自于其他书本上,并见于《鲁迅全集》及《饮冰室文集》。"光明白日终至,若是天色暗淡,有我鲜血在此,任凭祖国需要,倾注又何足惜,洒落一片殷红,初升曙光染赤。"至于全部译文,至今尚未找到。2008年12月8日《世界广场》发表一篇文章,名为《黎萨〈诀别词〉又一中译本及译者——写在黎萨甥孙女的〈爷爷扶西·修订本〉发行前夕》,文章用非常确凿的证据和严密的考证推断出:人民出版社版的《鲁迅全集·第一卷》的《杂忆》文中第七条注释,是一条不符合事实的注视。译题为《墓中呼声》的诗是一个名叫真吾的人所译。[①]鲁迅实际上早在此前就已经关注黎萨尔了。他在1918年4月至1919年4月间写的"随感录"中就有相关的文字:"其时中国才征新军,在路上时常遇着几个军士,一面走,一面唱道:'印度波兰马牛奴隶性、……'"。注释中:"印度波兰马牛奴隶性"是指"清末流行的军歌和文人诗作中常有这样的内容,例如张之洞所作《军歌》……。《学堂歌》:"波兰灭,印度亡,犹太遗民散四方。"可见《学堂歌》之一的"黎沙儿绝命词"鲁迅应该是早知道的。同时他还说道:"那时候,不知道因为境遇和时势或年龄的关系呢,还是别的原因,总最愿听世上爱国者的声音,以及探究他们国里的情状。……所以我最注意的是芬阑斐律宾越南的事,以及匈牙利的旧事。匈牙利和芬阑文人最多,声音也最大;斐律宾只得了一本烈赛尔的小说;越南搜不到文学上的作品,单见过一种他们自己做的亡国史。""听这几国人的声音,自然都是真挚壮烈悲凉

---

① 真吾,原名崔玏河(1902—1937),又名崔真吾。

的;但又有一些区别:一种是希望着光明的将来,讴歌那簇新的复活,真如时雨灌在新苗上一般,可以兴起人无限清新的生意。……"这篇"随感录"是根据手稿编人《鲁迅全集》第八卷,《集外集拾遗补编》的。文中提及的"烈赛尔的小说"即"黎萨尔的长篇小说《社会毒瘤》(原译《不许犯我》)"。此书 1887 年在德国柏林出版了德文版,1912 年有英译本。鲁迅在文中十分精准而且具有远见卓识地从黎萨尔的小说中听到了"爱国者的声音",虽然其中不乏"真挚壮烈悲凉",因为这是"讴歌那簇新的复活"之音,"可以兴起人无限清新的生意"。这正是他"最愿听"、"最注意"的事情。联想到 1925 年,鲁迅先生在"杂忆"中"所记得的人"中就有黎萨尔,认为他是以生命为代价"叫喊复仇和反抗的"爱国诗人。鲁迅先生仅凭黎萨尔的一部长篇小说和一首绝命诗,就切中肯綮地认识到这位作家的精神世界和思想意识的深处,难能可贵。至今这种评价对人们认识这位作家作品的世界意义仍有启迪作用。

鲁迅多次评介黎萨尔为人、为文的做法逐渐引起文坛对这位菲律宾作家的关注与重视。尤其是其充满爱国激情的绝命诗和刑场上的婚礼,都使得当时充满革命激情的青年作家难以忘怀。我国文坛前后又有林林、王世昭、李霁野、凌彰四位作家将黎萨尔的绝命诗译成中文,使其绝命诗在中国文坛成为千古绝唱。

"绝命诗"的第三位中文译本的作者是林林(1910—2011)。他是福建诏安人,原名林仰山,"林林"是他在东京开始写诗时的笔名,取自柳宗元的"总总而生,林林而群"。1930 年就读于北平中国大学政治经济系,1933 年夏他赴日留学,先后在早稻田大学、中央大学学习,研究兴趣逐渐从经济转向文学。1934 年春,他开始参加左联东京分盟的工作,任干事会干事,参与《杂文》(后改为《质文》)、《东流》、《诗歌》3 个刊物的编辑工作。1936 年夏回到上海,在郭沫若任社长,夏衍任主编的《救亡日报》工作。后任桂林

《救亡日报》编辑,香港《华商报》副刊编辑。1941年从香港去菲律宾马尼拉,主持地下抗日报纸《华侨导报》工作。马尼拉解放以后,林林化名杨墨主编已公开出版的《华侨导报》副刊"笔部队"。他还将黎萨尔的绝命诗译成中文,以《最后书怀》为题,(原诗无题,译者各自加题)发表于1946年12月29日的《华侨导报》上。1947年冬他回到香港继续任《华商报》副刊编辑。建国后历任驻印度大使馆文化参赞,对外文化联络委员会亚非司司长,中国人民对外友好协会副会长、中日文化交流友好协会副会长等职。1979年,林林任日本文学研究会会长,致力于研究和翻译俳句,他译的《日本古典俳句选》、《日本近代五人俳句选》等都是日本文学研究者的必读书。林林根据Hurat Halstead的英译,译出的《最后书怀》,在海内外17种汉文译本中属争议较小的一种,即认为他的错误较少,足见他深厚的翻译底蕴。他日后还高度评价说:"菲律宾民族英雄爱国诗人黎刹的绝命遗作,是血写的不朽的诗,这年轻的国家,也有这崇高而净化的灵魂,菲律宾人民以有这颗尊贵的心,引以为荣的。"①

  第四位中文译者是王世昭(1905—1984)原名宇官,号肃明,字铁髯,福建福州人,诗人、学者、书画家。1928年毕业于云南东陆大学,曾任教于印度尼西亚、越南等地华侨中学。1949年迁居香港,曾任国际学术研究院名誉博士,香港亚细亚文学院院长。著有《欧洲文艺思想史》、《中国文人新论》、《南归诗集》等,以诗艺书法闻名于港澳南洋。1967年,王世昭到菲律宾访问,在黎萨尔公园见到纪念碑周围铜牌上的菲律宾诗人施颖洲的汉译绝命诗。他非常激动,曾三次撰写诗文表示赞赏,并将施颖洲的汉译译成中文五言古诗《别矣我祖国》收入他的《菲游散记》。1969年9月,施颖洲

---

① 林林著:《同志,进攻城来了》"后记",文生出版社,1947年。

将他喜欢的王世昭译的《别矣我祖国》和他自己译的《我的诀别》，一起选刊于《大中华日报》"话梦录"专栏上。

第五位译者是李霁野（1904—1997）。他是中国著名作家、翻译家。1925 年参加未名社，曾任孔德学院、辅仁大学、台湾大学等学校的教授。建国后，任南开大学外语系主任、天津市文化局局长、天津市文联主席，曾当选为天津市和全国政协委员。译著有《被侮辱和被损害的》、《简·爱》等著名作品。关于黎萨尔的诗歌，他除了《最后的诀别》，还翻译有《我的幽居》。中国很早就有梁启超的译本，题为《墓中呼声》，但是不完整的译本。后来鲁迅在日本留学期间读到了这首诗，一直希望有人能够完整的翻译这首诗，他把这个任务托付给未名社成员李霁野，但李霁野一直未能找到完整的版本。1925 年 6 月 16 日鲁迅写《杂忆》一文提及黎萨尔及其绝命诗时，李霁野已经认识并拜访过鲁迅先生了。1976 年 6 月 26 日他回忆到当时的情景："就在这前后，先生几次向我谈到厘沙路，并说到北京大学图书馆里似乎有他的诗集英译本，可以加以介绍，我一直没有找到他的诗文英译本，特别是《绝命诗》，所以我在 1956 年写的《鲁迅先生喜爱的几个诗人》中，还说到这是一件憾事。"① 直到 1976 年，值鲁迅逝世 40 周年，黎萨尔殉国 80 周年之际，在几个朋友的帮助下，他终于借到了查尔斯·德比希尔用英文翻译的《最后的诀别》，并完整地重译了此诗，于 1977 年 10 月 19 日修订，收入他的回忆录《鲁迅与未名社》一书。

第六位翻译家是凌彰。他是当代东南亚文学专家，1928 年 7 月 10 日生于印度尼西亚西加里曼丹省坤甸市，祖籍广东新会。1947 年回国，先后就读于南京国立东方专科学校和北京大学东语系，1951

---

① 《厘沙路和他的〈绝命诗〉—〈鲁迅先生与未名社〉》之一节，《天津师院学报》1977 年第 2 期。

年被调到北京市人民政府外事部门工作。"文革"期间下放到延庆县劳动，1972年分配到北京第96中学教书。1978年转任中国社会科学院外国文学研究所东方室副主任，后评为副研究员。主要研究东南亚文学和荷兰文学，重点研究菲律宾国父、杰出文学家黎萨尔。1981年出访菲律宾，被接纳为菲律宾作协名誉会员。1988年退休后受聘为中国社科院第三世界研究中心特约研究员。同时也是中国老教授协会和中国翻译协会的会员。近年又被聘为北京印尼邦加侨友会顾问和香港邦华校友会名誉会长。凌彰教授还选取诗经和唐诗40余首译成印尼语，在印尼获得极大反响，受到国内外的好评。

1984年12月27日菲律宾《联合日报》上发表的凌彰翻译的黎萨尔绝命诗《最后的告别》。他是根据菲律宾文化中心出版社的《遗产》刊物1977年12月号刊载的英译。1991年，凌彰近于散文形式的中译，收入《外国抒情诗赏析辞典》，由北京师范学院出版社出版。这篇译文被菲律宾有的学者称："凌译中文修辞，有的诗行竟然多出二十二字，已近于散文。这是一种阐释，不是译诗。"①无论评价是否中肯，凌彰译介研究黎萨尔的一片赤诚之心，难能可贵。

中国文坛对黎萨尔其他的文学作品的翻译一直没有停息，现在他的长篇小说和不少诗歌在国内都有中译本。首先介绍我国对他的长篇小说的译介。

《社会毒瘤》是黎萨尔1887年在欧洲执教时用西班牙语创作的，这本书原名是《不许犯我》（《Noei Me Tangef》），英文版的翻译更名为《社会毒瘤》（《The Social Cancer》）。1891年，他又发表了《起义者》（又译为《贪婪的统治》），这本书的英文版也是里昂……M·古尔雷诺于1962年翻译并出版的。这部书由柏群（一些翻译者的统称）翻译并于1977年由人民文学出版社出版。

---

① 《黎萨尔与中国》南岛出版社，2001年5月，第387页。

1977年，陈尧光和其他几位翻译者（化名为柏群）翻译的黎萨尔的西班牙文作品《不许犯我》，由人民文学出版社出版，1988年更名为《社会毒瘤》出版，这两个版本都是根据马尼拉菲律宾教育出版公司1912年版英译本《社会毒瘤》译出的。

翻译家、学者陈尧光，祖籍江苏无锡，1926年12月22日出生于上海市。他少年时期曾随父母先后旅居东京和香港，太平洋战争爆发后，他随父母到重庆，在南开中学高中部读书，1944年毕业。同年考入成都燕京大学新闻学系，兼修英国文学。1948年大学毕业后，考入上海美国新闻处担任翻译。后又担任广州《建国日报》驻沪记者。1949年11月，他重返北京，进入中央人民政府文化部对外文化联络局工作，从事编译、研究及接待外宾工作任务。1958年，国务院对外文化联络委员会成立时，任该委员会宣传司科长，主编内部参考资料《国际文化动态》（周刊）。1964年，国务院对外文化联络委员会增设亚非拉文化研究所时，被调任亚洲组副组长。"文革"期间，曾下放"五七"干校四年。1973年回京时，陈尧光被分配到中国科学院科学出版社，担任《中国科学》（英文版）杂志英文编辑。1978年春，调至新组建的中国社会科学院情报研究所工作，历任第二（欧美）研究室主任、学术委员、研究员等职。1981年11月，他以交换学者身份赴美，担任美国伯克利加州大学人类学系及东亚研究所研究员、美中教育学院教授，1984年回国，在北京市政府工作。1998年9月，被聘任为中央文史研究馆馆员。

陈尧光曾任中国翻译工作者协会理事，长期从事翻译工作和社会学、政治学、文化人类学及国际文化的研究工作，成果卓著。主要译作（包括独译和合译）有《根——一个美国家族的历史》、《社会毒瘤》（菲律宾黎萨尔著）、《俄国在中亚》、《无鸟的夏天》、《杜鲁门回忆录》（第一卷）、《远征欧陆》、《东方快车谋杀案》、《碧波余生》、《拿破仑论》等；负责校审的译作有：《艾登回忆录—面对独裁者》、《德拉克洛瓦日记》等。

参与《社会毒瘤》翻译的还有萧乾和文洁若夫妇。萧乾(1910—1999)，原名萧炳乾，蒙古族，现代著名作家、记者、文学翻译家。祖籍黑龙江省兴安岭地区，生于北京。1930年考入辅仁大学英文系，后转入燕京大学新闻系学习，1935年毕业。开始任《大公报·文艺》主编，并兼旅行记者。1939年受英国伦敦大学东方学院邀请赴伦敦任教，同时兼《大公报》驻英记者。1942年考上英国剑桥大学英国文学系研究生，进行英国心理派小说研究。1944年他放弃剑桥学位，毅然担任起《大公报》驻英特派员兼战地随军记者，成为当时西欧战场上唯一的中国记者。1945年赴美国旧金山采访联合国成立大会、波茨坦会议和纽伦堡对纳粹战犯的审判。1946年回国继续在《大公报》工作，兼任复旦大学英文系和新闻系教授。新中国成立后，历任《人民中国》（英文版）副主编，《译文》杂志编辑部副主任，《人民日报》文艺版顾问，《文艺报》副主编等职，人民文学出版社编辑。1979年起，历任中国作协理事，中央文史馆馆长，全国政协委员、常委，民盟中央常委等职。主要著译作有《篱下集》、《梦之谷》、《人生百味》、《一本褪色的相册》、《莎士比亚戏剧故事集》、《尤利西斯》等。

文洁若，贵州贵阳人，1927年生于北京。1950年毕业于清华大学外国语文学系英文专业，毕业后，考入三联书店，后又调至人民文学出版社，1979年加入中国作家协会。历任人民文学出版社编辑、编审，苏联东欧组编辑，外文部亚洲组日本文学翻译，《日本文学》丛书（19卷）主编，日本文学研究会理事，中国翻译协会会员。2012年12月6日，被中国翻译协会授予"翻译文化终身成就奖"荣誉称号。

他们是在"文革"期间参与翻译黎萨尔的这两部小说的，当时文洁若得以回京，被分配到人民文学出版社亚非组，经常在办公室工作到晚上10点,再带一部书稿回家看到夜里2点才休息。而当时萧乾还在农场劳动,两人两天三天就通一封信,好多都是讨论书稿翻译的,其艰苦程度常人很难想象。此外,黎萨尔还有一些诗歌被译介到中国,包括凌彰译《我们的母语》、《流浪者之歌》、《劳动的赞歌》、《思故乡》、《致菲律宾》和《献给菲律宾青年》等以及李林译的《蝴蝶与毛虫》。

随着1975年6月9日中菲文化交流的开展,尤其是中菲作家之间逐年进行的互相访问,使中国作家深感要了解菲律宾文学和菲律宾人民,必须先了解黎萨尔;双方的一个共同感受就是要把专注西方文学的目光扩大到东方文学上面来,特别是要努力加强中菲两国的文学交流。

1981年11月,以老作家于黑丁为团长的中国作家代表团访问菲律宾时,凌彰应邀参加,并在菲律宾《世界日报》(1981年12月5日)发表介绍文章《菲律宾文学在中国》,其中首先谈到鲁迅早年对黎萨尔的评介。此文被译成英文载于马尼拉的英文月刊《评论》1981年11月、12月合刊号。中国作家访菲后,也写了不少深情缅怀黎萨尔的作品,如唐达成的散文《古堡之游》(《人民日报》1982年3月7日)和中流的抒情诗《写在何塞·黎萨尔纪念碑上》[菲律宾《世界日报》(1987年4月15日)]等。1982年4月,菲律宾国家图书馆代表团访华时,向北京图书馆(今已改名为国家图书馆)赠送了一批菲律宾的珍贵图书,其中有8卷本的英文版《黎萨尔文集》以及研究黎萨尔的论著。

1986年12月29日,为纪念碑黎萨尔殉国90周年,中国人民对外友好协会、中国社会科学院和中国作家协会联合在北京举行了纪念会。对外友协副会长黄世明主持了大会,凌彰应邀在会上作了题为《菲律宾的国父、杰出的文学家》的发言。出席者有中国作家协会书记处书记袁鹰,菲律宾驻华大使馆临时代办罗萨里欧女士等外交官员，北京大学的菲律宾教授贝尔费兹女士，以及有关单位的菲律宾问题专家、学者陈尧光、王其良、李林和孙正达等共70余人。这是中国第一次正式隆重集会纪念黎萨尔。

  以上表明，中国对黎萨尔的评价和研究在最近改革开放的三十余年里已经结出硕果，但与中国作为一个东方的拥有14亿人口的大国地位仍然很不相称。我们相信，在未来的日子里，中国文坛会在菲律宾文学研究，尤其是黎萨尔的研究领域里作出更大的成绩。

中越神话比较谈[①]

古代神话传说堪称人类文化的瑰宝,是异常重要的历史文化现象。一个民族的神话传说很难避免外来因素的影响而独自生成。一般认为,越南的神话传说是中越文化交融、文学变异的产物。相关的文字佐证,虽散见于一些古代的文史典籍之中,但足以窥知越南神话传说与中国的关联。生于具有研究神话传统的德国的学者麦克斯·缪勒(Friedrich Max Muller,1823—1900年)曾经指出:"我们每当借助虽然微小,但意义重大的点滴材料,体会到人类思维早期阶段的真实存在——我们认为这个时期就是越来越明了的'神话时代'。"[②]在对越南神话传说寻根溯源的探索之中,我们同样力图发现一些相同或相近的神话世界和某种带有规律性的东西。

一

无论是已经迈入文明门槛的民族,还是尚处于蛮荒时代的民族,都有颇具特色的开天辟地神话,以试图解释天地的形成、人类及万物的起源等诸多问题。这是原始人类对具体形象的联想力异常丰富,而抽象的逻辑推理能力低下的原因造成的。"这种幼稚的原始

[①] 本文原载《解放军外语学院学报》,1994年第2期。内容略有增删。
[②] [英]麦克斯·缪勒:《比较神话学》,金泽译,上海:上海文艺出版社,1989年,第23页。

思维，还无力形成'类概念'，不能根据事物本身的性质做出类别概括，只能借助'拟人化'即'万物有灵'的思想方式，通过'以己度物'来理解世界。"①在这种原始思维的支配下，在客观现实条件还限制他们对诸多疑问做出科学性的解释时，他们只能凭借自己的理解和想象，运用实际生活中的经验，将那些自己认为最伟大的、最强有力的形象与自己的疑问编织在一起，以表现自己的民族精神，但其中往往也杂糅不少周围民族文化的因子。

越南《天柱神》神话传说就有和中国相似的开天辟地的故事：当宇宙万物以及人类都尚未形成之时，乾坤一片混沌。不知何年何月，忽然出现了一位威力无比的巨大天神。他用头把天顶起来，然后掘土运石，筑起一根顶天立地的大石柱，用它撑住了天的中央。天被不断增高的石柱顶得越来越高，逐渐变成拱形的苍穹，从此天和地就彻底分开了。后来不知为什么，那位天神忽然间又把这根擎天柱毁了，一时间，土石崩飞，溅落在大地上，形成今天的高山和海岛，当初天神掘土之处就变成了今日的海洋。这则神话传说关于开天辟地的内容，如天圆地方概念、混沌初开的原始世界，天柱擎天而又崩塌的结局等，都与中国神话有相似之处。中国开天辟地的神话也记载："天地混沌如鸡子，盘古生其中，万八千岁，天地开辟，阳清为天，阴浊为地。盘古在其中，一日九变，神于天，圣于地。天日高一丈，地日厚一丈，盘古日长一丈。如此万八千岁，天数极高，地数极深，盘古极长。"②同样，《淮南子·天文训》也写道："昔者共工与颛顼争为帝，怒而触不周之山，天柱折，地维绝，天倾西北，故日月星辰移焉；地不满东南，故水潦尘埃归焉。"以及"首生盘古，垂死化身，气成风云，声为雷霆。左眼为日，右眼为

---

① 谢选骏：《神话与民族精神》，济南：山东文艺出版社，1986年，第8页。
② 《艺文类聚》卷一，引徐整《三五·历纪》。

月,四肢五体为四极五岳,血液为江河,筋脉为地理,肌肉为田土……"①上述三则中国开天辟地神话几乎囊括了越南开天辟地神话传说的全部内容,盘古变成了天柱神,原有的不周山变成了人为的石柱,盘古死后生成自然万物,石柱崩溃化为高山、海岛和海洋。至于天地间确实有过的擎天柱,越南神话传说并未提及为什么会被天柱神推倒,而中国神话则较为详细地交代了共工为争帝王而怒撞不周山。二者的共同点在于天地创造以后都曾经历过一度的破坏,为再造天地埋下契机。中国继后有女娲补天的神话使开天辟地神话更为系统完整,富有文学趣味。越南的开天辟地神话传说虽然和中国的有相似之处,但却形成了具有越南民族独特风格的神话。根据中越开辟神话的相似点,完全有理由认为二者之间存在着源流关系。据多年从事汉学研究的美国宾夕法尼亚大学教授德克·博德指出:"中国大多数学者认为,这一神话并不是起源于汉族;他们把它同中国南方苗、瑶等民族关于其部族祖先的神话相联系(诸如此类神话,同样在公元3世纪始被提及)。"②茅盾在《神话研究》一书中,根据确凿的事实与例证,推断关于盘古事迹的两则神话的形成是"根据了南方民族的神话"③。进一步分析可以得出如下结论,上面两则神话的作者徐整是吴人,可能这则盘古开天辟地的神话当时就流行在南方,到魏晋时已传播到东南方的吴。如果它是我国北部和中部固有的神话,则秦汉之书不应毫无涉及;假如它是南方的神话,因汉时就有交通之便与南方的频繁交往,尤其是征伐苗、瑶,更使交流的渠道增加,因此该地的神话在魏晋时流传到吴越被记载下来,也尽在情理之中。因为神话传说尽管产生于原始社会,但它

---

① 马骕《绎史》卷一所引《五运历年纪》。
② [美]塞·诺·克雷默等:《世界古代神话》,魏庆征译,北京:华夏出版社,1989年,第358页。
③ 茅盾:《神话研究》,天津:百花文艺出版社,1981年,第164页。

的发展、演变过程,确有相当一部分是在阶级社会里形成的。至于神话见诸文字,那更是文明较发达以后的事情了。另外,南朝志怪小说集《述异记》中云:"今南海有盘古氏墓,亘三百余里,俗云后人追葬盘古之魂也。"此载虽有剽窃伪托之嫌,但盘古的开辟神话产生于南方,逐渐北传至吴越,南传至越南,该不会是无稽之谈。

二

各民族在开天辟地神话之外,都会出现民族起源的神话传说,越南民族自不例外。美国著名神话学家塞缪尔·诺亚·克雷默(Samuel Noah Kramer,1897—1990年)也指出,古老神话大多涉及宇宙的形成和演化,涉及人的由来以及文明的创始。除某些基本的相似之点外,种种古老神话仍然在许多方面存在差异,诸如:个别情节和主题的选择和处理、同历史和文化之契合、神话所由产生的民族之状貌和性格。越南古代人民则通过丰富的想象将自己祖先和神仙连在一起,以示自己民族的起源不同凡响。目前所能见到的最完整、最富有神话意味而又流传广泛的是《龙子仙孙》的传说。其篇名为后人所加,原题为《鸿庞传》,载于13世纪陈世法(生卒年不详)所著《岭南摭怪》中。15世纪著名史学家吴士连(生卒年不详)在《大越史记全书·外纪卷一》(1479年)中则名为《鸿庞纪》。各书所载略有不同。

这则神话传说是这样记载的:在中国三皇五帝时期,神农的三世孙帝明南游至五岭,遇见一位仙女,两人结合以后生了个儿子取名禄续。禄续眉清目秀,聪敏过人,深受宠爱。帝明欲把太子帝宜废掉而立禄续为嗣。但禄续天性温善,不肯与同父异母的兄长争天下,便被封为泾阳王,以治南方,国号赤鬼国(包括现在的越南)。泾阳王游水府,娶了洞庭君的女儿,生子崇揽。崇揽长大后,被封为貉龙君,治理赤鬼国。

貉龙君继王位之后,娶北国公主妪姬。妪姬怀孕生了一个大肉胞,内有一百只蛋①,每个蛋都化出一个奇伟的男孩。这一百个男孩长大后,个个威武敏捷、智睿俱全,人皆畏服。但貉龙君久居水府,忘记了这一百个儿子,妪姬感到很孤独。一天,貉龙君对妪姬说:"我是龙种,水族之长,尔是仙种,世上之人,本不相属,水火相克,难自久居。虽阴阳之气合而生子,然方类不同,今相分别。吾将五十男归水府,分治各处。五十男从汝同居土上,分国则治。登山入水,有事相关,无得相废。"从此,貉龙君和妪姬二人分别到沿海和山地去居住,各自的五十个儿子都建立起国家,就是百越的始祖,历史上称为瓯貉国,即今日之越南。

《鸿庞纪》作为叙述越南民族起源的神话传说,曲折动人且体系完整,它由神话传说演绎而成的民间文学,多少年来一直深受越南人民的喜爱和学者的重视。它不仅被载入文学史,甚至载入正史。当然将神话传说收入典籍,并非科学的历史观,但对于迫切想探知民族起源的越南古代人民来讲,也无可厚非。这则神话可以透视出越南古代民族的文化心理,以及中国文化潜在的巨大穿透力。

《鸿庞纪》深刻地反映出中越两个民族情同一族的亲密关系。这则神话传说是越南古代人民凭借种种幼稚的思想与质朴简单的想象,将古代社会一些史实进行各种神秘化与形象化处理的结果。这种完全不自觉的加工形式与中国神话传说中的神农氏联系起来,可见汉文化积淀在越南古代社会的深厚。神农是中华民族最尊崇的、在生产斗争中取得胜利的神圣者的化身。相传他"斫木为耜,揉木为耒"(《易·系辞》),是原始农业和医药的发明人。在他指导下

---

① 有的书载:"一胎生有百男"。参见陈重金:《越南通史》,戴可来译,北京:商务印书馆,1992年,第13页。

的中华民族所使用的农耕、医病、制陶等先进的生产方式，正是越南古代民族当时心想神往的楷模。所以他们希望自己的祖先应该是这样一位圣者的后裔——神农的子孙。与此同时，为了弥补斗争繁衍生息在黄土高原的神农子孙缺水的不足，他们又根据自己民族世代生活在河海之滨的特点，大胆想象貉龙君是一位常年居于水府的神龙的化身，并将其作为自己民族的始祖。他是神农的五世孙，在自己封地（南方）所繁衍的后代与居于"北方"（中国）的神农后代形成了同祖同宗的血缘关系。这种用神话传说形式维系中越两国古代文化交流的方式，表现了越南人民渴望本民族历史文化源远流长的心态。

这则神话传说还较为真实地展现出越南古代社会的风习。神话传说显然不是历史，可是它总要通过一些看来并不真实的描写来曲折地反映现实。例如貉龙君久居水府竟忘记自己曾生有一百个儿子，以及众子不知有父的内容，都表现这则神话传说反映的是尚处于母系氏族社会时期的越南情况，人们只知其母而不知其父，父亲与子女之间可以不存在任何责任联系等等。中国《后汉书·任延传》就有这样的记载："骆越之民无嫁娶礼法，各因淫好，无适对匹，不识父子之性，夫妇之道。"汉文化进入越南之后，才使当地的社会风气发生变化。神话传说中的来自北方的妪姬带来许多侍从，正可作为北方文化输入越南的明证。而妪姬与貉龙君的一百个儿子勤于政绩，并开始建立起父子世袭的统治权，进行国泰民安的生产劳动，促进了越南社会的进步。《后汉书·南蛮传》也有与此相符的记载："光武中兴，锡光为交趾，任延守九真，于是教其耕稼，制为冠履，初设媒娉，始知姻娶，建立学校，导之礼义。"至于神话传说中，将貉龙君与妪姬男女结合而生子一事，视为阴阳气之结合，更是中国古代文化传统中的一种观点。这则神话传说从一个侧面说明了汉文化的输入，对促进越南社会发展所起的重要作用。

越南这则民族起源神话的核心部分与中国唐传奇故事《柳毅传》有异曲同工之妙,完全有理由认为它曾受到过中国古代某些作品的影响。唐传奇所载李朝威的"《柳毅传》大约原是流行的民间故事,经作者敷衍加工而成。"①可见它在成文之前也是流传极广的神话传说故事。《柳毅传》情节曲折、优美动人,一向脍炙人口,流传甚广。在元、明、清各代的杂剧、传奇、戏曲等多种形式的文学艺术中,都曾借用过这一题材。它主要叙述书生柳毅出于同情,代洞庭龙君之女传递书信,最后二人结为夫妻的故事。《鸿庞纪》在《大越史记全书·外纪卷一》的注中曰:"按唐纪:泾阳时有牧羊妇,自谓洞庭君少女,嫁经川次子,被黜,寄书柳毅,奏洞庭君,则经川、洞庭世为婚姻,有自来矣。"但《唐纪》中所载与《柳毅传》的内容有很大不同,因此,越南现代史学家陶维英教授说:"我们认为《唐纪》中所说的故事有许多新的色彩,而我们的传说则有极其显明的原始情调。"②这两则故事,都从不同的视角撷取了世间的泾阳王或柳毅与洞庭君之女结合生子这一为越、汉两个民族所共同喜爱的素材,留下传世的神话传说。如果深究其源,还会进一步发现鲛人神话的蛛丝马迹。

《搜神记·卷十二》和《太平御览》所引张华《博物志》中,都述及"南海之外,有鲛人,水居如鱼,不废织绩。其眼泣则能出珠。"因有鲛人传说,泾阳王和柳毅才有久居水府,且和水族中女共同生活的可能。《鸿庞纪》后半部分在谈及貉龙君与妪姬夫妻分离的原因时,曾认为,龙君属水,妪姬属火,水火相克,有悖于五行之说。而《柳毅传》中也有类似的描写。其中有一段叙述柳毅与龙宫带路的武夫二人的对话:"毅曰:'何谓《火经》?'夫曰:'吾君,

---

① 侯忠义:《中国文言小说史稿》,北京:北京大学出版社,1959年,第223页。
② [越]陶维英:《越南古代史》,刘统文,子钺译,北京:科学出版社,1959年,第21页。

龙也,龙以水为神,举一滴可包陵谷。道士,乃人也。人以火为神圣,发一灯可燎阿房。然而灵用不同,玄化各异。'"可见五行之说在古代中越两个民族中已普遍流行,并已表现出某些影响与接受的关系。至于这两则神话传说中所描写的中越两个民族崇拜龙蛇的原始观念;一个是娶龙女的泾阳王,一个是遇龙女于赴泾阳途中,以及二者对水中陆地奇珍异宝的相似描绘,均绝非偶然巧合。在汉文化传播深广的古代越南,《鸿庞纪》巧妙而自然地借鉴了《柳毅传》中的一些描写,该是意料之中的事。

三

越南民间长期流传的有关金龟的神话,曾分别见于越南正史、地方志和文学史,其中以《岭南摭怪》中的《金龟传》、《大越史记全书·外纪卷一》中的《蜀记》,以及《越史通鉴纲目》卷一等书的记载,最为详细,内容大同小异。1272 年,越南陈圣宗(1258—1278 在位)绍隆十五年,《大越史记全书》曾详细记载了金龟帮助越南安阳王筑螺城、卫螺城的民族神话传说:"(安阳王)于是筑城越裳,广千丈盘旋如螺形,故号螺城,又名思龙城。其城筑毕旋崩,王患之,乃斋戒祷于天地山川神祇,再兴功筑之。……忽有神人,到城门,指城笑曰:'工筑何时成乎?'王接入殿问之,答曰:'待江使来。'即辞去。后日早,王出城门,果见金龟从东浮江而来,称江使,能说人言,谈未来事。王甚喜,以金盘盛之,置于殿上,问城崩之由,……自此筑城不过半月而成。金龟辞归,王感谢请曰:'荷君之恩,其城已固,如有外侮,何以御之?'金龟乃脱其爪,付王曰:'……倘见贼来,用此灵爪为弩机,向贼发箭,无忧也。'"后来,赵陀率师来攻,安阳王以金爪神弩胜之。越陀暗派儿子仲始向安阳王之女媚珠求婚,私毁神弩,致使安阳王大败。与媚珠逃至海滨，无舟楫，急呼金龟来救，"金龟涌出水上，叱曰：'乘马后者是贼也，盍杀之。'……王竟斩之。（媚珠）血流水上，蛤蚌含入心，化成明珠。……仲始怀惜媚珠，……竟投身井底死，后人得东海明珠。以井水洗之，色愈光莹。"

这篇神话传说在越南流传得相当久远与广泛。此后，又有历史小说《金龟传》问世，洋洋千言，内容增加许多，描写更加细腻。近年来，它又被改编成戏剧在越南舞台上演出，有关的研究论文也不断在越南《文学研究》杂志上刊登，但论及其流变的文章很少。追根溯源，越南这则神话传说也源于中国文学的沃土。

有关这则神话传说的资料，最早见于3世纪左右的《交州外域记》："……蜀王子因称为安阳王。后南越王尉陀举众攻安阳王，安阳王有神人名皋通，下辅佐，为安阳王治神弩一张，一发杀三百人。南越王知不可战，却军往武宁县。越遣太子名始，降服安阳王，称臣事之。……安阳王有女名曰媚珠，见始端正，珠与始交通。始问珠，令取父弩视之，始见弩，使盗以锯截弩讫，便逃归报南越王。南越进兵攻之，安阳王发弩，弩折遂败。安阳王下船迳出于海"[1]这段记载与《金龟传》的不同点在于，它丝毫未提及金龟，情节较为简单质朴。《交州外域记》是佚书，其作者和成书年代不可考。这段故事只见于《水经注》卷三七："叶榆河"的引书中。《水经注》于北魏时期成书，那么《交州外域记》必在北魏前就已通行。当然它所记载的传说故事，可能形成的还要早些。准确时间虽难以确定，但总不外乎汉魏之时。这则故事还见于《太平寰宇记》卷一七岭南道十四有关交趾县的记载中。其内容《南越志》（约5世纪）所记，和《交州外域记》所载相差无几。

越南《金龟传》的重点在其前半部分，即关于金龟的传说。它

---

[1] 郦道元：《水经注》，上海：上海古籍出版社，1990年，第694—695页。

源于东晋干宝的《搜神记》。其卷十三《龟化城》载:"秦惠王二十七年,使张仪筑成都城,屡颓。忽有大龟浮于江,至东子城东南隅而毙。仪以问巫。巫曰:'依龟筑之。'便就。故名'龟化城'。"这则传说与《金龟传》相对比,只差龟不能言一处。此故事另载于《太平御览》卷九三一关于四川成都的传说:"张仪司马错破蜀克之,仪因筑城,城终颓坏,后有一大龟,从砌而出,周旋行走,因依龟行所筑之,乃成。"宋时另一书《舆地广记》中也称四川成都为"龟城"。

越南神话传说《金龟传》前后两部分中的有关金龟与媚珠的故事内核,在中国古籍中能找到多处相关的记载,只是由于中国的故事与其原始形态相去不远,因而情节单一,人物描写也显得过于简单。而流传在越南的金龟神话情节比较曲折,结构也远胜过中国的有关记载。这说明这则神话传说经过不断增添与修改,加之口耳相传或纪录传抄者的接受角度不同,理解各异,因而具有了越南民族的风格。越南历代文人按照越南人民的审美心理和期待视野,将从中国传入的本无关联的几部分神话传说连缀在一起,串成一个情节结构统一、美丽动人的神话传说故事。在逐渐演绎成越南化神话的过程中,融入了越南人民的想象与智慧和统治阶级的思想意识,日久天长它不仅被越南人民所接受,而且成了越南民族的神话传说故事。

四

董天王相传是越南古代反对侵略战争中的民族英雄。有关他的神话传说最早载于越南古籍《粤甸幽灵集》[①]和《岭南摭怪》中。

---

① 李济川生卒年不详,1329年编纂成书,共收集二十八个在越南流传的天灵神异等传说故事。

"雄王以天下之富,缺朝觐之礼。殷王将托巡狩以侵之。雄王闻之,召群臣问攻守之策。有方士进言曰:'莫若求龙君以阴相之。'王从之,遂筑坛,以金银布帛置于上,斋戒焚香,敬祷三日。天大雷雨,忽见一老人……老人谓王曰:'三年之后,北贼将来。当严整器械,精练士卒,为国威势。且遍求天下奇才,能破贼者,分封爵邑,传之无穷。若得其人,贼可平矣。'言毕,腾空而去。乃知其龙君也。三年,边人告急,有殷军来。王如老人言,遣使遍求天下。行至仙游县扶董乡,有富家翁,年六十余,于正月初七日生一男,三岁不能言语起坐。其母闻使者至,戏之曰:'生得此男,徒能饮食,不能拿贼,以受朝廷之赏,报乳哺之功。'男闻母言,勃然言曰:'母呼使者来!'……及殷王兵至武宁邹山下,儿伸足而立,长十余尺。仰鼻而嚏,连十余声,拔剑厉声曰:'我是天将!'遂戴笠骑马,踊跃长呼,驰走如飞,瞬息间至王军前,挥剑前进,官军后从,进逼贼垒。贼众奔走,余党皆罗拜,呼曰天将,皆来降服。殷王死阵前。至安越金华朔山,乃脱衣骑马升天,时四月初九日也。留迹于山石上。原雄王思其功,尊为扶董天王,立祠于本乡宅,赐田一百顷,晨昏享祭。殷世世凡六百四十四年,不敢加兵。后李太祖封冲天神王,庙在扶董乡建初寺侧,塑像在术灵山,仲春享祭焉。"①

越南13世纪学者黎崱②在所著汉文史籍《安南志略》中也曾记载了这一神话传说的故事框架,只寥寥数语:"昔境内乱,忽见一人有威德,民皆归之,遂领众平其乱,已而腾空去。号为冲天王,民乃立祠礼祀之。"冲天王知董天王仅"冲"与"董"一音之转,系讹

---

① 戴可来、杨保筠点校:《岭南摭怪等史料三种》,郑州:中州古籍出版社,1991年,第15—16页。

② 1285年中国元朝唆都将兵攻陷越南清化时,曾降元,后居中国。其书《安南志略》流传于中国和日本。

传或有意借用习惯姓氏。现代神话学家阮董之等人编选的《越南民间故事宝库》也收有这篇故事，并加强了民间色彩。开篇交代在武宁郡扶董乡有一位贫苦的中年村姑，外出时偶然踏上了神的足迹，即怀孕生下董天王，其他细节相差无几。这一修改不仅使董天王由富家翁之子变为贫家女之子而有了平民色彩，更重要的是因其出身更富有神奇性而使人对其英雄业绩与非凡能力倍加相信。至今越南每年春季（农历四月初八）扶董乡人民都要举行祭祀，向这位心目中的民族英雄顶礼膜拜。

　　越南这种履迹感孕而生神子的神话传说，在中国古代早有记述。《诗经·大雅·生民》就记载了古代帝王之妃姜嫄，因践踏上帝的足印而感孕，并生下周之始祖后稷的传说："厥初生民，时维姜嫄。生民如何？克禋克祀，以弗无子。履帝武敏，歆攸介攸止。载震载夙，载生载育，时维后稷。"这是一首周朝的开国史诗，也曾被载入史书。据《史记·周本纪》第四："周后稷名弃，其母有邰氏女，曰姜原，姜原为帝喾元妃。姜原出野，见巨人迹，心忻然说，欲践之，践之而身动，如孕者。居期而生子……初欲弃之，因名曰弃。"这两个神话的共同特点是女子感外物而孕，故而又称感生神话。它们显然是"民知有母而不知父"的母系氏族社会产物。它们强调的是自己民族始祖的不平凡，是图腾神或其他神秘力量作用之下的神性之人。这两则神话传说也有本质上的区别。董天王之母是贫苦的村姑，后稷之母是帝王之妃；董天王是抵御侵略的民族英雄；后稷是对农业生产颇有贡献的圣贤君王。产生董天王神话的时代，越南社会的主要矛盾是民族矛盾，说"殷军"入侵是虚，而和宋、元发生边衅是实。出现后稷的传说时，中国尚处于远古时期，人和自然的斗争是首要的矛盾，人们从生存本能出发，希望祖先能精通农业生产。周朝的文化产生于中原，并向各个边域民族进行辐射式扩散。关于周之始祖后稷出生神奇的故事播扬到边陲的可能性很大。由此观之，董天王神话传说立足于越南民族社会生活的实际，在吸收外来影响的基础上，形成自己的特色。但无论是董天王还是后稷，都植根于本民族神话传说的土壤中。他们在各自的民族里，既是英雄又是超人，并都是感孕而生的神之子。在人们的想象之中，他们走完了由"天祖"变为"人祖"或"英雄"的演进过程。

越南神话传说在中国寻得根源不足为奇。另有不少在越南民间流传的神话传说与中国民间流行的很相似。如牛郎织女悲欢离合的爱情故事也深深触动了越南人民的心弦，牛郎织女七月初七鹊桥相会的时辰，尤为旧时越南青年女性所珍视。至于嫦娥奔月、月宫桂树（越南传说为榕树）、玉兔等神话传说故事，也都为越南人家喻户晓。这种相通的文化心理结构与审美接受能力，是中越神话传说相通的基础。

现在越南所能见到的神话传说早期的记录形式全为古汉文，这些无疑是通过精通汉文的文人学士之手来完成的。因此，被记录流传下来的作品必然与口头传诵的内容有某些出入，其中自然不乏中国古代文学、神话传说的影响，也有后人在记录时不断附加的个人主观想象。但是这些神话传说必然会随着越南民族精神的演化而不断地移易、变形、融合，而后再创造出越南民族古代文化的精神蓓蕾。在催发这些蓓蕾开放出异彩的诸种因素中，必定缺少不了外来文学因素的渗入，正是中国古代文学促进了越南上述神话传说的形成与发展，并使之成为越南文坛百花丛中一支独具艺术魅力的奇葩。而使越南人民不断从中国古代神话传说中吸取营养的根本原因，在于其中的奇伟瑰丽的想象和幻想中融汇着的崇高理想，以及积极浪漫主义思想。正如鲁迅先生所说："夫神话之作，本于古民，睹天地之奇觚，则逞神思而施以人化，想出古异，淑诡可观，虽信之失当，而嘲之则大惑也。太古之民，神思如是，为后人者，当若何惊异瑰大之。"①越南神话传说接受了中国文学的影响,不仅保留了积极浪漫主义的精神,而且继承发扬了那些淑诡可观的神思和幻想形式,因此才有了新的生命力。

---

① 鲁迅:《鲁迅全集》(第八卷),北京:人民文学出版社,2005年,第32页。

文化传播中的中越诗缘①

中古时期，大唐文化异常发达。其成就璀璨辉煌的象征就是"星汉灿烂若出里"的唐诗。它不仅在中国文坛光辉夺目，而且在越南也大行其道，令文人学子赞叹不已。越南人受到莫大的启发和鼓舞。他们在尊孔读经，以诗赋取士的人生苦旅中，多以诗为抒情言志的手段和晋身之阶，因为当时书面文学都以汉文写成，于是汉诗，尤其是唐诗这种格调高雅，对仗工整，且宜于言情达意的文学体裁，就和越南广大的文人学士结下不解之缘。中越诗歌在内容和形式上的源流关系，在诗缘和情缘上"剪不断，理还乱"的关系，也因此而根深蒂固地日益密切起来。正如越南文学评论家所言："在越南从李朝起（1010—1225），我们祖先对唐诗就接受了很多。不论作汉诗还是喃诗，我们古代诗人都用唐律诗。唐诗一旦在我国生根发芽，就茁壮成长与发展，并且取得很大的成就，胡春香、秀昌、阮劝等人的诗就是例证。""许多越南诗人经常引用唐诗中的题材、素材、典故和语言。唐诗的诗人特别是李白、杜甫、白居易，受到我国人民的喜爱。我们越南古代诗人没有一个不知道李白的《将进酒》、杜甫的《石壕吏》，白居易的《琵琶行》和《长恨歌》。崔颢的《黄鹤楼》更是人人皆能背诵。"②由此可知，唐诗在中越诗缘中

---

① 本文原载《环太平洋地区文化与文学交流学术研讨会论文集》，天津古籍出版社，1996年。

② 《东方文化文学因缘》，吉林大学出版社，1996年，第173页。

起的重要作用。

一

越南李朝的 11 至 12 世纪，由于统治者的提倡，佛教达到发展的极盛时期。中越高僧互相往来，共同译注佛教经典，切磋汉文学，推动了汉文学文化在越南的发展。当时精通汉文、擅长写诗的高僧法师，在一些汉语的偈文、偈颂，通常被称为的"禅诗"中，时常流露出汉文化影响的印迹，以及唐诗的韵味。

满觉法师（1052—1096）收入《禅苑传登录》的偈文《告疾示众》写道：

> 春去百花落，春到百花开。
> 事逐眼前过，老从头上来。
> 莫谓春残花落尽，庭前昨夜一枝梅。

这首禅诗不仅阐述了佛教轮回变化，无限循环的哲理，也指出对生活要采取的积极态度。其中的佛理与白居易诗"野火烧不尽，春风吹又生"，以及陆游诗"山重水复疑无路，柳暗花明又一村"中所揭示的哲理，如出一辙。它仍以相近的意象营造出相似的意境，在审美心理上，达到一种悟性顿开的微妙平衡。

空路法师（？—1119）刻意求学佛禅，攻读汉诗文，在仅存的两首汉诗中，《渔闲》一诗别有一番诗趣：

> 万里清江万里天，一村桑柘一村烟。
> 渔翁睡着无人唤，过午醒来雪满船。

这首禅诗犹如绘出了一幅山水画,具有诗中有画,画中有诗的艺术境界。酣睡过午的渔翁醒来时才发现积雪已堆满小船,是何等的惬意。其情趣颇有柳宗元"孤舟蓑笠翁,独钓寒江雪"的味道。

13至14世纪,越南陈朝承李朝之余绪,也崇尚汉文化。除历代皇帝皆对汉诗文情有独钟而外,也有不少文人学士汉学成绩斐然。阮忠彦(1286—1370)就是一位对汉文学有精深研究,并将儒家思想和唐诗精神融入其诗的大家。刊行于世的《介轩诗集》中的多数作品,为其1315年出使元朝期间有感而发之作。《归兴》一诗云:

老桑叶落蚕方尽,早稻花香蟹正肥。
且说在家贫亦好,江南虽乐不如归。

诗中"蚕方尽"虽然是唐李商隐(812—约858)的名诗"春蚕到死丝方尽"的变形。而"早稻花香蟹正肥"则脱胎于唐张志和《渔父歌》中"桃花流水鳜鱼肥"一句。末句"江南虽乐不如归"是《渔父歌》末句"斜风细雨不须归"的反意巧用,匠心独运。他在《岳阳楼》一诗中写道:

猛拍栏杆一朗吟,凄然感古又怀今。
上浮鳌背蓬宫杳,水接龙堆海藏深。
景物莫穷千变态,人生能得几登临。
江湖满目孤舟在,独报先忧后乐心。

这首诗是诗人登岳阳楼时联想起南宋词人辛弃疾(1140—1207)登建康赏心亭时所做名词《水龙吟》而做。原诗中"栏杆拍遍,无人会,登临意"一句,被阮忠彦一分为二,嵌入第一句"猛拍栏杆"和第六句"几登临"中。最末两句则针对北宋范仲淹(989—

1052)《岳阳楼记》中名句"先天下之忧而忧,后天下之乐而乐"发出感慨,表达出诗人怀古感今、壮志未酬的理想和抱负。这两首诗运用汉诗的格律和表现手法,描绘中国的景物,从形式到内容都给人以似曾相识之感。

二

15世纪初,越南经胡朝(1400—1407)、后陈朝(1407—1413)、属明时期(1414—1427)抗明十年(1418—1427)等短暂的动乱,自1428年进入黎朝统一时期,至1527年。在这100年中,汉诗再度出现辉煌。揭开序幕者为大诗人阮廌(1380—1442)。他自动攻读汉诗文,颇有功底。在他的汉文《抑斋诗集》中的105首诗里,有五言、七言、律诗、绝句等多种汉诗形式。他从中国古籍三坟五典,以及诗、赋典故中吸收了许多有益的养料,用以表现自己"修身、齐家、治国、平天下"的远大报复。如"坟典留心,每欲志与人之志,生灵在念,先忧天下之忧"等"独善"和"兼济"的儒家思想,以及"杜老何曾忘渭北,管宁犹自客辽东"的爱国主义精神。他在著名的长诗《题黄御史梅雪轩》中写道:"豸冠峨峨面如铁,不独爱梅兼爱雪。爱梅爱雪爱缘何,爱缘雪白梅芳洁。天然梅雪自两奇,更添台柏真三绝。……将心托物古有之,高躅深期蹈前哲。东坡谓竹不可无,濂溪爱莲亦有说。乾坤万古一清致,灞桥诗思西湖月。"诗中的黄御史,考稽其人,当为黄宗载。他当时是中国明朝派往越南的官员。《明史》载:"黄宗载……丰城人。洪武三十年(1397)进士,……寻起御史,出按交址。……及归,行李萧然,不携交址一物。……宗载持廉守正,不矫不随,学问文章俱负时望。"①阮廌与黄宗载在性格上有许多相似之处,都是骨鲠刚直之士,清廉无私的耿耿介夫,因而思想上才能产生共鸣,并成为诗酒酬唱的密友。长诗开篇以梅、雪为比兴之物,直抒胸臆,点明爱梅、爱雪的缘由,以梅和雪的芳洁暗喻其二人的操守。这种"将心托物"的手法,正是唐诗所擅长的托物言志的抒情传统,最后以苏东坡喜竹、周敦颐②爱莲的典故,表明自己爱梅、爱雪的高洁志向。阮廌在其他诗中也曾引用过不少为世人所熟知的中国名人、名诗、名典。如"一片丹心真汞水,十年清职玉壶冰","世上黄粱一梦余,觉来万事总成虚","仲尼三月无君念,孟子孤臣虑患心","他年蕊溪约,短笠荷春锄"等。这些诗句或将原诗翻版增删,或是将名人名典镶嵌于诗中,其行文之恰当、运用之自如、描写意象之生动,非有精深汉学功底不能为。他的《题伯牙鼓琴图》一诗,不仅表现了对俞伯牙鼓琴的故事很熟悉,而且从诗后所题"全唐诗集唐僧诗安能得黄金铸作钟子期"一句分析,他对全唐诗也并不陌生。

中国明朝永乐(1403—1424)至成化(1465—1487)年间,在"太平盛世"的氛围中,上层官僚间形成一种形式华靡、内容多铺扬功德的文风,文坛称台阁体。正值越南黎朝百废俱兴后的越南文坛,也出现了相同的创作倾向。黎朝第4代国君黎圣宗(黎思诚,1442—1497)与28位文臣组成"骚坛会",宴游赋诗,歌功颂德,一时为文坛盛事。他于1460年继皇位之后,制定法典,发展农业,开疆拓土,国力大盛,史称"光顺(年号1460—1469)中兴"。他尊崇孔孟儒学,酷爱汉诗文,既能写诗,又能评诗,且有独到的体会和见解。他曾对人谈起做诗之法:"云去天中,月悬空际,云来则月暗,云去则月明。人孰不见之?其能道得者鲜。吾仰观天上,情动于

---

① 《明史》卷一百五十八,《列传》第四十六。
② 周敦颐晚年定居庐山莲花峰下,以营造故居名之濂溪,时人称其为"濂溪先生"。

中，言行于外，有句云：'素蟾皎皎玉盘清，云弄寒光暗复明，凡人岂能道之乎！……。昔《锦瑟》诗云：'庄生晓梦迷蝴蝶，望帝春心托杜鹃。沧海月明珠有泪，蓝田日暖玉生烟。'真奇丽精美，可与吾侔，而清莹澄彻，未及吾诗句也。……"他认为做诗需要对所描写的事物进行仔细观察，有感而发，于是遣词造句随情而书。当仰观夜空时，云来云往，月明月暗，情随景生于心，而诗随心成于笔。于是写出堪与李商隐（约813—约858）《锦瑟》一诗相媲美的诗句："素蟾皎皎玉盘清，云弄寒光暗复明"。黎圣宗自视才高，觉得自己在写汉诗的技巧方面不亚于李商隐，有时甚至技高一筹。其实在他的诗句中，"皎皎"一词出自晋傅玄（217—278）《杂诗》"皎皎曜清辉"句，而"玉盘"一词则出自北宋苏轼（1036—1101）《中秋月》诗"银汉无声转玉盘"句。黎圣宗之所以有如此高的汉文学造诣，是他勤学苦读、博览群书的结果。他在《驻昌江》一诗中写道："半山残照影疏疏，两岸烟深雨不如。矻矻灯前十年读，眼窥未遍圣贤书。"既写出十年寒窗读书之苦，也表明自己渴求儒家圣贤的思想和心理。另一首《平滩夜泊》诗，以一些中国诗中的词语来表示自己心绪的清雅，但诗风浮华，有浓厚的台阁之气。诗云：

　　一规冰玉贴云端，漠漠平坡望目宽。
　　红叶山林龙雨霁，白苹洲渚鲤风寒。
　　船楼客若天边坐，水国人从镜里看。
　　老去道心乾不息，绝胜仙观太清丹。

诗中"夜泊"一词显然与唐张继（生卒年不详）名诗《枫桥夜泊》同有夜晚将船停靠岸边之意。"一规冰玉"是北宋黄庭坚（1045—1105）《念奴娇》"一轮玉"的化用，同指月亮。"漠漠"一词见于杜甫《茅屋为秋风所破歌》中"秋天漠漠向昏黑""雨霁"

见宋赵令（1051—1134）《小重山》"雨霁风高天气清"。"白濒洲"则出自唐温庭筠（812？—866）词《望江南》（又名《忆江南》）其二，"肠断白濒洲"句。黎圣宗将中国古典诗词中词语活用移植于自己的诗作中，已达出神入化的境界。

  1667年，清朝康熙皇帝遣使封黎玄宗（1663—1671在位）为安南国王。此后，两国互通时节又成为常例。1687年，黎熙宗（1676—1705）遣使阮登道（1651—1719）出使中国。太监奉康熙皇帝之命，在一块匾上写一上联："春宵风月，月添花色，风送花香香生色，色生香，香香色色满春宵相思客兴相思客"。高丽使臣下联对道："松院竹梅，梅生玉叶，竹化玉枝枝比叶，叶比枝，枝枝叶叶连松院有情人识有情人。"而越南使臣阮登道写的下联为："夏日琴诗，诗富我情，琴和我性爱情，情爱性，性性情情娱夏日知音人识知音人。"太监将下联带回宫中，康熙帝对阮登道所写下联，十分赞赏，御批："北朝第一状元"。可见阮登道汉语水平之高超。就当时情势而言，不仅出使中国的官员，要有精深的汉文造诣，即使是普通宫廷官员，如果汉文修养不高，也很难胜任其职。

三

  18世纪上半叶，越南诗人邓陈琨（1710—1745）在创作"千古绝唱"《征妇吟曲》时，以大量的汉诗赋中的词语和典故，表现了自己汉学的修养。这篇用汉文写成的长达477句的乐府诗，以七言为主，偶尔间以杂言。主要描写一位因丈夫远戍不归而忧思郁结的女子，及其内心深处种种思念、忿懑与痛苦。其主题与中国传统的征妇作品无异。因此，它不仅深受越南人民的喜爱，而且自问世以来，在中国广东、广西一带民间也广为流传。全诗的写作不仅继承了汉乐府那种"感于哀乐，缘事而发"的精神，而且大量采撷了汉乐府以来的各种诗体作品中的词语精华。如《征妇吟曲》中的诗句"古来征战几人还，班超归时鬓已斑。"唐王翰（生卒年不详）名诗《凉州词》中有"醉卧沙场君莫笑，古来征战几人回！"《征妇吟曲》中描写征妇思夫之情的"陌上桑，陌上桑，妾意君心谁短长"，也取自汉乐府民歌。《征妇吟曲》所涉及的唐代诗人有：李白、杜甫、王昌龄等，所引用的地名典故有：长城、甘泉、楼兰、咸阳、关山等；人物典故有：傅介子、班超、文君、织女、潘郎等；事物典故主要有：汉宫秋、秦楼镜、长房缩地术等。至于像风餐露宿、花前月下、归舟、弓刀、未央、薄命等词语，更是比比皆是，不胜枚举。正如越南著名文学家潘辉注（1782—1840）所说：《征妇吟曲》"大致是作者从古乐府和李白诗中拣拾而集成的。"①

19世纪后半叶，越南贡使阮恂叔（生卒年不详）于清同治七年（1868）入京，翌年回国。在两次途经湖南之际，曾与护贡李幼梅酬答颇多。他所过之处，必流连中国大好河山，发为吟咏。所成诗45首，题为《燕轺诗草》传世。其中佳句盈篇，多汉唐之音。如《晓发》一诗中，"波纹迎棹微微绿，日影摇窗渐渐红"一句，与晚唐诗人韩偓（844—923）的《余作探使以缭绫手帛子寄贺因而有诗》，中"黛眉印在微微绿，檀口消来薄薄红"，有明显的套用关系。

19世纪末，20世纪初，中越诗缘中的另两位大诗人是潘佩珠和阮尚贤。潘佩珠（1867—1940）号是汉，别号巢南。"是汉"表示他对中国文化的敬佩，以及与中国人民的深厚情感。"巢南"则取自中国《古诗十九首》中《行行重行行》："胡马依北风，越鸟巢南枝。"他自幼攻读汉诗文，曾不只一次地吟咏过袁枚（1716—1797）的诗句："每饭不忘唯竹帛，立身最下是文章"，以示自己对文学的酷爱。他在《哀越南》诗二首之一中写道：

---

① 《东方文化研究》，北京大学出版社，1994年，第247页。

汉唐遗制衣冠在，虞虢相邻涕泪多。
　　此地我来方是主，叩关称客痛如何。

　　诗中不仅展现了中越两国悠久的文化交流史实，也反映出诗人对越南失去主权深感痛心。阮尚贤（1868—1925）精通汉文，1882年，法国攻河内时，他曾任来中国求援的使团副使。潘佩珠曾称赞他的汉诗文功力说："诗比盛唐，文若秦汉。"他在《还山》一诗中以"艰难思报国，惭愧杜陵吟"的诗句，表现自己的远大理想和伟大抱负，否则就愧对白居易等同情人民病苦的古人。白居易曾为减免百姓租税一事而上疏，并写有《杜陵叟》新乐府诗一首。阮尚贤在《大树为风所拔》一诗中，以"南柯犹可据，别作槐安国"的诗句来告诫世人对国事不可掉以轻心。《从军行》一诗写道：

　　　　万里秦城在，胡兵自入关。
　　　　轻身辞魏阙，间道夺阴山。
　　　　月黑边尘惨，霜高塞草斑。
　　　　男儿生许国，终破月氏还。

　　全诗所用典故、词语，无一不取自中国古代文学典籍，一派大家遣词造句之风。全诗以"达则兼济天下"的儒家思想为基调，流露出诗人在民族存亡的紧急关头，决心"马革裹尸"的报国精神。
　　由于中国文化在越南长期而广泛地传播，以及几乎被越南历代统治者所大力提倡，越南许多文人士子从思想感情上都与中国的风物人情、诗词歌赋相沟通。他们崇拜中国文人在诗歌，尤其是唐诗领域所取得的巨大艺术成就，愿意与中国诗人为师友，陶醉于他们用形象思维构筑的诗的世界。从心底将他们视为楷模，并积极进行摹仿性创作，使唐诗的神髓溶入他们的民族诗歌中，成为人们自觉抒情达意的工具。正如越南前社会科学院院长、文联主席邓台梅（1902—1984）在《越南文学与中国文学的密切而悠久的关系》一文中所指出的："在借鉴中国的各类文体中，诗歌是格外发达的一种。我国的诗人写出许多汉语歌词、诗句，如古体诗、律诗、五言、七言诗等。"他恰如其分地概括了中越从情缘到诗缘的实际情况。

邓台梅与中国文学[①]

邓台梅是越南当代著名的文学家、文艺评论家、翻译家和汉学家。祖籍义安河(今义静省)清章县良田乡。出生于当地的一个爱国的书香世家。其父邓元谨是 20 世纪初越南文坛著名的诗人和革命志士,在越南民族民主革命时期颇有影响。这造就了他一生的人品和文品。

邓台梅自幼攻读汉文,深受中国维新派梁启超、康有为等人思想的影响。20 年代开始接触马列主义学说,1929 年参加新越革命党。他 1928 年毕业于鯿支那高等师范学校,先后在顺化、河内等地执教。30 年代白色恐怖时期,他曾两次被捕。1936 年人民民主阵线时期,邓台梅是推广国语运动的创始人之一,并曾为党的越文《消息报》及法文《劳动》、《集合》等报撰稿,另一方面还积极参加革命活动。第二次世界大战期间,他撰写的《文学概论》(1944 年)是越南第一部用马列主义观点系统阐述文学理论的著作。1948 年以后,他历任国会代表、教育部长、越南文化协会会长、越南文学艺术联合会主席、国家科学院文学院院长等职。主要著作有《潘佩珠诗文》(1945 年)、《二十世纪初期的越南革命诗文》(1960 年)、《在学习和研究的道路上》(共 3 卷,1959 年、1969 年、1973 年)等。除致力于文艺理论、文学史的研究以外,他还大量译介了中国文学作

[①] 本文原载《东方丛刊》,1998 年第 3 期。

品，并对中国现代文学进行较为深入的研究。他编着的有关中国作家作品的著作主要有《鲁迅》(1944年)、《中国现代文学中的杂文》(1944年)、《中国现代文学简史》(1958年)等，他译介的中国文学作品有《阿Q正传》、《雷雨》、《日出》、《阿诗玛》等。他翻译的田汉于1958年完成的剧本《关汉卿》，不久前被越南电视台文艺部摄制成电视剧向全国播映。邓台梅1955年曾访问中国，1960年当选为越中友好协会副会长，1963年再度访问中国，1964年8月还曾来北京参加科学讨论会。

首先需要探究的是邓台梅与中国文学的关系，因为从中可以发现他的研究趋向。作为越南著名的学者、教授，邓台梅是第一位将鲁迅和郭沫若的作品译介给越南读者的人。抗法战争时期，他曾在第四联区大学文科班和预备班任教，负责讲授中国现代文学课程，表现出自己对中国现代文学的独特理解。1954年恢复和平以后，他在河内师范大学任教期间，进一步向人们介绍鲁迅和郭沫若等中国现代作家的作品，邓台梅在他撰写的《中国现代文学简史》(河内真理出版社，1958年)中，强调指出当时新文学和革命文学思潮中涌现出众多著名的现代文学家，不仅评价了鲁迅在中国现代文学史上的地位，分析了他的小说和杂文等代表作品，还肯定了郭沫若在中国现代文学中的新贡献。此外，他还译介了郭沫若的新诗、小说以及历史剧等重要的文学作品。这些都表现出邓台梅教授作为一位著名汉学家所具有的深厚的中国文学功底和宽阔的文学视野，以及高超的文学评论水平。

世界上任何民族文化和文学都不可能孤立地发展，只有在借鉴域外之精华的基础上，才能不断丰富、充实。越南由于历史上与中国就长期存在着"剪不断，理还乱"的复杂关系，受汉文化影响颇深，这是难以回避的现实，就如同中国曾两度受到西学东渐的影响一样。如何正确地分析对待这些事实，是能否正确评价民族文化和文学的一个重要问题。邓台梅以学者身份曾对此发表过精辟的见解。他认为:"同中国的文化交流,的确曾经给我们祖国文化的发展带来了好处。首先,就说语言吧,人们可以从越南语汇中找到一些来自柬埔寨和泰国的词语,但最大量的和最重要的词汇还是从中国借来的。对文字也是如此,在十八世纪发明'国语'以前,很长时间,我们民族的书写工具一直是模仿中国象形文字的。直至上个世纪初,我们的图书印刷仍照中国的木刻印刷术进行。最后,好多世纪以来,越南的知识分子一直喜欢用中国的古文来撰写自己的作品。"同时他还指出:"在整整八个世纪里,在我们作家的文学创作中,实际占统治地位的还是中国古语写成的官方文学。""值得庆幸的是,在这一作家群中间,竟涌现出许多由于他们纯洁的思想、高贵的灵魂、深沉的人道主义情操和独特的风格而获得历代人民敬仰的人物。"[①]邓台梅不仅指出中国的语言、文字、文学等在越南的传播,促进了越南民族文化的发展,而且也在分析研究现实情况的基础上进一步说明,由于正确地汲取了汉语言文学这些有益的营养,越南不少作家才创造出大量的精神财富,促进了越南民族文化的蓬勃发展。

其次需要分析邓台梅对中越文学关系的研究有哪些主要论述。邓台梅对于中越文学关系的研究植根于他对中国文化、中国文学深刻的透视和思考。尽管他是大力提倡国语运动的先驱,但是他以深厚的汉学功底为基础,对中国文学进行了系统研究,其中不乏对中越文学关系的睿智卓识。在《越南文学与中国文学密切而悠久的关系》(1961年)一文中,邓台梅表现了自己的中国文学,尤其中国古典文学研究的新界面,显示了一位域外汉学家研究中国文学时的特殊视野、角度与兴奋点。

---

① [法]《欧罗巴杂志·越南文学专刊》,1961年7、8月号。

这篇长达一万七千余字的论文,以北属时期、封建统治时期、法属时期和成立民主共和国至今这四个阶段为界,从十二个方面对中越文学长达两千多年的历史渊源关系,进行了有文化背景、有宗教渗透、有通变思考的全方位研究。邓台梅对中国文学的深刻理解和独到见解,可以代表近一段时期以来越南学术界研究中国文学的最高水平和最新成果。

他认为中越文化交流有案可稽的事实是:"公元一世纪后,两位汉朝太守锡光和任延,已想到把中国文化带到越南,教化交趾人。之后到公元二世纪末,士燮被汉朝廷派出管辖交趾,他努力传播汉字,在交趾当了三十年的太守。在他之后,许多太守继续执行这个政策。"这是有历史根据的。据中国史载,东汉光武帝刘秀中兴时,"锡光为交趾,任延守九真,于是教其耕稼,制为冠履,初设媒娉,始知姻娶,建立学校,导之礼义"①。可见锡光和任延二太守确实是最早将中国文化传播到越南的人。王莽篡权期间,许多官吏和士大夫避难逃至交趾,协助锡光大力弘扬汉文化。魏晋南北朝时期,交趾太守士燮"乃初开学,教取中夏经传,翻音义,教本国人,始知习学之业。然中夏则说喉声,本国话舌声,字与中华同而音不同"②。越南史学家吴士连在《大越史记全书》中也说:"我国通诗书、习礼乐、为文献之邦,自士(燮)王始。"

邓台梅认为越南在中国汉魏六朝至隋唐时期,"精通汉学的人更是屈指可数,只有几个人的名字被载入史册。""然而如果有人认为在那个时期,两个民族在文化与文学方面的交流没有任何结果,那也是不符合事实的,也是不对和不公正的。实际上,在一定的历史条件下,带有强制性的文化交流,在客观上对后进的民族文化也是

---

① 《后汉书》卷八六,《南蛮传》。
② 《殊域周咨录》卷六,《安南》。

或多或少有些贡献的。当时，越南社会还停留在部落社会时期，一个进步得多的文化力量冲进来，有人认为这是一种'偶然'现象，从本质上看，这是历史的必然。"事实的确如此，好在这段时间里，精通汉学并能入中原为官，并被载入史册的越南人只是凤毛麟角而已。如被誉为"安南千古文宗"的姜公辅，他是"爱州日南人。第进士，补校书郎，以制策异等授右拾遗，为翰林学士"①留有《白云照春海赋》和《对直言极谏策》，均收入《全唐文》卷四四六。其弟姜公复亦入仕唐朝为太守。又如诗人廖有方，他"为唐诗有大雅之道"，唐宪宗元和十一年（816年）中进士，后任教书郎，有《书胡馆板记》传世。他曾为唐代著名文学家柳宗元的密友，柳宗元写有《送诗人廖有方序》和《答廖贡士论文书》。②但是在这种情况下，邓台梅还是看到了中国文学对越国文学的巨大的贡献，这是难能可贵的。

越南获得完全独立后，封建主义在刚刚获得独立的大地上大行其道，为维护其统治，历代帝王都从中国儒家思想中找到有利于自己的那些成分。于是"尊孔教为国教，以儒学为国学，建'圣庙'，创办学校，根据中国的元代教授经传开科取士。把朱熹学说视为孔教的正宗，孔孟之言成为学者的信条。同时学习辞章这种方式，在此后的八九个世纪里成了皇帝衡量人才的'金科玉律'"。"因此，在这一时期内，汉字便成了全国通用文字，写文章也仿照中国的模式。所有中国文学体裁如诗、赋、经义、文册等都是越南儒学者所熟悉的体裁。"在这里，邓台梅非常深刻地指出中国文学得以在越南推广、传播的社会历史条件和迅猛发展的必然趋势，表示出不排斥这种影响的博大的学术胸怀。继后，作者也指出这种情况使一

---

① 《新唐书》卷一五二，《姜公辅传》。
② 《唐安南三贤佚文辑录序》，《印支研究》1983年第1期。

部分不能正确对待外来影响的越南作家对民族文学采取了虚无主义的态度。他们"只沉浸于'之乎者也','子曰''诗云'等引语中,对母语却抛之脑后"。此外,"他们对一些根据作家想象力而创作的作品(故事、小说等)则表示很轻视,并称这些作品为'外书'。"这些评论,对于当时受到儒家思想熏陶而崇尚"内书"的越南知识分子来说,切中时弊。过分推崇孔孟之道一类书籍,必然限制了文艺作品的创作。当然,许多天才的诗人在借鉴域外文学的题材或素材进行创造时,也顽强地保持了民族特色及个人风格,体现了越南人民的审美观。

邓台梅对中国文学的研究还表现在对越南字喃赋的探源与对比研究上。他认为:"中国的赋自汉赋起就是一种庄严的讲究对称的文体,常用来描写贵族们奢华的生活,或者用来寄托自己高尚的情怀。到了宋朝,即进入哲理的领域。我们的儒学家的汉文赋所走的也是这条道路,并取得了成功。但我们的字喃赋,从18世纪末起有了独特的发展,走上了写实的道路,描述国家日常所发生的常情。"他还进一步指出:"赋的构造和句法有建筑物的庄严巍峨的对称的形式,同时也具有和谐的节奏和音乐性,常用来陈述高尚的事物、雄伟的景物、细腻的感情或者高超的思想。"邓台梅准确地概括了赋体的特征,对中国这一领域的著名作家也了如指掌,表现出一位域外汉学家的研究深度。他在文中还充分肯定了"汉语诗文是越南古代文学宝库中的重要部分"这一事实,同时也进一步指出越南封建时代的统治者拘泥地效法中国所造成的局限。"他们借鉴中国举子的学习方式,从文字到典故,从文学体裁直到儒家的世界观都和盘端来。"因为他已经注意到越南如此借鉴中国而未顺应时代的发展,是没有出路的。即使在中国,这些传统也不是一成不变,而是需要不断完善、修正的。

邓台梅还在分析越南古代汉语散文时指出"文章的形式是中国

体裁"。它几乎囊括了中国传统的赋、碑文、祭文、论、制、敕封、谢表、檄文、贺联、公文等各种体裁形式。他认为"这种分类显得有些繁琐",应该"分为政治、史记、古代传说以及具有单纯文艺性质的散文,如抒情散文、叙事散文等"。这样区分,目的在于将被越南一般文选如《皇越文选》①等排斥在外的史记、传说、传记和散文小说等,也归入散文范畴,这是从越南文坛的实际情况出发对汉语散文的一种规范。他认为始于李朝的越南史学著作,如黎文休、潘孚先、吴士连等人的作品,明显"受到中国各史学家如司马迁、班固、欧阳修、司马光和朱熹等的影响,方法上没有什么独创性……他们按照中国史学家的表达方式来写史"。他的话毫无言过其实之处。1272年著名历史学家黎文休摹仿司马迁《史记》的体例,撰写了《大越史记》一书,凡三十卷,开越南史传文学之先河。1479年,史学大家吴士连在编纂完成的《大越史记全书》中,本着"效马史之补年,第渐补缀;法麟经之比事,敢望谨严"的精神,为其修史的宗旨。黎文休和吴士连甚至将《史记》叙事之后的"太史公曰"的评论方式也摹仿下来,分别在自己的史书中写有"黎文休曰"、"史臣吴士连曰"的评论。

邓台梅在文中还指出:"我国古代文学家也努力使中国古典诗文的体裁进入文学创作领域,进行具有艺术构建的工程,也就是我们称为'有构建的意义的创造'。他们开拓了在趣味方面具有抒情性或者哲理性或小说型的领域。"他主张在摹仿的基础上要有创新,并且认为当时的一些越南作家作出了自己的贡献。"如《皇黎一统志》这一本记叙文",就是模仿了中国章回小说的有历史小说意义的作品。其文字、文体是中国的,但内容是越南的。而"在借鉴中国的

---

① 《皇越文选》,18世纪末编定,编撰者裴存庵。将李朝至黎朝末期的散文尽收其中,为后世文学研究提供了可贵的资料。

各类文体中,诗歌是特别发达的一种。我国的诗人写出了许多汉语歌词、诗句,如古体诗、律诗、五言、七言诗等"。邓台梅在系统地考察了中国古代文学的全貌:各种文学体裁形式、各种思潮流变,并作出中肯的评价之后,才对中国文学的内容及表现形式是如何成为越南文学摹仿的蓝本,而越南文学又是如何表现出自己的民族风格和创作个性等方面问题,进行全面、系统但又是深入的分析评论。

从1884年起,越南沦为法国殖民地长达六十年之久。作者对中国文学的研究经历了一个痛苦、复杂的反思过程。对中国文学的评论观点,必将随着历史的发展而发生变异。正如他本人深受梁启超和康有为等人的改良思想影响一样,这一时期,他颇重视维新改良运动中的文学。他总结说:"在本世纪初的几年,康有为、谭嗣同、严复的书,尤其是梁启超通过秘密渠道在《新民丛报》以饮冰子笔名撰写的文章,经常传到越南。越南青年通过报纸及关于历史、政治、哲学、文学的'新书',开始接触中国的改良思想。"他不仅认识到是梁启超等人思想的影响使越南许多热血青年走上革命之路,而且强调梁启超在文学上的启蒙之功也不可泯没。他在文中指出:"形式上,梁启超的笔法比起几百年来越南儒家们所熟悉的古文更具有雄辩性。梁启超的文章是新文体,有许多段落写得淋漓尽致、雄浑感人,但往往又是那样简洁、婉转,具有说服力。任公(梁启超别号)热情而又豪放的文风对越南儒学者们,从创作方法或者思想作风,都起了解放的作用。"这些中肯、深刻的评论,几乎可以弥补中国文学史对梁启超文学成就评价之不足。

邓台梅认为对中国文学的研究,对中越文学关系的探讨,是"从国际立场上进行文化交流,对双方都有利"。他进一步指出:"毛泽东同志的《在延安文艺座谈会上的讲话》以及中国文艺界领导同志的讲话等,都是对我国文艺工作提高思想认识很有裨益的研究材料。"另一个事实是:"河内大学有机会接待兄弟专家来演讲中国古典文学、现代文学、鲁迅文艺思想",另一方面,"我国派往北京和其他各省市各个大学研究中国文学的留学生也越来越多,许多留学生学到了丰富的、有系统的牢固的知识,已毕业回国"。这种努力现今显现出它的重大作用,为越南的中国文学研究培养了大量的人才,积累了不少的资料信息,使中国文学研究有了坚实的基础。他在文章的最后指出:"对于越南读者和越南作家来说,中国文学界的新文学理论和文学创作都是值得自己参考、思考、学习的丰富经验,正和中国朋友常常研究学习我们的在文学上所取得的成就一样。"现在,越南广大读者不仅对《诗经》、《楚辞》、唐诗、《三国演义》、《水浒传》以及所有中国古典文学中的其他优秀作品有着浓厚的兴趣,而且认识到中国现代文学对于他们的现实意义。这一切都使中国文学在越南的研究有了广泛的群众基础。这种研究虽然由于某些客观原因而呈现出时强时弱、时深时浅、时断时续的倾向,但是它必将向更高更深的层次发展,正如邓台梅所说:"我们完全有理由相信:在未来,两国的文化与文学关系会日益密切,并取得更加圆满的结果。"

通观邓台梅先生对中国文学的系统研究,不难发现他是一位对中国文学研究有着精深造诣的学者。他不仅是最早向越南读者和学术界评介中国现代文学的越南学者,而且也是系统研究中国文学的越南学者。他对中国文学发展史上诸多文学现象、作家作品所发表的独到见解,对中国文学长期影响越南文学的史实所进行的精辟分析,都表现出治学严谨的中国传统风范。他无愧于越南学术界研究中国文学的泰斗和成绩卓著的先驱者地位。

中阿跨文化接触的足音①

中国和阿拉伯地区在文化文学方面接触的事实,远比史书上的有关记载要早得多。因为阿拉伯地处欧、亚、非三大洲的陆路交接地,是中国古代商官、史官、学者等西行的必经之地。

早在公元前139年,汉武帝时,张骞(前167?—前114)向西域凿空,就得知西方有一个条支国,并遣使该地。条支的地理位置虽不能确指,但据有些学者研究,是Andiochia(Antiochia的讹音)的省译,是以一个地方的名字而泛指美索不达米亚(Mesopotamia)地区。美索不达米亚是可以包括在阿拉伯半岛地区的,其以西一带有塞姆语系的古代阿拉伯人居住。东汉和帝永元九年(公元97年)西域都护班超(32—102)曾遣使甘英(生卒年不详)出使大秦(包括埃及、叙利亚在内的罗马帝国东方领土),亲自到达了条支。张骞和甘英西行的壮举,加强了中国与西亚、阿拉伯地区的经济、文化交往。隋大业六年(公元610年),伊斯兰教创兴于阿拉伯,即是说,在伊斯兰教兴起五百年前,中国和阿拉伯之间已经有交通了。

汉代大批丝绸西运,转贩丝绸的驼队所经行的道路,被后人赋予"丝路"之称。此名称最初由德国学者里希霍芬在1877年出版的《中国》一书中提出,后因赫尔曼1910年所著《中国和叙利亚的古代丝路》一书而得到确立。阿拉伯历史学家也认为,叙利亚是"丝

---

① 本文原载《苏东学刊》,2003年第2期。

路"的西方中心,中国丝绸正是通过叙利亚再转贩到小亚细亚、埃及和地中海沿岸。中外学者不仅发现在叙利亚东部的绿洲之国帕尔米拉,曾有沿丝路西传至该地的汉字纹绵,而且注意到沿"丝路"东传到中国的玻璃制品等。据阿拉伯著名历史学家马斯欧迪(?—956)在其名著《黄金草原》中记载,公元6世纪,中国的商船就经常抵达波斯湾,并进入幼发拉底河,与当地阿拉伯人进行贸易,不少阿拉伯海员随商船到过中国。这表明古代中国和阿拉伯地区已有频繁往来。

许多中外学者都指出中阿文化交流的实质。前苏联学者O·B·特拉赫坦贝尔指出:"阿拉伯文明独特地综合了印度、中国、古代世界(特别是希腊文明衰落期)拜占庭和伊朗的古代文化并加以发展。"[①]国内学者戴康生先生也认为,阿拉伯文化"是吸收、融合印度、中国、希腊、拜占庭和波斯古代文明,并结合阿拉伯当时的社会条件而独立发展起来的。"[②]

一

中国唐代初兴,正值阿拉伯地区伊斯兰教传播时期。公元7世纪初,伊斯兰教创始人穆罕默德(约570—632)曾鼓励其弟子和信徒到中国寻求学问时说:"学问虽远在中国,亦当求之。"尽管这条"圣训"也可能是出于后世人之手,但是仍然可以知道早在穆罕默德时代,已经有人知道在遥远的东方有个文明古国—中国。此后,不少穆罕默德的信徒东来中国求学,同时也将伊斯兰教的信仰传入中国。

---

① 《西欧中世纪哲学史纲》,上海人民出版社,1960年,第49页。
② 《哲学研究》1982年第6期。

据《旧唐书》卷198西戎传大食国条载,高宗"永徽二年(651)始遣使朝贡"。时值阿拉伯第三位正统哈里发奥斯曼(644—656在位)在位第8年,遣使朝贡,无疑有通好之意。此后,至贞元十四年(789),阿拉伯与唐朝的使节来往,见诸记载的至少有39次之多。750年,阿卜勒·阿拔斯建立阿拔斯王朝(750—1258),由于政治较为稳定,与中国的交往进入黄金时代。《旧唐书》以后的不少史书都有对阿拉伯地区的详细记载。

中国和阿拉伯各国的文化文学交流是一个由点到面,从局部到整体,从低级到高级,从简单到复杂,从不自觉到自觉的过程。其交流的方式和途径也是多种多样的,主要有和平与暴力两类。和平的方式有经商贸易,互派使者、学者和留学生,以及文化艺术、体育往来,翻译书籍与传播宗教等。暴力方式有战争、征服、侵略、占领等。这两种方式有时联系紧密,互相交替或交叉进行。唐玄宗天宝十年(751),唐安西四镇节度使高仙芝(?—755)和刚建国的阿拔斯王朝的呼罗珊总督阿卜·穆悉林在中亚怛逻斯(今哈萨克斯坦的江布尔城)附近,以战争的形式揭开了中阿双方交流进入黄金时代的帷幕。这次战役促成了中国和阿拉伯地区之间的一次技术大转移。不少被俘的汉地士兵,包括不少技术工匠将造纸技术传到西方,也使中原更多地了解了阿拉伯世界。在被俘人员中,杜环(生卒年不详),是位重要的"海湾通"。他曾到过海湾地区,在巴格达一带住了11年,宝应元年(762)才得以随商船归广州。在所撰《经行记》中,他记载了关于阿拉伯的政治经济,风俗习惯,如伊斯兰礼拜、斋戒、禁酒等教仪,以及物产、气候等,这是中国人关于海湾地区阿拉伯国家的自然及人文景观的第一份比较详细准确的亲身经历和观察报告。有很大的史料价值和中阿文化交流的意义。

怛逻斯之战,不论胜败如何,都促进了中国和阿拉伯之间的往来。尽管俄国学者巴托尔德认为:"中国文化与伊斯兰文化这两种文化究竟哪一种应当在河中居统治地位的问题，就是由这次战役决定的。"①无可争辩的事实是，阿拉伯人在怛逻斯战役中俘虏过2万余唐朝军队，其中不乏各种各样的人才，这无疑是一种文化交流。就在战争的第二年(752)，黑衣大食（属阿拉伯）就向唐朝派出使节，多年不断，甚至在安史之乱中的757年（唐至德二年），大食（阿拉伯）军队还进入中原帮助唐朝平叛。可见唐朝与阿拉伯之间的关系并未因怛逻斯战役而受到影响。

由于有陆路和海路两条交通线可沟通中国和阿拉伯之间商贸、文化往来，因此，8、9世纪这种交往已相当频繁。阿拔斯王朝（750—1258）的巴格达，不仅是阿拉伯国家的中心，也是东方世界的文明中心之一。其时，巴格达城中有专门销售中国丝绸、瓷器、纸、麝香、肉桂等商品的"中国市场"。而唐代的长安、广州、扬州等地，也有专门销售阿拉伯、波斯商品的市场。

唐初时，中国与阿拉伯之间的交通往来，主要经陆路丝绸之路。中国商旅多取道中亚、波斯、伊拉克、叙利亚到地中海东岸。到中国的阿拉伯人也因从陆路来中国，而主要居于西域城镇和长安。8世纪中叶以后，形势出现逆转，由于海路的发展，中国商旅可从东南沿海港口出发，取道马来群岛，扬帆西行经印度洋，穿过阿拉伯半岛东部的霍尔木兹海峡，经波斯湾巨港西拉夫（尸罗夫毁于917年地震）进入底格里斯河直达巴格达。到中国来的阿拉伯人又因多行海路，因而多侨居广州、扬州、泉州等东南沿海港埠。这样一来，阿拉伯关于中国的记载，其准确详细的程度，远远超过了同时代的西域、南洋的其他国家。

伊本·胡尔达兹比大约在846年（唐会昌六年）完成了《省道记》的写作。书中记载了由大食通往中国的海道。伊宾·罗斯德大

---

① 《中外关系三百题》，上海古籍出版社，1991年，第45页。

约于903年(唐天复三年)也曾在自己的书中简略地记载过有关中国的一些情况。被称为阿拉伯的"希罗多德"①的著名旅行家马斯欧迪(？—956)，曾游历过埃及、巴勒斯坦、桑给巴尔、叙利亚、印度，可能也到过中国沿海诸地。他在《黄金草原》一书中，不仅提及黄巢起义以及中国和阿拉伯直接与间接的贸易，而且还记载了一位名叫依宾哈拔儿的著名人物于869年(唐咸通十年)曾到过中国。这些记载说明了阿拉伯人对古代中国的了解，以及海路运输在唐代中期后即已开始的事实。

唐代，由于各种原因入华滞留未归的阿拉伯人有商人、学者、士兵等，其中有些人还与汉人通婚。这些久居的阿拉伯人，从长计议还开办了学校，受汉文化熏陶日深，有的甚至参加科考，取第入仕，中榜者不乏其人。唐宣宗大中元年(847)曾任岭南节度使的卢钧将军，曾向朝廷推荐阿拉伯人李彦升(生卒年不详)，唐宣宗准礼部主考，次年(848)以进士及第，显名青史。在唐代，欲试进士，须博通经史，深明时务，非有深厚汉文化、文学功底而不可能。李彦升能荣膺礼部选，可知当时有些阿拉伯人受汉文化、文学濡染之深，已几近汉化。

二

宋元时代，中国与阿拉伯地区的各种往来更为频繁。面对阿拉伯哈里发帝国分崩离析的现实，阿拉伯人纷纷东行到中国经商或避居。穆斯林愈来愈多，传教之声也日甚一日。宋元时代，中国与阿拉伯的交流呈陆路与海路两者齐头并进的形势，驼铃声响、海船浩

---

① 希罗多德(约前484—约前425)，古希腊著名历史学家，被后人尊称为"历史之父"。

荡,一幅壮观的图画。

宋元以来,阿拉伯商人无论从人数还是财力上,都居域外商人来华之首。他们运抵中国贩卖的商品主要有香药、犀(角)、象(牙)、珠宝等。他们不仅因久居中国而通晓中国风物人情,而且带来了伊斯兰教的宗教信仰。为满足来华的穆斯林和华人信仰伊斯兰教的需要,自11世纪初以来,先后在泉州、广州、扬州等地建立清真寺,以供其礼拜或集会之用。元代,由于来自中亚和西亚的色目人受到统治者的信任和重用,更致使大量阿拉伯人自陆路流入中国。

由于宋元时代的中国和阿拉伯海上贸易的推动,泉州发展到了鼎盛时期。寓居在泉州的阿拉伯人尤其受到宋元统治者的倚重。阿拉伯人蒲寿庚(宋末元初人)数代久居泉州,自宋末以来屡受官职,富甲一方,成为阿拉伯人在华显名之一例。蒲寿庚之兄蒲寿宬(生卒年不详)深受汉文化熏陶,精通吟诗作赋,与南宋诗人刘克庄(1187—1269)交谊深厚,其诗集《心泉学诗稿》即请刘克庄为序,刘对他评价甚高。另一名阿拉伯学者普哈丁系至圣穆罕默德第16世孙。宋咸淳年间(1264—1274)来扬州讲学,在扬州穆斯林中享有崇高威望。德佑元年(1275)卒于扬州,葬于今扬州市区解放桥南塄高岗上,即今普哈丁墓园。可见扬州也是当时阿拉伯穆斯林的聚集地之一。"伊斯兰文化在元代中国已有一定的社会影响,在扬州则有更具体的表现。"[①]

早在阿拔斯王朝初期(8世纪中叶)中国精美的瓷器就已出现于阿拉伯地区。至宋元时代,中国各窑口、窑场生产的青瓷、白瓷、青白瓷、青花瓷和彩瓷等,更是远销到北非、中亚细亚的伊朗、伊拉克、叙利亚,甚至沙特阿拉伯和南也门等阿拉伯国家。这些瓷器

---

① 《中外关系史论丛》,天津古籍出版社,1994年,第216页。

不仅成为这一地区最时髦、最华贵的装饰物，而且成为不少文学家笔下描写的对象。其他，如中国的造纸术也最迟于8世纪中叶传入阿拉伯地区。有了纸，印刷术的传入也势在必然。它直接或间接地影响了阿拉伯地区的文化生活，甚至经济生活，有些阿拉伯国家开始用纸币进行买卖，促进了贸易的发展。

宋元时期，来往于中国和阿拉伯之间的旅行家很多，除有"伊斯兰世界的旅行家"美誉的伊本·白图泰（1304—1377）以外，比鲁尼（973—1049）曾著有《地理书》，记载了有关中国的情况，因为已佚，只能在其他著作中的引文中觅到。格鲁德齐1050年（北宋皇佑二年）曾著书记载他从吐鲁番经哈密、敦煌、肃州、甘州抵中国京城长安的经过。阿伯尔肥达（1273—1331）于1321年（元至治元年）撰写的《地理书》，只是从古书中抄录了许多有关中国的记载，但有集古书中有关中国资料之大成的意义。

与此同时，中国到阿拉伯地区的也大有人在。杨枢（生卒年不详）于元成宗（1295—1307）时曾两度出使西亚。第二次于成宗大德八年（1304）从京师出发，取海路于大德十一年（1307）到达海湾的忽尔谟斯。汪大渊（1311—?）少年有奇志，于1330年（19岁）、1337（26岁）两次浮海西行，1349年根据亲身经历，写出《岛夷志略》一书，其体例承宋代周去非（生卒年不详）《岭外代答》、赵汝适（生卒年不详）《诸蕃志》之余绪。上述诸书中有关麦加和克尔白庙的记载，不仅反映了宋元时期中国对阿拉伯世界的了解程度，也反映出当时许多人渴望走出国门的迫切心情。

明朝初建，为杜绝倭患，洪武年间（1368—1398）明太祖朱元璋屡颁出海禁令，与阿拉伯等地区的商贸往来遭到沉重打击。但因官方仍有入明朝贡，于是海外贸易为朝贡贸易。如天方国（麦加）和鲁迷（摩洛哥）等阿拉伯地区的使者仍多次来华。另一方面又力图通过陆路与中亚、西亚、西域沟通。陈诚（1365—1458）曾5次出使西域,远达哈烈国(伊朗、中亚、阿富汗等地)和撒马尔罕等中亚各国。并写下《西域行程记》和《西域番国志》两部重要著作。

明成祖朱棣(1360—1424)为联系海外诸国并取得海外贸易的主动权,于永乐三年(1405)令郑和(1371—1435)与王景弘(?—1434后)组织庞大宝船队下西洋,至宣宗宣德八年(1433),在长达29年的时间里,先后七次,途经30多个国家。郑和的随员中,马欢(生卒年不详)、郭崇礼(生卒年不详)懂阿拉伯语。归国后,马欢写有《瀛涯胜览》(1451)、费信(1388—?)写成《星槎胜览》(1436)、巩珍(生卒年不详)写了《西洋番国志》(1434),他们都以亲身经历描述了麦加、麦地那、吉达、亚丁、佐法尔等阿拉伯地区的情况,这些书成为了解当时阿拉伯国家的珍贵史料。由于郑和下西洋的沟通,一些阿拉伯国家与中国发生了更为友好的关系。佐法尔自1421年至1433年曾3次派遣使节到中国。亚丁自1416年至1433年也曾5次派遣使节来中国。麦加和麦地那于1430年也曾派遣使节到中国。这些使节往返不仅是外交往来,而且也带来大批的商品和文化用品,具有文化交流和商贸往来的意义。

明永乐五年(1407),为了适应与域外各国、各民族的交往,创立了中国最早培养翻译人才的外语学校—四夷馆。其中回回馆(实指中亚、西亚及部分东南亚国家)就是为了适应不断发展的中国和阿拉伯文化交流需要而设立的。清朝初年,四夷馆被改为四译馆,直至1862年,京师同文馆的建立,陆续培养了许多包括阿拉伯语的外语人才,为明清时期发展对外关系起到了重要的作用。

三

16世纪以来,由于西方殖民主义的不断东侵,包括中国和阿拉伯地区的许多国家相继遭到程度不同的蹂躏,中国和阿拉伯广大地区传统的文化交流逐渐受到阻隔,尽管如此,近现代以来,中国和阿拉伯世界的友好往来依然取得了不少成就。除中国不少学者克服千难万险去阿拉伯国家,尤其是去麦加朝觐,去埃及求学以外,阿拉伯世界的一些文学作品和许多伊斯兰圣典,也在中国得到翻译。

云南大理人马复初(1794—1874)继承了元代以来云南穆斯林取道缅甸,从孟加拉泛海前往麦加朝觐的传统,于1841年至1848年从云南经思茅出国,取道缅甸、孟加拉、亚丁、也门抵达麦加。归途还参观了伊斯坦布尔和开罗等地。归国后,他以阿拉伯文写成《朝觐途记》一书,详细记录了沿途的所见所闻。此外,他还有30多种有关伊斯兰教义、阿拉伯语文、历法、游记等汉文和阿拉伯译著问世。

清光绪三十三年(1907),穆斯林学者王浩然(生卒年不详)从亚非各伊斯兰国家考察教育归国,在北京创办回教师范学堂。从此,留学埃及之风大盛。1921年,穆斯林宗教学者王静斋(约1871—1949)赴埃及开罗爱资哈尔大学深造,学习阿拉伯语文、伊斯兰教义和教律。1931年至1934年,中国前后派遣了4批学生进入这所最著名的伊斯兰最高学府学习,受到埃及人民的热烈欢迎和优待,并给予公费待遇。中国现代著名阿拉伯学者马坚(1906—1978)、纳忠(1901—)等,均出自这些留学生。1935年10月,马松亭先生赴埃及吊唁福阿德国王去世,进一步发展了中国与阿拉伯世界的关系。为了扩大文化交流,他还会见了当时任埃及大学文学院院长的著名作家塔哈·侯赛因(1889—1973)等。

近现代以来,中国和阿拉伯国家的交往,存在着许多意想不到的困难,但是,两方的学者还是尽力为文化交流做着力所能及的工作。1900年,周桂笙(生卒年不详)发表译著《新庵谐译》上卷,即《一千零一夜》的节译。此后,有林纾(1852—1924)译本《天方夜谭》问世。周作人(1885—1967)出版的《海上述奇》(1903)和《侠女奴》(1904),分别译述了辛伯达和阿里巴巴两个故事。早期译本中,还有张奚若即伍光建(1867—1943)根据英文本"Arabiab Nights"(《一千零一夜》)选译出其中的50个故事,以《天方夜谭》之名,由商务印书馆发行。这些译述本,基本上都由英文转译。直至纳训于30年代末在埃及留学时才根据阿拉伯原文将阿拉伯文学瑰宝《一千零一夜》译出,并于1904年2月至1941年11月由商务印书馆出齐5册。这是新中国成立前出版的较全的以《天方夜谭》为名的译本。1982年至1984年间,人民文学出版社出版了纳训的《一千零一夜》全译本,共计6卷。1999年,中国文联出版公司又出版了李唯中的《一千零一夜》分夜足译本。可以毫不夸张地说,中国大多数人是通过《一千零一夜》(《天方夜谭》)来认识阿拉伯社会和人民生活的。

30年代初,冰心(1900—1999)翻译了黎巴嫩著名作家纪伯伦(1883—1931)的散文诗集《先知》(1931)。1931年,长江流域遭受水灾,埃及政府派遣两位医生来中国救治灾民。他们归国后在《图画周刊》上发表文章,介绍中国伊斯兰教的情况,插图中有北京牛街清真寺的照片。1933年,埃及爱资哈尔大学曾选派教师到北京成达师范学校讲授阿拉伯语文和有关宗教的知识,并以当时埃及国王福阿德的名义赠送大批阿拉伯文书籍。30年代初,在埃及负笈留学的马坚曾将《论语》译成阿拉伯文,并以阿拉伯文撰写了《中国回教概况》。这本书在埃及出版使埃及人民从更为深广的文化层面上了解了中国人民。马坚还将埃及近代著名思想家、宗教学家、社会活动家穆罕默德·阿布笃的名著《教义学纲要》和《伊斯兰教》两书译成中文,于1934年和1936年先后在上海出版。约在1940年至1942年初,在埃及学习的中国庞士廉阿訇曾在爱次哈尔大学开设过中国文化讲座。他在一般地介绍中国历史、文化以外,尤其详尽地介绍了中国伊斯兰教的情况和中国穆斯林的生活。这些讲座的内容经过修改、整理，用流畅的阿拉伯文写成《中国与伊斯兰教》一书，在开罗出版，加深了阿拉伯人民对中国和中国穆斯林的了解。

新中国成立后，中国和阿拉伯地区的文化交流顺利发展。1955年4月举行的亚非会议更进一步促进了双方的相互了解和友好往来，也为深层次的文化交流提供了广阔的前景。

著名阿拉伯宗教学家、历史学博士费萨尔·萨米尔是伊拉克巴格达大学教授。他曾任伊拉克宣传部长（1955），生前专门研究中国和阿拉伯关系史，著有《远东的伊斯兰教》一书。书中详细论述了伊斯兰教传入中国的时间和途径，以及在中国的传播等问题，颇有史料价值和理论研究的意义。

自改革开放以来，中国和阿拉伯的文化交流更为紧密。中国学者曾两次参加了突尼斯全国翻译、研究、文献整理学会的会议，并在大会上针对中国和阿拉伯文化交流的许多具体问题，发表了自己的观点。中国学者还曾两次赴埃及参加了塔哈·侯赛因文学讨论会，反映出中国学者对阿拉伯文化、文学研究的高度重视，促进了中国和阿拉伯文化、文学交流的发展。

阿拉伯学者穆罕默德·艾布贾拉德曾深刻指出："历史上任何一个古老的文明都为人类的进步做出了卓越的贡献：中国的四大发明至今仍为世界称颂，阿拉伯人的天文学和数学仍在每一寸土地上放射着光彩……今天，北京迎接了大批阿拉伯宾客，总统、国王、教授、留学生和宗教界人士……而阿拉伯各国的首都也同样欢迎着中国朋友：最高级政府代表团、留学生、医生和科学技术工作者。如果研究人员能用有价值的研究加强这些联系，丰富我们的头脑，那该有多好啊！我们殷切地等待着读到他们的大作，用盛开的鲜花装扮友谊的桥梁。"[①]他的话也道出了中国人民的心声。

---

① 《阿拉伯世界》1985年第1期，第151页。

中国和阿拉伯国家之间跨文化对话、跨文化接触已成为国际间文化、文学交流的一种发展趋势。阿拉伯地区再也不是中国古代文人笔下描述的"天方"僻壤,中国再也不是《一千零一夜》中辛伯达漂洋过海到过的遥远他乡。中阿作家、中阿文学和文化,不仅在互相了解、互相沟通与接触中,揭开了对方神秘的面纱,而且还发现了那么多相通与相互影响接受之处。我们相信,在新世纪里中阿人民一定会携手走进更加友好的新天地。

《一千零一夜》与中国文学的共鸣[①]

　　《一千零一夜》是世界民间文学的瑰宝,收集了许多长期流传在阿拉伯地区的民间故事,其成因很复杂。出于热带沙漠居民的文化心理,阿拉伯人对炎热、太阳、火等有一种特殊的恐惧心理。原始的阿拉伯人所信奉的拜物教,一般主要集中于对月神的崇拜。他们渴望躲避白昼的炎热,向往夜晚的清凉。因为阿拉伯人喜欢在夜晚的聚会上讲述自己白天的各种经历,有时朗诵诗歌,或讲说其他故事,而这本书中的故事又都是在夜晚讲的,所以《一千零一夜》这部民间故事集中文译为《天方夜谭》就再恰当不过了。在历史上中国和阿拉伯始终保持着经济贸易往来和文化文学联系,书中所描述的故事能够引起中国人的心理共鸣和情感交流是很自然的。

一、"变形"故事的启示

　　《一千零一夜》中的故事对中原地区汉文学最明显的影响莫过于《板桥三娘子》的故事。《一千零一夜》中的《白第鲁·巴西睦太子和赵赫兰公主的故事》叙述某波斯王的太子白第鲁·巴西睦向别国公主赵赫兰求婚,因话不投机,双方争打起来。奔逃中,太子和公主在岛上相遇,公主将太子变成一只鸟。太子后来遇救恢复人

[①] 本文原载《东方民间文学比较研究》,北京大学出版社,2003年。题目略变。

形,在返家途中又被女王辽彼滞留宫中。当太子发现辽彼将被囚禁的青年变成雄鸟而与之幽会的秘密之后,女王辽彼决心以魔法加害于他。书中写道:

女王表示十分钟爱他,谈了一会儿,便解衣睡觉。可是半夜里,她却蹑手蹑脚地爬起来。当时白第鲁·巴西睦也朦胧醒来,悄悄地暗中窥探她的举动。只见她从一个红口袋中掏出一些红色东西,洒在地上,眼前便出现了一条澎湃的河渠。接着她取出一把麦子,种在土里,用河水一灌溉,大麦便发芽、开花,结出麦穗。她采集麦穗,磨成面粉,收藏起来,然后回到床上,一直睡到天明[①]。

原来女王辽彼使用这种魔法的面粉做成食品如烧饼等,让吃掉的人变成她所希望的某种动物,如飞鸟、驴骡之类。白第鲁太子在一位老人的帮助指点下,哄骗辽彼吃了她自己制作的东西,使她也变成母骡。太子不仅解救了那些被辽彼变成飞鸟走兽的青年,自己也得以和赵赫兰公主结合。

《板桥三娘子》叙述元和年间,许州客商赵季和途经汴州西板桥店内食宿。深夜辗转难眠,闻听隔壁店主三娘子屋中有动静。书中继续写道:

至二更许,诸客醉倦,各就寝。三娘子归室,闭关息烛。人皆熟睡,独季和辗转不寐。隔壁闻三娘子悉窣,若动物之声。偶于隙中窥之,即见三娘子向覆器下,取烛挑明之。后于巾箱中取出一幅耒耜,并一木牛、一木偶人,各大六、七寸,

---

[①] 纳训译《一千零一夜》卷5,1994年,第106—107页。

置于灶前，含水噀之，二物便行走。木人则牵牛驾耒耙，遂耕床前一席地，来去数出。又于箱中取出一裹荞麦子，授于木人种之，须臾生、花发麦熟，令木人收割，持践可得七、八升。又安置小磨子磑成面，讫却收木人于箱中，即取面作烧饼数枚。有顷鸡鸣……①

凡是吃掉这种面粉做成的烧饼的住宿者，"忽一时蹭地作驴鸣，须臾皆变驴矣"。赵季和躲过变驴之灾，归途中又来到此店，他用调包计将事先做好的烧饼换取三娘子的面饼让给她吃，才入口，三娘子变成母驴，后被一长者救出，才复变成人。

这两则故事的时空背景相同，但凡吃了这种带有魔法的面粉做成的食品，人会变成驴骡。这魔粉都是有权威性的女主人（国王、店主）在一夜间使麦种播下，然后开花、成熟、收获并被磨成面粉。故事结局都是"即以其人之道，还治其人之身"，都是由一位老人使已变形的人恢复原形的。这些相似点乃至细节的相同，绝非偶然，简单地认为这是人类发展到文明阶段的一种返祖心理的反映，显然是缺乏说服力的。因为它清楚地表明这两者之间存在的源流关系。《板桥三娘子》见于唐代孙頠的《幻异志》，此书并非孙頠杜撰而成，乃是"杂取诸书"之作。《板桥三娘子》也见于《太平广记》（卷二八六），注明出于《河东记》。而《河东记》则见于《绀珠集》卷七与《说郛》（重编本，卷六十）。据南宋晁公武（生卒年不详）《郡斋读书志》②"小说类"著录卷三说，《河东记》"亦记谲怪事。序云续牛僧孺之书"。既然是续牛僧孺（779—847）之书而成，自然要比牛僧孺的《玄怪录》晚出。而孙頠在《板桥三娘子》中说，此故事

---

① 祝鼎民：《中国古小说百篇注说》，金盾出版社，2012年，第131页。
② 中国最早私家提要书目，约南宋高宗绍兴二十一年（1151）左右成书，含24500余卷。

发生在元和年间(806—820),虽非确指,但也和"续牛僧孺之书"一说基本相符。迄今发现的《一千零一夜》最早的抄本,流行于8至9世纪,在这之前已初步成型。即是说这则故事,在阿拉伯出现的时间可能较中国为早。在8、9世纪之交,它以伊斯兰教为媒体广为流传而进入中国,是完全可能的。杨宪益先生就曾考证这一故事的来源在近东一带,因为"板桥在唐宋间是交通要冲,海舶财货所聚,大食人由南海到中国贩卖黑奴及货物,多经此处。""板桥三娘子的故事显然是与唐宋时著名的昆崙奴同来自非洲东岸,被大食商人带到中国来的。当时或有大食商人由板桥经过,为行路人述说故事,所以此故事在板桥传流下来"①。这种观点有一定的说服力,但也不无商榷之地。因为"板桥三娘子"的故事定型于唐末,当时与大食的交往主要还是陆路,而"板桥"一地并不在陆路丝绸之路沿途上。当然不能排除少数的阿拉伯海船从南海来的可能,但此故事经由海路而来的可能性却小多了。

　　至于表现和描写人变为动物的"变形"故事,在古今中外的文学作品中并不鲜见。无论它们之间是否存在着影响与接受的关系,这类故事还是成为作家笔下的创作素材,并增加了不少夸张和形象化的描述,成为绘声绘色的文艺作品。这类变形故事表明,除宗教因素而外,人类有一种返祖心理长期潜存在深层意识中,随着自然的发展,社会的进步,人类虽然脱离了动物的形骸,但其遗形因素却给人类留下了烙印。它时时返回到人类的脑际,在适当时机,借助某种传播手段,如文学作品或艺术品等表现出来,成为既有现实内容,又有丰富想象的具有全新意义和内容的变形故事。

---

① 杨宪益:《译余偶拾》,三联书店,1983年,第76页。

二、分家得宝的训诫意义

《一千零一夜》卷4中的《朱德尔和两个哥哥的故事》叙述某商人的三个儿子在其活着时即已分家。他死后，老大、老二在挥霍尽钱财以后赖在老三家不走。弟弟朱德尔靠打鱼为生不足以养活老母和两个哥哥，窘困之中遇见一摩洛哥人。在他的指引下，弟弟朱德尔得到了能提供任何饮食的宝鞍袋和能达到任何目的的神戒指。他使母亲和两个哥哥都过上幸福生活，但两个哥哥却屡次陷害他，直至杀死了朱德尔。最终他们也受到惩罚。其故事有两个核心，一是兄弟分家有矛盾，二是善良的一方偶然得宝。在兄弟矛盾中主要表现善良勤劳的一方受欺凌，贪心狠毒的一方得实惠。而偶然得宝的主人公往往因为做好事而命中注定成为该获宝之人。这一类型的故事在中国书中也有不少。

唐代段成式（803？—863）《酉阳杂俎》续集《支诺皋上》有兄弟分家得宝的故事"旁㐌兄弟。说新罗国有兄弟俩，分家不均，弟弟很有钱财，哥哥旁㐌却靠乞讨度日。旁㐌来向弟弟借蚕种和谷种，弟弟将种籽蒸熟以后给他，结果生出一条'巨蚕'，是'蚕之王'，使'四方百里内蚕，飞集其家'"。"谷唯一茎植焉，其穗长尺余，旁㐌常守之。忽为鸟所折，衔去。旁㐌逐之。……至夜半月明，见群小儿赤衣共戏。一小儿云：'尔要何物？'一曰：'要酒。'小儿露一金锥子，击石，酒与樽悉具。一曰：'要食。'又击之，饼饵羹炙罗于石上。良久，饮食而散，以金锥插于石罅。旁㐌大喜，取其锥而还。所欲随击而办。"弟弟得知，也想得宝，照原样养一条蚕，"如常蚕"，种一谷，将熟时也被鸟衔走。弟随鸟入深山，群鬼以为他是偷金锥的贼,将其鼻拉成象鼻一般,他"惭恚而卒"①。

　　阿拉伯和中国此类民间故事的训诫意义在于表现出对人们的善恶道德观念。它们重在宣扬因果报应,褒扬真善美,贬抑假恶丑。它们从人类的善良天性出发,强调善恶有报,惩恶扬善以达到劝善说教的教育目的。而从文化背景透视文学的角度分析,它又表现出矛盾性。当时的广大人民,尤其受到封建地租剥削和压榨的农民和广大城市贫民阶层,生活异常贫穷和艰辛。他们朝不保夕的经济地位,诱使着他们无时无刻地幻想着获得更多的财富,渴望自己有朝一日能突然变暴发迹。在文学作品里,他们的这种心态往往会超越现实的可能,演变为某种幻觉。由于分家而变得更加贫穷,又由于某种偶然的因素,意外地发现了财宝,就是这种心态和幻觉的反映。越是贫穷,文学作品中表现意外获得的财富就越多,越是对意外财富的追求,就越要有一种对传统道德的恪守态度,于是这二者杂糅一体,使人们有了一种审美意义上的训诫要求,一种精神安慰和满足, 种现实与理想之间的心理平衡。

三、凶宅获金留下的遗憾

　　《一千零一夜》卷3《商人阿里·密斯里的故事》讲述了一名落魄的埃及商人在巴格达一凶宅里过夜而得藏金的故事,它和唐人郑还古所撰《博异志》中穷困的长安书生"苏遏"夜宿凶宅得到藏金的故事异常相似。

　　家产荡尽,四处流浪的埃及商人阿里·密斯里逃生到巴格达,住到一间经常死人的大房子里。该睡觉时,他"带着被褥,去到楼上一间大厅里;那儿天花板漆得金光夺目,壁上镶着彩色云石,装

---

① [唐]段成式撰:《酉阳杂俎》,中华书局,1981年,第199页。

修、陈设得非常华丽。他打开被褥，坐着朗诵几章《古兰经》，准备睡觉的时候，突然有人对他说：'哈桑之子阿里呀！你要不要我把金子撒给你？''你要撒的金子在哪儿？'阿里·密斯里才一问，无数的黄金就像弹丸一般，不停地落下来，落满整个大厅。接着他又听得有人对他说：'你的寄存物我已经还给你了，我完成自己的任务，现在请你释放我，恢复我的自由吧'"①。接着，他又告诉阿里，过去有人在此过夜，遇见此情景，"总是吓得狂叫起来，结果被撒下的黄金打断脖子，丧了性命，我这才归去"。如今见到阿里遇到这种情况毫不惊慌，而且理直气壮，"因此我知道你是金子的主人，才把金子撒给你的啊。"它还将也门的一个宝库也交给了阿里。

贫穷落魄的扶风人苏遏，从外地来到长安，租住在一个谁住谁遭殃，一过夜就死去的"凶宅"里。"至夕，乃自携一榻，当堂铺设而寝。一更以后，未寝，出于堂，彷徨而行。忽见东墙下有一赤物，如人形，无手足，表里通彻光明。""遏下阶，中庭呼烂木曰：'金精合属我，缘没敢叫唤。'对曰：'不知。'遏又问：'承前杀害人者在何处。'烂木曰：'更无别物，只是金精。人福自薄，不合居之，遂丧逝。亦不曾杀伤耳。'至明，更无事。"最后，苏遏又听"烂木曰：'君子倘能送某于昆明池中，自是不复挠吾人矣。'有德（苏遏后改之名）许之。明晨更掘丈余，得一铁瓮，开之，得紫金三十斤"②。

这两则故事的情节不仅相差无几，而且结局也基本相同。阿里·密斯里按照魔鬼的意愿释放了它，恢复了它的自由，从此大家相安无事。苏遏也答应了烂木精的请求，将它送往昆明湖，此后它也再不打扰人们。作为商人的阿里因为有了金子而有机会进入政

---

① 纳训译：《一千零一夜》，第3卷，第335页。
② 李昉等编：《太平广记》四，天津古籍出版社，1994年，第1633页。

界,最后当了宰相。作为书生的苏遏继续闭门苦读,7年后当了刺史。

这类凶宅得金的故事在许多国家的民间文学中都有反映。令人遗憾的是这类故事的传播者或整理者出于对人生命运多变的不理解,往往将主人公偶然获得的财富,视为必然的所得,归结为冥冥里注定的为之所有的东西。这种宿命论只承认必然性而否认偶然性,将一些本来微不足道的偶然因素片面地夸大为必然性,是剥削阶级的社会伦理思想的一种反映。汉语的"宿命"一词来源于佛教典籍。"宿"指前生,"宿命"指人的今生命运是由前生所为的善恶来决定的。这种思想在阿拉伯和中国的作品中不断地被敷演、重复是有它的社会基础、思想基础和宗教基础的。

但是,这些意外的宝藏不是被那些为富不仁者所得,而是被那些不如意的商人、书生等普通人所得,明显具有理想化色彩,并表现出作者的同情和人道主义思想。至于得宝的那些主人公所表现出的不怕死的勇敢精神、不怕鬼的唯物主义精神,不求来世的现世精神,至今仍然鼓舞着人们去积极进取,去争取更大的物质进步。这也是千百年来,这类题材的故事一直保留在民间文学里的重要原因。

四、以鱼为洲的奇瑰想象

《一千零一夜》卷4《辛伯达航海旅行的故事》中,《第一次航海旅行》写辛伯达荡尽遗产后,只得决心"作长途旅行,到远方去经营生意"。一天,他所乘的船路过一个小岛,"旅客们都舍舟登陆,有的搬锅碗去烧火煮饭,有的从事洗涤,有的去各处欣赏风景。大家吃喝的吃喝,玩耍的玩耍,正在欢欣快乐、流连忘返的时候,船长忽然高声喊道:'旅客们!为了安全起见,你们赶快上船上来吧。为了保全生命,你们扔掉什物,立刻回到船上来吧。你们要知道:这不是岛,而是漂在水上的一尾大鱼。因为日子久了,它身上堆满沙土,所以长出草木,形成岛屿的样子。你们在它身上生火煮饭,它感到热气,已经动起来了。'"结果,"他们有的赶到船上,有的还来不及上船,那所谓小岛已经撼动起来,接着沉了下去,人们全都淹在海里"①。这一奇幻的情节和阿拉伯人所写的《中国印度见闻录》卷1开篇部分的描写颇为相似。文中写道:"在这片茫茫大海中,时而有一种海兽出现,它的背上杂草丛生,银壳闪闪发光。船员们往往误认为是一小岛,抛锚停泊,一旦发现不是岛屿,便立刻起锚张帆,迅速离开。"是这表明二者同源于一个原始材料。这种以大鱼或巨鱼为洲的记述在中国古代小说中也多有记述。

晋时志人小说《西京杂记》卷五刘歆难扬雄之一,"东海人"记述了从前有在东海航行的人,因海上大风,船又漏水,只好随着风浪漂泊。"一日一夜,得至一孤洲,共侣欢然。下石植缆,登洲煮食,食未熟而洲没。在船者斫断其缆,船复漂荡,向者孤洲乃大鱼。怒掉扬鬣,吸波吐浪而去,疾如风云,在洲死者十余人。"这则故事说明海上有一孤洲原是大鱼,因生火做饭而沉潜。

南朝志怪小说《金楼子·志怪篇》多记世间万物之怪,有一篇则云:"巨龟在沙屿间,背上生树木,如渊岛。尝有商人,依其采薪及作食。龟被灼热,便还海,于是死者数十人。"这则故事中仍有一个主题,即巨龟也是个可活动的岛,其下潜的原因也是被做饭的热灼伤所致。

唐代志怪小说集《异物志》卷446行《行海人》(又见《太平御览》卷942),出自《岭南异物志》,也载有大蟹为洲的记载:"昔有人行海得洲,木甚茂。乃维舟登岸。爨于水傍,半炊而林没于水,

---

① 纳训译:《一千零一夜》,第四卷,第5页。

遽断其缆，乃得去。详视之，大蟹也。"这则故事记述的是大蟹因火而沉水。

此外，晋代志怪小说《玄中记》中载有"行海者，一日逢鱼头，七日逢鱼尾"的"东海大鱼"。唐代志怪小说《广异记》载有"乘流入二山，进退不得"的"南海大鱼"。《岭表录异》载有"海上最伟者"，"或出或没"的"海鰌鱼"。钱锺书推测上述一些记载"疑胥来自释典"①。因为西晋竺法护于280年前后译出的《生经》卷三第三五则载："有一鳖王，游行大海，射出水际，其身广长，边各六十里。有宾客从远方来，谓是高陆之地，五百贾客车马六畜有数千头，各止顿其上，炊做饮食，破薪燃火，鳖王身遭火烧，驰入大海贾谓地移，悲哀呼嗟：'今定死矣'。鳖痛不能思，投身入水，人畜併命。"佛经这则故事和前文所述具有明显的承袭关系，很可能出自同一本源的传说故事。

季羡林先生在"从比较文学的观点上看寓言和童话"一文中指出："不论中间隔着多大的距离，只要两个国家都有同样的一个故事，我们就要承认这两个故事是一个来源。""我们虽然不能说世界上所有的寓言和童话都产生在印度，倘若说它们大部分的老家是在印度，是一点也不勉强的。"②《一千零一夜》在成书过程中曾吸收了不少古代印度的传说故事，自印度佛教传入中国，大量佛经被译成汉、藏文，佛经中的许多故事也随之传入中国，有些阿拉伯故事与中国记载的许多故事颇多相似，很可能脱胎于同一母体，或源于同一国度。尽管如此，还是能说明阿拉伯《一千零一夜》里的题材与中国有着各种各样的千丝万缕的联系。

---

① 钱锺书：《管锥编》第2册，中华书局，1979年，第8—9页。

"杜兰铎"的影响与接受[1]

《一千零一日》是继《一千零一夜》之后又一部著名的阿拉伯民间故事集。其中最著名的故事是关于中国公主杜兰铎的《杜兰铎的三个谜》(即《卡拉夫和中国公主的故事》)。内容写中国公主杜兰铎(又译杜朗多、图朗多、图兰朵、杜兰朵)用猜谜语的方式征婚,但凡未能猜破谜底的求婚者都要被杀掉。诺加依鞑靼王子卡拉夫猜出谜语后,又落入公主的圈套,险些不能娶她,最后受感动的公主自愿嫁给了王子。其故事内核见于波斯诗人内扎米(1140—1202)的叙事诗《七个美女》(又名《七座宫殿》或《别赫拉姆书》),写成于1196年。在这首叙事诗中,国王别赫拉姆的第四个妻子苏格拉伯公主给他讲的故事,即俄罗斯公主用猜谜的方式征婚的故事,它与《一千零一日》中《杜兰铎的三个谜》的故事大同小异,只是后者中俄罗斯公主变成了中国公主。而内扎米《七个美女》的题材则选自波斯诗人菲尔多西(94任—1020)的《列王纪》(980—1009)中关于"萨桑尼王朝(226—651年)的别赫拉姆五世(420—438年)的记载和有关他的传说。此外,诗中也吸收进了一些民间故事。"[2]这些"传说"和"民间故事"以及"讲故事"的叙述方式都有阿拉伯文学影响的痕迹。但是中国公主"杜兰铎"这一艺

---

[1] 本文原载《中国比较文学》,2002年第3期。
[2] 张晖译《涅扎米诗选》,新疆人民出版社,1987年,第228页。

术形象却被世界许多文学艺术家所钟爱,并且出现了许多变异与再生。

一

这样一个东方故事被译介到欧洲以后,引起不少人的兴趣,最早将它搬上舞台的是意大利著名剧作家戈齐。戈齐(1720—1806)站在贵族立场上,坚决反对基亚里和哥尔多尼提倡的戏剧改革,反对让下层人民成为舞台上的主人公。为了捍卫意大利的"即兴喜剧"传统,他反对戏剧反映任何严肃的或现实的问题,于是在1761年至1765年间,曾先后写了10部童话剧,以对抗哥尔多尼的喜剧。它们主要取材于《一千零一夜》、《一千零一日》、意大利作家巴西内(1575—1632)的民间故事《五日谈》、西班牙戏剧、东方传说和其他传奇故事等。其中1762年在威尼斯首演的《杜朗多》(Turan-dot)取材于已变为波斯传统的阿拉伯《一千零一日》中《杜兰铎的三个谜》中的故事。此时剧中的中国公主已是个美丽又冷酷、聪明又高傲的形象了。她作为出嫁的条件而提出的3个谜语,曾使许多慕名前来求婚的王孙贵族踏上不归路,但终于被卡拉夫王子的聪明才智和执著爱情所感动,最后嫁给他为妻。此剧内容尽管是从《杜兰铎的三个谜》中照搬的,但从题目上突出了中国公主杜朗多,戏目虽被称为"中国戏",其实内容也并未涉及多少关于中国的事情。

《杜朗多》这种以中国为背景的戏剧之所以能进入意大利戏剧舞台,是有其历史渊源的。自17世纪中国和欧洲因为贸易往来而频繁接触以后,人们始终认为,中国是个充满异国情调的国度,以至于人们将这种想象化为娱人的戏剧节目搬到舞台上。在巴黎还设立了中国舞场,产生了中国娱乐剧院等。同样"中国的笑话甚至浸入到轻歌剧和喜剧之中,特别是小戏院和'意大利喜剧班',采用最多。①这个剧团 1692 年就在御前演出过 5 幕喜剧《中国人》。1729 年,内托斯剧团于圣劳梭特演出过《中国公主》。在当时流行的喜剧及歌剧中,还有 1753 年在巴黎演出的《回来的中国人》、1754 年演出的《法国的斯文华人》、1765 年演出的《中国姥妪》、1778 年演出的《中国令节》等。在这种文化氛围中,《杜朗多》自然应运而生,因此,这部童话剧被作者自己称为"中国悲喜剧童话"。在 18 世纪欧洲这股"中国热"中,英国文坛想要移植它,并且称戈齐是意大利的莎士比亚。德国在 1777 年和 1799 也出现了两个改编本,并于 1777 年首次演出。

  戈齐的《杜朗多》构思新颖,富于审美情趣,又采用大众喜闻乐见的形式,深受诸多市民观众的喜爱。这部风靡一时的童话剧,后又对德国大作家席勒和歌德以及布莱希特等都产生了不小的影响。1802 年底,席勒(1759—1805)将其改编为添加了不少中国化内容的剧本《图朗多》,并于翌年 1 月在魏玛公演。剧中减少了对中国的模糊神秘感,消去了阴森恐怖的氛围,赋予了人物诗意般的生命。席勒在自己的剧本里将戈齐剧中祭祀的 100 匹马、100 头牛各改为 300 匹马、300 头牛,因为他知道,"三"是中国最常用的数字,而且往往包含有特别的意义。席勒还将原剧中阿拉伯神祇的名称改为符合中国习惯的称谓"天"和当时欧洲人心目中的中国第一个皇帝"伏羲"。他还将原剧中欧洲人对佛家弟子称呼的"朋村"改称为"喇嘛"等等。这些内容的改动表现了当时欧洲人对中国的初步的,也是较为肤浅的了解。尽管席勒对中国了解不深,知之不多,但他在改编的剧本里极力想营造较原剧浓厚的中国氛围,以及使中国特色具体化的努力,是显而易见的。

---

① [德]利奇温:《十八世纪中国与欧洲文化的接触》,朱杰勤译,商务印书馆,1962 年,第 59、120 页。

在《一千零一日》中的《杜兰铎的三个谜》中，这3个谜是重要的关目，其谜底分别为眼睛、犁头、彩虹。在戈齐的剧本里，谜底分别是太阳、白昼和黑夜、亚得里亚雄狮。而在席勒的改编本《图朗多》中，则为日历、眼睛和犁，即是说有两个谜底和《一千零一日》原作《杜兰铎的三个谜》中一样。在席勒的剧本中，关于犁的谜面是：有一件东西，最大的皇帝用手拉着，人们都重视它，有它而建立了国家，建筑了城市，创造了人民的幸福。犁是中国早期社会的发明之一，给西方人留下了极其深刻的印象。西方人承认，"历史上曾有几百年时间，中国在许多方面比世界上其他国家领先，最大的优势也许就是它的犁。""当中国犁最终传到欧洲后，曾被仿制，同时采用中国的分行栽培法与种子条播机耧车，这直接引起了欧洲农业革命。"①中国的犁在西方影响极其深远。中国一向以农业为立国之本，汉文帝时即有籍田的仪式，每年春耕前由皇帝亲自扶犁耕田，以示劝农。18世纪法国重农学派受到中国传统文化影响，1756年，在他们的提倡下，法国国王路易十五曾效仿中国皇帝，举行过籍田仪式。席勒的改编本将《一千零一日》原作《杜兰铎的三个谜》中的"开天辟地的犁头"改为籍田仪式的犁头，将明显是欧洲标记的亚得里亚雄狮，换为籍田仪式这一纯然中国特点的内容，无疑增加了剧本的中国色彩。

在改写本《图朗多》中，席勒从心理描写的角度丰富了中国公主形象的内涵，充实了中国公主的性格，赋予了她新的生命与价值。席勒一改戈齐剧本中图朗多生来残酷的性情，而将她塑造成一个具有灵肉自由要求的女性，大大消除了当时颇为流行的将中国和"残酷"联系在一起的偏见。席勒称图朗多的内心冲突为"爱情与

---

① [美]罗伯特·K·C坦普尔：《中国：发明与发现的国度》，陈养正等译，21世纪出版社，1995年，第29页。

骄傲的战争",她既骄傲又需要爱情,最后爱情战胜了骄傲。图朗多的选婚不是残酷,而是为了追求自由。在第二幕第四出,她对王子说道:"上天知道,别人说我残酷无情,都是假话——我并不残酷。我只要生活自由。""我看见全亚洲的女人都受男子压迫,带上了奴隶的枷锁,我要为我们被压迫的女性,对别无所长只知欺侮柔和女性的男子复仇。"①在席勒的笔下,图朗多已不再是戈齐笔下一味冷漠残忍的公主,而成为一个敢于追求爱情、热爱自由生104活、为争取自己的权利而斗争的女性,一个敢于为理想而进行殊死搏斗的席勒式悲剧人物。这个形象是对《杜兰铎的三个谜》的更深层次的,也是对图朗多内心世界的一种更深层次的开掘。

从《一千零一日》的原作《杜兰铎的三个谜》到戈齐的《杜朗多》,再到席勒的改编本《图朗多》经历了将近一百年的时间。在这一百年里,东西方文化、中外文化的接触,沟通与交流有了较大的发展。如果说《一千零一日》中的相关描写表现了阿拉伯人对中国的心想神往的话,那么戈齐是将这些素材活用为戏剧的人,而席勒的改编则起到点石成金的增色作用。通过这种文化艺术交流活动,中国在外国人心目中不再陌生,中国公主也已不再是令人望而生畏的女性了。

歌德(1749—1832)和席勒一样喜欢轻快虚诞的中国作品。1818年,他在《假面游行》中说:"在处理这样多的严肃的事务之后,浏览一段轻松的神怪故事,也许是很愉快的。我谨推荐中国神话中的皇帝阿尔敦和他欢喜谜语的女儿图朗多的故事。"②在此之前,歌德有一次提及《图朗多》剧本时说:"我以为这类的剧本是极需要的。它可以提醒观众,剧中人事,不过逢场作戏而已。"他认为,此剧描

---

① 陈铨:《中德文学研究》,辽宁教育出版社,1997年,第60页。
② [德]利奇温:《十八世纪中国与欧洲文化的接触》,朱杰勤译,商务印书馆,1962年,第59、120页。

写"奇异的北京"及"爱好和平、生活随便而幽郁的皇帝",对德国舞台有很大价值。他从《图朗多》一剧中明白地看出,一种轻快有趣的戏剧形式比悲剧形式更适合于运用中国材料。于是又将图朗多改造成一个听凭父母做主而毫无选择权的女性,这符合他对中国的理解。

二

阿拉伯古代文学作品《一千零一日》中《杜兰铎的三个谜》这样一个完全是"外国人臆想出来的中国故事",由于文化交流和欧洲人的审美需要而更加中国化,不仅被戈齐改造为一个童话剧,而且被席勒"改写成一个哑谜式的中国神话剧本",可谓影响之大。这种影响一直延续到20世纪初意大利著名歌剧作曲家普契尼。

普契尼(1858—1924)有十分敏锐的戏剧感,强烈而又自发的音乐旋律,惊人的和声和配器手法,因此他的歌剧《蝴蝶夫人》、《西部女郎》等成为19世纪最成功的歌剧杰作,他大部分歌剧的主题是"为爱而生,为爱而死",对女主人公满怀同情,但又表现她们那些很强的施虐色彩,因此这使他的歌剧既感人又表现出明显的局限性。三幕歌剧《图兰朵》就颇具代表性。可惜普契尼因患喉癌,手执未完成的《图兰多》手稿而病逝,真可谓"死不瞑目"。此剧于1926年由音乐史上最著名的指挥之一、意大利指挥家托斯卡尼尼(1867—1957)指挥,在米兰史卡拉剧院以未完成形式首演成功,后又由意大利歌剧作曲家阿尔法诺(1876—1954)依据普契尼所遗留的草稿写完最后两场,最终圆了普契尼的"中国梦"。

普契尼认为,"歌剧的基础是题材及其处理",因此他将剧本与音乐并重,努力将《一千零一日》中的这个阿拉伯故事变为他笔下歌剧的新材料。歌剧《图兰朵》重在表现这个中国故事的美学内涵、人物的个性品格。为突出一个中国公主的故事，作者用充满中国味儿的中国民歌《茉莉花》作为歌剧的主旋律，努力为表现剧本的爱情、自由和美的主题服务，这同样强调的是它的美学内涵，以便使内容和音乐上的这些"中国味"成为该剧具有标志性的特色之一。其实考察普契尼对中国文化了解的深浅与否并不重要，重要的是剧本对故事的内涵开掘得是否深广，理解得是否合乎人情，此外关键还在于剧本中的中国乐曲《茉莉花》被西方人运用到歌剧中是否成功，以及对这首中国江南小调理解得是否准确，至于普契尼因不深谙中国的历史和文化，而造成剧中情境写得不像中国，这倒无关宏旨。因为"中国"一词犹如当时西方人摆在客厅里的中国器物一样，仅仅是某种情趣和风味的象征而已。在他们的文艺作品中，有关"中国"的人和事不可当真视为现实，"中国"在他们心目中永远是个遥远而神秘的地方，永远是个难以猜度而又令人心想神往的谜。《图兰多》中这位同名女主人公，这位"中国公主"早已失去中国国籍而国际化，她不属于中国、阿拉伯、波斯、俄国，也不属于意大利、德国，而属于全世界。

　　普契尼曾在柏林观看过德国著名演员赖因哈特演出的戏剧《图兰多》，印象极其深刻，于是才产生了将它改编成歌剧的想法。脚本作家阿达来和西莫尼二人很快着手写作，由于普契尼的要求很高，脚本写作进行得并不顺利。普契尼不愿将一个残忍、美丽的中国公主写成一个性格单一的女人，而希望将她写成也会渴望爱情的女性。

　　普契尼的《图兰朵》主要写北京皇宫前广场上，群众对前来求婚但未猜中图兰多公主之谜而将被处死的波斯王子深表同情，群情不安。其中有因失去祖国而漂流至此的鞑粗王帖木儿、卡拉夫王子和侍女柳儿。公主图兰朵出现阳台上，人们被她的美丽惊呆，跪拜在地。卡拉夫王子也被她的美貌征服，不听任何人的劝阻准备冒死求婚。暗恋着王子的柳儿也哭着哀求他,唱出著名的咏叹调:"你听我说"。但是卡拉夫还是呼喊着图兰朵的名字,敲响了求婚的铜锣。公主图兰朵面对来猜谜求婚的卡拉夫,在咏叹调"很久之前"中唱出她为何如此残酷:"从前糙靶军队攻来,有一位和我一样年轻的公主,被一个像你一样的小伙子抓去,使她只落得个悲惨的结局,所以我决心替她报仇。"图兰朵提出第一条谜语:"年轻人你听着,用什么能把黑暗照亮?"卡拉夫回答说:"是希望。"公主愤然提出第二条谜语:"什么能像火焰一样燃烧?"卡拉夫果断地回答道:"是热血。"群众欢声四起,公主逼近卡拉夫又提出第三条谜语:"什么是从火焰中诞生的?"卡拉夫沉默片刻激动地回答:"是图兰朵!"顿时群情沸腾,但是偏执的公主却企图反悔约定,不与他成婚。卡拉夫发觉她的仇恨心理,于是提出,如果黎明前公主能猜出他的名字,他甘愿一死,反之,公主必须做他的妻子。

当晚,公主命令在没有查清这个年轻人的姓名之前,全城任何人不能入睡。卡拉夫充满激情地唱出著名咏叹调"今夜无人入睡",用歌声表达了对公主的挚爱深情和必胜的信念。士兵押来帖木儿和柳儿,逼问年轻人的姓名,柳儿哭着说只有她知道,但拒绝说出来。士兵鞭打她,卡拉夫冲上前来喝道:"不许折磨她"!柳儿满怀温情地唱出"爱情比钢铁还要坚强"的内心真情。她告诉卡拉夫:"要对公主说,她那冰冷的心不久即可消融。"随后她突然从士兵手中夺过短刀,猛力刺入自己的胸膛。人们在悲痛中将柳儿抬走,卡拉夫和图兰朵在一首精彩的二重唱"冷酷的公主"中,从吵到理解,最后卡拉夫满怀深情地吻了冷酷的公主。图兰朵冰冷的心终于复苏,成为温良典雅的公主。图兰朵引领卡拉夫上场,宣布已经知道年轻人的姓名,在人们愕然之际,她大声说出他的名字叫"爱情"!爱情,只有爱情是天长地久的,只有爱情才能永远光辉!人们用欢乐的合唱歌颂幸福,歌颂公主和王子。

文艺作品有"历史的镜子"的作用，有些作品所写的人与事也确实与真人真事相同，甚至超越表象而更具本质上的真实，但许多非写实主义作品并不具备这些特性。它们只是在思想倾向、价值观念、审美心理结构与心理认同等方面反映那些特定时期的文化风貌，以作为人们认识那一时代的参考。无论是神话传说还是童话寓言，反映的都是那个时代人们的意愿，非要将这种作品中的人和事具象化为中国历史的真实，那显然是荒谬的。普契尼将"杜兰铎"的故事改编成歌剧《图兰朵》，并演出成功，不在于是否有浓厚的中国味，演出了中国事，而在于它是否能表现真善美和深度的爱情主题，以及那动人心魄的《茉莉花》乐曲。剧中表现男女主人公将爱情视为至高无上的精神和通过赞誉茉莉花而生动含蓄地表达青年男女爱情的乐曲，天衣无缝地融合在一起，从而产生了极好的视觉效果和听觉效果。至于这部颇具印象派技法的《图兰朵》中的中国公主并未比照历史正剧的方法，用写实主义的思维去规范她的思想与言行，这又该作何评判呢？其实，普契尼正是只阐发那些童话传说中的美学内涵与文化底蕴，而不去深究历史的真实与人物的典型，才使他的歌剧成为半个多世纪以来的艺术珍品。无论是"中国公主"还是"茉莉花小调"仅仅是他借以发挥丰富想象力的素材，充其量不过是闪现出一些东方的迷惑色彩而已。

三

70余年之后，普契尼的歌剧《图兰朵》（在这里又称《图兰多》）又在中国掀起波澜。1998年在北京清帝祭祀的太庙前，由祖宾·梅塔指挥、张艺谋导演、意大利佛罗伦萨节日歌剧院演出了歌剧《图兰多》。几乎与此同时，有"四川鬼才"之称的魏明伦也在全国政协礼堂导演了由四川自贡市川剧团演出的川剧《杜兰朵》。伴随着这个剧的演出和传媒的炒作、包装，戏剧界、评论界、观众也都表现出极大的参与热情。一个关于原始文本的阐释、误读、曲解的问题摆在了评论界的面前。

在中国人看来，普契尼的歌剧《图兰朵》不过是个"外国人臆想出来的故事"，因此对其中的不合理性就产生了怀疑。全剧的"戏核"是中国公主图兰多公开用猜谜的方式征婚选婿，未能猜破谜底的求婚者统统被杀掉了。一个温良恭俭让的公主变成惨无人道、滥杀无辜的暴君，这种怪庚的暴行不仅令人费解，也缺乏任何正常的文化心理学基础和人类行为学的合理解释。在中国民间，曾流传有"抛彩球"择婿的故事，史书中也曾记载过不少的残暴君主，但无缘无故地借"选婚"为名，杀死诸多慕名前来求婚者的事，却闻所未闻，匪夷所思，不合中国民情。剧中为了能为这种令人发指的行为寻找托词，解释说图兰多是因为祖母被鞑靼人所杀才用这种方法复仇，这显然也很不近情理。关于中国公主要杀死求婚者的原因在《一千零一日》中《杜兰铎的三个谜》里有较为合理的解释，是父皇要她嫁给配不上她的西藏王子，"她拒绝嫁给西藏王子为妻"。① "还说如果强迫她嫁人宁愿死掉"。并且要求父皇"你永远不要强迫我嫁给答不出我三个谜的男子为妻。"并进一步向父皇提出："凡是答不上我三个谜语的求婚者，你要用锁链把他锁起来，拉到刑场上去！"其实皇帝把那些答不出谜底的求婚者拉到刑场后，就带到一个很舒服的房间去，等待机会再恢复他们的自由。公主报复心理起因于对包办婚姻的强烈不满，是对她父亲（皇帝）的一种反抗。因为卡拉夫王子在见到杜兰铎的画像后，"他感觉得出杜兰铎不单只能憎恨和蔑视她的求婚者，不过一旦遇上了合适的男子，她也会以全部的身心去爱他的。"歌剧未能表现出中国公主的另一方面，即对真挚爱

---

① 杜健译《一千零一日》，辽宁人民出版社，1981年，第151页。

情的渴望。

歌剧的结局更缺乏合理性和可信度,当一直爱着男主角鞑靼王子卡拉夫的侍女柳儿为了保护自己心爱的人而自杀后,卡拉夫竟然无动于衷,并心安理得地立即用自己的"长吻"去溶化公主那颗冰冷的心,赢得了图兰多的爱,在对"爱情"的礼赞中以"大团圆"的形式结束了全剧。这真是不可思议的怪诞情节。在原作中,是爱着卡拉夫王子的公主侍女亚狄玛坦白了自己的罪过而受到国王的宽恕,公主也因将众多求婚者杀死而"良心上感到内疚",觉得"永远也赎不了我这大罪孽",在得知这些求婚者并未被国王杀死后,她终于人性复苏,悔过自新。故事在对人性深刻的反省中缓缓结束,让人掩卷沉思。

张艺谋在谈及导演这场"世纪演出"时曾说:"在导演《图兰朵》之前,我对歌剧所知甚少,后来我知道了,让《图兰朵》回故乡,是许许多多的人几十年来的梦想。我很幸运能担任此次演出的导演,来替许多人圆这个梦。"①当然这个梦圆得如何,还要由观众和评论家来评论,要由历史来验证。

张艺谋在执导这场会引起世界歌剧史轰动的演出中,确实费了不少的精力。他虽然对原歌剧的情节和音乐没有做多少改动,但是却大大加强了该剧的中国文化、中国氛围、中国气质、中国风格的成分。例如,演员借用传统京剧的服装,以突出中国戏剧艺术那种庄严华贵的服装美;每幕开场之前增加了身穿中国古代武士服装的锣鼓方阵表演,烘托出一种博大恢宏的演出气氛;将国王手下的平、彭、庞三位大臣设计为"福、禄、寿"形象,更富有中国传统文化的色彩;尤其是将原作中的柳儿从士兵手中夺刀自杀改为从公主图兰朵头上抢簪自杀,这不仅充满中国古代妇女那种为名节而殉

---

① 《世界文化》,第4期,第25页。

情的味道，而且强化了戏剧张力。

川剧《杜兰朵》全称《中国公主杜兰朵》，突出的是有中国味的公主形象。著名戏剧评论家余秋雨指出："《中国公主杜兰朵》针对多年来西方人心中的一个中国故事，投射出当代中国智者的审美反馈。"他认为，此剧是魏明伦"在更大天地中的创造性突进"①。川剧《杜兰朵》"故事情节大体一与国际通行的歌剧接轨，但人物性格发展更为多彩，主题内涵开拓更为多义—爱美之心，人皆有之；雌雄之配，人皆共之。一世人往往好高骛远，奢望屡楼，其实最美者早在身旁！痴男骄女一旦彻悟，从外貌羡透心灵，弃权势回归自然，升人至善至美境界。"②

川剧《图兰朵》不仅像魏明伦自己所说的仅仅把一个"外国人臆想的中国故事"加以"中国化"、"川剧化"，更重要的是他使这个原来不合理的浅薄故事"合理化"、"深刻化"了，使之成为一个"中国人再创的外国传说。"在川剧《杜兰朵》中，中国公主因长期生活在宫帷深处，对"去了势"的男人世界和性爱产生错觉和心理抵触。她一方面认为，男人皆是"须眉浊物"，另一方面又对性爱怀有恐惧心理，因此企图以"杀一傲百"的方式吓退、惩罚那些想攀龙附凤的求婚者。这种根据变态心理学所作的解释，比莫名其妙的"复仇"更容易被读者和观众所接受。

在关于中国公主杜兰铎的故事中，失败的求婚者是否被杀，是证明女主人公性格的一个重要关目。在《一千零一日》中，由于公主之父阿尔敦罕王的英明，失败的求婚者仅仅被用锁链锁起来，提到刑场去，但并未被处死。当杜兰铎公主得知这一消息后，由于激动和忏悔，"泪水从脸上淌流下来"。在魏明伦的川剧中，失败的求

---

① 《魏明伦剧作精品选》，上海古籍出版社，1988年，第5、205—206、237—238页。以下引文均见此书。
② 《魏明伦剧作精品集》，上海古籍出版社，1988年，第205—206页。

婚者也并没有被杀头，它只是成为公主拒绝男人求婚设下的一个圈套，于是原作中一个自负傲慢的中国公主终于成为一名通情达理的女性。

和原作《一千零一日》中《杜兰铎的三个谜》及改编成的歌剧《图兰朵》不同的是，川剧《杜兰朵》的结局改为男主人公"无名氏"（在川剧中，男主人公由原作的"鞋靶王子"改为隐逸海外孤岛的无名隐士），目睹自己的侍女柳儿的壮烈自杀和痴情专一，悔恨交加，并终于悟出一个道理："千里寻美美何在？回头望—最美的姑娘早在我身旁！"他呼天抢地企盼："让柳儿重新回到人世上，我与她青春结伴好还乡。"①而公主杜兰朵也因柳儿之死而"汗流浃背如雨水，醒醐灌顶似惊雷。"她唱道："一夜间无知女长大几岁，领悟了人与人美丑是非"，并真正懂得了"真情挚爱心灵美，千秋万载映光辉。"最后杜兰朵换上柳儿的服装，学着柳儿的样子，驾起一叶扁舟，追随"无名氏"于烟波深处。"川剧如此结尾，与歌剧大不相同"，"也许川剧的构想还更接近原作者普契尼的本意"，魏明伦如是说。但这种结尾真情感人，更能深刻表现中国人的情感，也更能反映中国人的心理。

无论是《图兰朵》还是《杜兰朵》在北京演出，人们都说"中国公主回家了"，这其实是"后殖民心态"的一种反映，不要只因为外国人用中国的名字和中国的曲调"编"了一个"中国故事"，便觉得自豪，因为有些人会在不知不觉中，用西方审美观代替民族审美观，认为只有西方人觉得美的东西才是美的，只有被西方人肯定了的东西才有价值。其实，不仅中国是，而且阿拉伯、波斯、俄国、意大利、德国等也都是杜兰铎的家经过几个世纪的文学文化交流，杜兰铎和关于这个中国公主的故事早已成为世界文学文化遗产的一部分。

---

① 《魏明伦剧作精品集》，上海古籍出版社，1988年，第205—206页。

中伊文学交流史断想[①]

中国和伊朗(古称安息或波斯)堪称具有悠久历史文化的两大文明古国。两千多年前,"功不在禹下"的张骞以"筚路蓝缕,以启山林"的顽强精神,奉命向西方"凿空",使中伊两国得以互通信息。继后,横贯伊朗境内的丝绸之路和穿越波斯湾的南海水道,进一步促进了中伊两国之间在政治、经济和文化诸方面的交流,从此,两国之间的文学交流日益绵密。虽然中伊两国间的文学交流并非都有事实上影响的关系,但是对两国文学互相关联的事实进行一番梳理,也颇有一种"剪不断,理还乱"的兴奋与激动。

一、汉唐时代的文学交流

汉代中伊两国就开始了有文字记载的文学关系。著名史学家司马迁在《史记·大宛列传》中,不仅以睿智卓识记下张骞通西域的创举,而且指出:"安息在大月氏西可数千里。……其属大小数百城,地方数千里,最为大国",其民善于经商,"民商贾用车及船,行旁国或数千里"。这种记载为中伊两国各方面的交流作了文字上的铺垫。书中还载有中伊两国间文学现象的联系。"条枝(西亚伊拉克一带古国名)在安息西数千里,临西海……安息长老传闻条枝有弱

[①] 本文原载于北京大学《国外文学》,1991 年第 1 期。

水、西王母，而未尝见。"寥寥数语即将安息长老的传说与中国上古神话联系起来。西域一带有关西王母的传说早有记载。晋人从战国魏襄王墓中发现的先秦古书《汲冢书》之一的《穆天子传》中，就找到了周穆王从洛阳出发，沿着晋、陕、甘、青进入新疆以远，达西王母邦的记载，该邦女首领即西王母。由此观之，"安息长老传闻"并非无稽之谈，只是一时难辨真伪而已。

众所周知，汉代开始的佛经翻译对中国文学的发展极有影响，而翻译佛经在中国信而有征的第一人却是安息人。安息国王科斯老之子安清，字世高，他博学多识，笃信佛教，曾放弃继承王位的机会而离家事佛，云游西域各地。东汉桓帝建和二年（148），他抵洛阳。据《高僧传》载："至止未久，即通华言。"他自桓帝元嘉元年（151）译出《明度五十校计经》始，凡20余年，先后译出佛经数百万言，多达95部，115卷，现存54部。其中《百喻经》（出《六度集经》）、《五阴譬喻经》（出《杂阿含》第十卷）、《道地经》、《长者子制经》等佛经中的许多譬喻，如犊母喻、雷雨喻、盲人坠火喻、持斧入山取直木喻等，都以其想象丰富的传说故事和新鲜生动的譬喻等文学形式，丰富了中国文学的表现内容。其后，另一位佛经翻译安玄也是祖籍安息的学者。他于汉灵帝光和四年（181）来洛阳经商，因功封为"骑都尉"，学会汉文后与临淮人严佛调合译过佛经两部，其一《杂譬喻经》也以其精当的譬喻广为传播。安清、安玄在翻译佛经的过程中，或多或少地将波斯的语言因素及表现方法融注其中，这样的译文必然会对当时的中国语言文字产生影响。

从东晋、十六国到隋、唐各朝均有波斯人从海路到中国的记录。公元4世纪到7世纪初，中国的史籍习惯把非洲东海岸、阿拉伯、印度、锡兰、交趾半岛的物品统称为"波斯货"，这无疑表明是波斯的船舶将其运往中国的。据《大唐西域求法高僧传》载，中国义净法师于671年去苏门答腊就是从广州乘波斯船出发的。在《贞元新订释教目录》中,金刚智约在717年从锡兰(今斯里兰卡)出发,有35只波斯船从行,驶向苏门答腊,然后前往中国。

唐朝国势强盛,经济发达,中国实际上成为东方文化、文学交流的中心,中伊文学的交流也有了进一步的发展。在《旧唐书》卷一九八《大食传》中,落笔极慎的史官写下波斯胡人另立阿拉伯国家的历史传说:"(隋)大业中(610),有波斯胡人牧驼于俱纷摩地那之山,忽有狮子人语谓之曰:'此山西有三穴,穴中大有兵器,汝可取之。穴中并有黑石白文。读之便作王位。'胡人依言,果见穴中有石及鞘刃甚多,上有文,教其反叛。于是纠合亡命,渡恒曷水,劫夺商旅,其众渐盛,遂割据波斯两境,自立为主。"书中所载之事及发生的时间基本符合伊斯兰教先知穆罕默德受命之事,但突出了波斯人的作用。其意义在于,当时人们对波斯的认识比对阿拉伯的认识要深刻、全面得多。

在唐代,由于波斯和中国的海上贸易极为发达,波斯人在中国南方沿海素有"舶主"之称。诗人元稹在《和乐天送客游岭南二十韵》一诗的自注中云:"南方呼波斯为舶主。"这不仅说明来到中国交州、广州的外国商船大多属波斯人所有,也表明中国往来于印度洋的商船也有不少是任用波斯人为船长的。这一时期的许多书籍都把波斯人描绘成带有传奇色彩的异域人物。唐及以前的文言小说《集异记》、《酉阳杂俎》、《宣室志》和《广异记》等书中,都载有波斯等西域胡人识宝的传说。其基本情节雷同,都是写某汉人因某种机缘得一物,被"波斯胡"等识为至宝,高价收买,最后交代宝物的名称和超现实的用途,以便突出"波斯胡"的睿智与慧眼。宋初的《太平广记》中《李勉》、《径寸珠》、《李灌》等篇中就有波斯商人在中国奇遇的传说故事。《太平广记》卷六引《纪闻》和卷三五引《集异记》等文中,还分别载有专门从事贩卖药金和香药的胡商(即波斯商人)的故事。其中的炼丹家为炼丹术的西传起了推波助澜的作用。

唐代不少文人墨客都曾描绘过擅长歌舞、以波斯为主的中亚舞姬。诗人李白常常光顾波斯胡店,写有"五陵年少金市东,银鞍白马度春风,落花踏尽游何处,笑入胡姬酒肆中"的诗句(《少年行二首》之二)。有时他甚至沉溺于"胡姬貌如花,当垆笑春风,笑春风,舞罗衣,君今不醉将安归"(《前有樽酒记二首》之二)的心境里。白居易在《胡旋女》一诗中赞美了波斯舞姬为天子表演时的优美舞姿:"胡旋女,胡旋女,心应弦,手应鼓。弦鼓一声双袖举,回雪飘遥转蓬舞。左旋右转不知疲,千匝万周无已时。人间物类无可比,奔车轮缓旋风迟。曲终再拜谢天子,天子为之微启齿。"元稹在《西凉伎》一诗中还写道:"狮子摇光毛彩竖,胡腾醉舞筋骨柔。"把狮子舞等一些以波斯为主的西域杂技艺术描绘得惟妙惟肖。他在《法曲》一诗中还描写了波斯妇女的服装备受长安等地妇女青睐的时尚:"女为胡妇学胡妆,伎进胡音务胡乐……胡音胡骑与胡妆,五十年来竞纷泊。"

一些久居中国的波斯人后裔也以其在汉语言文学等方面的高深造诣,为中伊文学交流史的发萌写下令人难忘的篇章,唐代著名诗人李珣、李玹、李舜弦三兄妹就是一例。李珣(约855—930)"土生波斯",其父为波斯富商李苏沙,后定居在中国西南梓州(今四川三台县附近)。他精通汉语言文学,"所吟诗句,往往动人"。著有《琼瑶集》,现已佚失。今仅存词54首,《全唐诗》中有收,其中《渔歌子》、《虞美人》等皆上乘佳作。其词风朴实,多写南海风光,具有浓郁的江南水乡气息。与中国诗词大家相比,无论格律用韵还是寓意想象都不逊色。李珣妹舜弦也颇有诗才,被五代前蜀王衍纳为昭仪。她清新隽永的诗作也收入《全唐诗》中,足见其中国传统文化修养之深。李珣之弟李玹善弈棋、好摄养、精医药,不脱波斯人本色。《茅店客话》卷二中载有他贩卖香药、酷好金丹的事实。他

"暮年以炉鼎之费家无余财，唯道书药囊而已"。

二、宋元时代的文学交流

伊朗地处欧亚非三洲的要冲，早在公元前 330 年就被亚历山大的铁蹄践踏过，千年之后，公元 624 年又被阿拉伯人征服。这两次重大的外族入侵给伊朗古代文史资料的保存带来巨大的损失。文史典籍所剩无几，直至 8 世纪后，见于文字记载的资料才逐渐增多。

9 世纪，祖籍波斯、担任过古波斯伊拉克邮政总管的学者伊本·库达特拔写了《道里郡国志》一书。书中不仅详细描述了从巴士拉沿波斯海岸绕南亚大陆、过南海到达中国的水路交通，而且列举了中国丝绸、陶瓷、麝香、貂皮等贵重出口物资的细目。这是中国与波斯友好往来的最早记载之一。同期另一位生活在波斯的学者雅库比在他的名著《阿巴斯人史》中，对中国与毗邻国家间的关系，以及中国丰富的物产和广州贸易的盛况等均有出色的描写。

9 世纪中叶，一位曾多次到过中国的商人苏来曼用阿拉伯文写了一部文献游记《公元 9 世纪阿拉伯人及波斯人之印度中国游记》。他从位于波斯湾边缘法尔西斯坦的波斯繁华海港锡拉夫出发，经海路前来中国。书中不仅记述了航海的路线和沿途情况，而且生动具体地描绘了作者对中国民俗风情的真实了解。他觉得中国人文化修养高，懂得音乐和绘画，与外国人进行买卖也公平合理。他还写到当时中国重要的南海港口广州停泊着来自世界各地的货船，还记载了市内竹木结构的建筑等等。这部用回忆录写成的游记，无论是从文学交流的角度，还是文学欣赏的角度来分析，都具有一定的意义。

10 世纪中叶，波斯人阿布·杜拉夫·米萨尔曾从石花刺出发，经印度、马来半岛、交趾半岛到中国游历。他在自己的《游记》一书中，描写了一个名为喀力伯国的地区，在这个须经一月的路程才能穿越的国家里,有也门人的居留地。他还指出图伯特国(吐蕃)的人中间也有也门人的后裔。图伯特指的是吐蕃占领下的新疆和河西走廊及喀力伯国。在张掖、酒泉一带确有 757 年帮助唐朝讨平安史之乱的大食(阿拉伯)军队的遗民侨居。这部《游记》除文学价值外,对了解中伊文化交流的历史极有文献价值。

10 世纪以后,波斯文学进入高度发展时期,先后涌现出一批震古烁今的大作家,其作品在东西方产生过深远的影响。中国著名学者许地山先生早在《梵剧体例及其在汉剧上底点点滴滴》(1925)一文中明确指出:"我很怀疑中国小说受伊兰文学底影响比受印度底大。因为我从波斯文学中底短篇散文或小说找出些少与中国相似的。"许先生文中的本意虽然是说中国小说主要受印度影响,但并未否认也受波斯的影响。虽然中国和波斯散文和小说相似处不多,但诗歌的内容和形式还是互有影响的。著名文学史家郑振铎先生说的更明确:"波斯人民所创作的诗歌、小说和绘画,在亚洲和非洲也还产生了很大的影响。"[1]在这种影响中,中国自然首当其冲。

诗人菲尔多西(941—1020)的著名史诗《王书》的精华,就是描写了伊朗民族英雄鲁斯塔姆与突朗英雄苏赫拉布的生死搏斗,主要反映了这对不相识的父子互相残杀的主题。它和中国民间皆知的薛仁贵与薛丁山父子相残的故事内核颇多相似之处。《王书》汇集了波斯历史上四千多年间流传在民间的神话、传说和故事等,颇受伊拉克、阿富汗、巴基斯坦和印度部分地区人民的喜爱。书中的主要情节,尤其是鲁斯塔姆和苏赫拉布父子残杀等精彩片断,几乎是家喻户晓。这些内容自然也会传至中国西北的一些地区,新疆塔吉克民间就有鲁斯塔姆的故事流传。据杨宪益先生考证,薛平贵故事来源甚古,初见于秦腔,长安附近又有武家坡地名和故事,还提及西凉

---

[1] 《中国和亚非各国友好关系史论丛》,北京:三联出版社,1957 年。

以及金川、银川、宝川三位姑娘的命名，都说明这个故事可能是唐宋间西北边疆一带的产物。大约到元代，薛平贵就被人改成史有其人的薛仁贵了。西北边疆历来是中西文化汇流的媒介地，往来于中伊古道上的商贾就是传递这些文学信息的主要媒介者。他们将民间流传的《王书》中的主要故事框架播扬到西北地区是可能的。可以推断中国薛氏父子间的冲突与波斯鲁斯塔姆与苏赫拉布之间的冲突有某种事实联系。此外，《王书》一些章节曾提及中国皇帝在伊朗和突朗的斗争中，出兵帮助突朗，甚至将伊朗英雄鲁斯塔姆与突朗英雄苏赫拉布战斗难以取胜的原因，也归咎于苏赫拉布穿戴着中国制的坚固头盔和铠甲等。这些描写虽然不符合历史的真实，但从侧面说明早在菲尔多西时代，中国在伊朗人心目中已有了相当重要的位置。

其后，波斯另一著名哲理诗人欧玛尔·海亚姆（1048—1122）运用名为"柔巴依"的古典抒情形式进行创作而颇负盛名。"柔巴依"格律独特而严谨，适于吟咏，每首四行，独立成篇。每行诗由五个音组成，一二四行或四行押尾韵。在古代波斯"柔巴依"又称为"塔兰涅"，意即"绝句"。根据名家论述，这种"微型诗"是出生于塔吉克民族最古老的文化中心巴尔赫的阿布·舒库尔首倡，在波斯古典文学奠基人鲁达基（858—941）时代定型，是生于丝绸之路上的沙布尔的海亚姆加以完善和发展成"柔巴依"的。据中国杨宪益等一些学者考证，这种源于中亚突厥文化传统的诗体，与中国唐代的绝句同出一源，有可能是唐代绝句通过突厥文化传入波斯而成。因为10至13世纪是素称波斯古典诗歌之源泉的塔吉克诗歌的繁盛时期，塔吉克语言属印欧语系伊朗语族，早年也受突厥文化影响。"柔巴依"盛行时期，同时也出现在阿拉伯语及包括维吾尔语在内的突厥语等东方语言文学中，是深受人们喜爱的一种抒情诗形式，广为扩散是有基础的。

接踵而至的波斯叙事诗大师内扎米（1141—1209）写有取材于《王书》的爱情抒情诗《霍斯鲁与西琳》。这部流传深广的作品以极强的穿透力通过波斯疆界在中国新疆地区开花结果。中国维吾尔族古典诗人阿不都热依木·纳扎尔（1770—1848）受其影响而创作了爱情长诗《帕尔哈德与西琳》。时至今日，新疆维吾尔族甚至认为帕尔哈德是中国（新疆）王子。相传南疆库车（龟兹国旧址）附近的千佛洞前面的山谷与河流即帕尔哈德王子亲手开凿而成。内扎米在《霍斯鲁与西琳》中还写到建筑师法尔哈德的高超技艺是从中国一位老师那里学习来的。他在另一部长诗《巴赫拉姆在土星宫的故事》中，甚至把一个美丽的中国城市描述成神秘故事的发生地，那里"清幽宁静，像天堂伊甸园一样树林葱郁，人人面皮白皙"。可见作者内扎米对中国是很向往的。

13世纪初，蒙古人攻占了波斯，由于蒙元大帝国的媒介，大批穆斯林东来中国，其中许多是波斯人，这无疑拓展了中伊文学交流的领域。当时一位名叫努尔·哈丁·穆罕默德·奥佛的学者兼游历家，在他的《轶事集》一书中收集了大量古代阿拉伯典籍中的故事。其中谈及属十叶派的穆罕默德后裔中的色地斯族人曾流徙并寄居在中国边境的史实。他们后来成为中西各方面交流的重要居间人。作者在书中解释了阿里教主的后人远奔异地他乡的动机。白衣大食王朝（即倭马亚王朝），一批色地斯人及阿里教主的后裔移居呼罗珊（即波斯），但白衣大食穷追不舍，色地斯人逃向东方，直至中国境内才停止。这些记载为大批阿拉伯人途经波斯陆路迁徙到中国提供了事实依据。

此期间，波斯文学史上的"四柱"之一、诗人萨迪（1208—1292）的足迹曾遍及中国新疆等地。他的两部叙事诗《蔷薇园》和《果园》，以其优美的文笔和韵律以及适于中国读者接受的哲理，数百年来一直得以在中国传播。《蔷薇园》传入中国已达600余年，一直在中国穆斯林清真寺经堂里被当做经典传授，成为高年级学生的一门必修课。诗中曾有两处涉及中国。一处是写一位中国少女拒绝了某混王的求爱，而愿和一丑黑奴结合。另一处提及中国烧制一个瓷碗，需时达40年，很贵重。此外，还在描写中涉及中国绘画、瓷器等。《果园》的波斯文本至今在新疆和田地区的维吾尔族中有大量读者，有的阿訇甚至能背诵通本。14世纪初，在萨迪逝世50余年之后，他的抒情诗已在中国南方广为流传。有"伊斯兰世界的旅行家"美誉的伊本·白图泰（1304—1377）曾由南海到中国，他在1355年底定稿的《游记》中，不仅记录了自己对中国文化的深刻理解，对富有艺术才华的中国人民的热情赞扬，而且还记录了他游览杭州时，听到中国歌手演唱的曲调优美的波斯语歌曲。歌词中的两句，"胸中泛起柔情，心潮如波涛汹涌，祈祷时，壁龛中时时浮现你的面影"，恰是萨迪一首抒情诗中的一段①。这表明中国和伊朗两国之间文化、文学的交往在14世纪中期就已经相当广泛了。

14世纪波斯的两位诗人哈珠·克尔曼（1290—1352）和哈菲兹（1320—1389），都在自己的作品里流露出对中国文化的推崇之情。哈珠在长篇叙事诗《霍马与胡马云》中，虚构了伊朗王子霍马因慕念中国公主胡马云而放弃王位，千里迢迢前去中国寻找，历经千辛万苦才和公主结合的故事。其中中国公主胡马云为考验霍马的勇敢戴上面具上阵和他厮杀的描述，和中国北齐兰陵王高长恭上阵御敌戴一假面具的史实性质完全相同。这绝不是偶然的巧合，而是有着一定的更深层的文化交流的背景。哈菲兹在自己的抒情诗里也多次提及中国的麝香和画工，虽然这些描写都不够详细，但是他们对中国文化的景仰爱慕和积极引进的态度，足以表明波斯作家对中国理

---

① 《波斯文学在中国》，见《东方比较文学论文集》，湖南文艺出版社，1987年，第347页。

解之深,了解之广。

这时期,中国也不乏有关波斯的文献记载和进行文学描绘的作品。元代汪大渊因数度随商船去过波斯,因而在所撰写的《岛夷志略》一书中专门介绍了波斯当时通商口岸和波斯文化东入中国的咽喉之地忽尔谟斯。元代耶律楚材所著《西游录》和周致中的《异域志》中也都记载了有关波斯的内容。元代诗人马祖常系西域汪古部人,他在诗作中对波斯商贾从陆、海两路来中国贸易的情形都有生动出色的描绘:"波斯老贾度流沙,夜听驼铃识路赊,采玉河边青石子,收来东国易桑麻。"(《河湟书事》)"翡翠明珠载画船,黄金腰带耳环穿。自言身在波斯国,只种珊瑚不种田。"(《绝句》)此外,元代华化的西域人溥博,侨居江南,父子兄弟都是世居中国的波斯人,他在嘉兴于元惠宗至正二十二年(1362)江浙乡闱一榜,正式入籍,精通毛诗,颇多文才,深受中国传统文学的熏陶。

三、明清以后的文学交流

15世纪初,明成祖朱棣竭力想恢复和加强中伊两国的交通、商业与文化往来。吏部员外郎陈诚和户部主事李暹于1413年奉命出使伊朗贴木儿王朝的哈烈(今赫拉特)。他们每到一处,"辄图其山川城郭,志其风俗物产"。归国后合写《西域记》二卷,上卷为《西域行程记》,下卷为《西域番国志》。书中文笔生动地描述了波斯的风物,具有文学意义。明代郑和七次出使西洋,明文记载的就有五次到过伊朗。其随行人员中归国后著书立说者大有人在。三次随郑和下西洋并任翻译的马欢,在《瀛涯胜览》一书中,详细记述了现今伊朗境内的忽鲁谟斯国的地理物产和风俗民情。费信也在《星槎胜览》一书里介绍了自己两次游历该国的感想。巩珍的《西洋番国志》一书也对该国的各方面情况有生动具体的描写。这些记载是进一步探索中伊文化关系不可多得的史料，提供了文学交流的历史背景。

16世纪初，阿拉伯著名旅行家阿里·艾克伯雷曾于1500年到中国旅游观光。归国后于1516年以波斯文撰写了《中国游记》一书。游记中的全部内容的真实性如何不得而知，有些记述尚待研究。其中关于明朝代宗朱祁钰皇帝（1450—1456）因在梦中会晤先知而皈依伊斯兰教一事，虽属无稽之谈，但是作者提出明朝皇室信奉伊斯兰教一事，却有待于进一步证实，以辨真伪[①]。游记还对中国当时社会的政治、经济、文化、军事、法律以及生活等诸方面情况进行了详细的描写，迄今仍有重要的学术价值。

继元世祖忽必烈至元二十六年（1289）专门设立"回回国子学"教授波斯语以后，明代的四夷馆又培养出不少回回译语（即波斯语）的翻译人才。至清代，波斯语的教学在中国的穆斯林中更为广泛地开展。1660年手抄本的波斯语语法书《学习门径》，就先后在北京东四清真寺和南京太平路清真寺被发现。近代波斯语文学主要在中国的维吾尔族和乌兹别克等突厥语民族中有着更为普遍的影响。菲尔多西的《列王纪》、萨迪的《蔷薇园》和《果园》，以及哈菲兹的抒情诗等波斯文学名著，已成为这些民族中家喻户晓的精神食粮。

经一些学者研究发现，清代作家蒲松龄的名著《聊斋志异》可能和波斯文学有某种关联。东方学者普遍认为波斯巴列维语的《一千个故事》是阿拉伯古典名著《一千零一夜》的主要题材来源。有些学者更为肯定地指出《一千个故事》就是《一千零一夜》的核心、骨架与原始本，例如主干故事中的主人公仍沿用了波斯人的名字等。另外，《一千零一夜》在8世纪中叶借伊斯兰教的媒介广为流

---

① 《伊斯兰对中华文化之影响》，台北：中国文化大学出版社，1982年。

传,此时正值唐代盛极时期,中国和阿拉伯的联系主要靠波斯到中国的陆路与海路贸易,商人的主要组成部分是波斯人。《一千零一夜》中的故事被他们带入中国是极有可能的。而《聊斋志异》的作者蒲松龄据考证远祖是阿拉伯人,因为蒲姓不是中国古有的姓氏,唐代以前的典籍上也未见有关蒲姓的人物记载。中外学者大都认为蒲松龄是淄川蒲鲁浑之后,少数学者确认蒲鲁浑属泉州蒲寿庚同族。据明代何乔远《闽书》卷一五二载:"蒲寿庚,其先西域人。"[①]是由阿拉伯东迁至中国的,主要经营香料,进口中国。因此可推知蒲寿庚是通晓波斯语和阿拉伯语的,自然也熟知包括《一千个故事》在内的波斯和阿拉伯的许多古老传说故事。这些民间故事口耳相传,使蒲姓之后的蒲松龄耳濡目染。他将搜集到大量的中国民间传说,以及自己的亲身见闻综合起来,借鉴以往的题材进行艺术虚构,写出《聊斋志异》。这种可能性目前虽然缺乏确凿的文学史实加以证实,但绝非毫无根据的主观臆测。

20世纪以来,随着中国国门被打开,中伊文学交流得到更大的发展。20年代,博览波斯经书典籍的河北省迁安人李阿衡先生曾先后由波斯文译出《圣喻译解》和《战克录》两部经典。前者主要精辟翔实地阐述了圣喻的思想内涵,后者巨细无遗地描述了伊斯兰初期各大战役的战况,均由北京牛街清真寺书报社出版。1937年至1947年,穆斯林学者王敬斋(1880—1948?)先生在战乱不止的年代,将萨迪的《蔷薇园》全文译成汉语,题名为《真境花园》。王敬斋自幼学得阿拉伯文和波斯文,是个著述等身的大阿訇,不仅翻译过许多阿拉伯语的典籍,而且写过两部波斯语法书。1924年,郭沫若翻译了海亚姆的四行诗《鲁拜集》,此举曾受到闻一多先生的高度评价。著名文学史家郑振铎先生于1927年写成的80万言巨著

[①]《泉州伊斯兰教研究论文集》,福建人民出版社,1983年,第233页。

《文学大纲》中,曾设专章译介了波斯文学中包括菲尔多西在内的28位著名诗人,为推广波斯文学在中国的传播作出了贡献。

新中国成立后,中国先后译介了20余位伊朗(包括波斯)作家的名作。几乎所有的波斯古典名著都有全部或部分的译介,并连续召开了两次全国性的伊朗文学研讨会,中国对伊朗文学的研究正在深入。

近年来,伊朗不仅出版了《中国古代记载中的伊朗》等一些文学交流方面的书籍,为中伊两国文学交流拓宽道路,而且从英文翻译了不少中国作品。伊朗的一些书中经常提及李白、杜甫等一些中国作家,他们评价李白的诗风和伊朗当代的某些诗颇为相似,他的《静夜思》一诗中的名句"举头望明月,低头思故乡",在伊朗很受欢迎。

中国和伊朗两国之间的文化、文学关系源远流长。丝绸之路将两国的文学连接起来,早在两千年前古代伊朗就留下了中国使者的遗迹,而今北京牛街清真寺里也长眠着两位伊朗文化的使者。今后,探索中伊两国文学之间相互影响与接受的领域,亟待充分开发,这种研究可望进入一个前景辉煌的历史新阶段。

中国土耳其文学交流史一瞥[①]

土耳其古称突厥，地理位置在中国的北方，它历史悠久，文化积淀深厚，与中原地区早有往来，和中国文化文学相互渗透，彼此促进。突厥部落6世纪中叶崛起，建立了东西万里的突厥汗国，后分裂为东突厥和西突厥。东西突厥先后为唐所灭。8世纪后大食人进据中亚，突厥各部落皆为臣属。其后，突厥东山再起，前后建立伽色尼、塞尔柱、奥斯曼各王朝，14世纪建国小亚细亚，后建都伊斯坦布尔。土耳其族人虽远离蒙古草原，西去建国，但是中国文化对其生活的影响却是深广的。中国的古代典籍中不乏对土耳其人活动的记载，土耳其人的游记里也有不少相关中国的记载。土耳其人将伊斯兰文化向东传播到中国，中国的瓷器和茶叶西出国门输出到土耳其。在这种背景下，中国和土耳其在文化、文学和政治上的交流是极为频繁的，西突厥不仅有突厥文和汉文合璧的货币碑铭等，而且有流通的汉语词汇，曾引起广大人民对这一问题的思考。即使是在中国和土耳其国势都衰微的19世纪，光绪皇帝仍不忘土耳其苏丹阿布杜勒·哈米德二世登基25年而送去贺礼。20世纪中期，有一段时间两国交恶。1972年，中土建交使双方的文化文学交流重续新篇。

[①] 本文原载"东方文学研究集刊"（4），北岳出版社，2008年10月。收入本书时题目有改动。

一

中国隋唐时期突厥兴起,和中国中原地区的商贸往来主要是铁器、马匹和高昌棉布等。其中高昌棉布被称为"白叠布",因其布质又软又白,而受到时人重视,以至于唐代诗人张籍曾在《凉州词》一诗中有"无数铃声遥过碛,应驮白练到安西。"安西是丝绸之路入中原的必经要地,当然隋唐时期汉地也有大量丝织品输入突厥。以至于唐太宗贞观二年(628年)玄奘到达碎叶城时,遇到西突厥的统叶护可汗,见他"戎马甚盛,可汗身着绿绫袍,露发,以一丈许帛练裹额后垂,达官二百余人,毕绵袍辫发,围绕左右。"[①]佛教自印度传入中国后,至唐代达到鼎盛,中印许多佛教僧侣往来于中国和印度之间,西突厥人统治的中亚地区是必经之地。7世纪初,西突厥统叶护可汗本不信佛,却对途经碎叶的虔诚佛教徒玄奘热情款待,而且几乎对所有进出于中国的宗教人士都能礼遇有加,情谊难能可贵。

中国的造纸技术在8世纪中叶经过中亚传入阿拉伯地区,促进了突厥人和阿拉伯人的文化传播。突厥古代大学者麻赫穆德·喀什噶里编撰了著名的《突厥语词典》(1072—1074)。这部关于11世纪突厥民族和中亚社会的简明百科全书之所以能够保存和流传至今,应该归功于中国纸的传播。在词典的诠释中,作者引用了242首突厥语四行诗和200余条格言谚语,所以它又是一份突厥民族珍贵的文学遗产。由于作者麻赫穆德生于突厥文化、阿拉伯文化和中国文化交汇的西域地区,自然受到汉文化的影响。他在词典引言中有一

---

① 慧立:《大慈恩寺三藏法师传》卷二,转引自周一良主编《中外文化交流史》,河南人民出版社,1987年,第531页。

节指出:"契丹为秦。最后为桃花石,亦即马秦。""马秦"意为:"大中国",即指称宋朝。可见他是知道中国的。①

中国学术界将李白与突厥联系在一起由来已久。早在 1936 年 3 月胡怀琛就在《李太白的国籍问题》一文中指出:"李白的先世曾寓居在怛逻私(怛逻斯)城的南面十余里,是突厥化的中国人。""而且突厥化的程度是很深的。"②同年 8 月胡怀琛在《李太白通突厥文及其它》一文中进一步指出李白先世本是中国人,后为突厥所掠,继后又陆续有人撰文分析,从李白诗风、草和蕃书、懂得景教经典及仪节、给儿子取怪名、爱好流浪和决斗等,推断李白是"从碎叶突厥家庭中来的"。陈寅恪也早就有李白为"西域胡人"的观点。郭沫若则认定李白"出生于中央亚细亚的碎叶城"。由此可见,李白受突厥文化影响一事是难以回避的。

不仅唐代诗人和突厥文化产生了"剪不断,理还乱"的联系,而且有学者认为唐代的绝句也和突厥文化有关联。杨宪益先生在 1980 年第二期的《文汇增刊》上发表《鲁拜集和唐代绝句》一文时指出,鲁拜这种诗体可能来自中亚突厥文化,同唐代的绝句同出一源,抑或是因为丝绸之路的联系,唐代绝句通过突厥文化的媒介而传入中古波斯后形成鲁拜。应该指出的是,一方面受绝句影响的"鲁拜"这种抒情诗盛行时,曾在包括维吾尔语在内的突厥语族等多种东方语言文学中出现,一方面鲁拜和绝句这两种诗歌形式同源于突厥文学的表现形式正在进一步探讨。总之,突厥文化作为中介与桥梁和中国唐代的绝句产生了不解之缘。

《图兰朵》这个关于中国公主的故事被改编成歌剧在中国历演不衰,其实它也受到突厥文化的影响。"图兰朵"即"Turandot",是

---

① 黄时鉴主编:《中西关系史年表》,浙江人民出版社,1994 年,第 249 页。
② 中华书局编辑:《李白研究论文集》,中华书局,1964 年,第 17 页。

由"Turan"和"dot"组成的合成词。"Turan"即土耳其语"图兰",原指中亚西亚最后的伊朗各游牧部落的广阔地域。14世纪初,突厥人在奥斯曼(Osman I,1259—1326)率领下占领了该地区,改称为土耳其斯坦。"土耳其"一词即"突厥"的转音。"Turan"一词根据其建国国王"tur"命名,表明是他统治的地方,指的是广义的土耳其和中国。"dot"英语有妆奁、嫁妆的意思,和女性有关。它来自"dukht"一词,包含女儿、处女的意思,也含有能干和力量等意义,"Turandot"正是突厥人理解的中国公主的意思。①

皮影戏是东方历史悠久的剧种,最初产生于中国还是印度尚无定论。13世纪以后,随着军事力量的渗透,蒙古人和突厥人将中国的皮影戏传往阿拉伯、土耳其等地。②15世纪,流行于土耳其的皮影戏又影响到埃及等一些北非国家。在伊斯兰教的"斋月"期间,演出的这种土耳其式皮影戏被称为"卡拉居士",后成为阿拉伯地区斋月期间唯一一种娱乐演出活动。此外,中国瓷器在土耳其也很有市场。1478年,苏丹穆罕默德二世所建造的托普卡帕王宫中,就收藏着中国名贵瓷器一万余件。其中一只明代烧制的白底蓝花瓷碗,上面绘有苏东坡《赤壁赋》的全文,以及苏东坡游赤壁的图画。由于中国瓷器在土耳其的广泛使用,土耳其语里的"中国"和"瓷器"是同一个词(Cini)。③明代从中国回土耳其的传教士阿里·阿克巴尔,于1561年用波斯文写成游记《中国纪行》,其中有不少章节是对中国事物的系统论述,素材有作者的所见所闻,也有在中国时收集的。大约在1582年,苏丹姆拉特三世执政时,此书被译成土耳其文,在各地影响很大,尤其是书中写道,中国人讲文明,有礼貌的高尚品德,给土耳其人留下很深的印象。

---

① 孟昭毅:《比较文学与东方文学》,中国社会科学出版社,2006年,第330页。
② 参见《阿拉伯的世界》,1985(2),第114页。
③ 杨绍南:《访伊斯坦布尔托普卡帕故宫》,光明日报,1984年3月。

中世纪的土耳其伊斯坦布尔成为伊斯兰智慧和科学的真正中心,学生来自中国、印度、埃及和整个伊斯兰世界。曾在土耳其境内学习伊斯兰神学的中国的或中亚的学生,回到或来到中国,就大力传播和发展一些伊斯兰教派。中国新疆的依禅派的传入和推广即是一例。曾在土耳其学习的传教士额西丁自中亚来到新疆库车传教,他自称"圣裔"后成为依禅派领袖,信徒众多。他死于库车后,有额西丁麻扎,即墓地流传。

近代以来,中国和土耳其之间的文化文学交流更频繁了。清道光二十五年(1845年),中国云南大理人著名伊斯兰经学家马复初(马德新,1794—1874)曾偕弟子马安礼、马开科等,从云南取道缅甸,前往麦加朝觐,归途曾赴土耳其首都伊斯坦布尔参观访问,受到当时土耳其苏丹阿布杜拉·麦只德(1839—1861在位)的热情接见。归国后所写的《朝觐途记》一书,对伊斯坦布尔有精彩描述,吸引了中国的哈吉在赴麦加时到土耳其伊斯坦布尔一游。1912年,北京著名伊斯兰经师王浩然(王宽),步马复初的后尘,经麦加去土耳其考察、访问,并发表感受说:"余游土耳其归国后,始知世界大势非注重教育,不足以图存。遂即提倡兴学。""宽犹有言者,土耳其与吾,同种之国也。该国人士,对中华物产,最为欢迎,果能中土结约,互通商旅,将见庄严民国,而雄飞世界矣。"①

1922年9月,土耳其军队战胜希腊侵略军的消息传到中国,给了正在进行反帝反封建斗争的中国人民以巨大的鼓舞,中国共产党机关刊物《向导》第三期刊登了蔡和森写的《祝土耳其国民军的胜利》和君宇写的《土耳其国民军胜利的国际价值》两篇文章。盛赞在土耳其伟大政治家穆斯塔法·凯末尔领导下,广大军民所取得的伟大胜利。文章指出:"我们羡慕他们,便要学习他们的好榜样,以

---

① 白寿彝:《中国伊斯兰教史存稿》,宁夏人民出版社,1982年,第383页。

推翻国际帝国主义在中国的压迫。"①可见，中土两国的文化文学因缘源远流长。

二

土耳其是个口头文学很发达的国家，民间文学中蕴藏着丰富的寓言故事、笑话、童话、奇谈逸事等，叙述风格娓娓道来；其中充满了智慧，并不乏发自内心的幽默。因此最早译介到中国的文学作品，主要是寓言和童话。

1929年3月，开明书店出版了王世颖译的《土耳其寓言》，属于《世界少年文学丛刊》寓言卷。内收《园丁及其妻》、《苍蝇》、《孀妇和伊底朋友》、《两少年和园丁》、《水牛和木头》、《鸡和鹰》等46个小寓言故事。译者在卷首写了序言。由于这个寓言译本图文并茂，充满幽默，深受读者的欢迎和喜爱，于1930年4月和1931年再版两次。这是现今我们能看到的用白话文翻译土耳其文学作品的最早译本。1933年1月上海中华书局出版了日本永桥卓介著，许达年译的《土耳其童话集》。这部属于《世界童话丛书》之一的土耳其童话，因图文并茂受到许多读者欢迎。短短的两年半时间，到1935年9月，已经印刷了第三版，可见读者的喜爱。2004年，新疆人民出版社也出版过由阿布都肉苏里·吾买尔编译的维吾尔文《土耳其寓言》。

在沉寂了近15年之后，直至中国解放，土耳其作家的作品才重新亮相中国文坛。1951年6月，新潮书店出版了耒井根据《新时代》杂志1950年第30和31期译出的马赫姆·特玛加尔的《一个土

---

① 国际关系学院编：《现代国际关系史参考资料》(1917—1923)，高等教育出版社，1958年，第135、141页。

耳其教师的手记》。这部报告文学是从作者原著《我们的故乡》中摘录出来的几个片断组合而成。主要描写了土耳其乡村普遍存在的可怕的贫穷和混乱的现实。1952年2月,新文艺出版社出版了磊然根据苏联《真理报》出版社1950年版俄译本选译的《沥青路》。这部短篇小说集包括《沥青路》、《牛车》、《演讲》、《出生证明书》、《出租的房屋》、《真诚的朋友》、《阿依蓝》、《幸福的狗》共8篇,反映了土耳其作家对现实生活的真实理解。1954年3月,少年儿童出版社出版了磊然根据苏联儿童出版社1952年版的俄译本转译的《小哈桑》。这部短篇小说集包括《小哈桑》、《卡车》、《小风轮,五个库鲁施买一个》、《狗》、《噪音》、《幸福的狗》等15篇。这部深受中国广大儿童欢迎的儿童读物,在短短两年的时间里,居然印了3次共3万多册。

1955年2月,中国青年出版社出版了黄佛同和刘文鹃根据苏联外国文出版社1952年版俄文版转译的乌斯却盖尔的《在监狱里和在"自由"的时候》(一个共产党员的日记)。这部带有自传色彩的日记体小说,以作者亲身经历为素材,叙述了自己长年在监狱里的真实生活,及其在监狱里与同志们一道向统治者所进行的斗争。表现了土耳其共产党和广大党员们的坚定信念和崇高气节。揭露了土耳其统治者的反动与无能,批判了美国当局对土耳其人民的奴役和掠夺。这部小说由于它内在的革命热情符合了当时中国青年人的时代精神,所以在不到半年的时间里就加印了一次,共5万册,这是到当时为止,印数最多的土耳其作品。

1958年9月,人民文学出版社出版了郭恕可根据苏联《星火》杂志1953年第12期俄文版转译的奥尔汉·凯末尔(1917—)的《为面包而斗争》。这部短篇小说集包括《睡魔》、《后备队》、《哈蒂哲·阿克杜尔和另外一些人》、《归来》、《新年里的故事》、《在卡车上》、《小孩和大人》、《鱼》、《卖书的故事》、《丑事》共10

篇，反映了作者用短篇小说体裁反映现实的热情。

1958年12月，人民文学出版社出版了柳朝坚译的土耳其20世纪民族文学的先导者作家奥麦尔·赛斐丁（1884—1920）的文学丛书《虹》。这个短篇小说集包括《虹》、《打火机》、《神圣的号召》、《错》、《鬼屋》、《发明家》6个短篇。两年之后，译者柳朝坚又根据苏联文学出版社1957年版俄译本转译的《赛斐丁短篇小说集》交由人民文学出版社出版。这部包括了35篇小说的集子和前一部以《虹》为名的短篇小说集一样，表现了作家的"反映现实要亲眼所见"[①]的观点，以当时土耳其的社会生活和政治事件为题材，真实地反映了广大人民的生活图景，是一些揭露"土耳其内部事务"的小说，深受中国读者的喜爱。两个集子，3万多册的印数，表明中国读者对土耳其人民社会生活的关切。2003年，新疆人民出版社出版了托合提阿吉·提拉译的维吾尔文《欧买尔·赛匹丁中短篇小说选》。

20世纪60年代初，土耳其作品在中国翻译的不多，只有两部。一是1960年6月上海文艺出版社出版袁水拍等人翻译的《土耳其诗选》。这个诗集是译者根据苏联外文出版社1953年版《希克梅特诗选》和1958年版《土耳其诗选》等译出。诗集精选了穆·凯木尔的《我的土耳其》，奥·黎法特的《幸福的歌》，扎·古列比的《穆罕默德·阿里》，阿·泰伊兹的《自由》，梅·哲夫岱特的《明天》，纳·希克梅特《糟透了的"自由"》等6位著名诗人的42首诗，无论是思想性和艺术性都代表了土耳其诗坛上的最高水平。1963年3月，少年儿童出版社出版了范霞、陆卯君根据苏联儿童出版社1959年版的《土耳其故事集》俄译本转译的短篇小说集。其中

[①] 高慧勤、栾文华主编：《东方现代文学史》（下），海峡文艺出版社，1994年1月，第1157页。

包括奥·凯木尔的《童工的故事》、《小阿里》、《小家虫》，法·艾尔定奇的《留斯吉姆》、《造反的》，沙·柯佳格约兹的《小贩》、《鱼池》，萨·埃尔滕的《泥饼》，法·巴依萨尔的《姑娘井》共9篇。其内容主要描写了土耳其广大儿童的悲惨生活。由于书中所描写了众多儿童不同的悲惨遭遇引起中国少年儿童的同情，所以，这部短篇小说集只一版就印了1万3千册。

在20世纪60年代以前中国译介土耳其作家作品最多的有两位，一位是著名小说家萨巴哈汀·阿里（1906—1948），另一位是著名诗人纳泽姆·希克梅特（1902—1963）。阿里从写诗开始进行文学创作，与希克梅特结识成为挚友，并在其影响下，转向小说创作。1958年3月作家出版社，1959年9月人民文学出版社，先后出版了由轶光根据苏联文学出版社1955年版俄译本转译的著名长篇小说《我们心中的魔鬼》（1940）。小说用批判的目光观察社会问题和人物间的关系，描写了土耳其知识分子的种种遭遇和不幸，抨击了泛土耳其主义和法西斯主义思想，被认为是土耳其批判现实主义文学走向成熟的标志。小说中译本出版后，发行将近一万册，受到中国广大读者的推崇与关注。1984年6月，春风文艺出版社出版了曾宪英、唐鹤鸣翻译的阿里的中篇小说《穿皮大衣的马利亚》。这部小说坚持了他善于描写爱情和感情故事的传统，将土耳其小职员、青年拉伊夫与柏林画家、歌女马利亚在爱情生活上的激情与不幸淋漓尽致地表现出来，表达了作者的婚姻恋爱观，博得广大中国读者的同情。此书新疆人民出版社1984年出版了吐尔逊娜衣用维吾尔文翻译的译本，名为《穿皮袄的女人》。

希克梅特是土耳其20世纪最伟大的诗人，因其国际主义思想和创作，使其在世界文坛占有一席之地。1952年11月，人民文学出版社出版了陈微明等根据法译本和俄译本转译的《希克梅特诗集》。诗集选收了作者1921至1952年间发表的诗作47首。其中包括《我的心》、《诗人》、《饥饿的人们的瞳孔》等,几年间连印了4次,发行近4万6千多册,在中国拥有大量读者,产生了深远影响。1953年11月,平明出版社出版了乌蒙根据苏联外国文出版社1952年版俄译本转译的剧本《土耳其的故事》。这个三幕剧的中译本被收入《近代文学译丛》。剧本以1950年帝国主义发动侵略朝鲜的战争为背景,描写了土耳其人民为了和平和自由所进行的顽强斗争,强烈谴责了将国家和民族推向战争和苦难深渊的统治者和帝国主义势力。同年12月,人民文学出版社又出版了魏荒弩译的《卓娅》。1955年11月通俗读物出版社新1版再次印行该叙事诗,为了满足读者需求,两个出版社共印了15万册,使这个长诗在中国产生了极其广泛而深远的影响。这是希克梅特在监狱中为苏联卫国战争初期英勇反对德国法西斯而英勇牺牲的女英雄卓娅所写的颂歌。卓亚的故事在中国深受广大青年的喜爱。几乎是相同的时间,平明出版社出版了陈彦生和吴春秋根据苏联文学出版社1954年版俄译本转译的剧本《爱情的故事》。这个根据土耳其古代民间故事创作的三幕诗剧,描写画匠费尔哈德与公主希琳相爱,在一同出逃时被女王追回。女王许诺画匠凿穿铁山将水引进城,二人即可完婚。画匠坚持开凿十年而未成,因为他深知引水工程将给人民带来幸福,所以毅然拒绝了女王强迫他与公主结婚的要求。希克梅特的作品,无论是诗歌、小说还是剧本,都以极大的热情表现了他对人民、对祖国、对世界的关切和热爱,其中包括不少涉及中国和中国人民的友好篇章。

1921年,年轻的诗人希克梅特为了寻求真理到苏联莫斯科东方大学学习,与中国著名诗人萧三是同学。1951年11月17日,世界和平理事会书记处、国际和平奖评判委员会及捷克保卫和平委员会,在布拉格卡洛林拿大礼堂举行授予希克梅特"国际和平奖"的隆重典礼。萧三在典礼上作了关于希克梅特的介绍。他热情洋溢地说:"请允许我代表全体在场的人士,并且用全世界亿万爱好和平的普通男女的名义,特别用抗美援朝的中国人民志愿军的名义,向这位杰出的英勇的和平战士,我们的亲爱的朋友,兄弟——纳齐姆·希克梅特致热烈的敬意。"他接着从在莫斯科东方劳动者大学认识年轻热情的希克梅特开始,讲到希克梅特如何从一个民族诗人成长为一个国际诗人。"他也写中国的革命,也写印度的战争,也写埃塞俄比亚的战争(他对我说,他写的关于中国革命战士的诗特别多。因为他经常记得在东方劳动者大学的中国同学们。有一首诗中他写道:'我的心一半在土耳其,一半在中国'。)"萧三在讲演中还告诉人们一件事:"纳齐姆·希克梅特写过一篇长诗——'哲孔达与萧'。这是在他和我们都分别回国以后写的。他在一个外国报纸上读到,萧某为中国革命牺牲了,被蒋介石刽子手砍去了头……这篇诗感动了全土耳其的青年,许多人读了流泪……当我们分别而在柏林世界青年与学生联欢节大会上重逢的时候,我们是那样的高兴,近乎合唱地念了一句:'还是那颗心,还是那颗头颅'。当我告诉他,在莫斯科和他同学的那些中国同志们百分之九十以上都为中国人民的解放事业而牺牲了时,彼此心里都充满了哀悼和崇敬之感"。[①]

作为一个国际主义战士,希克梅特关心中国革命和中国人民的诗作不少。长期的监禁严重地损害了希克梅特的身体,医生对他说他的心脏受到了影响。"我的心脏?"他说:"它仅仅只有一半在土耳其,在牢里。另一半在中国,同那正下黄河的军队在一起。"尽管这些诗句成为土耳其反动统治者指控他"不是爱国者"的证据,但是诗人一如既往地关注中国人民的民族解放斗争。20世纪20年代末,当希克梅特听到帝国主义的走狗屠杀中国革命志士仁人的消息后,悲愤地写下长诗《蒙娜丽莎和萧》(1929)和《贝纳尔齐为什么要自杀》(1932),通过对中国和印度人的刻画,以隐喻的手法表示,在

[①] 萧三:《希克梅特诗集》,人民文学出版社,1952年,第207—214页。

和土耳其有同样遭遇的一些殖民地和殖民地国家，也和土耳其一样有进行社会主义革命的必要。他愿意将他的诗献给那些握着武器为和平而战的人们。"鲜红的血／我的血／同黄河混合在一起奔流／我的心在中国／在那为正义的国度而战的／士兵队伍中间跳动。"①

　　1952年，希克梅特曾与著名智利诗人聂鲁达一起来中国，代表世界和平理事会授予宋庆龄和平奖金，并写下有关中国的七首短诗。在《新的长城》一诗中，诗人写道："我看见了新中国的长城／那砖石就是千千万万团结的人民／它的大门为朋友而开／敌人还没有爬上台阶／就被斩断了头颈"。②希克梅特与中国和中国人民的友谊是建筑在国际主义基础之上的，是牢不可破的。

　　20世纪60年代以后至20世纪80年代，时值中国"文化大革命"，也是大革中国文化命的年代。中国翻译事业一片枯萎与凋零，土耳其作品的翻译自不例外。20世纪80年代以后，才开始进入一个新的繁盛时期。这股译坛新风是从1981年4月外国文学出版社出版了李贤德根据土耳其伊斯坦布尔杰姆出版社1974年版译出凯马尔（1922—）的《瘦子麦麦德》第一卷开始的。这部长篇小说主要描写贫穷农民瘦子麦麦德在恶霸地主的残酷剥削和压迫下，家破人亡，最后被逼上梁山，成了绿林好汉。在广大农奴民的支持、帮助下，他勇敢地和地主进行殊死斗争，使得地主躲在亲友家，不敢回乡作恶。此书印数近5万册。同年8月，山西人民出版社出版了翁本泽根据莫斯科外文出版社1961年版译本译出的萨米姆·科贾格奥斯（1916—）的《万军归来》。这部长篇小说描写大学生、新诗人哈利特有理想有抱负，毕业后和女同学涅斯林结婚。因经商发财，成了百万富翁。但金钱和爱情都未给他带来幸福，他感到很空虚。最后，

---

①　希克梅特《我的心不在这里——心脏病》，选自《希克梅特诗集》，陈微明等译，人们文学出版社，1952年。

②　季羡林主编：《东方文学史》（下册），吉林教育出版社，1995年，第138页。

他决定与妻子离婚，放弃财产，决心回到事业中去。1982年2月，湖南人民出版社出版了徐玫等译的阿吉兹·涅辛（1915—）的《我是怎样自杀的》。这部短篇小说集主要包括《我是怎样自杀的》、《星期天的娱乐》、《独人乐队》、《我最讨厌谄媚》、《逼疯》、《排队》等39篇讽刺小说。1983年8月，江西人民出版社出版了秦雨根据法国联合出版社1956年版法译本转译的戴尔维希的长篇小说《安卡拉的囚犯》。小说描写一个穷大学生爱上贪图钱财的女邻居，后他为她失手打死了自己的堂弟。入狱12年后，女邻居已变成贪婪的女商人。1983年9月，中国民间文艺出版社出版了戈宝权译的世界民间文学丛书《纳斯列丁的笑话》（土耳其版的阿凡提故事）。纳斯列丁是土耳其民间广泛流传的一个机智人物，也是新疆阿凡提式的人物。全书共收入笑话300多篇，这些故事语言幽默、诙谐，富有浓厚的喜剧色彩和强烈的讽刺性。

1985年5月，湖南人民出版社出版了徐玫和黎地根据土耳其革命和主人出版社1972年翻译出的列·努·君泰金（1886—1950）的《伊斯坦布尔姑娘》。这部长篇小说叙述了一个土耳其军人的女儿菲丽黛和表哥卡姆朗爱情上的悲欢离合。1986年11月，少年儿童出版社出版了唐鹤鸣等译的世界民间故事丛书土耳其篇，珀·纳·布拉塔夫的《鹦鹉血》。其中收入《医治眼睛的良药》、《鹦鹉血》、《懒汉》、《樵夫的三样宝贝》、《渔夫和血仙》等18篇民间故事。

这个时期翻译出版的土耳其作品主要有两个特点，一个是直接译自土耳其原文的译本多了，二是印刷量很大，几乎都在几万册以上，表明中国土耳其建交以来，尤其是改革开放以来中国人民的阅读热情很高，迫切想了解包括土耳其在内的世界各国文学作品。

三

在中国和土耳其文化文学因缘的梳理中，2006年获得诺贝尔文学奖的土耳其作家奥尔罕·帕慕克是不可回避的作家。他的获奖的理由是"在追求他故乡忧郁的灵魂时发现了文明之间的冲突和交错的新象征。"有的译为"冲突和杂糅"或"冲突和融合",无论如何这种译介表现出帕穆克作品中那种对东西方文明或文化之间、伊斯兰传统与西方现代化之间矛盾的探究,那种身处混杂化生活中的种种追求与体验。

帕慕克曾多次宣称自己并不那么热衷于政治,但是他始终未能放弃对社会问题的关注,对大是大非的判断。他不仅反省第一次世界大战中土耳其对亚美尼亚人的大屠杀,而且在应邀主编一天的伊斯坦布尔自由派日报《Radikal》时,于2007年1月7日的头版头条就有文章报道,该国知识界缺乏言论自由,并哀叹知识分子命运。尤为注意的是,文章还追溯了半个多世纪前的旧案,即土耳其著名诗人纳齐姆·希克梅特因左翼政见,被政府以叛国罪关进监狱,被营救后流亡苏联,1963年客死他乡,其作品也在祖国土耳其长期被查禁。这不能不说明他的积极进步的政治主张。

不仅如此,帕慕克应邀于2008年5月21日飞抵中国北京后,开始为期10天的首次中国之行。22日在中国社会科学院进行了主题讲演,在讲演中,他一再对汶川大地震的受难者表达自己的哀思。因为他是1999年土耳其大地震的亲历者,所以对汶川大地震表现出异常关心。他在来中国前得知四川大地震的消息后,曾与他的名著《我的名字叫红》的中文出版方"世纪文景"联系并主动发邮件询问地震详情,表示他同样沉重的心情。帕慕克还根据"汶川大地震"的形势对来中国后的活动进行了调整。将在北京和上海举行的两场新书签售会变为签名义卖活动,所得款项用于赈灾。在相关人员的努力与协助下,帕慕克的签名义卖善款全部转交光华科技基金会,主要用于资助灾区学生。

土耳其语属突厥语族,历史上的突厥语本身没有书面的文字,长期使用其他语言文字，诸如阿拉伯文字或波斯语文字等。1928年为适应社会发展的需要，土耳其实行了语言改革，开始使用拉丁字母，其间受到斯拉夫语言的影响。突厥语族除土耳其以外主要还分布在中国西北部、苏联、伊朗、阿富汗以及东欧一些地区。中国国内的突厥语族语言包括维吾尔语、哈萨克语、柯尔克孜语、乌兹别克语、塔吉克语等。帕慕克用现代土耳其语写作，而现代土耳其语实际上是从突厥语族西部分支（即语支）演化而来，其历史悠久，传统叙事文学和诗歌较发达。进入现代以后，由于西方强势文化的影响，古老的突厥语言文学的发展和汉语言文学一样经历了凤凰涅槃后的浴火重生。帕慕克以土耳其语写作并获得诺贝尔文学奖，使古老的突厥语文学创作在世界文学中有了一席之地，并产生了世界性影响。

帕慕克的作品在中国内地的翻译始于他获诺贝尔文学奖之前。其第一本书《我的名字叫红》，于2006年8月由北京世纪文景公司引进，上海人民出版社出版（二者同属上海世纪出版集团），问市仅一个月就已发行了3万册，后又多次加印，有望突破10万册。陆续出版的小说是《白色城堡》（上海人民出版社，2006年12月），此后《雪》、《新人生》、《黑书》和《伊斯坦布尔》等也即将出版。译者是解放军洛阳外国语学院土耳其语副教授沈志兴。因其喜欢金庸的小说，所以他坦陈自己的译本风格受到金庸的影响。他还考虑到中文读者的阅读习惯，将土耳其语这种黏着语，即词的语法意义主要由加在词根上的词缀来表示的语言所形成的长句，译为简洁明了的短句，有散文诗般的节奏感。同年9月底出版方为推介帕慕克的小说《我的名字叫红》而在上海召开了一次有作家和评论家参加的作品研讨会，与会者的观点和反映截然不同，但正是这些争议，才使得这本书具有更大的艺术魅力。

1998年，帕慕克的代表作《我的名字叫红》出版。此书确定了他在世界文坛的地位,获2003年国际英帕克都柏林文学奖,这个奖金高达10万欧元的奖项,是全世界奖金最高的文学奖。此书还获得了法国文学奖和意大利格林扎纳·卡佛文学奖。这部小说以16世纪末奥斯曼帝国为背景,围绕土耳其苏丹宫廷细密画画师被杀一事,分59个叙述单元,不断转换叙述角度。其中一位叙述者在查清凶手的过程中,也赢得了爱情。这部描写东西方文化差异的小说,主要通过绘画艺术来反映东方和西方的关系。细密画是古波斯艺术的重要门类,始于宗教书籍如摩尼教或伊斯兰教的经书的边饰图案,以后主要用作书籍的插图及封面和扉页上的装饰图案。波斯细密画的技法明显受到主要是通过蒙古人带去的中国工笔画的影响,只是其细密的程度比工笔画更精致。另外是它本身所表现的宗教文化传统,喜用鲜艳炫目的色彩,富贵庄重的金箔来装饰经书,以表现经书的崇高地位。但是摩尼教经书之后的《古兰经》被禁止绘画,因而只能用于装饰。波斯细密画传统处于西方的写实和东方的写意之间冲突与交融着,从而表现土耳其处于传统与现代、东方与西方之间的两难境地。小说结局预示着一种普世价值的存在即艺术的自由和真理的探寻是作家精神卓越性的最根本表现。

帕慕克其人和创作在中国文坛所引起的震撼是巨大的,尤其是对那些不断探索、写作的人而言,不亚于一场大地震。正如文学评论家、《人民文学》主编李敬泽所说"我无法估计中国作家能够从这位同行那里获得什么样的影响。但是,有一点我觉得非常有趣:在20世纪二三十年代,中国人一度对土耳其产生过兴趣,那时我们把土耳其的凯末尔视为对一个古老帝国实行现代化改造的成功范例,在当时中国的舆论中,是要向土耳其学习,向凯末尔学习。当然后来情况变了,我们的学习对象也不断变化,这种变化实际上是表明了我们对自身的想象和规划。"①

评论家刘再复在用笔回复记者采访时写道:"读到帕慕克获奖公告上的评语时,我内心有些激动,读者很多,但有我这种不平静的可能不多。因为我太理解这句话了,心灵完全与这句话相通。1994—1996年,我出版了《漂流手记》的第二部《西寻故乡》,仅从这一书名,你就可以知道,我是在他方(西方)寻找故乡的漂泊的灵魂。帕慕克的故国故乡是土耳其,这是一个亚洲、欧洲、非洲的交接地,也是东西方文化的交汇处。希腊文化、希伯来文化、伊斯兰文化都在这里产生过巨大的影响。帕慕克虽然出生在边缘地带,可是他在美国学校法语英语都很好,显然身心拥抱过当代西方文化。一方面身上流淌着土耳其的血液,一方面又有普世眼光,这就注定他的内心充满矛盾。"②这何尝不是刘再复本人心态的真实写照。这是作家与知识分子相通的一种心灵责任,是处于文化冲突间的"忧郁灵魂"重新寻找精神家园和良知家园的一种焦虑。

随着帕慕克的小说不断在中国出版,对其更深刻的解读一定会成为必然趋势。以帕慕克为代表的现代东方作家面对东西文化冲突的艰难选择,一定会对中国当代作家产生更加深远的影响,并将成为中国、土耳其两国之间文化文学因缘中最有意义的一页历史。

---

① 《南方周末》2006年10月19日。
② 《南方周末》2006年10月19日。

作家作品篇

普拉姆·迪亚作品的反殖民主义倾向[①]

普拉姆迪亚是印度尼西亚独立后最杰出和最有代表性的作家。他以优秀的小说闻名东南亚。有些评论家认为他是"在(印度尼西亚)一代人或许只能出现一个的作家",并拟提名他为诺贝尔文学奖的候选人。

普拉姆迪亚·阿南达·杜尔(1925—2006)生于印度尼西亚中爪哇的小市镇布洛拉。父亲是一位具有激进民族主义思想的教师,曾因不愿与荷兰殖民者合作,而放弃官办学校高薪教职,出任利立民族学校的校长。但学校屡遭荷兰当局的非难与破坏,其父也消沉、潦倒而死。母亲是个虔诚的伊斯兰教徒,在贫困的家境中哺养9个孩子,积劳成疾。普拉姆迪亚自幼受到民族意识的默化以及艰苦生活的磨炼,这对日后的创作颇有影响。

1942年,日本帝国主义占领印度尼西亚时,他刚从泗水无线电专科学校毕业,为帮助病重的母亲养活弟妹,只得出外谋生,备尝艰辛,亲身体验到下层人民的苦难。后来,他在日本新闻机构同盟社当打字员,并开始对文艺产生兴趣。1945年8月17日,印度尼西亚宣布独立,他积极投身于八月革命的热潮之中,任战地新闻军官,开始了创作生涯。

1947年,他任印度尼西亚自由之声出版社编辑。不久因奉命印

[①] 本文原载《大学生GE阅读》(第12辑),中国传媒大学出版社,2014年。

发抵抗荷兰殖民军入侵的传单，被荷兰殖民军逮捕入狱，直至1949年才获释。1950年他任图书编译局现代文学部编辑。1952年他自己创办出版语言、文学、文化等方面书籍的"使者图书社"。1953年应荷兰文化合作协会的邀请赴荷兰参观考察，但荷兰的社会状况令他大失所望。1956年应中国作协邀请参加鲁迅逝世20周年的纪念活动，印象极深。1959年被选为人民文化协会中央理事会理事、文化协会副理事长及《东兴报》文艺副刊主编。1965年"九·三〇事件"后被捕至1979年才获释，过了14年的禁锢生活。

普拉姆迪亚是个已有40多年创作历史的多产作家。他的作品程度不同地反映了印度尼西亚宣布独立前和独立以来的重大事变，渗透着强烈的民族情感和浓厚的人道主义精神，具有反帝、反殖的性质。他的作品尤其表现了对被压迫、被奴役、受侮辱、受损害的下层人民的深切同情，还有些作品突破了旧人性论的局限，表现为人民服务的思想内容。他的创作活动一般可分为三个时期。

前期（1945—1949）又称为八月革命时期。这时期，"八月革命"的风暴席卷了印度尼西亚，各阶层人民为迅速发展的形势欢欣鼓舞，反帝的革命情绪非常高涨。他创作的《勿加泗河畔》、《往何处去?》主要表现了八月革命时期主人公的战斗经历和高尚情操。在革命屡屡受挫，民族资产阶级向帝国主义妥协，八月革命宣告失败之后，他在狱中创作了小说《追捕》、《被摧残的人们》、《游击队之家》、《革命随笔》、《黎明》、《布洛拉的故事》等，内容都以他生长过程中所见所闻的人或事为题材。其中既有对以往童年家庭不幸遭遇的回忆，也有对家乡贫苦人民苦难生活的追述，表现出对荷兰殖民统治的强烈不满。但更多的是描写八月革命的战火，包括自己的战斗经历、狱中生活，以及战乱中各种人物的不幸与遭遇。

前期的代表作是《游击队之家》(1950)。这部长篇小说以荷兰发动的第二次殖民战争为背景，描写游击队员萨阿曼的家庭在1949

年初的三天三夜中遭到破灭的故事。萨阿曼被捕后,妹妹为营救他,受骗被奸污;母亲因想念他在前线牺牲的弟弟,发疯而死。具有人道主义思想的主人公萨阿曼,被捕前为民族利益不但杀死过许多敌人,而且也杀死了当荷兰雇佣兵的父亲,精神很痛苦。被捕后,愿以死求得解脱。小说从一个侧面说明印度尼西亚普通人的家庭,在抗击外敌、争取民族独立的战争中所做出的重大牺牲。同时也表现出作者思想中民族主义和人道主义的矛盾,但从总的倾向看,作者还是把民族独立置于人道主义之上的。

中期(1950—1956)是他思想苦闷、彷徨的时期。八月革命失败后,印度尼西亚名为独立,实为半殖民地国家。统治阶级贪污腐化,下层人民困苦不堪,黑暗的社会现实使刚刚出狱的普拉姆迪亚非常失望。小说《一片漆黑》、《不是夜市》主要描写为民族独立而做出身残、破产等重大牺牲的普通战士和人民,在"独立"后的印度尼西亚处境依然悲惨,表达了作者彷徨和忧虑的情绪。《雅加达的故事》、《雅加达的搏斗》、《镶金牙的美人米达》等小说,主要描写女佣、妓女、小贩等社会底层小人物的悲惨生活,有的带有自然主义倾向,表现了作者对社会不平的愤怒与抗议。

1954年发表的《贪污》是这个时期的代表作。这部中篇小说以一个贪污官员的自述,描绘了50年代初期印尼"移交政权"后统治阶级的腐朽没落。以及在当时污浊的社会风气影响下,意志薄弱的主人公从一个洁身自爱的官员陷入贪污泥淖的犯罪过程。主人公巴基尔原先廉洁奉公,但结果不但生活困难,而且被人瞧不起;当他因贪污大发横财后,却受人尊敬,出入上层社会。作品以他的官场沉浮,无情地揭穿了体面的达官贵人,实际是贪赃枉法的罪犯的本质特征。小说运用细腻、逼真的心理描写刻画人物,尤其是人物灵魂深处去剖析犯罪的心理,颇为成功。

后期(1957年以后)是他思想发生了重大变化,进入以文学作武器踏上为绝大多数人去斗争的时期。1957年,他在《红星报》上发表《吊桥与总统方案》一文,总结自己以往创作道路上的经验教训,阐明对现实的看法和对前途的信心。他肯定工人和农民的巨大作用,结束了悲观、彷徨的精神状态,用现实主义的方法直接描写工农,努力反映人民的生活和斗争。《南万丹发生的故事》已越出暴露文学的局限,正面描写贫苦农民反抗恶霸地主的斗一争,赞扬了农民的胜利。《铁锤大叔》以满腔的热情描写了1926年印度尼西亚民族大起义。主人公铁锤大叔虽然是个一无所有的修鞋工,但他有强烈的民族意识和顽强的斗争精神,在同荷兰殖民军的战斗中英勇牺牲,表现出普通工人的优秀品质。这种讴歌明显地体现了作者新的文学观点。1962年完成的描述渔村贫苦少女嫁给城里贵族老爷后遭到歧视和欺凌的小说《渔村少女》,是这一题材三部曲的第一部,后两部在同年完稿后,在1965年的"九·三〇事件"时被销毁了。

1965年,印度尼西亚发生"九·三〇事件"后,普拉姆迪亚被拘捕,并押在布鲁岛等地14年,直到1979年底才重获自由。在监禁中,他不但没有消沉,没有泯灭艺术才华,反而在极其艰难的情况下,完成了11部鸿篇巨著,其中最为出色的是"布鲁岛四部曲"。

《人世间》(1980)是被命名为布鲁岛小说四部曲的第一部,其余三部是《万国之子》(1980)、《足迹》(1986)、《玻璃屋》(1988)。这"四部曲"故事连贯,又各成一体,以鲜明生动的人物形象,波澜壮阔的场景,再现了印度尼西亚民族在1898—1918年这段重大历史转折时期,不甘忍受荷兰殖民主义者的欺压与掠夺,迅速觉醒斗争的历史画卷。1980年,"四部曲"前两部《人世间》、《万国之子》相继出版,轰动了印度尼西亚文化界。1980年8月和9月,《人世间》和《万国之子》先后在荷兰出版,轰动了欧洲文坛,很快就译成了多种文字,传遍世界。但是都被印尼"新秩序"政府宣布为禁书,不准在印尼全境收藏和传播。1981年9月,英国、荷兰等14个国家的28个作家联名写信给印尼新闻界,对查禁作家的近作,表示强烈抗议。引起世界文坛的注目。

《人世间》以一对印度尼西亚青年的爱情故事为主线,展示了19世纪末印度尼西亚社会的各种矛盾,反映了印度尼西亚上层人民所受的殖民主义压迫。小说主人公明克是个印度尼西亚土著青年学生,他偶然到一白人侍妾温托索罗姨娘家做客,遇到她美丽无双的混血女儿安娜丽丝,两人情投意合。温托索罗姨娘想尽办法支持他们自由恋爱。为了纯真的爱情,明克蔑视上层社会的各种偏见与诽谤,顶住家庭的压力,安娜丽丝一往情深,坚持自己的选择,甘当土著民的妻子。明克高中毕业后,两人按照伊斯兰教习俗结了婚。但是好景不长,安娜丽丝在荷兰的同父异母哥哥上诉要求继承财产,并援引白人法律不承认她与温托索罗姨娘的母女关系以及她与明克的夫妻关系。白人法庭的无理判决引起武装骚乱。最后,在军警的弹压下,安娜丽丝被只身遣往荷兰。这个悲剧故事,深刻揭示出在荷兰殖民统治下,印度尼西亚民族的无权状态,以及他们不甘压迫所进行的反抗。

《人世间》的舞台中心是温托索罗姨娘家的"逸乐农场"。这个农场具有典型意义和象征意义,它实际上就是当时印度尼西亚殖民地社会的一个缩影。在这个小小的天地里,以农场主白人梅莱玛和他的白种儿子毛里茨为一方,代表着拥有殖民特权的统治者;以梅莱玛的侍妾温托索罗姨娘和明克为另一方,代表着受欺侮而又无权的人民;而混血儿的罗伯特和安娜丽丝是分化的中间阶层,他们虽属白人社会,但处处要低于纯白人一等,罗伯特倾向于白人父亲,也走向堕落的深渊,安娜丽丝则把自己的命运和土著民的母亲及恋人明克紧密联系在一起。他们之间围绕着爱情、婚姻、产业等展开的矛盾，看似家庭冲突，实质是剧烈的民族压迫与反抗，在一定意义上可以说是当时印度尼西亚殖民地社会基本矛盾的具体反映。

女主人公温托索罗姨娘是作者着力刻画的主要人物，她不仅有突出的个性，而且具有强烈的反封建、反殖民主义压迫的斗争精神，是印度尼西亚妇女从沉睡中觉醒的象征。她14岁时，被贪权爱势的父亲卖给糖厂经理、荷兰人梅莱玛当侍妾，成了白人的家奴，随时准备满足主人的任何欲望。因为不是正式婚姻，她所生的子女在土著民中也被看不起。在金字塔形的印度尼西亚殖民地社会里，土著妇女处于最底层，而姨娘和主人间"有着奴隶般的从属关系"，地位比奴婢还低，比妓女更贱，是命运最惨的一类女性。从像牲畜一样被卖掉之日起，她幼小的心灵里就感到个人尊严受到极大损伤，拒不再见生身父母。为了摆脱受奴役的地位，她努力学习文化，学习荷兰语，学习饲养奶牛，学习经营管理农场，幻想通过提高自己的价值赎回失去的个人尊严。她把主人每年付给她的薪金，作为资金在农场里入股，日夜操劳，苦心经营，终于成为远近知名的"逸乐农场"的管理者。但是在殖民地社会中，一个土著姨娘想自立于社会的任何努力都是徒劳的。她连连受到打击：她为自己的混血子女办理法律手续，但法律不承认她有作为生身母亲的权利；梅莱玛纵欲死后，洒水的白人法庭将遗产的绝大部分判给了远在荷兰的梅莱玛的婚生子毛里茨；她终年辛劳到最后却两手空空，明明是自己的亲生女儿，却将被带到远隔重洋的荷兰，由别人监护。面对荷兰殖民者给她造成的一系列悲剧，温托索罗姨娘在白人法庭上义正词严地提出血泪般的抗议和控诉："是谁使我沦为别人娇妇的？是谁逼迫土著妇女给欧洲人作姨娘的？是你们，是你们这些被尊为老爷的欧洲人！"她虽曾立誓不让自己的悲剧在女儿身上重演，也决心为"女儿的尊严而奋斗"，并且运用所有合法的方式进行顽强的反抗，但是在殖民地社会里，这种个人的反抗力量是微不足道的。一个具有欧洲文化知识、并能独立经营管理大农场的妇女尚且不能掌握自己的命运，不能保护自己的女儿，那些在殖民统治和封建压迫下的土著妇女的痛苦就更不堪设想了。

小说的男主人公明克是以西方教育方式培养出来的印度尼西亚早期新知识分子的典型。他出身于封建贵族，只因是土著民就受到白人社会的鄙视。他的名字就是上小学时白人教师骂他"毛猴"的英语谐音。他靠着父亲的贵族地位才得以成为荷兰高级中学唯一的土著学生，但却时常受到同学们的捉弄与欺侮。他聪明能干，学习优秀，有坚定的民族自信心，不甘心受到不平等的待遇，力图以自己的努力和奋斗向白人社会表明自己存在的价值和意义。他接受西方科学文化以后，逐渐觉醒，成为第一代从印度尼西亚封建贵族中分化出来的具有民族意识的知识分子。他为捍卫、保护自己的妻子免遭劫夺，随同温托索罗姨娘一起斗争，是印度尼西亚知识界中最先觉悟的先驱者。他从自身遭遇到的殖民压迫与欺侮的痛苦经历中总结教训，开始以新的眼光，设身处地地去体察民族的苦难，寻求全民族的出路。在白人法庭上，他惊讶欧洲老师——他的"启蒙者"竟然会提出许多"令人作呕，无耻下流"的问题。他勇敢地发表文章抨击白人法庭不人道的审判，迫使学校撤销开除他的决定。在毕业典礼上，他大胆自豪地宣布自己的婚礼，蔑视社会的偏见与攻击。当他妻子安娜丽丝被无理遣返荷兰时，他义愤填膺，进行了最后的反抗。但是在殖民统治下，他只能是尽其"责任"进行反抗，以表明自己的所谓权利，"一直到无法反抗为止"。正如小说的结尾处温托索罗姨娘对他说的："我们已经作了反抗，孩子，我的孩子！我们已经尽了最大的努力，作了最体面的反抗！"明克和温托索罗姨娘为捍卫自身权益的反抗虽然由于力量单薄而失败了，但是他们已经觉悟到："土著民一辈子遭受像我们一样的苦难，犹如河底和山峦的石头，任人斧凿，无声无息。倘若大家都像我们一样起来呐喊，就会轰轰烈烈，也许会闹个天翻地覆。"因此他们绝不会停止反抗，而且必将与整个民族的反抗汇合在一起，去争取全民族的解放。

小说的第三个主要人物是安娜丽丝，她天真、美丽、心地善良、勤劳能干，但有时表现出性格脆弱。她是混血儿，虽然法律上承认她的欧洲人血统，但她同情母亲温托索罗姨娘，愿意做个土著民，长大后要做个土著民的妻子。面对逆境，她表现软弱，反映了长期处于殖民剥削和封建压迫之下的土著妇女的一般性格。

除上述三个人物外，作者还成功地塑造了许多各阶层的人物。在这部小说里，作者不是将人物简单地划为好人和坏人两大类，更不是将白人统统归入殖民者之列，而是把握住殖民地社会的复杂性：民族矛盾与阶级矛盾相交织，白人民主派与白人统治者相对抗，封建传统观念与西方资本主义思想相斗争等等，赋予各种人物以千差万别的性格特征，使他们具有各自的典型性和象征性，因而使小说所反映的印度尼西亚民族的觉醒和斗争具有19世纪末的时代特征。这表明了作者创作思想的成熟。

《人世间》采用第一人称的写法，小说主人公明克不是以局外人或旁观者的身份客观描述他耳闻目睹的事实，而是以当事人和抒情主人公的身份倾诉自己的亲身经历及其真实感受，喜怒哀乐情真意切。这种写法不仅使故事娓娓动听，而且使读者觉得格外亲切，感人至深。

另外，《人世间》是作者的后期作品，在艺术手法上突破了作者早期形成的传统风格。除保持了原来描写细腻入微、善于刻画人物内心世界的矛盾等优点外，在情节结构和语言上都有新的创新。以往作者在展开故事时，结构和情节安排得比较松散，有时不尽合理，而在《人世间》中已有根本改变。小说的构思精巧，结构完整紧凑。《人世间》等"四部曲"既浑然一体，又独立成章。情节处理得巧妙得当，笔锋突转屡成悬念，使整个故事跌宕起伏，错落有致。作者为达到更好地教育青年一代的目的，大胆采用易于领会的当代流行的通俗化语言，寓哲理于流畅、舒缓的描写之中，寄情深远。

《万国之子》的情节紧接着《人世间》的内容展开。由于荷兰殖民当局法院的无理判决，温托索罗姨娘全家骨肉分离，几乎是家破人亡。女儿安娜丽丝被强行遣送到荷兰以后，悲愤交加，不久便离开人世。罗伯特·梅莱玛从妓院逃离后，四处漂泊，最终死于美国。家中只剩温托索罗姨娘和女婿明克相依为命。在温氏家乡，明克了解到温氏侄女的悲惨遭遇和当地农民的反抗斗争，受到极大教育。一次他应邀去采访因反抗清朝腐败、探索革命道路而流亡到东印度的华人青年许阿仕。他的悲壮言行和生活遭遇对明克影响深刻。由于荷兰殖民当局的追捕和当地华人罪恶势力的陷害，许阿仕死于非命。温氏和明克都极为愤慨。最后，梅莱玛前妻之子毛里茨·梅莱玛从荷兰来到东印度，按照殖民当局法庭的判决，准备接管温氏的产业。由于温氏和明克等人的据理力争，毛里茨理屈词穷，只能暂缓接管。作者在书中以更加锋利、泼辣的笔触，揭示了民族独立斗争前夜的印度尼西亚日益激化的社会矛盾，进一步刻画了明克在民族解放的历史潮流中成长的过程。

《足迹》继续讲述男主人公明克的生活史。他进入巴达维亚医学院求学期间，认识了华人姑娘洪山梅，并结为夫妻。不幸的是，洪山梅为了促使华人的进一步觉醒与进步，在竭尽全力展开组织宣传工作时因积劳成疾而病逝。在爱妻的教育和感召下，明克成立了东印度第一个土著民进步组织"贵人社"，并创办了《广场》报。虽然后来"贵人社"由于多种原因名存实亡，而《广场》报却越办越兴旺，并成为唤醒民众，为民申冤的有力阵地。明克有机会结识了卡西鲁达＊国的公主，并亲向总督请求，召回公主父王，结束其流亡生活。明克的努力未果，却意外地与公主缔结良缘。明克不断总结经验教训，得以成立全民性的"伊斯兰教商业联合会"。商会举步维艰，克服阻力，不断壮大。后因《广场》报上的过激言论，明克被殖民当局逮捕。作者在书中描写了民族解放运动的不断壮大，以印尼知识分子为代表的先知先觉者为宣传启蒙思想，组织群众斗争，所进行的艰苦卓绝的努力，反映了广大人民的逐步觉醒。

《玻璃屋》续写男主人公明克在民族解放运动初兴时期的战斗历程，此时的明克已经是一个相当成熟的资产阶级知识分子形象。他创办民族报刊，创建民族政党，点燃反帝反殖的星星之火，逐渐形成席卷大地的燎原之势。荷兰殖民当局面对印尼民族觉醒的大势十分恼火，使用各种阴谋诡计，千方百计进行破坏。他们妄想将整个印尼变成一个"玻璃屋"式的殖民地，不仅严密地监控着屋内土著人的一举一动，而且不给他们任何生存的自由。明克就是在这种十分险恶的政治高压之下，和不甘压迫奴役的先觉者们一起为争取自由而进行着不屈不挠的斗争，并逐渐成长为一个自觉为民族解放而战的斗士。

普拉姆迪亚的这些作品既反映了他个人历经沧桑的艰苦生活，也具有浓厚的时代气息。属于"在一代人中或许只能出现一个的作家"。由于作品的世界性影响，尤其是这四部曲在世界文坛的重大反响，北京大学的居三元、孔远志、张玉安、陈培初四位先生负责翻译，由黄琛芳统一校对语言之后由北京大学出版社出版了《人世间》（1982）、《万国之子》（1983）、《足迹》（1989）三部。《玻璃屋》一书则至今还没有译作问世。

伊克巴尔文学与伊斯兰精神[①]

穆罕默德·伊克巴尔(1877—1938)是南亚重要的诗人和哲学家、思想家。伊克巴尔生活的年代，历史上的印度还未分裂，因此，他可以被认为是印度的作家。但是他的故乡旁遮普邦锡亚尔科特城现在巴基斯坦境内，更为重要的是他晚年致力于巴基斯坦建国理论的宣传和实践，被认为是巴基斯坦国的奠基人。学界现在一般认为他是巴基斯坦作家。

一

伊克巴尔生活和创作于南亚民族解放运动日益高涨的时代。他40年的诗歌创作历程具有鲜明的时代特色和探索精神，成为印度各族人民争取自由解放思想的武器和战争号角。他的诗歌表现出的思想深度已经超越了宗教唯心主义哲学的束缚，反映了对现实生活和斗争需要肯定的积极态度，以及富有宗教意味的对人的尊重和发自内心的挚爱。因此，他的艺术观基本是现实主义倾向的。他主张艺术的首要任务是应该关注生活中的主要东西，应该鼓舞人们为了争取美好的生活去斗争。他指出："诗歌应当像火一样燃烧，不能为人民服务的艺术是毫无意义的。""艺术的最高使命在于激励我们的意

---

① 本文原载《宁夏师范学院学报》，2013年第5期。

志，帮助我们勇敢地迎接生活的考验。凡是导致漠不关心或迫使我们忘却我们周围的现实，以及鼓吹生活就是向现实屈服的一切观点都是蜕化与死亡的象征。艺术不应引起甜蜜的幻想与不切实际的遐想。关于纯粹艺术的信条是文艺堕落的骗人的臆造，目的在于使人脱离生活，削弱人的力量。"①

伊克巴尔在自己的哲学著作里建立了"自我"哲学体系，"自我"是他的哲学思想的理论支柱，而"非我"则是他人生哲学追求的目标。这种"自我"和"非我"的观点明显受惠于黑格尔关于事物是矛盾的思想。他虽然认同尼采高扬生命价值的思想，但是他提倡的"完人"与尼采的"超人"却存在着本质上的不同。此外，他对柏拉图理论的批评，则清楚地表明他的哲学思想是一种注重行动的实用主义哲学。伊克巴尔的哲学思想主要体现了他对生命意义的理解和对人生精神的探索。如果说他关于"自我"的哲学观点总的倾向是受到西方思想的影响，那么他提出的"非我"的观点则表明他对东方思维模式的继承。实质上是他在倡导一种积极的人生态度，其中对个人与群体关系的理解，在某种程度上反映了东方的人生精神。因为他的哲学主张主要表述的是伊斯兰教范畴里的思想，因此也可以认为，他倡导的人生精神应该是一种穆斯林的伊斯兰精神。

从上述伊克巴尔的艺术观和哲学观的分析中人们不难发现，作为一个拥有"东方诗人"和"生活诗人"赞誉的伊斯兰思想家，他思想和创作的复杂性。而这些元素始终贯穿他创作的始终，但在他前后两个时期，内容各有侧重和不同的表现形式。他前期的诗歌具有印度国家民族主义的倾向，洋溢着爱国热情，面对殖民主义统

---

① 尼·弗·格列鲍夫《现代乌尔都语文学》，王家瑛译，见《东方文学专辑》（二），中国社会科学出版社，1981年。

治,他在诗中痛心疾首地表现出对印度教教徒与穆斯林之间不和的忧虑。游学欧洲的经历使伊克巴尔加深了对伊斯兰的信仰。因此,他后期的伊斯兰哲理诗主要以宗教探索为出发点和归宿。他虽然崇尚苏非主义思想,但大胆扬弃其中的消极遁世思想,提倡参与社会,并要有所作为的人生态度。

伊克巴尔的主要创作有《孤儿的哀怨》(1900)、《喜马拉雅山》(1901)、《云彩》(1904)、《蜡烛与诗人》(1912)、《答诉怒》(1913)、《母亲》(1914)、《自我的秘密》(1915)、《非我的奥秘》(1918)、《指路人黑格尔》(1922)、《伊斯兰的崛起》(1923)、诗集《东方信息》(1923)、乌尔都语诗集《驼队的铃声》(1924)、波斯语诗集《波斯雅歌》(1927)、《贾维德书》(1932)、《旅行者》(1934)、乌尔都语诗集《杰帕列尔的羽翼》(1935)、乌尔都语诗集《格里姆的一击》(1936)、《东方各民族应该做什么》(1936)、波斯语和乌尔都语诗歌合集《汉志的赠礼》(1938)。要真正深度理解伊克巴尔文学,阐释其中的奥秘,就要像我国著名乌尔都语文学评论家刘曙雄所说:"从伊克巴尔创作思想入手,先讨论他的早期诗歌,再讨论他的伊斯兰哲理诗,然后分析他的代表作,循着伊克巴尔的思想脉络,探究这位东方的伊斯兰诗人就会更加准确和公允。"

二

伊克巴尔诗歌创作的前期阶段,是指1896年至1905年他留学欧洲之前创作的诗歌。开始时,他为了参加诗社而写作"厄扎尔",即当时以抒情为主的一种波斯语和乌尔都语诗歌的体裁。他曾以书信形式求教于诗坛名宿德里人氏米尔扎·汗·达格,在语言美学和写作技巧上受益匪浅。略有诗名之后,他又受到19世纪后期著名的乌尔都语诗人阿尔塔夫·侯赛因·哈利(Altal Husain Hali, 1837—

1914）的影响，在诗歌创作中不乏真诚的爱国主义和泛印度斯坦思想。他积极宣扬印度教与伊斯兰教和睦相处的观点，主张在南亚次大陆建立一个文化多元的印度教徒和穆斯林共存的社会。其中较著名的有《喜马拉雅山》、《印度之歌》和《痛苦的画卷》等。

《喜马拉雅山》一诗发表于1901年4月的乌尔都文学月刊《墨丛》上，这是伊克巴尔首次在出版物上公开发表的诗歌。1904年发表的《印度之歌》在赞美印度斯坦伟大的同时，宣扬只有印度教教徒和穆斯林联合起来，祖国才能和谐的主张。这首诗语言简洁直白，通俗易懂，朗朗上口，在发表以后深受广大人民的欢迎。诗中写道："我们的印度斯坦举世无双，／我们是它的夜莺，它是我们的花园。／我们也许贫穷，被分开，被驱逐，／但我们的心一直在家乡，印度／……宗教并不宣扬敌意／我们是印度人，我们追求统一。"这首具有明显反对英国殖民主义统治思想的诗歌，运用了乌尔都语诗歌里常出现的玫瑰和夜莺是一对情侣的比喻，将自己比作夜莺，将祖国比作有玫瑰花的大花园，充分表达了他对祖国的眷恋之情，就像夜莺对鲜花一样，赤诚真挚。乌尔都语诗坛长期充斥着故作多情的虚情假意之作，缺乏充满生活气息的感人诗篇，这样反映时代精神的诗歌难能可贵，深受人们的喜爱理所当然。

1904年发表的《印度之歌》在赞美印度斯坦伟大的同时，宣扬只有印度教教徒和穆斯林联合起来，祖国才能和谐的主张。这首诗语言简洁直白，通俗易懂，朗朗上口，在发表以后深受广大人民的欢迎。诗中写道："我们的印度斯坦举世无双，／我们是它的夜莺，它是我们的花园。／我们也许贫穷，被分开，被驱逐，／但我们的心一直在家乡，印度／"……宗教并不宣扬敌意／我们是印度人，我们追求统一。"这首具有明显反对英国殖民主义统治思想的诗歌，运用了乌尔都语诗歌里常出现的玫瑰和夜莺是一对情侣的比喻，将自己比做夜莺，将祖国比作有玫瑰花的大花园，充分表达了他对祖国的眷恋之情,就像夜莺对鲜花一样,赤诚真挚。乌尔都语诗坛长期充斥着故作多情的虚情假意之作,缺乏充满生活气息的感人诗篇,像诗人这样表现时代精神的诗歌难能可贵,深受人们的喜爱理所当然。

长诗《痛苦的画卷》是伊克巴尔于1904年3月在"支持伊斯兰协会"第19次年会上朗诵的。他用激越昂扬但又沉痛难忍的词句表达了自己极其复杂的心情。当时英国殖民当局控制着印度社会,广大人民处于"万马齐喑"的沉默之中,印度斯坦上空笼罩着沉闷的空气。诗人怀着的深沉的爱国情感哀叹述说了面对印度沦亡、民族灾难,自己内心难以名状的痛苦。诗中写道:"唉,印度斯坦,你的情景,使我哭泣,/你的故事是所有故事中最羞耻的一篇。/生命赐予我只有哭泣,而无其他,/时代的巨椽将我写入哀悼者的行列。/摘花人不会放过园中的每片花瓣,/育花人相互残杀正合摘花者的意愿。"诗人将印度斯坦比作百花盛开的大花园,而将殖民者比作摘花人,将印度不同信仰的人民比做育花人,明确指出,印度各教派信徒之间日益加剧的矛盾冲突,正符合了殖民统治者"分而治之"的利益。诗人还在诗中大声疾呼:"愚蠢的人,想想祖国吧!/苍天已警告灭顶之灾近在眼前。/看看祖国正在发生和将要发生的一切,/昔日的故事为何要纠缠不清。/沉默到何时!起来控诉吧!/你脚踏大地,气宇轩昂!"这首诗清楚地表明了诗人的心态。被殖民的耻辱和同胞的不觉醒,是诗人内心痛苦的根源。面对印度不同信仰的教派之争,诗人一再大声疾呼要团结起来,放弃各自的宗教偏见,只有用"爱"来消除纷争,才是祖国统一的唯一出路。

伊克巴尔前期的诗歌创作中洋溢着朴素的爱国主义激情和深沉的民族主义情感,这是他这期间诗歌创作的主体思想。他不仅深受东方文化的熏陶,而且接受过西方文化教育。他在诗中多次表现的"爱"的精神,实际是诗人想将西方自由、平等、博爱的人道主义精神与伊斯兰教苏非主义的"爱"调合起来的努力。面对印度斯坦各种信仰间的矛盾及其产生的复杂历史背景,他不仅没有回避,而且有清醒的认识,他在诗中的分析和回答是公正的。在当时殖民统治压迫深重,并经常受故意挑唆而形成宗教冲突的印度,诗人的愤世嫉俗、奔走呼号,无疑都具有现实的紧迫性和积极意义。伊克巴尔前期的诗歌很多都是在《墨丛》杂志上发表的,为了满足读者的需求,有的诗还以增刊的形式再版,可见他的诗歌因语言通俗易懂、深入浅出而受到普遍欢迎。这些诗既适合在集会上诵读,又容易被普通民众理解。它们常以第一人称的叙述角度娓娓道来,让听众与读者感觉亲近而无陌生感,非常容易接受作者对各种社会现象及国家命运、民族前途的分析和主张,从而达到作者想启迪民众思考的初衷。从此可见,诗人前期的诗作不仅以强烈的思想情绪感染人,而且也让听众和读者从审美愉悦中受到教育。伊克巴尔前期的这些诗歌格调高亢、情感激越,是他探索祖国自新、民族振兴之路的精神结晶。诗中形象的比喻、针砭时弊的词句无一不表达出诗人对祖国的挚爱和对人民的关切。他曾表示:熟悉民族的脉搏,并以自己的艺术医治民族病症的人,才是真正的文学艺术家。他以自己的诗歌创作实践证明了自己的观点。他就是这样一位热爱祖国、热爱民族,将个人命运与国家、民族命运紧密联系在一起的爱国诗人和人民艺术家。

三

伊克巴尔在1905年至1908年旅欧期间创作的诗歌较少,其中有些诗歌是应国内友人之约而写的,也有少量的抒怀之作,但这段时期明显是他思想上的转折期。一方面西方的哲学和文化丰富了他的世界观,另一方面他开始从认识论上重新思考伊斯兰教义。在他苦苦追寻印度斯坦主义之后,他逐渐发现由于信仰的差异,印度教徒和伊斯兰教徒很难做到"合而不同"。从这一时期以后,他的思想逐渐脱离印度民族主义的局限,开始认同穆斯林是同族。他后期之所以更倾向于用波斯语进行创作,这也是一个重要原因,即他认为只有波斯语才是广大穆斯林的通用语。伊克巴尔自1908年从欧洲回国后,开始进入他创作的后期。

首先,他开始创作表现伊斯兰哲理的诗。从1905年以后的诗歌里几乎看不到他前期诗歌中的国家民族主义思想和浪漫情怀,而表现的是蕴含着伊斯兰精神的伊斯兰世界。即使像《致旁遮普农民》这样的平民化诗歌里,他用朴素的语言宣扬的也是伊斯兰的道理:"捣毁你崇拜的种族偶像,/革除束缚你的陈规陋习。/全世界都共同信仰一个主,/这才是真诚的信念,最终的胜利。/在身体的土壤里播下爱的种子,/你将收获人生的体面和尊贵。"诗人将伊斯兰的哲理与生活实践和人的尊严结合起来书写,深入浅出,浅显易懂,取得很好的启蒙效果,这是诗人思想转向后的尝试之作。

20世纪20年代,在东方世界被压迫民族争取民族独立和解放的风起云涌的大潮中,伊斯兰国家中的土耳其资产阶级革命成功;伊朗礼萨·汗(1878—1944)执掌政权;阿富汗在外交上摆脱英国控制;埃及独立运动蓬勃发展等一系列事件,预示着伊斯兰世界正在普遍觉醒。于是伊克巴尔激动地创作了长诗《伊斯兰的崛起》。"你是永恒的真主的臂膀与喉舌,/疑虑重重的糊涂人,坚定你的信念。/穆斯林,你的目标在九天之外,/群星是你在征途扬起的尘烟。/真主最后的信息使你获得永生,/虽然人世有限,人生短暂。/……你是亚洲各民族的卫士,/伊斯兰的历史早已证实了我的论点。/重新举起真理,公正和勇敢的旗帜吧,/世界需要你的引导和指点。"诗人认为作为一个真正的穆斯林应该是"永恒的真主的臂膀与喉舌";"亚洲各民族的卫士",其坚定的信念就是伊斯兰信仰。诗人还呼吁受压迫的人民应团结起来:"处处是友爱,四海皆兄弟,/这是真主的意愿,伊斯兰的真谛。/砸烂肤色与血统的偶像,同归一教,/图兰人、伊朗人和阿富汗人不要再分彼此。"诗人希望所有的穆斯林都要以伊斯兰教为旗帜,从坚定的穆斯林信仰和辉煌的伊斯兰历史中汲取力量,创造新的世界和秩序。他的目光已经关注着整个穆斯林群体,他思想考虑的是伊斯兰的明天。迫于当时的实际情况,这是任何一位伊斯兰哲人都会反思、考虑的最实际的民族问题。

其次,伊克巴尔回国一段时间以后发现,与欧洲相比,伊斯兰世界已失去了昔日的辉煌,于是他写了一些叙说伊斯兰衰落的诗篇,以使广大穆斯林警醒,将民族复兴付诸行动。这些诗歌是作者痛苦的呻吟,是诗人绝地悲哀的呐喊,分别写于1910年和1913年的《诉怨》和《答诉怨》最有代表性。前一首主要写仿佛被真主抛弃的穆斯林所要面对的种种衰落,诗人要向真主诉说穆斯林世界的悲惨状况及自己的哀怨,以表达穆斯林的心声。后一首是写真主仿佛听到诗人的诉怨而对诗人的答复,指出穆斯林衰落的原因,以及如何振兴的道路。诗人在《答诉怨》中借真主之口批评年轻一代穆斯林,赞扬穆斯林前辈,态度尤为鲜明。"你们互相斗争,他们相互宽让;/你们互相挑剔,他们相互包容。""你们自我毁灭,他们自信自尊;/你们蔑视友爱,他们为友爱献身。"他在诗中借真主之口赞美穆斯林前辈那种"追求真理,公正无私,知晓廉耻和勇敢顽强"的操守和品德。批评年轻一代穆斯林贪图享乐,不尊礼教,舍弃传统,自立门派等陋习。诗人认为在当前的时代里,青年一代穆斯林之所以动摇了伊斯兰信仰,是因为受到无神论和唯物主义挑战的结果。诗人一再告诫世人要坚守伊斯兰信仰才是振兴穆斯林的正途,这恰恰表明他的伊斯兰情怀在回国以后正在他心中充盈。

伊克巴尔创作的波斯诗歌约占他诗歌创作的半数以上,其中后期创作的叙事诗《自我的秘密》(1915)和《非我的奥秘》(1918)最为重要，比较难以理解。伊克巴尔创作的这两首叙事诗是波斯传统的叙事诗。与以往波斯描写战争和爱情故事的叙事诗不同的是，波斯语叙事诗的诗化小说的特点，如描写叙述的是有故事情节的人物和场景等，在这两部叙事诗中表现得很不明显，这两首叙事诗既没有清晰的结构故事的痕迹，也没有主要人物和情境描写，它主要以叙事化的形式来表达作者的宗教哲学思想。因此，学界也有将其视为伊克巴尔哲学著作的观点。

作为一个具有深刻哲学背景的诗人，他在自己的诗歌里贯穿了一个重要的哲学概念，即"自我"。"自我"是波斯语和乌尔都语中的"Khudi"，音译为"呼谛"。通观伊克巴尔众多诗歌中对"自我"的阐释，可知"自我"有着多重涵义。如在《永生》一诗中诗人写道："若是呼谛能够自监，自生和自我省察，即使死神降临，死亡也不能把你牵累！"在这里诗人认为，人类修炼好"自我"，不仅可以改变现实，还可以永生。在《侍酒歌》中，诗人认为："什么是呼谛？呼谛就是生命的内在奥秘！／什么是呼谛？呼谛就是整个宇宙的觉醒！"很显然，诗人在这里说的"呼谛"即"自我"，强调的是人类精神的觉醒。在《致巴勒斯坦的阿拉伯人》一诗中，诗人坦陈："我听说，民族要从奴役下得到解放，／必须培养栽植呼谛的志趣！"这句诗里的"诗谛"是诗人渴望人们要振奋民族精神，争取民族解放。

在伊尔巴克看来，"呼谛"是自我个体对生命的认知和体悟，其核心即"理性"。个人必须努力去获得"自我"，他一旦获知了"自我"，就应该将"自我"的所有献给民族利益的需要。"自我"与"非我"是两个相互依存、相辅相成的概念。"非我"（Bekhudi）音译为"贝呼谛"，"非我"是从肯定"自我"中诞生的。如果说"自我"是针对个体而言，那么"非我"则是针对民族而言的。对穆斯林来说，"自我"即个人内在的精神追求；"非我"即外在的以伊斯兰教义来规范个人。"自我"是诗人哲学思想的理论支柱,"非我"则是其人生哲学追求的目标。在这两部叙事诗集中,诗人传达了这样的思想,个人在融入民族之前要不断地增强"自我",获取"自我"。一旦他融入民族,则必须达到"非我"的境界,穆斯林则必须在遵守伊斯兰教义和传统。个人在与民族成员接触中要了解诸多生命个体的有限性并理解宗教中爱的博大含义。这些高扬生命价值、讴歌"自我"意义的思想是伊克巴尔哲学思想的核心,一直为后人所称道。

伊克巴尔的代表性著作《自我的秘密》出版以后,不仅在印度穆斯林中引起很大震动,同时也引起人们的争相解读与争论,其根本原因都与伊克巴尔理解的伊斯兰精神有关。首先,"自我"(即"呼谛",Khudi)在波斯语和乌尔都语中既有"自私"、"自负"的贬义倾向,同时也有"自己"、"人格"的意义。在伊克巴尔为该书写的序言中,他为"自我"下了一些定义。"如生命的感觉,本性的确定,觉悟的闪光点,神秘的东西,观察事物的动因等等。"[①]可以发现,诗人认为"自我"的存在很广泛,可以理解为人的理性。它不仅是自然人生命与本质的表现形式,更重要的是社会人思想与行为的动力。他理解的动力是人与生俱来的权利,人有了动力才能使生活充满意义。这种思想可以引领穆斯林的思想发生现实性变化,成为带有入世思想倾向的一种行动的哲学。这是对尚在启蒙状态下的印度穆斯林保守思想的严肃挑战,犹如对死气沉沉的穆斯林思想的一针强心剂。其次,书中有批评波斯中古著名诗人哈菲兹的内容。在印度穆斯林传统中,哈菲兹一向被认为是有苏非主义思想倾向的诗人,伊克巴尔则认为他不应完全纳入苏非主义范畴,因为哈菲兹的诗歌总的倾向是厌世,而非入世,这显然和自己的行动哲学

---

① 刘曙雄:《穆斯林诗人哲学家伊克巴尔》,北京大学出版社,2006年,第96页。

主张不符，他更不愿人们认为他是一个反苏非主义的穆斯林哲学家。他这种内心的矛盾，使世人难以理解。正是由于诗中的这些费解之处，才使人们有争相研读的兴趣。

　　《自我的秘密》篇幅短小精悍，内容丰富。包括序诗和18章正诗。全篇虽没有主要角色，但始终围绕着叙述"自我"展开。由于诗人运用了拟人的手法，所以无论是抽象的"自我"，还是具象的"自我"，都被描绘得很生动。书中穿插的各种小故事、寓言和对话都为了揭示"自我"的哲理内涵。分别涉及"自我"的本源、"自我"生命的确定、"自我"的丧失和柏拉图的影响、培养"自我"的要素、检验"自我"的尺度，以及对自己的叹息和对真主的祈祷等七部分内容。从这首诗中，人们不仅可以看到诗人充分肯定"自我"的社会价值，即人的价值和生命价值的进步意义。同时也不难发现诗人提倡穆斯林实现"自我"，就必须要遵从伊斯兰教义并充当真主代言人的主张。还可以清晰的找到诗人追述伊斯兰往日的辉煌，表达复兴伊斯兰强烈愿望的写作主线。这篇立意深刻、通俗易懂的哲理诗歌，给作者本人带来了世界性的声誉。伊克巴尔这部代表作《自我的秘密》已成为整个伊斯兰世界里程碑式的作品，充分而系统地阐述了他的伊斯兰哲学思想。

近现代阿拉伯文论概貌[①]

近现代阿拉伯地区由于西方列强的争夺曾先后沦为殖民地和半殖民地。西方文化的渗透，客观上给阿拉伯世界带来了先进的西方资产阶级文化，并成为阿拉伯文化文学发展的借鉴。从19世纪后期到第一次世界大战期间，阿拉伯的文学和文论在普遍展开的资产阶级改良主义运动中，得到了长足的发展。埃及、突尼斯、黎巴嫩、叙利亚、伊拉克、伊朗等阿拉伯国家的文学和文论，开始呈现出明显的民族主义色彩。尤其是20世纪20年代的阿拉伯文坛，先后兴起的埃及"笛旺派"和由黎巴嫩、叙利亚等在美洲的侨民作组成的"旅美派"等文学流派，他们不仅在文学上硕果累累，而且在文论上也对文学的本质和美学等问题提出了具有指导意义的理论阐述。这不仅保证了近现代阿拉伯文学的健康发展，而且对以后的阿拉伯文学的发展也产生了极其深远的影响。

拉斐仪（1880—1938）是埃及近现代较早的文学评论家，其文论著作主要有《在〈古兰经〉的旗帜下》（1926）、《月谈集》（1936）、《笔的启示》（1936）等。他坚信阿拉伯语言文学遗产的价值，坚信阿拉伯文艺复兴必须以阿拉伯标准文学语言为基础，主张文学应该把人间之美体现出来，把生活的意义提高一步。他认为作家的责任是阐述哲理，澄清是非，消除动荡和混乱，以其思想架起精神世界与

---

① 本文原载《河北北方学报》，2005年第1期。

生活之间的桥梁。他宣称阿拉伯文学可以容纳一切新事物,用反阿拉伯风格和形式写出的东西,不是阿拉伯文学。

萨拉迈·穆萨(1888—1958)也是埃及近现代著名的文学评论家,他利用创办《未来》(1914)杂志以及参与10多种报刊杂志编辑的工作之便,积极参加文学论争,并提出许多很有价值的观点。他认为,阿拉伯古代文学多是"国王的文学"和"消遣的文学",现代文学则应是千百万人的文学,人民的文学,斗争的文学。应该建立反对殖民主义压迫、用人民语言书写的、人民的、社会主义的文学。他指出:"人民是一切,人民是始与终。"文学家对此是负有责任的,在他们所写的一切作品中都应体现这一责任。他还认为:"文学的目标是人道主义,而不是艺术美。人道主义比美更具有永恒性。文学是从整体上,而不是从局部去观照人类的艺术。"[1]他的一些观点和主张,在20世纪上半叶,曾引起埃及乃至阿拉伯思想文化界的激烈争论,颇具影响。

埃及现代诗歌流派"笛旺派"的出现,使埃及现代文论得到了发展,"笛旺"(又译"迪万")是"诗集"一词的音译,"笛旺派"又称为"诗集派",因该派主将阿卡德(1889—1964)等人写诗以"笛旺"为题而得名。阿卡德主要的文论著作有《书和生活中的阅历》(1924)、《文学艺术审视》(1924)、《象征主义》(1947)、《当代文学问题》(1953)等。他主张诗歌作品应表达作者个人感情,文学是作家内心生活的历史、灵魂的写照。因此,他重视研究作者的特殊性。他在1931年写的《伊本·鲁米》的前言中指出:"不能从其文学中找出他本人独具的个性的文学家,是不值得去研究的。"阿卡德在为马齐尼(1890—1949)于1913年出版的第一版诗集的序中写道:"今天的我们已不是20世纪前的我们。新一代具有东方人的感觉,

---

[1] 乐黛云:《世界诗学大词典》,沈阳:春风文艺出版社,1993年。

面对着西方人面对的世界。"①他以"东方人的感觉"指出:"艺术美和人体一样都趋向自由,自由即美","美的艺术带来两种享受:自由和有序。"②阿卡德提出的这些主张和见解,不仅有个人的认知和思考,而且主要代表了阿拉伯当时在文学发展中的历史要求。这一流派与海外旅美派遥相呼应,标志着阿拉伯文学新时期的到来。

20世纪20年代以后涌向美洲大陆谋求发展的黎巴嫩、叙利亚等国的阿拉伯作家成立了"笔会"等一些文学社团,他们在20年代至30年代期间,进行了大量的文学活动,形成颇具特色的"旅美派"作家群和"旅美派"文学。他们不仅在诗歌和小说创作中有诸多成就,而且在文论方面也颇有建树,代表作家主要有纪伯伦和努埃曼等。

纪伯伦(1883—1931)是在世界上有着广泛影响的阿拉伯作家,他的作品被称为"东方赠给西方的最好礼物"。他在艺术上追求爱与美的主旨,在他的艺术性散文《音乐短章》(1905)、散文诗集《泪与笑》(1913)和诗文集《珍趣篇》(1923)等作品里,包含了他对美学的大量见解。他认为"美是上帝,是真理,美是爱情的向导,精神的醇酒,心灵的佳肴。""艺术是从已知世界走向未来世界,从自然走向无穷的一步。""艺术的精美只有通过风格才能体现出来,风格和思想是一对孪生兄弟。"他提倡:"诗人应有理想、梦想,应让思维有一片高于客观世界的领地,不应做岁月的奴隶,而应迈着坚定步伐走向真理,步入完美。"③纪伯伦以他在文论中的睿智与博大赢得生前世后名。

旅美派中堪与纪伯伦相比的文论家是努埃曼(1889—1988)。他的主要文论著作是《筛》(1923)和《在新筛中》(1973)等。他在大

---

① 高慧勤、栾文华:《东方现代文学史》,福州:海峡文艺出版社。
② 乐黛云:《世界诗学大词典》,沈阳:春风文艺出版社,1993年。
③ 乐黛云:《世界诗学大词典》,沈阳:春风文艺出版社,1993年。

量创作实践的基础上,系统阐述了他在文学方面创新、改革和反对因循守旧的思想。尤其在《筛》中的理论部分,重点讨论了文学批评的定义、标准和特点等问题,提出了文学批评的任务是认真鉴别作品的优劣和其中的美丑,就像用筛子筛选粮食一样,达到取优去劣的目的。他提出了"创造性批评"的概念,即文学批评家不应满足于跟在文学创作后面,而应超越它,为它引领道路。批评家不仅是"提纯者,估价者,排名者",更应成为"艺术创造者","助产士"和"导师"①。他在这部论著中还提出这样一些观点:文学负有人类的精神使命,应能帮助人认识他自己,认识使他得以前进的力量,文学作品是作者心灵和读者心灵之间的使者,而批评家的力量在于,有能力阐明作品中蕴含的一切积极因素,使作者和读者心灵间产生更好的沟通。"笛旺派"主将阿卡德曾在为《筛》写的序言中指出:"努埃曼革了语言枷锁的命,使人们认识到文学创作中思想、情感是第一位的,语言不过是表达工具;语法词法,不能创造出一个民族,但思想、感情每天都在更新着人类。"②旅美派的观点与笛旺派的主张相呼应,对阿拉伯文坛产生了重大影响。

阿拉伯旅美派文学,即过去史书论著中所称叙美派文学,其成员大多是来自于黎巴嫩、叙利亚,由于当时特殊的政治历史处境,所有这些文学家都称自己为"叙利亚人",实际上来自黎巴嫩的占大多数,现在再称"叙美派"就很不确切了。从阿拉伯文论角度讲,叙利亚近现代文论的第一人当推古斯塔基·希木绥(1858—1941)。他在1907年出版的文论专著《批评学取饮者之泉》中,大量借鉴古代阿拉伯文学批评和西方文学批评的研究成果论述了文学批评的基本法则,提出"批评阶梯论",即"批评必经阐释、分类—判断三阶

---

① 高慧勤、栾文华:《东方现代文学史》,福州:海峡文艺出版社。
② 高慧勤、栾文华:《东方现代文学史》,福州:海峡文艺出版社,第1293页。

段。阐释有三个先决条件：（1）澄清和确定被批评对象与文学史的关系；（2）弄清其类别和问世的时间地点，确定隐藏于作者及其作品之间的关系。"（3）"作出'公正判断'的条件是：批评家应是专门家，不应因个人爱好而毁誉失度，掌握分寸感，勿混淆作品与作者；批评对象是话，而不是说者。只有随着这三个阶梯提高才能达到中肯的批评。"古斯塔基·希木绥堪称是阿拉伯近代全面阐发论述了文学批评本质的第一人，具有开拓性影响。

在近现代阿拉伯文论中，突尼斯的地位是不能忽视的。1901年获得"诗坛酋长"称号的诗人穆罕默德·沙兹利·哈兹纳达尔（1879—1954）最先提出改革诗歌的号召。他在《诗之产生与发展》（1919）的讲演中，支持诗歌革新派的主张，提倡诗首先是心灵的声音，因此，诗的主要使命是描写人，写人的感情及人生的一切。为当时的浪漫主义诗风起到推波助澜的作用。

另外一位突尼斯文论家是著名诗人沙比（1909—1934），这位英年早逝的诗人不仅留下著名的诗集《生命之歌》（1955），而且还写有许多有关诗歌的文论著作，其中最重要的是《阿拉伯的诗歌想象》（1929）。这篇讲演比较全面地论述了他对诗歌创作的基本观点："提倡诗歌创作自由，主张创新，反对因袭清规戒律，主张在诗歌中再现生活，表达人的内心世界。"[①]在继后的许多文论中，他还进一步阐述了自己的艺术主张和美学理想，对后世阿拉伯诗歌的创作和诗歌理论发展都产生了积极的影响。

突尼斯作家协会主席，当代批评家穆罕默德·姆扎利（1925—2010）在1969年发表的文论著作《思想启示录》中，集中表达了他对文化和文学的见解。其主要观点是："建立真正的民族文化和突尼斯文学，此文学应从民族自身深处产生。文学是影响和被影响，是

[①] 季羡林：《东方文学史》，长春：吉林教育出版社，1995年，第125页。

给与取，是和时代、环境、现实的对话、交流和辩论。文学具有崇高使命，关心人类事务，不应怕政治参与，但应区分文学与政治，反对奴隶主义和空洞虚伪。""对文学的总的要求：体验的真确，观点的新颖，表达的地道，目的的真诚。"穆罕默德·姆扎利在文论方面的成就推动了突尼斯文学的发展。

在近现代阿拉伯文论中，埃及的文论家作出了巨大贡献。具有"阿拉伯文学之柱"赞誉的塔哈·侯赛因（1889—1973）是阿拉伯文学史和文论史上成就最高、影响最大的少数几位人物之一，其文学批评和文论著作主要有《纪念阿布·阿拉》（1914）、《伊本·赫尔东的社会哲学》（1918）、《星期三漫谈》（三卷，1925、1926、1945）、《论蒙昧时期的诗歌》（1926）、《哈菲兹与邵基》（1929）、《阿拉伯半岛的文学生活》（1935）、《和囚禁的阿布·阿拉在一起》（1935）、《诗歌与散文漫谈》（1938）、《和穆台纳比在一起》（1937）、《埃及文化的前途》（1938）、《文学与批评数章》（1945）、《阿布·阿拉之声》（1945）、《争论与批评》（1955）、《批评与改革》（1956）、《我们的当代文学》（1958）、《阿拉伯文学史研究集》（二卷，1970）、《模仿与革新》（1978）、《书籍与著者》（1980）等专著和文论集。可以说文学研究、文学批评的工作贯穿了塔哈·侯赛因的一生。他的这些著述中深入研究了古代阿拉伯文学遗产的美学价值、代表诗人、作家的历史地位，译介了欧洲现代文艺理论、批评标准和批评方法，提出阿拉伯新文学发展的大趋势。这些个性鲜明、富于创见性和挑战性的观点，形成了塔哈·侯赛因的文论体系。

他在首次震撼文坛的《论蒙昧时代的诗歌》一书中，公开宣称："科学的研究方法，应是不顾神学和传统的清规戒律而进行的客观评价，研究者所关心的只是科学真理本身，绝无其他。"[①]在此观

---

① 高慧勤、栾文华：《东方现代文学史》，福州：海峡文艺出版社。

点的指导下，他在书中得出这样的结论："归诸于伊斯兰教之前的诗歌是后来时期编造的"。他的这些观点是对传统观念的颠覆，即文学研究要突破宗教偏执的影响和束缚，文学所追求的首先是艺术美，而不是充当神学需要的奴婢。在《诗歌与散文漫谈》一书中，收入他1932年应邀在黎巴嫩所做题为《阿拉伯文学及其在世界几大文学中的地位》的学术演讲。在这篇文章中，他针对当时的两种倾向，即有人贬低阿拉伯人的文化遗产和文学传统，也有人以古代文学遗产的保护者自居，他提出："不应把阿拉伯文学称之为死去的文学，因为它活着，生机勃勃。""同时，我们也不能抵制或拒绝欧洲现代文学。我们从那里汲取营养"。他一方面认识到古代阿拉伯诗歌史诗诗剧和散文作品的多样性和丰富性，指出："阿拉伯文学具有一种绝不亚于《伊利亚特》和《奥德赛》的奇妙的艺术之美。"同时又意味深长地指出这些艺术美未能被充分发现，其原因如果说是"阿拉伯文学的过错，只是人们不去读它，也不去理解它。"另一方面，又指出欧洲现代文学学习的必要性并颇有见地地说："我们是这样去做的：把别人的东西拿来，好好尝一尝，送进肚里去消化，最后将它消化掉，加以吸收。"塔哈·侯赛因的文论使埃及乃至阿拉伯世界确立了新的文艺理论以及新的文学批评标准，对阿拉伯各国现当代文学的迅速崛起，起到积极的推动作用，文学史的发展无可辩驳地证明了这一点。

在近现代埃及文坛上，另外一位有影响的文论家是陶菲格·哈基姆（1898—1987），他是埃及乃至整个阿拉伯世界现当代文坛最著名的作家和思想家之一。他的文论著作主要有《在思想的阳光下》（1938）、《来自象牙之塔》（1941）、《文学艺术》（1952）、《均衡论》（1955）、《我们的戏剧模式》（1967）、《悟性归来》（1974）、《在思想和艺术之间》（1976）、《生命文学》（1976）等。陶菲格·哈基姆从思想家的立场探讨了文艺的美学本质问题。在《文学艺术》

的开篇他就指出:"只有文学才会发现和保存人类和民族永恒的价值,只有文学才会带有并传承民族性和人性觉悟的钥匙……而艺术则是驮着文学在时间与空间驰骋的活跃而有力的骏马。"在《来自象牙之塔》一书中,他提出了著名的"象牙之塔"论。他解释说:"我不要求作家把自己囚禁起来,与世无交,以成为一个思想家,或离群索居,生活在思考的禅房里,而是要求他们与那些他欲与之交流的各色人等进行交往。""作家经常生活在人们中间,但他又置身于高耸的'象牙之塔'中,这象牙之塔不是别的什么,只是那颗超越践踏的纯洁的心。他和人们在一起,在泥土中,是以他的身体,而不是他的心。他和他们分享一切,但不分享他们的道德虚弱,思想贫乏。他和人们在一起,为的是了解他们,爱护他们,描摹他们,之后却要引导他们,以使他们有一个榜样。"

陶菲格·哈基姆从作家的角度,指出文学与生活的本质关系问题。所谓"象牙之塔"实际是指作家的一种思想境界,一种精神人格,一种写作状态。他认为作家的使命感在于即使他们来源于人民,也要引导他们登上艺术的大雅之堂,即"不应向人们描写他们那个世界,而应把他们引向他的世界。"陶菲格·哈基姆还在大量艺术实践的基础上,提出一种旨在发展阿拉伯文学艺术语言的主张。由于官方的或正规的阿拉伯标准语和人民大众的日常用语差别很大,影响了文学的创作和欣赏,因此,他试图建立"第三种"或"中间"语言,并在剧本《交易》(1956)、《每张嘴都有饭吃》(1963)等作品中进行大胆尝试,其目的在于要找到这样一种语言,它既不与标准规范语的原则相矛盾,为任何角色所使用,又能被阿拉伯国家中任何职业和阶层的人所理解。他认为这种语言可促进说阿拉伯语的人民之间的彼此了解和接近。他的"第三种语言"论既受到一些人的赞许,也有人提出异议。陶菲格·哈基姆的文论还有很多,对埃及和阿拉伯现当代文坛具有广泛而深远的影响。

埃及现代提倡"静悄悄的批评"的文论家是叶海亚·哈基(1905—),他因主张平心静气、隽永涓细的文学批评,反对大喊大叫、金刚怒目式的批评而著名。他主要的文论著作有《批评的步伐》(1961)、《埃及短篇小说的黎明》(1960)和《思而笑——泪而笑》(1966)等。他指出:"文学是知识、鉴赏力升华的结果,与作家个人能力关系极大"。他强调,"作家必须重视人性和人道主义价值,因为艺术把人从兽性和消极状况中拯救出来。"他认为,"文学是不断的创造工程,创造性只能建立在主题和表达上,只有风格精美,文学才能精深、超卓"。①这些文论方面的见解使他成为埃及现代著名文论家。

1988 年获得诺贝尔文学奖的埃及作家纳吉布·迈哈福兹(1911—2006)在文论方面也卓有建树。他认为"文学是对现实的革命,而不是简单的描绘"。"文学是一种审美活动"。②他创作了大量有悲剧性的社会小说,因为他认为,社会悲剧的深刻性来自于对生活本质的认识,如果可以"解决社会的悲剧也许可以最终解决或减轻生活的悲剧"。③面对现实中的危机和悲剧,他认为:"既然生命的终结是束手无策与死亡,那么,它就是一种悲剧。这种悲剧无论是令人伤心哭泣的,还是令人开颜欢笑的,终究是一种悲剧,甚至对于那些视生命为走向来世之通道的人来说也是一样。"④纳吉布对小说的美学本质有自己独特的认识,他认为:"小说是既有事实又有象征、既有观察又有想象的一种文学构成——不能把'小说'判别为作家所相信

---

① 乐黛云:《世界诗学大词典》,沈阳:春风文艺出版社,1993 年,第 668 页。
② 高慧勤,栾文华:《东方现代文学史》,福州:海峡文艺出版社,1994 年,第 1432 页。
③ 纳吉布·迈哈福兹:《官间街译者序言》,长沙:湖南人民出版社,1986 年,第 2 页。
④ 纳吉布·迈哈福兹:《东方研究》,北京:蓝天出版社,1998 年,第 144 页。

的历史事实,因为作家选择这种文学形式,无须保持历史的原貌,他只是在小说中表达自己的意见。"①

纳吉布从艺术哲学的角度,提出创作技巧要不断创新。他虽然曾经说过:"欧洲一些新的创作方法也许我们永远学不会。阿拉伯作家固有的文化基因决定他们要选择适当的形式与本土的内容相一致。"②但是,由于他博览群书、通今博古、学贯东西、传承创新、借鉴再造,熔传统与现代于一炉,所以他自豪地说:"通过这些作品,我可以说,自己是烩诸家技巧于一鼎的。我不出于一个作家的门下,也不只用一种技巧。"③这种被文学史家称为"新现实主义"风格的写作动因是阿拉伯文学发展的必然趋势,因为只有"描写特定的思想和感觉,以细节为手段",才能使现实成为表达思想和感情的方法。纳吉布·迈哈福兹的这些论述,使之不愧为阿拉伯当代文论的一大家。

近现代阿拉伯文论催生了当代进了阿拉伯文论,促进了阿拉伯现当代文学的发展。

---

① 纳吉布·迈哈福兹:《为我们街区的孩子们作证》,北京:蓝天出版社,1998年,第139页。
② 《诺贝尔文学奖得主全传》,济南:明天出版社,1997年,第767页。
③ 季羡林:《东方文学史》,长春:吉林教育出版社,1995年,第1492页。

《列王纪》父子相残主题探得①

伊朗古代著名诗人菲尔多西(940—1020)呕心沥血30余年，写就卓绝古今的英雄史诗《列王纪》。这部辉煌巨著在世界文学史上虽非嚆矢之作，但列入各国文人史诗的前列，当无愧色。其精华不仅如黑格尔所称颂的，诗人"通过诗的想象力去创造新隐喻"，以生花妙笔写下"我的刀锋吞噬着狮子的脑髓，喝着勇汉们的血"②等一类非凡的诗句，而且在于殚精竭虑地描述了伊朗民族英雄鲁斯塔姆和突朗英雄苏赫拉布这对不相识父子之间的生死搏斗③。在突出善战胜恶、光明战胜黑暗的爱国主义前提下，作者暗度陈仓，揭示出一个颇富深层意蕴的父子相残的主题。从比较文学主题学研究的层面剖析这一人生悲剧，"可以对理解和阐释不同作家的天才和艺术以及读者大众情感的变化提供新的角度"④。同时可以发现，它不同于古希腊悲剧中俄狄浦斯弑父娶母、莎翁笔下哈姆莱特的恋母意识、陀思妥耶夫斯基《卡拉玛佐夫兄弟》中德米特里因与其父共享一女而在思想感情上想杀父等乱伦的母题，而和中国薛仁贵与薛丁山父子的故事、日耳曼人的英雄史诗《希尔德布兰特之歌》、高加索地区的

---

① 本文原载《伊朗文学论集》，江西人民出版社，1993年。
② 黑格尔：《美学》第2卷，商务印书馆，1979年，第129页。
③ 鲁本·利维：《波斯文学简史》，哥伦比亚大学，1969年，第67页。
④ 乌尔利希·韦斯坦因：《比较文学与文学理论》，辽宁人民出版社，1987年，第145页。

罗斯姆与其子的故事以及肖洛霍夫《胎记》中的故事等一样，都涉及了不相识父子相残的主题。

如果对鲁斯塔姆与苏赫拉布、薛仁贵与薛丁山这两对父子之间的冲突，从主题学的角度进行一番粗疏的分析，即便发现二者间的某些契合点，或许还不能得出"文明西来"或"文化东去"一类轩轾分明的结论，但对考察中伊文学交流的现象可能会有些补益。

一、同中有异的父子相残主题

比利时学者雷蒙·图松曾在讨论有关普罗米修斯的主题时指出："人类神话与传说的主题是我们多种生活的反映，是人类的索引，是悲剧命运的理想形式，是人类状况的理想形式。"①虽然他阐明的现象不及荣格的原型理论在文学领域具有更大的普遍性，但作为一种文学研究，他认为主题学中的美学情趣主要在于对人物行动的强调观点，是颇有见地的。图松还极为明确地将"父子之间争斗的形势"纳入主题学研究的范畴，这也为解析《列王纪》中父子相残的主题，提供了理论上的依据。

《列王纪》中有关父子冲突的内容是这样展示的：伊朗大英雄鲁斯塔姆在围猎时闯入突朗人的地域，因追寻坐骑而与萨曼冈国王之女塔赫米娜一见钟情，小英雄苏赫拉布即是他们浪漫爱情的结晶。多年后，仰慕生父鲁斯塔姆英名的苏赫拉布想凭借自己盖世无双的勇武找到他，就率兵进攻伊朗，所向披靡。在他和不相识的生父鲁斯塔姆战场遭遇时，因怜悯他年迈而手下留情，最后苏赫拉布反而惨死于鲁斯塔姆之手。

薛仁贵误杀其子薛丁山的故事内核与上述情节大同小异。薛仁

---

① 《比较文学与文学理论》，辽宁人民出版社，1987年，第128页。

贵在历史上也确有其人①，但艺术作品中的薛仁贵却是经过民间艺术加工后的产物。在民俗小说《薛仁贵征东》中，家道中落的薛仁贵和富家女柳迎春结为夫妻，因穷途末路只得在破窑里存身，他迫于生计去从军一去18年，后因智勇被封为东辽王。在传统剧目《汾河湾》中，微服还乡探亲的薛仁贵误杀了从未谋面的儿子薛丁山。

这两部叙述父子相残主题的作品所展现的悲剧矛盾，不宜于纳入有些学者所言的俄狄浦斯冲突的范畴，依据弗洛伊德的观点，父子间的冲突源于对同一女人的性妒忌。此女人对一人而言是妻，对另一人而言是母，后者（子）有将母变为妻的欲望，于是和前者（父）发生冲突。弗氏认为非常原始的人类便是如此。由于人类日趋文明，就把这种被社会道德所不容的冲动压抑到无意识的深处，形成"情结"。这些"情结"在每个"文明人"身上可能表现为遗忘、笔误、幻想、梦、精神病、艺术活动等等。艺术作品即艺术家的这些"情结"的"升华"。在弗氏看来，艺术家表现这些"情结"纯属无意识，是由于神秘的"升华"能力使然。由此观之，无论是鲁斯塔姆父子，还是薛仁贵父子，其间的冲突并不属于弗氏指出的那种所谓用文明借口掩藏起来的原始类型—俄狄浦斯情结的冲突，而是一种超越时空、民族、语言、信仰等诸多界限的共同的文学主题。

首先，这两对冲突的核心都表现了不认知儿子的父亲误杀亲子的人生悲剧，都因主人公"不知对方是谁而把他杀了，事后方才'发现'—这样既不使人厌恶，而这种'发现'又很惊人"②因此产生了令人叹惋的悲剧效应。但这两位杀子者的行为却又存在着本质上的不同。鲁斯塔姆的行为本身突出了他的顽强、勇猛与忠于封建君王的爱国主义精神。菲尔多西生活在阿拉伯伊斯兰大军征服波斯

---

① 参见欧阳修、宋祁等编撰《新唐书》卷一一一《薛仁贵传》，解缙等编《永乐大典》卷五二四四。

② 《西方文论选》上卷，上海译文出版社，1979年，第71页。

之际,当时许多阿拉伯民族慑于征服者的淫威,丧失了自己民族的语言和文化传统。"唯独波斯人在汲取了阿拉伯人的许多特征和习性之后,仍然保留他们智力上和人种上的独立性。"[1]许多波斯人表面臣服于巴格达哈里发政权,内心却充满强烈的民族情感。他们以炫耀丰富而悠久的波斯历史文化、歌颂波斯民族英雄,来对抗阿拉伯的歧视与统治。因此,作者笔下的鲁斯塔姆被塑造成富于正义感、反抗异族侵略的正面人物。薛仁贵误杀亲子的行为被解释为是高丽仇人盖苏文("盖"为姓时念"葛")化身为猛虎,以企图捕杀薛丁山来诱使他发袖箭,最终未见虎死反误杀了儿子。这是中国古代通俗小说为加强情节的故事性和戏剧性,而习用的一种幻化变形的艺术手法。另一种传说是薛仁贵妒忌在汾河湾射雁少年的高超技艺,而故意暗算他,不料被杀的竟是自己的儿子。从鲁斯塔姆和薛仁贵误杀亲子的动机来分析,二者的思想境界不同:一个是忠君爱国的民族英雄,一个是被仇人所惑或心胸狭窄的小人。不同作家对相同主题的题材进行不同的处理,无疑是相异的审美选择使然。这其中蕴含着作家不同的民族文化心理,以及其思维逻辑模式的固定性和先验性,具有多重认识价值。

其次,苏赫拉布在未和鲁斯塔姆刀兵相遇时,始终是以主人公的姿态被描绘的,并且他是在猜测到鲁斯塔姆可能是其生父的情况下被误杀的。书中写道:"我猜想他一定是鲁斯塔姆","为人之子决不能与生父为敌,那样到彼世也无容身之地"。如果一旦父子相残,"这场厮杀使我永远无法抬头,糟就糟在父子拼斗鲜血迸流"[2]这样描写不仅突出了苏赫拉布正视现实,绝不苟且偷生,光明磊落的品格,也进一步强化了他的复杂心理悲剧命运,格外令人怜悯。因为

---

[1]《阿拉伯文学简史》,人民文学出版社,1980年,第1页。
[2]《列王纪选》,人民文学出版社,1991年,第265页(以下引文均见此书)。

"怜悯是由一个人遭受不应遭受的厄运而引起的"①因此他的遭遇会产生更强烈的悲剧效果。薛丁山在未和薛仁贵相遇时,是以配角的身份出现的,而且没有重要的行为,他是在全然不知大难临头的情势下被误杀的,"悲剧中没有行动,则不成为悲剧"②因而薛丁山无辜被杀的悲剧缺乏艺术感染力。作者如此处理情节,主要为了强调主人公薛仁贵归省探亲的目的是探妻和考查妻子的贞节。这不仅流露出作者甚为浓厚的封建意识,也限制了表现主题的力度和深入展开情节。苏赫拉布和薛丁山的上述差异,使前者的形象清晰、饱满,为衬托主人公的行为思想起了很大作用,而后者的形象显得模糊、单薄,成了苍白无力的"陪衬人"。

再次,鲁斯塔姆在得知自己误杀了亲子之后,痛心疾首,几不欲生。他恳求伊朗国王卡乌斯赐予起死回生的灵丹妙药,但卡乌斯见死不救,他怕苏赫拉布复活,鲁斯塔姆如虎添翼,日后他们父子会威胁他的统治。菲尔多西深化了这一情节的内涵,鲁斯塔姆对国王毫无二心甚至误杀了儿子,而国王却对他始终怀有戒心,这不仅揭露了国王的自私残忍,也说明封建统治阶级内部君臣关系的实质。薛仁贵初时不知杀死了儿子,事后,柳迎春在谈话时点破了这一关目。因他归省主要为了试探妻子的心迹,因而他的悲痛程度较之鲁斯塔姆差多了。薛丁山死后还有复生的余韵,这也使作者在写薛仁贵的痛心时,给他以缓解悲哀的余地。薛丁山的尸体被神仙王禅老祖运走,治愈箭伤,起死回生,王禅老祖还传授他武艺与法术,在薛仁贵征西时,他被派去助阵。这一死一生的结局,反映了两位作者迥然不同的思想意识,前者一味相信伊朗的封建统治者,凡事以社稷安危为重,表现出浓厚的愚忠思想,后者笃信神仙法

---

① 《西方文论选》上卷,上海译文出版社,1979年,第67页。
② 《西方文论选》上卷,上海译文出版社,1979年,第59、67页。

力，把希望寄托在超凡事物身上。这种超越现实的思想，具有宿命论的色彩。

最后要论及的，是这两个父杀亲子的悲剧程度不同地表现出母亲的巨大的悲痛和深深的母爱。但必须指出，这其中不包含任何母子相恋的因素，这是一种博大宏深的母爱，相依为命的母爱。苏赫拉布之母塔赫米娜尽管身为至尊的公主，并享有富贵荣华，但儿子之死仍然使她"如疯似狂"一般。"她哭得鲜血流到了面颊，血和着泪又从面颊点点滴下"，"她痛哭幼子大声呼叫哭嚎，一阵紧似一阵阵阵失却知觉"。最后终因哀思过度，"儿子死后她在世上只活了一年"。塔赫米娜在爱子死后痛不欲生的心境，悲戚感人。她既不能和鲁斯塔姆团圆，又失去爱子，孤苦伶仃，前途暗淡，"最后不胜悲痛辞世亡故，她的灵魂飞升去投奔苏赫拉布"。薛丁山之母柳迎春听到儿子死于丈夫之手的噩耗以后，也晕死过去，但这一情节未被渲染，表现出一种余韵的悲哀。柳迎春虽然过了18年的孤苦生活，但得以和衣锦荣归的薛仁贵团圆并共享荣华。薛丁山在作者的匠心安排下仍有生还的机遇与可能，这些都使柳迎春的丧子之痛成为可以忍受的打击，和塔赫米娜相比，心理落差要小多了。

古代伊朗和中国相继出现这种父子相残主题的作品不足为奇。瑞士籍比较文学家弗朗西斯·约斯特认为："任何一个民族文学中具有重大意义的母题、典型和主题必定是超越政治和语言界限的，虽然它们并不会因此而失去所有独特的地方色彩，但它们往往反映出各民族文学中存在的共性。"[①]在人类数千年的文明史上，各个民族在不同地域和不同时间里，创造出水平不一、内容迥异的文学，这已是久为人知的事实。反之，不同民族写出异曲同工、如出一辙、表现相同主题的作品，也无须百生疑窦，这是"由于从共同的起源

---

① 弗朗西斯·约斯特：《比较文学导论》，湖南文艺出版社，1988年，第233页。

中产生出和智能素质和体质结构的共同性,人类经验的结果在同一文化阶段上的一切时期和一切国家本质上都是一样的"①。不同民族总结生活经验的思想发展规律近于同步的现象表明,人类的原始思维并未因自身的进化而消失,它沉积、凝聚在古代人的心理深层,直至现代,成为人类共通的审美感和艺术感的重要心理因素之一。至于像上述表现相同主题的作品,在某些细节描写上的许多差异,与中伊两国人民的文化心理结构、接受模式、道德视角、宗教文化等因素的不同有关,与作品的历史框架、作者的美学取向也不无关系。

二、两则父子相残故事之间的联系

美国著名比较文学家韦斯坦在自己的著作中,曾"格外谨慎"地引用了图松的下述观点:"在谈主题时,事实联系和文化的一致性是必不可少的条件。"②遵循这一原则考查鲁斯塔姆、薛仁贵这两组父子相残的主题,是否存在着某种事实上的联系,是否表现出文化的一致性,即是否存在这两部作品创作的某些交感区域,还是仅仅囿于两种根本不同的、具有各自民族特色的精神产品的藩篱,纯属巧合才表现相同的主题。这正是围绕父子相残的主题,对这两部作品进行更深层次探究的缘起。

季羡林先生曾经指出:"一个国家,一个民族的文学的发展也可以分为三个步骤:第一,根据本国、本民族的情况独立发展。在这里,民间文学起很大作用,有很多新的东西往往先在民间流行,然后纳入正统文学的发展轨道。第二,受到本文化体系内其他国家、

---

① 马克思:《摩尔根〈古代社会〉一书摘要》,人民出版社,1965 年,第 68 页。
② 《比较文学与文学理论》,辽宁人民出版社,1987 年,第 138 页。

民族文学的影响。本文化体系以外的影响也时时侵入。第三，形成以本国、本民族文学发展特点为基础的、或多或少涂上外来文学色彩的新的文学。"①这不仅总结出文学发展的一般规律，而且阐明民间文学和文学交流在文学发展过程中的重要作用。这两个问题也恰恰是主题学赖以生存、发展的两块沃土。主题学就是在19世纪德国民俗学热衷涌现出来的一门新兴学科。民间文学的蓬勃发展，不仅影响到民族作家的创作，而且表现出超越民族界限和语言障碍的强大穿透力。因此，父子相残的主题在中伊两个不同国度的文苑里才有生出并蒂莲的可能，即相互沟通的契机。

《列王纪》在记述有关作品内容创作素材的收集时，曾写道："如今，故事散落到祭司们之手，明智之士都到处把故事搜求。"可见史诗中的故事原型是流行在民间的。当写到鲁斯塔姆父子相残的悲剧故事时，诗人进一步说："我把德赫干②讲过的一则传说，与古代的故事缀联组合。一位祭司把一段往事忆起……"这说明有关鲁斯塔姆的故事内容，经口耳相传，以民间文学的形式流播得相当久远、广泛。菲尔多西将这些文学题材收集后创作出《列王纪》，在伊拉克、阿富汗、巴基斯坦、印度等国家的许多地区很有读者群。尤其是鲁斯塔姆与苏赫拉布战斗的精彩片断，在这些地区可以说是家喻户晓。与此相关的故事内容经中国新疆塔吉克民族的中介，也流传到中国西北的一些地区。

著名学者杨宪益先生在论及薛平贵故事的渊源时，钩陈发微，提到有关薛平贵故事的问题。他指出：以薛仁贵故事为核心的旧剧《汾河湾》，是依据描述薛平贵故事的旧剧《武家坡》改编的；薛平贵故事来源甚古，初见于秦腔，其中西凉以及金川、银川、宝川

---

① 《简明东方文学史》，北京大学出版社，1987年，第8页。
② "德赫干"是波斯语，在古代词义为"贵族"，阿拉伯人入侵(651)后，他们仍然宣扬波斯文明。现为讲故事者。

三位姑娘的命名,都表明它可能是唐宋年间西北边疆一带口传文学的产物。大约到了元代,薛平贵被人改为薛仁贵。至于杨宪益先生所论"薛平贵是回鹘传过来的欧洲故事",①因笔者孤陋寡闻、才疏学浅,而不敢苟同。但薛平贵故事由西域传入,并被附着在有史载的薛仁贵身上是可信的。《新唐书》和《永乐大典》只有薛仁贵因功得贵的记载,而无衣锦荣归之说。《新唐书》中只在薛之妻柳氏劝君从军时的话中提到:"今天子自征辽东,求猛将,此难得之时,君盍图功名以自显?富贵还乡,葬未晚。"(《新唐书》卷一一一)可见元曲中《薛仁贵衣锦还乡》的题材源于民间传说是毫无疑义的。只是剧中并无薛仁贵杀子的情节,这一细节可能是根据西北地区流传的民间故事逐渐杂糅进去,直至《汾河湾》才定型于剧本中的。据此推断产生于中国西北边疆一带的薛氏父子故事,可能受到流传在西亚广大地区的鲁斯塔姆父子相残故事的点滴影响,是不会有什么问题的。

西北边疆历来为中西文化会通的重要媒介地,往来于中伊丝绸路上的商贾即是这种交流的主要居间人。他们穿行于西域古道,将流行及雏形期均在中国唐宋之交的《列王纪》中的主要故事内容,散布在中国的西北地区极有可能。日本学者西村真次曾说:"拉克伯里断定西亚细亚为中国文明发源地,而汉族即是巴克族。……汉族从中国之西北逐步侵入中国……黄帝——是巴克族(Bak)最初首长,率领族人入侵中国土耳其斯坦(新疆),不久,即沿可失哈里(Kashgar,喀什噶尔)河及塔里木(Talym)河而向昆仑(Kuenlun)山脉东进了。"②他的观点未必正确,但提供了中国远古即和西亚一带往来的

---

① 杨宪益:《译余偶拾》,北京:三联书店,1983年,第86—88页。
② 西村真次:《文化移动论》,上海文化出版社,第67页,据商务印书馆1936年版影印。

依据。《史记·大宛列传》记载了张骞"凿空"西域的壮举,中伊两国开始了有案可稽的信息交流。北魏《洛阳伽蓝记》卷三载有如下事实:"自葱岭以西,至于大秦,百国千城,莫不款(欢)附。商胡贩客,日奔塞下。……乐中国土风因而宅者,不可胜数。是以附化之民,万有余家。"并有"狮子者,波斯国胡王所献也"①的记载。唐贞观十四年(604),高昌设安西都护府,后迁至龟兹,促进了中亚、西亚各国与唐通好,仅长安就集中了西域各国的大量使臣、商人、宗教人士、留学生等。当大食(阿拉伯)灭波斯萨珊王朝时,波斯王子卑路斯曾因避祸全身而客死长安。安史之乱时,曾有回纥、大食之兵将十五万之众帮助唐朝收复了两京,事后因功留居张掖、酒泉一带的西域人数量日增,其中不少是波斯人。《资治通鉴》曾载唐德宗贞元三年(787),"初,河、陇既没于吐蕃,自天宝以来,安西、北庭奏事及西域使人在长安者,归路既绝,人马皆仰给于鸿胪……李泌知胡客留长安者,或四十余年,皆有妻子,卖田宅,举质权利,安居不欲归"②。当时普查有田宅者就达四千人之多。随着西域人的往来、定居,西域的文化,包括许多伊朗的文化,如音乐、舞蹈、杂技、幻术及民间文学等,大量而经常地传入中国腹地。唐宋时期波斯人来中国腹地的主渠道分为两条,陆路主要是翻越帕米尔高原,经天山到新疆,再到长安,直到11世纪后半叶,这条交通线才逐渐衰落。水路则从波斯湾经印度洋到广州,经江西洪州到洛阳、长安。如此频繁的商业往来和人员交流,为民间文学口耳相传提供了契机,加强了文学的传播与接受的可能性和可靠性。

此外,在《列王纪》成书前后,一些鲜为人知的中伊文学交流的史实,也提供了这两部作品的主题存在事实联系的可能性。《列王

---

① 《洛阳伽蓝记校释》,中华书局,1963年,第133—134页。
② 《资治通鉴》卷二三二,中华书局,1956年,第7492—7493页。

纪》的一些章节曾提及中国皇帝在伊朗和突朗的对抗中，帮助突朗，甚至把伊朗英雄鲁斯塔姆与突朗英雄苏赫拉布鏖战难以取胜的原因，归咎于苏赫拉布穿戴了中国制的坚固头盔和铠甲等。尽管如此描写未必符合历史的事实，但足以表明，早在菲尔多西时代，中国在伊朗人心目中就已不再是陌生的国度了。比菲尔多西稍晚的欧玛尔·海亚姆（1084—1122）因运用"柔巴依"格律写抒情诗而久负盛名，"柔巴依"又称"塔兰涅"，意即绝句。这种诗体产生于塔吉克民族古老的文化中心巴尔赫，其语言属印欧语系伊朗语族。中国西北边疆也有塔吉克族，从中伊文化的诸多交流来推测，"柔巴依"这种具有中亚文化传统的诗体，可能与中国唐代绝句有某种源流关系。稍后的诗人内扎米（1141—1209）取材于《列王纪》的叙事诗《霍斯陆与西琳》，影响了中国维吾尔族古典诗人阿不都热依木·纳扎尔创作的爱情诗《帕尔哈德与西林》。而哈珠·克尔曼（1290—1352）在长篇叙事诗《霍马与胡马云》中，甚至描写了伊朗王子霍马因慕恋中国公主胡马云而不惜放弃王位，千里迢迢去寻找，终成眷属的故事。诗中胡马云为考验霍马的勇敢，戴上面具和他交战的描述，和中国北齐兰陵王高长恭上阵御敌戴面具的史实性质完全相同。正如法国当代著名东方学家阿里·玛扎海里（1914—1991）所指出："在波斯和中国两种文化之间具有选择性的相似性。我们掌握有成千上万的证据和资料能说明在这二者之间存在有相似性。"

在中伊两国文化、文学交流如此绵密的基础上，鲁斯塔姆杀子和薛仁贵杀子的相同主题之间，有存在着事实联系的极大可能。深入分析这一相同主题的多层次含义，就可以将单纯的主题学研究引向影响研究的领地。随着中伊文学交流的史料不断被发掘，上述观点将会得到进一步证实。

经过上文的逻辑分析与演绎推理，是否可以这样认为：《列王纪》中鲁斯塔姆与苏赫拉布父子相残的原因，不是弗洛伊德所谓的俄狄浦斯情结在作祟，而和薛仁贵误杀其子一样，表现了人生悲剧中一种主题。它说明不同民族在各自的国度里，由于相同的智能和思维规律，可以创造出同类主题的作品，或者由于中伊两国民间文学的相互影响与接受，才出现相同主题的作品。至于谁是影响者、谁是接受者，以及影响或接受的成分的多少，还有待于再行探讨。

从文本到艺术——印象图兰朵[①]

图兰朵是《一千零一日》中的一个重要的故事,主要围绕"图兰朵的三个谜"即"卡拉夫和中国公主的故事"叙述情节。聪明美丽的中国公主图兰朵(又译杜兰铎、杜朗多、图朗多、杜兰朵等)用猜谜题的方式征婚,凡是未能猜对三个谜题的求婚者都要被杀掉。诺加依智勇双全的鞑靼王子卡拉夫猜对谜题答案为"眼睛"、"犁头"和"彩虹"后,又落入公主的圈套,非但不能娶她,还险些丢掉性命。最后受到真爱感动的公主自愿嫁给王子。

这样一个动人的故事,波斯只停留在原始文本阶段,但是却被西欧的艺术家不断地搬上舞台,这是个令人费解的谜,在破解这一谜题和阐释其中的原因的过程中,本文主要揭示那些隐藏在其后的异质文化与心理结构上的原因。

一

《一千零一日》最初时是用波斯文写的民间故事集。它被称为"Hesarlek pus"即"千日谈",和《一千零一夜》初时被称为"Hazar Afsanah"意思是"一千个传说"不同。由于后来有了固定的一日一日讲故事的形式,意思是讲了比一千个还多的故事,因此,

---

[①] 本文原载《温故知新集》,南开大学出版社,2008年。

和一夜一夜讲故事的《一千零一夜》一样，书名约定俗成，被厘定为《一千零一日》。但是《一千零一日》远逊于《一千零一夜》的世界性影响。

17世纪，波斯文的《一千零一日》由法国学者彼狄斯·迪·克罗依克斯（Pètis de la Croix）议成法文。当时，他来到波斯首都伊斯法罕，即现在伊朗的德黑兰。由于他精通波斯语，专门研究古代文学，很快就在伊斯法罕交了很多朋友。有的学者认为："他将《辛伯达航海旅行的故事》译成法文，并写有专文介绍的序言，可是由于种种原因，始终没有机会付梓，现在这篇最早的《一千零一夜》译稿，还保存在慕尼黑图书馆中。"其实最早将《一千零一日》译介到欧洲的也是克罗依克斯。"他所译的这套可以同《一千零一夜》比美的《一千零一日》，其遭遇亦相同，虽然在十七世纪末就已介绍到欧洲，可是直到一百年以后，于一七八五年，才第一次被印成书，那已是克罗依克斯死后，由荷兰阿姆斯特丹的一家出版社将它出版。"①也有的学者认为："当时最著名的阿拉伯童话故事《一千零一夜》（Les mille et une nuits，1704—1717，中文又名《天方夜谭》）和波斯童话故事《一千零一日》（Les mille et un jours，1710—1712）均先译成法文印行，之后，于很短的时间内再被转译成各国文学流传，广受欢迎。""波斯童话故事集《一千零一日》是由法国人德拉克路瓦（Francois Pétis de la Croix，即克罗依克斯）译成法文，再经由雷沙居（A lain René Lesage，即勒萨日，A. R. 1668—1747）改写后，以《一千零一日》之名问世。"②克罗依克斯发现《一千零一日》这部鸿篇巨著完全是一种巧合。他在伊斯法罕发现一位即使是威严的国王也十分尊敬的年老僧侣，经过查询，才知道是大僧正莫切里

---

① 中译本《一千零一日》卷首《关于"一千零一日"这本书》，辽宁人民出版社，1981年，第2页。

② 《浦契尼的图兰朵》，广西师范大学出版社，2003年，23页。

士，是所有学问僧的首领。他写了许多著作，知识渊博，能背诵所有的经文，就像背诵波斯著名抒情诗人哈菲兹的诗一样。他还记得许多东方的民间故事，并将它们写成了动人的文字。作为民俗学者的克罗依克斯得知这些消息，就下决心要去结识这位高僧。两人一见如故，相见恨晚。高僧深为他的求学精神所感动，同意他查阅自己的文件和宝藏。克罗依克斯就是这样通过这位高僧知道了世界上除《一千零一夜》以外，还有《一千零一日》的。这位高僧是从印度方言将这些民间故事译成波斯文的，他觉得这位法国学者值得信赖，就让他研究自己的译文，并允许他将其中的故事译成法文。于是《一千零一日》有了法文译本，并从此传遍整个世界。

《一千零一日》和《一千零一夜》一样，同样采用了故事套故事的框架式结构来组织全书。不过讲故事的不再是年轻的宰相之女山鲁佐德，而是一位克什米尔王宫中的老奶妈苏特鲁美尼。书中叙述克什米尔公主在花园里被一阵风吹袭后，发现自己置身于一个长满鲜花的草原上，一位英俊的男青年送给她一束刚采摘下的鲜花。两人正要交谈，怪风又起，公主睁开眼，才发现又回到原来的花园里。从此，她害了相思病，日渐沉重。为了能够使她存活下来，老奶妈每日给她讲故事，一直讲了一千零一日。故事讲完后，又敷衍出一段将死的公主被救，并和她梦想的埃及王子团圆的故事，这和中国汤显祖的《牡丹亭》有颇多相似之处。

图兰朵的故事就是老奶妈给公主讲的故事中的一个。它和许多类似的故事一样，主要由三个有机部分构成，每个有机部分都曾经在不同民族的民间故事中出现过。首先，拒婚的皇室女性的婚姻条件是求婚者必须完成她交办的三个任务；其次，未完成的求婚者将被处死；再次，陌生求婚者完成任务后，以自己的身世出谜，最后皆大欢喜。只是这些皇室女性都没有"图兰朵"的名字，直至《一千零一日》才明确被称为"图兰朵"。

查阅各种文献资料后发现,"图兰朵"即"Turandot",系由"Turan"和"dot"组成的合成词。"Turan"即土耳其语"图兰",原指中亚西亚散居着伊朗各游牧部落的广阔地域,14世纪初,突厥人在奥斯曼(Osman I,1259—1326)率领下占领了该地区,改称为土耳其斯坦。"土耳其"一词即"突厥"的转音。"Turan"这名称很古老,始见于公元三至四世纪的波斯古经《阿维斯陀》中,来源于古波斯语 Туйрия,意为迅疾。古代游牧民族在该地区频繁迅速地徙动,周围定居的部落以此命名之。"Turan"一词在伊朗民族史诗《列王纪》(《王书》)及古代传说中也经常可以看到,它根据其建国国王"tur"命名,表明是他所统治的地方,指的是广义的土耳其和中国。"dot"英语是妆奁、嫁妆的意思,和女性有关系,它来自 dukht 一词,有女儿、处女的意思,也含有能干和力量等意义。因此,在波斯文里"Turandot"一词正是"中国公主"的意思,整个"图兰朵"的故事展现的正是波斯这个古老伊斯兰世界里的"中国风"。作为地名来分析现在还有"图兰低地"、"图兰平原"之称谓。从译名准确与否的情况分析,中国公主的译名"杜兰铎"、"杜朗多"、"图朗多"、"杜兰朵"等均不如"图兰朵"更恰当。另外,美索不达米亚楔形文字造字法和罗马计数文字及中国数字文化都揭示出"三"为单纯累积的临界值的重要含义,即"三"以上表示多的数字书写时都会发生质的变化。因此,图兰朵这个假借中国公主之名的异域女性所提出的谜题既要多,又要书写简单,因此只能是"三"个了。

"图兰朵的三个谜"故事内核见于波斯诗人内扎米(1140—1202)《五卷诗》中第四部的叙事诗《七个美女》(又名《七座宫殿》或《巴赫拉姆书》),写于1196年。在这首叙事诗中,国王巴赫拉姆曾以7国公主为妃,其第四位爱妃苏格拉伯公主为取悦于他,穿一身红色衣服在红色宫殿给他讲的故事,即俄罗斯公主用解答难题的方式征婚的故事，它与"图兰朵的三个谜"的内容大同小异，只是俄罗斯公主变成中国公主，求婚的王子因穿红衣服而破解难题，故事用以说明红色会带给人幸福与快乐。讲故事者所在地区苏格拉伯实际上是土耳其、保加利亚一代地域，正与"图兰"（turan）一带地区相附会。因此，苏格拉伯公主口耳相传变成"图兰朵"即中国公主自然是很容易的了。

《七个美女》的题材部分来自伊朗民族史诗《列王纪》（又名《王书》）中关于萨珊王朝（226—651）的第十五位国王巴赫拉姆·古尔（421—438在位）的记载和有关他的传说。此外，诗中也吸收了一些民间故事，因此，它是作者的艺术加工之作。《列王纪》中虽没有和《七个美女》内容完全相同的记载，但是，从巴赫拉姆出世就有星相术士预言："他将成为天下七国之王"。成年后，他和《七个美女》中的国王曾娶七国公主一样，曾经娶过罗马美女、阿拉伯美女、伊朗磨坊主之女、农夫之女、商人之女、印度公主等，妻妾成群，后妃争宠，史诗中写道："如今佳丽已有九百三十人，九百三十人头戴桂冠陪伴国君。"巴赫拉姆也和《七个美女》中的国王一星期中每天去见一位公主一样，他"后宫每位佳丽住处每夜都光顾一晚，以免她们说他不公，出怨言。"[①]另外作为数字文化符号，"七"从希伯来文化中产生影响后就在中亚、西亚一带广为流传。《创世记》中第七天是安息日，"七曜"为历法的周期基数等，对西方的数字文化影响深远。《列王纪》和《七个美女》中都大量出现过数字"七"，除了接受这种影响外，也表明后者对前者的因袭关系。

二

"图兰朵的三个谜"有如此深厚的波斯文化底蕴，如此广博的

---

① 《列王纪全集》（五），湖南文学出版社，2001年，第1、129、165页。

东方文化基础，如此强烈的文学趣味，但是，最初却未能成为东方国家的戏剧题材，而西方的文学艺术家却将它屡次搬上舞台，并且塑造了许多变异与再生的艺术形象。

最早将"图兰朵的三个谜"搬上戏剧舞台的就是将《一千零一日》改写后并以《一千零一日》之名问世的法国人雷莎居（Alain René Lesage）又译阿兰·勒内·勒萨热。他将其中不少素材写成剧本，结集为《市集剧场或喜歌剧》（1721—1773，共十册）。其中第七册中有一剧名为《中国公主》，曾于1729年1月15日在巴黎首映。剧中谜题的答案分别是"冰"、"眼"和"丈夫"，体现了18世纪初巴洛克风格风靡法国时人们对中国的理解。

继后，意大利著名剧作家戈齐（Carlo Gozzi，1720—1806）为了捍卫意大利的"艺术喜剧"传统，从1761年到1765年间，写了9部作品，总称为"剧场童话"。这些取材于异国民间故事的作品颇受欢迎。其中第四部是取材于《一千零一日》的《图兰朵》，内容与原作大同小异，只是图兰朵谜题的答案变成"太阳"、"白昼"和"黑夜"、"威尼斯的翼狮"，明显表现出地域文化的色彩。戈齐的这部剧在意大利并未引起多大轰动，但是在被人译成德语后，却获得德国文坛的高度重视。

德国文学家雷兴（Gottholed Ephraim Lessing，又译戈德霍尔德·埃弗赖姆·莱辛，1729—1781）1777至1779年间将戈齐的作品以散文的形式译成德文。大戏剧家席勒（1759—1805）在看了戈齐《图兰朵》的德文译本后，非常兴奋，于1801年底将其改编为添加了不少中国色彩的剧本《图兰朵》，并于1802年1月30日在魏玛首映。只是席勒改编的《图兰朵》中谜题答案为"日历"、"眼睛"和"犁"。这与原作的谜底有两个相同，充分说明席勒生活的时代德国人对中国文化的了解。

席勒的《图兰朵》在德国上演多时，这不仅吸引了包括著名音乐家韦伯在内的许多人为之谱曲配乐，更促使众多的19世纪音乐家将其改编成歌剧在舞台上演出，《图兰多》从戏剧走进歌剧。《图兰朵》1816年在卡斯鲁首演了丹齐(Franz Danzi)的作曲本，1816年在德勒斯登首演了莱西格的作曲本；1838年在维也纳首演了何芬(J·Hoven)的作曲本；1867年在米兰首演了巴齐尼(Antonio Bazzini)的作曲本，1888年在柏林首演了雷色姆(Theobald Rehbaum)的作曲本。虽然这些歌剧命名相同，图兰朵出的谜题相同，但是能在欧洲这么多地方上演，首演时间几乎贯穿了整个19世纪，真是难能可贵。

19世纪末20世纪初著名钢琴演奏家卜松尼(Ferruccio Busoni，又译布索尼，1866—1924)是一位出色的作曲家。他生于意大利，求学于维也纳，在柏林住了很长时间，第一次世界大战期间曾流亡瑞士。深刻的人生历练和多元文化的熏陶，使他对《图兰朵》情有独钟。1911年，戈齐的《图兰朵》译本配上卜松尼1905年完成的《图兰朵组曲》在柏林演出成功。1917年2月他完成了歌剧《图兰朵》的写作，5月在苏黎世市立歌剧院首演。其谜题的答案为"人类的理解"、"风俗"和"艺术"。它反映了歌剧创作者的人生观和他的歌剧理念以及美学追求。但是，当时人们对他的歌剧美学不甚理解，直至近年才获得应有的评价及全面的阐释。

普契尼(Giacomo Puccini，1858—1924)是意大利著名歌剧作曲家。他认为《图兰朵》是戈齐作品中最正常而又富于人性的戏剧作品，因此，于1920年开始在现代意识和歌剧美学思想的指导下改编它。可惜他因患有喉癌，身边放着未完成的《图兰多》手稿而病逝。意大利歌剧作曲家阿尔法诺(Franco Al fano，1876—1954)依据普契尼遗曲的草稿续写完最后一幕未完成的部分。普契尼大胆地将充满中国味儿的民歌《茉莉花》作为歌剧《图兰朵》的主旋律，将公主谜题的答案改为"希望"、"热血"、"图兰朵"，从而使该歌剧成为世界戏剧史上的不朽之作。

《图兰朵》在西方剧坛上不断上演，实际上女主人公是西方人心目中的中国公主，是外国人用中国的名字和中国的曲调"编造"的一个"中国故事"，以西方的戏剧美学理念和审美观，替代了中华民族的审美观，西方人在剧中表现出美的和正确的东西，未必符合中国人的想法，西方人肯定了的有价值的东西，未必符合中国人的价值观标准。因此，"图兰朵"这个称谓的中国公主已经有了波斯、阿拉伯、俄国、意大利、德国的血统。一个中国公主用谜语招亲的故事早已成为世界文学文化遗产中一个组成部分。重要的是这个完全可以搬上舞台的生动故事，为何未能搬上波斯或阿拉伯的戏剧舞台，这是我们要探讨和深究的一个问题。

波斯古代的戏剧萌芽产生于祭祀仪式的沃土，这与许多东方的雏形戏剧一样。在祭祀的过程中，那种神秘、娱神的氛围，那些唱颂仪式，舞仪式和驱魔仪式等，与波斯早期歌舞戏与宗教神秘剧有着千丝万缕的联系。除却波斯在文化艺术土壤里自然生出一些戏剧萌芽以外，古希腊罗马戏剧的影响也是可以想见的。马其顿王亚历山大率军东征波斯时，曾随军去了大量移民。他们修建剧场，介绍与搬演古希腊罗马的戏剧艺术，对波斯戏剧艺术的发生起到了催生作用。

波斯萨珊王朝时期以"哭祭"仪式出现的早期戏剧，以及唐代史籍中记载的"泼胡乞寒戏"（又名《苏摩遮》）等，都表明波斯雏形戏剧宗教性与世俗性相交织，乐舞性与叙事性相杂糅的艺术特征，实际它表现出波斯早期戏剧文化形态的构成，及其歌舞戏的本质。波斯早期就流行祆教，其原始祭祀仪式从未离开礼拜火的多种活动，其中不乏娱神的歌舞及杂戏。从琐罗亚斯德教及其为天神所奉献的各种赞歌中，可以明显地发现宗教戏剧艺术形式惯用的角色转换，即人神合一的表演程式。戏剧功能由娱人到娱神的转换标志着早期戏剧形态从宗教性向世俗性过渡。

波斯萌芽状态的戏剧，不论其文化形态如何，其戏剧艺术构成都有歌者和舞者。当歌者和舞者合而为一演绎一段故事时，萌芽状态的戏剧开始走向成型。此时歌者与舞者在表演过程中自然而然地将乐舞表演和叙事表演相结合，乐舞重在形式，叙事重在内容，这不仅使歌的曲目和舞的程式留传下来，更重要的是使叙事变为逐渐固定下来的文学底本保留下来，变成戏剧演出时的底本，戏剧才因一种真正意义上的叙事而成为一种艺术。但是，正当波斯戏剧从雏形戏剧有可能走向成熟戏剧的漫长发展过程中途，由于阿拉伯文化的阻隔中断了这种叙事传统，波斯戏剧在即将能看到黎明的曙光时夭折了。

阿拉伯文化在内容上属于伊斯兰文化范畴，随着这种文化传统的发展壮大与兴盛传播，在中东一带逐渐清除了古代希腊和罗马曾流传于这一地区的遗迹。并且进一步阻挠了该地区戏剧传统自主延续的发展。因此，有的中国阿拉伯学者称"古代阿拉伯没有戏剧"。其实早在阿拔斯时期（705—1258），高度发达的阿拉伯文化和商业需要更多的营养，于是利用引进、译介和抄录等方法，将大量的古代东西方文化的精华吸收到自己的文化机体内。它们虽然大量介绍了在古希腊、罗马诸多的科学哲学知识，却没有或很少介绍荷马史诗、古希腊戏剧和其他文学艺术。这一方面因为阿拉伯帝国刚刚建立，急需解决许多实际问题，他们还没有机会和时间去欣赏这些艺术之花的美丽，另外一方面可能由于古希腊文学作品中充满了多神教色彩，这与阿拉伯人信仰一神的宗教传统相抵触。这就导致了他们失去了一次学习借鉴外来戏剧艺术精华的机会，并且也扼杀了受阿拉伯伊斯兰文化统治的波斯人在戏剧艺术上的生机。

东方戏剧一般在萌芽状态往往表现出伶工文学的说唱性、叙事说唱文学的叙事性、用歌舞表演故事的歌舞性等表征。最后戏剧发展成为定型的集诗、歌、舞于一体的舞台艺术。原本波斯戏剧艺术的生成就缺少其中的几个重要因素,例如缺乏叙事文学、缺少带歌词的演唱等。尤其是像许地山先生所断言的:"波斯自被回族克服后,回教文学就起来代替了佛教文学,从前所有赞佛的诗歌戏剧,因为与回教思想冲突底缘故,暂就沦亡,戏剧底丧失尤甚。演戏是回教人所不喜底。"①伊斯兰文化不容戏剧发展的原因,还因为在戏剧形成期,音乐艺术大规模地普及与流行,从而使戏剧艺术错过了其形成的契机。另外,伊斯兰神学观严禁崇拜偶像,包括禁止绘画图像,所以,伊斯兰教坚决不允许以艺术形象为手段在画板上或舞台上表现抽象的上帝、天神和其他的人,在这种文化氛围里,波斯表现神话传说和世俗传说的戏剧就无法生成了。

图兰朵的故事在波斯形成并流行于广袤的阿拉伯大地,形成文本后又那么动人,而且富于戏剧性,但是由于伊斯兰文化在演剧一事上的种种局限,它失去了走上戏剧舞台的机会,但是却被西方人一再地搬上舞台,这是令人非常遗憾的。

---

① 《中印文学关系源流》,湖南文艺出版社,1984年,第13页。

玛卡梅：从艺术到文学[①]

玛卡梅是中古阿拉伯文化史上集歌、舞、乐、事为一体的独特艺术形式，玛卡梅文学源自娱乐性的民间即兴说唱艺术。在长期演变过程中，艺术家对它的叙事性特征的强化使它的唱词渐渐摆脱乐曲及动作限制而最终走向文学，成为一种骈韵体短篇故事集，体现了"伶工文学"的特征。本文重点探究的是玛卡梅艺术与玛卡梅文学在本体论上的联系与区别，阐释其成因及影响，其中包括玛卡梅的艺术本质、文学性、文学发生学意义、文学成就，以及对东西方作家的影响等问题。

中世纪阿拉伯人的成文作品除《古兰经》和一些诗歌创作以外，大部分是哲学家、神学家、地理学家、历史学家乃至与之意趣相近者的作品。而小说和戏曲等纯文学性质的作品，阿拉伯人并不十分重视。直至 10 世纪，由于和波斯文化的接触，普通的阿拉伯人才产生创作此类体裁作品的兴趣，玛卡梅文学便是其杰出成果之一。玛卡梅文学是一种融合歌舞、说唱为一体的独特文学形式，学术界对其性质至今歧说纷纭，有的认为是说唱艺术，有的认为是器乐、歌舞表演，也有的认为是讲唱性的故事表演，等等。正因为玛卡梅文学形式、内容的复杂性，在中外关于中古阿拉伯文学史、文化史的描述中，至今鲜有评介或语焉不详。然而，玛卡梅文学所表现出

[①] 本文原载《文艺研究》，2009 年第 6 期。

的从艺术走向文学的轨迹确实不容忽视,本文所要梳理和探究的就是玛卡梅艺术与玛卡梅文学在本体论上的联系与区别,及其成因和影响等问题。

一、玛卡梅的艺术本质

玛卡梅(Maqāmah)最初是带有阿拉伯—伊斯兰这一区域文化特征的文化现象。由于各伊斯兰民族语言发展的区别,在译成汉语时,又有马卡姆、玛嘎姆、玛卜姆、木卡姆、麦嘎麦等不同的音译。玛卡梅原意为"集会"、"聚会"等场所的站立处,作为艺术其最初主要的特征是即兴表演。这种即兴表演最先出现在音乐舞蹈表演上,而后才出现在韵文说唱表演上。

阿拉伯民族犹如其他古老的民族一样,是个喜爱音乐的民族,但是在伊斯兰化以后,由于激进的穆斯林的反对,音乐歌咏活动也遭到禁止,只有与伊斯兰信仰有关系的宗教音乐才能得以流传。直至公元622年之前,阿拉伯音乐一直处于蒙昧时期,根本无乐律的理论可供输出。倭马亚王朝(661—749)时期,由于受到波斯和希腊较先进的音乐文化影响,音乐这一艺术形式不仅步入宫廷,而且在民间也广泛流传,8世纪以后甚至通过乐器开始在各国产生影响。到阿拔斯王朝(749—1258)前期百余年间,阿拉伯音乐完成了世俗音乐由被严格禁止到消极对待、再到热烈吹捧的渐变过程。其中,阿拔斯王朝第三任哈里发麦赫迪执政期(775—785)被西方史学界誉为"音乐、文学、哲学的时代",文学艺术和哲学在此期间都得到长足发展。由于他本人酷爱音乐,当时的宫廷音乐会演出颇具规模,并非玛卡梅艺术初时的"即兴献艺"那么简陋,上场演员都要经过严格训练,以便产生"和谐"的舞台效果,于是在规范化的过程中,玛卡梅艺术也发展起来并日臻成熟。

阿拔斯王朝第五任哈里发哈伦·拉希德执政期间（786—809）是王朝的极盛时代，有"拉希德盛世"之誉，"巴格达的夜晚"一词是这一盛世的又一代名词。当时阿拉伯帝国国富民强，社会安定，歌舞酒宴之风盛况空前，学者、诗人、法学家、诵经家、法官、作家、酒友、乐师、歌手等是音乐场所的常客。伊卜拉欣·穆斯里及其子易司哈格是当时著名的艺术家，父子二人精通诗词，尤擅旋律。父亲穆斯里通晓音乐艺术，造诣很深，他不仅是阿拉伯文化史上音乐艺术的先驱，而且是杰出的音乐教育家。此外，阿拔斯王朝的波斯籍宰相世家巴尔马克家族，是波斯古代音乐和歌舞艺术的传播者，该家族几代人都酷爱音乐，精通音律。"他们网络巴格达城内外擅长音乐歌唱的阿拉伯人和波斯人中的乐师歌手，定期集会，探讨古代乐曲，让每一个精通古声乐的人，将自己知道的古曲谱认真记录下来，并经常举行歌舞酒会，演唱新旧曲调，使许多古典歌曲得以保留传播下来"①。

阿拔斯王朝中期，音乐界对音乐理论的探索较多，但对旋律形式却研究不深。著名学者伊本·西那（980—1037）曾主张："采用12种主要调式，这12种调式，就其名称来看，无疑是从波斯引进的。到了阿拔斯王朝末期（公元13世纪），原来被称为莱哈努的主调式，正式被定名为玛卡迈特（单数为玛卡梅）。"②玛卡迈特又译为麦嘎马特，在文学史上意为"韵文故事剧"，本义为"集会"③。此时的玛卡梅作为一种音乐艺术的身份与本质被固定下来。在民间演唱的玛卡梅，不论任何场合，开始都必须采取一种固定的形式，即请演唱者坐在上方，听者在周围坐着或站立，然后由演唱者中的一位长者

---

① 纳忠：《阿拉伯通史》上卷，商务印书馆，1997年，第525、535页。
② 蔡伟良：《灿烂的阿拔斯文化》，上海外语教育出版社，1997年，第243页。
③ 俞人豪、陈自明：《东方音乐文化》，人民音乐出版社，1995年，第266、270页。

或主要人物唱一段散板的玛卡梅,唱完后演唱者接着齐唱或舞蹈,这很符合聚会场所里演奏者那种即兴表演的特征。可见开始时,它是一种根植于阿拉伯本土传统文化,和民间音乐一同发展起来的一种集诗词、声乐、器乐、歌舞曲、说唱等体裁于一体的综合性艺术。

"玛卡梅"这个词在玛卡梅艺术形成的过程中具有多种含义:"它除了用来表示调式音阶之外,还用来指具有套曲性质的音乐体裁。同时,它还表示在阿拉伯世界十分流行的音乐、器乐即兴表演规范。"①这种即兴表演给听众的感觉好像是很随意,没有固定的形式,实际上却受各种因素制约。其传承方式主要是"口传心授",在遵循传统的"结构模式"和"调式、旋律型模式"的同时,在歌词选用、段落反复、伴奏手法、演唱旋律等方面,都有大量即兴创造的成分。因此形成在遵循一定规范前提下的形式与内容的多样化。从形式上分析,有叙咏歌、叙事歌,有自娱舞、单双人舞或集体舞,有器乐独奏、重奏、齐奏,可以有小规模的组合表演或大型的整套表演,舞蹈风格多样多变。从内容上总结,唱词中既有民间歌谣,也有文人古典诗作,有哲理箴言、先知训诫,有民间故事、地方传说,有美好爱情、幸福生活,有命运多舛、个人不幸,有市井俗语、乡间俚语等,不一而足。这种形式上的规范化与内容上的多样化与创作自由相结合,正是玛卡梅艺术最基本的也是不可替代的本质特征。类似的现象还大量存在于东方其他民族的音乐文化艺术中。玛卡梅艺术集歌、舞、乐、事于一体,玛卡梅表演者集歌者、舞者、乐师、说者于一身,表现出他们文学艺术才华横溢、记忆力超群和极强的背诵能力。他们能歌善舞,能诗善讲,能奏善

---

① 俞人豪、陈自明:《东方音乐文化》,人民音乐出版社,1995年,第266、270页。

演,将玛卡梅艺术传承下来。其中玛卡梅的唱词有不少是即兴填唱,无文本可依,演唱者随想随填唱,众人随声附和,以致形成不同的艺人或同一艺人在不同时间和空间里演唱相同段落时,不仅可能填唱格律相同的不同唱词,甚至在对乐曲某些段落进行即兴反复、即兴连接时,唱词也即兴变化,于是唱词的独立性越来越明显,越来越不受音律的束缚,以致在一定的条件下它就开始脱离艺术范畴而进入文学领域。

二、玛卡梅的文学性

玛卡梅艺术的叙事性除唱词外,还表现在动作作为独立性要素参与叙事和人物塑造的作用。这种动作的描述性主要表现在作为根本手段描绘感觉、感情、本性和气氛等的表现程度。玛卡梅艺术的形式化主要在于揭示躯体律动本身过程和其所包容的形式意蕴和美感。当玛卡梅艺术中的唱词更加独立、动作叙事性愈发减少、演说所揭示的叙事意义更加明确时,玛卡梅就要以其文学性而与艺术剥离。

具体而言,当玛卡梅艺术中那些由单独的小曲按照所讲述的故事编成套曲在叙唱过程中逐渐简化、民俗化,并逐渐脱离音乐羁绊,而唱词的叙事性大大加强时,玛卡梅作为一种文学体裁就诞生了。其本质是一种说唱曲艺,其文体是骈韵散文。与原来的"玛卡梅艺术"具有源与流的关系,但却有了质的区别。因此,有的学者将玛卡梅称之为"韵文故事剧",类似一种"戏剧插曲"":表演时,作者的目的是充分表现他的诗才、口才,显示他的学识。在这种情况下，主题永远从属于手法，本质服从于形式。"[1]有的学者认为，是文学的玛卡梅影响了音乐艺术的玛卡梅，但是我们认为是由音乐艺术的玛卡梅派生出了文学的玛卡梅。因为就一般而言，文学与艺术是两个门类，艺术比文学产生的要早，况且中世纪阿拉伯文学史上玛卡梅这种文学体裁出现得比较晚而且也很突兀，源头也不明晰，流程不清楚。因此，我们认为"玛卡梅文学"脱胎于"玛卡梅艺术"的观点是完全有可能的，甚至是毫无疑义的。

中世纪阿拉伯文学最大的成就就是散文，这其中按性质分，有官方的散文巨著《古兰经》和民间文学散文巨著《一千零一夜》。从倾向分，《古兰经》是伊斯兰教的宗教经典，《一千零一夜》是民间故事集。《古兰经》本身即有诵读的成分，而《一千零一夜》最大的艺术特色是散韵结合。《古兰经》的文体是一种具有独特节奏和韵律的散文。它既不是自由体，也不是骈散体，而是一种语调铿锵的新文体。《一千零一夜》的语言诗文并茂、说唱结合，大量吸收了民间口语，形成通俗易懂、优美流畅的散文风格。而"玛卡梅文学"则是用带韵的散文写成的故事。在这里玛卡梅原来的"集会"和"聚会"的含义，已引申为在人群集聚站立的场所里的讲述。这种讲究音韵和谐、词采华丽的文体，颇类似中国古代的话本、近代的评书和鼓词。这种在众人聚集之地"讲述"的文学故事，以后定型为一种韵文体的故事，成为阿拉伯早期小说的雏形。

玛卡梅文学的内容和形式具有一定的模式和特点，每篇故事内容不相关联，都有一个共同的"叙述者"，讲述同一个主人公的种种逸闻趣事，类似系列短篇故事集。主人公则往往是一个聪明机智、能诗善文、浪迹江湖的乞丐，故事主要讲述主人公在流浪途中陷入

---

[1] 俞人豪、陈自明：《东方音乐文化》，人民音乐出版社，1995年，第266、270页。

绝境的窘困,但是他总是能够利用自己的智慧,遵循"为目的不择手段"的生活原则,千方百计地摆脱出来。玛卡梅的题材内容涉及广泛,包括文学语言类的、伦理道德类的、法律类的和宗教类的等等。其形式曾被行乞卖唱的艺人广为袭用。因其基调诙谐幽默,富于戏剧性,曲调易懂易说,娓娓动听,又便于传唱,所以流播甚广。这表明"卖艺乞讨"这一文化现象确实存在,而且符合广大平民的欣赏口味。但是随着玛卡梅的文学性不断增强,说唱性逐渐减弱,终于演变为骈文体的短篇故事。

玛卡梅文学中的故事可以独立成篇,一个作家的《玛卡梅集》就如同一个共同主人公的系列故事集,因为在玛卡梅艺术中的"名称或来自调式音阶中的某特征性音的音名,或来自城市名、地区名和民族名"[①]。当它演变为玛卡梅文学时,一个作家的《玛卡梅集》中,可以有以萨珊人首领命名的"萨珊玛卡梅",号召人们禁酒的"醇酒玛卡梅",抗击敌人入侵的"里海玛卡梅",写耍猴人的"猴儿玛卡梅",写骗子的"摩苏尔玛卡梅",以部落名为名的"哈拉姆玛卡梅",以故事发生地的城镇名为名的"巴格达玛卡梅"、"马格里布玛卡梅"、"格蒂尔玛卡梅"、"瓦西特玛卡梅"、"拉赫比玛卡梅",以及充满生活气息的"奶肉玛卡梅"、"雄狮玛卡梅"等等。从这些"玛卡梅"的篇名中,仍不难发现它脱胎于玛卡梅艺术的渊源关系。

三、玛卡梅文学的发生学意义

玛卡梅文学出现在中古阿拉伯文学史上显得突兀,原本没有这

---

① 俞人豪、陈自明:《东方音乐文化》,人民音乐出版社,1995年,第266、270页。

种叙事性的韵文故事为何从民间突然产生呢？我们认为它从形式上首先是借鉴玛卡梅艺术的精髓而水到渠成形成的。另外，我们仔细考察玛卡梅文学，它应归属于"伶工文学"（Bardic Literature）一类。所谓"伶工文学"最早是指史诗而言，其特点是这些作品都包含着许多短的叙事诗和一些赞美诗，都是由到处游走的伶工即说唱艺人歌唱一些故事而流布四方，代代口耳相传。这些诗歌逐渐发展成为能够传唱的叙事诗，在这方面玛卡梅文学与之很相似。其次是传唱的玛卡梅韵文故事，主要指其中的人物和事情，虽然有一定的传说性，但其中所提供的社会和文化背景都并非完全虚构，而是充分表现了当时人们的价值观和道德观以及社会理想。在这点上玛卡梅文学也很符合"伶工文学"的特点，即在一定程度上反映了社会的真实。

　　伶工文学在形成过程中的另一个重要特点是在表现形式上的随意性。这在玛卡梅韵文故事中也表现得很突出。它最初的措辞并不是固定不变的，而是可以根据讲唱者当时的体会随意增删的，这表明这种文学形式的重点在内容上，而不在具体的词语表达上。只要吟唱起来容易记，聆听起来容易懂，歌词则可长可短，这完全取决于当时听众的反应。发展到一定程度，这些被反复讲唱的诗或故事就开始使用文字记录下来。但是由于口耳相传，地域广泛，使用的记载手段、书写都不尽相同，长短和内容也逐渐有所不同，于是，不同地区的伶工家族写成的定本也就自成体系了，最终形成众多流传的传统本。季羡林就此指出："这就是几乎所有这一类作品直到今天的本子所以千差万别的根本原因。"① "伶工文学"虽然主要指的是史诗、古事记和人类早期的诗，但在本质上和玛卡梅文学这类韵文故事的成书过程及特点大同小异。诗歌在相当长的时间里，一直

---

① 季羡林：《罗摩衍那初探》，外国文学出版社，1979年，第7页。

是阿拉伯文学的主流。早在伊斯兰文化出现前的"蒙昧时期"（公元5世纪中叶至7世纪初），除乌姆鲁·盖斯（500—540）那种被黑格尔称为"抒情而兼叙事"的"悬诗"是阿拉伯古典诗歌的典范以外，还有一种被称为"萨阿里克"的诗歌。"萨阿里克"的阿拉伯语古意为被部落抛弃、靠拦路抢劫为生的"绿林好汉"，今意为身无分文、无家可归的流浪汉。这类诗即是这些游侠诗人所作。当时正值阿拉伯氏族社会末期，部落社会开始解体，贫富分化激烈，矛盾重重。一部分来自贫民阶层、痛恨权贵、向往平等的穷苦人，不为社会所承认，只好四处游荡，以劫掠为生，并用通俗易懂的语言写成诗歌表达他们心底的愿望。"萨阿里克"诗的韵律与"悬诗"基本相同，内容却大不一样，主要发泄对社会的不满，抒发自己的美好理想。[①]这类诗歌的创作主体，即社会底层的流浪者和玛卡梅文学的作者同属于一个群体。伊斯兰教产生以后，强势的伊斯兰文化垄断了文坛。除以诗歌为武器宣传和保卫伊斯兰教之外的阿拉伯创作几乎都近于枯萎，非常世俗化的"萨阿里克"诗作自然也不例外。至倭马亚时代，诗歌创作重新复兴，但主要内容是情诗和政治诗，底层人民难以接受并欣赏。直至阿拔斯王朝各类诗歌创作才进入长足发展的时期，但诗歌的形式主义限制仍不利于底层人民用这种文学形式抒发自己的感受。到了伊斯兰文化强盛期，《古兰经》的散文成就和阿拉伯人讲故事的叙事传统、散文和韵文交织而成的故事即"基塞"传统等几种因素交织在一起，成了底层人民用以抒发自身感受的艺术工具。当时"城市乡村都有讲说故事的'说书人'，说书人或在街头，或在广场招引群众，他们擅长各地土语方言，用巴格达土语、也门土语，呼罗珊土语讲述各地故事，或学犬吠，或学驴

---

① 纳忠等：《传承与交融：阿拉伯文化》，浙江人民出版社，1998年，第215页。

叫，诙谐有趣"。①玛卡梅这种韵文故事即在这种综合的文化氛围中应运而生。玛卡梅文学中的系列故事反映了知识阶层和底层人民的悲惨生活，因而符合当时"大众文学的鉴赏口味，即注重音韵和修辞美，在作品中间人格言、谚语和诗歌"②，从而成了阿拉伯地区人民喜闻乐见的一种文学形式。

四、玛卡梅文学的成就

玛卡梅这种具有伶工文学性质的文学作品按一般规律而言，应先在民间口耳相传，然后才由文人将其记录下来，进行加工整理成文本，供说书人讲述或读者阅读欣赏。所以历史学家和文学史家对玛卡梅产生的历史有很大的分歧意见。有学者认为，柏迪尔·兹曼·哈玛扎尼(969—1007)是创始者。哈玛扎尼原名艾布·法德勒·阿赫麦德·本·侯赛因，柏迪尔·兹曼是他的号。他的这一尊贵名号"是由于他是散文最完美的表达形式——麦嘎马特的创始人而定的"。后世著名玛卡梅作家哈里利(1054—1122)在自己的"玛卡梅"前言中写道："在一些文学聚会上——当今时代文学之风已经衰微，文学之光已经暗淡——曾读过柏迪尔·兹曼这位哈玛丹学者创作的玛卡梅韵文故事，里面包含许多哲理，能使人得益。后来我步其后尘创作了自己的玛卡梅。"也有一些学者认为玛卡梅产生的时代比柏迪尔·兹曼要早得多，如乔尔吉·泽丹、伊本·古太柏等学者也举出例证来说明。而中国当代著名阿拉伯学者仲跻昆认为白蒂欧·宰曼（柏迪尔·兹曼）是"新文学体裁'玛卡梅'的确立者"，"他使'玛卡梅'这一艺术形式趋于成熟，具有真正的文学价值，对后世

---

① 纳忠：《阿拉伯通史》上卷，商务印书馆，1997年，第535页。
② 汉纳·法胡里：《阿拉伯文学史》，郅溥浩译，人民文学出版社，1990年，第445—447、576页。

有较大影响"。中国的阿拉伯语翻译家杨孝柏也介绍过柏迪尔·兹曼"擅长写作玛卡梅文或称骈文的作品"。比较准确的观点是:"玛卡梅艺术是由故事和传闻逐渐发展形成的,柏迪尔的功绩是将其组织和编写成特殊的艺术形式。"应该说柏迪尔·兹曼从前人的故事中,"从当时特别注重声律韵节的散文写作风格中得到借鉴,形成了玛卡梅风格,从他所处的社会状况和底层文学中获得营养,提炼出玛卡梅的内容"。我觉得所谓"底层文学"即指民间具有"伶工文学"色彩的玛卡梅雏形的文学创作。尽管不少学者对玛卡梅文学产生的时代有不同的看法,但认为柏迪尔·兹曼使玛卡梅成为具有真正文学价值的作品,则是普遍一致的观点。玛卡梅文体的定型是与两位阿拉伯作家柏迪尔·兹曼和哈里利的努力分不开的。柏迪尔·兹曼号称"时代奇才",生于波斯,幼年即拜师名门,学习宗教、语言、文学等知识,学识渊博。他性喜漫游,年轻时曾到各地游历,讲学。他的玛卡梅最初就创作于居住在尼沙布尔一年多的时间里(992—994)。他在当地讲课授业,曾编写出四十多篇玛卡梅作为授课教材。这些玛卡梅是他浪迹天涯、广泛结交从王公贵族到乞丐、流浪汉等各阶层人物的结果。他接触到在民间流传的具有伶工文学色彩的原始玛卡梅,受其中各种叙事故事的启发,在前辈语言学家、文学家伊本·杜赖伊德(837—933)的《四十讲》的影响下,创作了自己的玛卡梅。这《四十讲》是四十个故事,"讲的都是异乡事,用的都是怪癖词",柏迪尔·兹曼综合这一切写出的玛卡梅"含有轶闻、趣事、提到时代事件、历史人名以及格言、谚语、语言、文学方面的内容"。即是说玛卡梅开始时是一种文学性很强的综合性艺术。当代阿拉伯学者罗杰·艾伦教授在他的《阿拉伯小说——历史与批评》一书中指出:"玛卡梅显然是由柏迪尔·兹曼·哈玛扎尼首创,其基本形式由一个展现叙述者或流浪者(如哈玛扎尼的《伊萨·本·西萨姆和艾布·法特哈·伊斯坎德里》)滑稽行为的流浪汉故事构成，用以反映社会现实——多数情况下是通过反语暗示——和进行道德教化。"柏迪尔·兹曼常常被人誉为灵魂教师，而他的玛卡梅则更是常常被人称为醒世之作。

阿拔斯王朝在10世纪后半期没落后，玛卡梅受到处于乱世而无精神寄托的民众的欢迎，被推崇为"时代文学"。后继者哈里利用了十年的时间，在继承柏迪尔·兹曼的玛卡梅的基础上，创作出极其优秀的玛卡梅故事。这些作品被认为是阿拉伯文学史上最杰出的散文典范。阿拉伯文学评论家扎基·穆巴拉克曾经这样评价这两位作家："显然哈玛达尼（柏迪尔·兹曼）和哈里里（哈里利）的文学语言都是十分成熟的，没有留下丝毫牵强附会和粗糙生硬的痕迹的，但是后者的语言造诣更胜一筹，被认为是美妙的散文典范。"哈里利的玛卡梅比柏迪尔的玛卡梅让人感觉更加细腻，其诗歌也更优美，语言及语法、派生词方面的内容显得更精深。尽管不乏各种雕琢的词汇，但其表达总的来看，显得简洁精炼，富有节奏，有较强的穿透力。哈里利的玛卡梅故事出现了许多注释本，受到学者的重视。玛卡梅体被译成波斯文后，最早传入波斯文坛。波斯文人哈米杜丁（？—1164）曾摹仿柏迪尔·兹曼和哈里利，创作了二十三篇波斯文的玛卡梅。与阿拉伯玛卡梅不同的是，哈米杜丁的《玛卡梅集》没有出现虚构的"传述人"，而是作者本人讲述故事。故事主人公不固定，每篇玛卡梅有一个主人公，一篇故事结束，主人公的使命也就完成了。"在哈米杜丁的《玛卡梅集》中，很多内容是论争，且带有浓厚的苏菲（神秘）色彩"。几乎同时，玛卡梅传入8世纪初被阿拉伯穆斯林征服的西班牙，即被称之为"安达卢西亚"的地区。于是当地的一些阿拉伯人也纷纷进行仿作。艾布·塔希尔·穆罕默德·萨拉戈斯蒂（？—1144）曾创作过50篇"玛卡梅"。注释哈里利《玛卡梅集》的安达卢西亚的阿拉伯文人学者有欧盖勒·本·阿蒂叶（？—1211）、艾哈迈德·舍雷西（1161—1222）等。12世纪至13世纪初，哈里利的《玛卡梅集》两次被译成希伯来文，后又被译成拉丁文、法文、英文、德文、土耳其文等，从而在犹太教徒与基督教徒中流传，受到西方的东方学者的广泛关注。

五、玛卡梅文学的影响

玛卡梅文学由于具有"伶工文学"的特点，其内容常常是关于流浪汉、江湖骗子、乞丐等引人入胜的趣闻轶事，采用优美的押韵散文写成，其戏剧性和叙事性的文字最适于表现作者的口才、机智和博学。这类文学作品虽然写的并不是真人真事，但是却很适合广大下层人民的审美趣味，因此流传广泛，影响深远。它不仅对中世纪后期的阿拉伯散文发展产生过重要影响，而且还为13世纪的伊斯兰画坛提供了创作素材。现藏法国巴黎国立图书馆和俄罗斯圣彼得堡亚洲博物馆的两部《哈里利玛卡梅集》手抄本中都有精美的插图传世。学者还普遍认为兴起于16、17世纪的西班牙"流浪汉小说"就是受阿拉伯玛卡梅影响而形成的。若对二者的主人公、叙事模式、题材内容等进行比较，其中有诸多惊人的相似之处，因此二者间的渊源关系可以一目了然。在以后的西班牙、英国的早期小说中都不乏主人公在路上流浪的内容，都能发现玛卡梅的影子。这些"路上小说"表现了西方文学的一个永恒主题——"在路上"，它甚至影响了整个欧洲的小说史。

近代阿拉伯复兴时期(1798年至当代)初年的著名文学家、黎巴嫩的纳绥福·雅兹基谢赫(1800—1871)出生于名门望族，自幼聪慧好学，对音乐有兴趣，喜好写诗。成人后，他擅长语言学，精通逻辑，对医学、教义、音乐有广泛了解："他读了赛尔维斯契·德·萨西编的法文版的11世纪阿拉伯散文家哈里利的玛卡梅故事，并受其启发写了他的玛卡梅系列《马杰玛·巴赫拉因》(Majmaal-bahrayn)。"

他的玛卡梅共有六十多篇故事，他在书的前言中说该书"：尽量收进各种有益教诲、基础知识、轶闻、趣事、谚语、格言、故事……美好的表达、独特的语句以及偏僻的名词。"他摹仿哈里利玛卡梅故事的风格，注重骈韵，多用僻语，故事主人公活动在广阔的沙漠舞台上。这实际上削弱了玛卡梅故事的地方色彩和艺术性，但他在行文中所展现出的丰富知识还是给语言学家和史学家不少教益。复兴时期初年的另一位作家艾哈迈德·法里斯·舍德雅格（1804—1887）也深受阿拉伯古典文学传统的影响，写出名作《法里雅格的经历》。标题中的双关语和押韵及某些章节中的复杂语句充分体现了舍德雅格的兴趣所在，也显示出对前人优美散文的借用。他在其作品介绍中说道，他的目的是"展示语言的奇特性"。作品中的英雄哈里斯·本·希玛姆是对早期玛卡梅文学传统的摹仿。他将叙述者带上遥远的旅途，显示出作者对地中海区域和北欧尤其是英格兰的熟悉。

19世纪末20世纪初，埃及紧张的政治文化环境为记者穆罕默德·木未里希（1858—1930）的讽刺之笔提供了大量写作玛卡梅文学的素材。木未里希的玛卡梅故事后被命名为《伊萨·本·西萨姆圣训》，1898年至1902年连载在一份家庭报纸《米斯巴·沙克》上。这些故事由一个埃及青年伊萨·本·西萨姆讲述，这个名字恰恰是千余年前柏迪尔·兹曼·哈玛扎尼在他的玛卡梅里用过的。因此，有的文学评论家认为，这种对传统文学遗产有意的重现及其运用，是一种充分自觉的新古典主义现象。因为在每篇连续故事的开始部分都非常明显地使用了韵文这种体裁。但在木未里希的作品里，这种在中世纪阿拉伯文学中成为高度修辞化的遣词造句中，韵文体仅仅被用于玛卡梅开始部分，表现出一种明晰精炼的经典化的叙事风格，给人们留下极深印象。有一些文学评论家力图将《伊萨·本·西萨姆圣训》视为流浪汉小说的开端，但这种想法存在着诸多问题。因为哈玛扎尼的玛卡梅讲述者为木未里希的作品提供了标题，他显然无意写一部和以前流浪冒险的玛卡梅一样的娱人文学作品。但是，《伊萨·本·西萨姆圣训》确实起到了一种宝贵的中介与桥梁作用，因为对哈玛扎尼的叙事者的援引以及对玛卡梅韵文体裁得心应手的运用，自然而然使人联想到阿拔斯时期文学遗产的辉煌。《伊萨·本·西萨姆圣训》的叙事是一种过去的知识分子用以表达对时代现状的不满以及未来发展之间的叙事模式。明显受到玛卡梅文学影响并延续这种文学传统的作家还有：埃及诗人哈菲兹·伊卜拉欣（？—1932）的《赛蒂哈之夜》（1906）、伊拉克的苏莱麦·法蒂·毛斯里的《伊卡兹的故事》（1919）、突尼斯的阿里·杜阿吉（1909—1949）的《地中海客栈游记》（1935）、摩洛哥的穆罕默德·伊本·阿卜杜拉·穆奎特的《马拉克什游记或时代之镜》（1920前后）等。这些玛卡梅体式的文学有几个共同的特征，即都有一个叙述者，另有一个主人公，此外还有人物的游走性和叙述视点转移等，其基调是诙谐幽默。这些作品可视为阿拉伯玛卡梅文学和现代小说之间的桥梁。

  总之，阿拉伯中世纪阿拔斯时期，由当时音乐艺术玛卡梅中分离出来的韵文玛卡梅在叙事化、通俗化以后发展成为玛卡梅文学，而另一部分依然存留在音乐艺术中并更加综合化、器乐化成为"木卡姆"，这两种文化现象相互交融，影响甚广。

真实与荒诞的变奏曲[①]

——赫达亚特小说的美学意蕴

以荒诞不经而又寓意深刻的情节，曲折地表现作家对社会现实的态度，在文学史上不乏其例。他们通过种种独特各异的艺术表现手法，将自己的爱憎与困惑宣泄出来，以感动读者。伊朗现代文学一代宗师萨迪克·赫达雅特即是这样一位以嬉笑怒骂的手法和光怪陆离的情节，表现自己面对现实而产生复杂情感的著名作家。但是，人们对他的小说却评论迥异，毁之者认为他回避现实斗争，誉之者认为他婉而多讽，深藏不露，究其原因主要在于其小说深层充满了矛盾性和哲理性，而表现手法又是如此的艰涩隐晦。本文试图阐释赫达亚特小说深层结构中所蕴含的复杂性，破解他用阿波罗的竖琴演唱真实与荒诞变奏曲的美学意蕴。

一、真实中的荒诞

赫达雅特与其他诸多优秀现实主义作家一样，将广阔社会生活中那些鲜活的浪花撷取成素材写进自己的小说。他从半殖民地半封建的伊朗现实生活中，从人们由于受当时社会各种恶德陋习的污染而表现出千奇百怪的丑态中，汲取营养，创作出许多真实感人、具

[①] 本文原载《国外文学》，2000 年第 4 期。

有现实主义思想倾向的小说。但是他往往运用经不住仔细推敲并缺乏合理逻辑的故事来推动情节发展，来表现自己对现实的真实情感，使人感到有某种突兀的艺术效果。亚里士多德曾指出："悲剧所以能使人惊心动魄，主要靠'突转'与'发现'，此二者是情节的成分。"①赫达雅特正是巧妙地利用情节的"突转"与"发现"，使那些表面看来似乎不尽合理的情节，表现得真实可信，充满现实主义因素，流露出具有真实现实性的荒诞意趣。

小说《一个失掉丈夫的女人》真实地描绘了农村劳动妇女札琳柯拉赫悲惨的命运。她未嫁前受到母亲的虐待和姐姐的怨恨，出嫁后又常受丈夫毒打，直至母子二人被抛弃。作家为表现她的觉醒以及对幸福生活的追求，在小说结尾处却笔锋陡转，在经历艰辛寻夫而不被认可的情势下，这个长期逆来顺受的家庭妇女却突然弃子而去，摇身一变为追求个性解放的巾帼英雄。正是这种难以理喻的荒诞性，才真正显示出在作者心目中女性觉醒的勃发之力。小说《爱国志士》更是既具有真实深厚的现实基础，又充满突发奇想的荒诞意味。主人公赛伊德·纳斯罗拉是个自命不凡的所谓学者名流，他虽然精通东西方语言学和哲学，却迂腐透顶。在奉命远渡重洋出国印度途中，患上恐惧症，在梦中被自己套在咽喉上的救生圈卡死。作者真实地反映出伊朗现实社会中的一批所谓的"爱国志士"，假爱国，真怕死的本质，最后指出，他们的死和他们的生活本身一样毫无意义。

重要而又费解的小说《兀鹰》更是真实而又入木三分地刻画出资产者家庭中尔虞我诈、充满铜臭的人际关系。大商人麦歇迪·拉扎布偶然中风，在犹未气绝时即被抬走活埋。两个遭孀犹如啄尸的"兀鹰"，"到处嗅着猎物"，最终为争夺遗产而发生激烈的唇枪舌

---

① 《西方文论选》，上海译文出版社，1982年，上卷第254页。

战。小说结尾荒诞至极，死者居然起死回生，穿着肮脏的殓衣，脸色发青，蓬头垢面地回到家中。为了财产与金钱，两个妻子宁愿不相信这是事实，而仍将其视为"死鬼"。这种无奇不有的荒诞，切中实弊地表现了伊朗现代社会人与人之间因利害关系而人性丧尽的世风。

即使是在被评论界视为赫达雅特现实主义代表作的中篇小说《哈只老爷》中，也不乏这种荒诞性。小说深刻的真实性在于以1941年伊朗礼查国王被迫退位前后的社会现实为背景，再现了40年代伊朗地主资产阶级典型的哈只老爷的形象，以及聚集其周围的形形色色的剥削者、寄生虫和旧时代的残渣余孽。为了充分表现伊朗这些群丑的种种卑劣行径和令人啼笑皆非的生活，作者调动了包括"荒诞"在内的诸多西方现代派的艺术表现手法。在这部篇幅并不长的小说里，作者竟然用了整整六页文字，重彩浓墨地描写哈只手术时在麻醉剂的作用下，"陶醉在甜蜜的梦境之中"的幻景。他仿佛觉得四肢僵直地躺在殓衣里，继后被"两个背上长着鸽子翅膀的庄严而又高傲的天使"唤起，带往天国。哈只老爷大吃一惊，连忙历数自己所做的种种"善事"，但是天使对他的表现与辩解不屑一顾。他只好祈求在进天国之前，再"瞧一眼自己的家"。结果他发现有人咒骂他是"无耻的下流坯"，仆人认为他是"妖魔"，打牌的儿子输掉巨额支票，成群妻妾在卖弄风骚，并讥笑哈只老爷生前的作为。尽管他很生气，但是人们既看不到他的身影，也听不到他的咆哮。当天使再次把他抓起放到一个宫殿前时，他什么欲望也没有了。他无可奈何地成为宫殿的守门人。而其主人正是被他折磨而死的前妻，他被发现了。在前妻的咒骂声中，他因激动而睁开双眼，原来自己依然躺在病房里，才知是南柯一梦。

作者的用意既明显又深邃，哈只被解剖的不仅是"一丝不挂"的躯壳，而且是那些不可告知活人的病态心理。作者用荒诞而又真实、梦幻而又现实的构思淋漓尽致地表现了哈只这个龌龊卑鄙人物丑恶的内心世界，表里和谐、内外统一地揭示出人物的精神状态，使人物性格得到非常圆满完整的刻画。小说最后一句话寓意深刻，哈只不无醒悟地说："我在阳世是咱家的看门人，而到阴间竟是哈里玛哈通宫殿的守门人啦。"他将自己定位于社会边缘的守门人，可有可无，实际是对现实社会的深刻讽刺。他周围的群丑：地主奸商、贪官污吏、文人政客等等，全是伊朗上层社会舞台的基本演员，他们的拙劣表演既令人发指，又令人哭笑不得。

作者在这一类小说中，善于用真实的叙述将人引入一个现实的伊朗社会，其真实性与可信度，使人对现存社会的合理性有了更为清醒的认识，并产生怀疑。在这种直接的叙述中，时常会有一些荒诞的情节、人物、故事和情境出现，穿插得如此巧妙，如此贴切，令人赞叹不已，从而从新的角度对人物进行了开掘，从新的层面揭示了社会的腐朽本质。赫达雅特这种"假作真时真亦假"的创作意图在他的小说中得以完好地体现。

二、荒诞中的真实

赫达雅特在赴欧留学期间，就曾受到法国盛行的后象征主义和超现实主义等现代派文艺思潮的影响。30年代初回国后，他与青年学界同人成立"拉贝"文学小组，大胆探索将西方现代派的创作方法和理论引进伊朗文坛并付诸实践的问题。与此同时，他旗帜鲜明地与守旧的传统学派展开论战。这期间他运用荒诞、象征的艺术手法写出了具有现代主义倾向的小说《活埋》、《三滴血》、《黑屋》、《死胡同》等。《活埋》运用第一人称的叙述方法，通过主人公"我"抒发心中的郁积，并倾诉了他的痛苦和烦恼，以表达自己凄凉的心境。《黑屋》中的怪人孑然一身，远离社会，将自己禁锢在黑暗之中，像蝙蝠逃避光明一样，躲避现实世界。《死胡同》中的小职员，孤独寂寞，愁肠百转，生活犹如一潭死水，毫无生气，他的生活就像走进死胡同一般没有出路。作者用哀伤的笔调，着意渲染了那些地位卑贱的小人物，尤其是妇女的悲惨命运。他们虽然不同于他那些有很强现实性的小说，"字里行间渗透着斑斑血迹"，但深层也不乏针砭时弊、鞭策社会不公的底蕴和内涵，给人一种忧郁、压抑之感。作者曲折隐晦地反映出现实生活中的阴暗面，充分表达了作者苦楚难言的思绪，发泄了那些长期郁积在心底的愤懑之情。

著名中篇小说《瞎猫头鹰》（又译《盲鸟》，1936）是赫达雅特创作倾向发生重大转折的作品。在这部小说里作者将笔锋"向内转"，由注重描写外部世界转向描写内心世界的深邃。作者运用意识流等怪诞的艺术表现手法，描写了一个忧郁者的内心世界。在表现作者"人类存在本身就是荒唐的"悲观主义思想的同时，也对人生苦旅做了哲理性的探索。小说以第一人称和时空倒错的叙述方法，随意识流动摹写两个表面似乎各自独立，实际深层相互关联的故事，使小说形成一个完整而且具有特色的艺术整体。

其一讲述偏居城郊荒僻一隅的主人公"我"在饮酒、吸食鸦片之余，整日百无聊赖地在笔筒上画一幅相同的画面：小溪一岸的柏树下有一身披袈裟的驼背老人，对岸一位黑裙妙龄少女正在恭敬地向他奉上睡莲花。某日黄昏，"我"意外发现屋外出现了画中情境。"我"正看得出神，驼背老人的狂笑使我毛骨悚然，景象也随之消失。从此，"我"像被勾魂摄魄，冥思苦想再见到美女。然而当美女在雨夜来临时，瞬间又变成僵尸。"我"只得将美女肢解并葬于荒野。从此，"我"的生活失去意义，终日浑浑噩噩，犹如行尸走肉。这则荒诞的故事明显而又真实地表明作者对"真理"和"艺术美"苦苦探求的心路历程。作者推崇海亚姆哲理诗中那种以美女和醇酒为形象思维对象的古典美学传统，并从中获取一种艺术享受和美学情趣。在这则故事里他试图说明，代表"真理"和"艺术美"的意象——美景、美女，在伊朗现实社会犹如海市蜃楼，可望而不可即。苦于无奈的作者最只好亲手将自己呕心沥血编织出的"理想的幻景"埋葬。从此生活便失去了追求美的真正意义，以此表现作者执著追求艺术美和真理的精神和思想。

其二虽内容庞杂，愈显怪诞，但其故事内核却较清晰。作者用反复出现的梦魇和呓语将"我"和妻子间的感情恩怨表现出来。"我"将本是表妹的妻称为"贱女人"，由初始的同床异梦到分居。"我"对早已不贞的"贱女人"越发风流放荡又气又恨，并因此抱病卧床常做噩梦，神志不清。眼见"贱女人"肚子疯长，便忍无可忍在夜里捅死了她。但镜中之"我"也"头发胡子全白了"，像是侥幸从眼镜蛇窝里逃生出来的人。故事用幻景与幻象真实地表露出作者对现实的一种失望，一种与丑恶现实决裂的心态。镜中的"我"变成老人无异于证明自己与丑恶现实斗争即使投入全部青春与热情也在所不惜的决心。而杀死"贱女人"正是作者向社会上一切肮脏龌龊的现象进行殊死搏斗的行动宣言。以此表示作者不会与任何恶浊的事物同流合污。

就小说整体的艺术构思而言，显而易见，"天使般的美女"是现实中"真善美"的化身，而"贱女人"则是与其对立的"假恶丑"事物。通过这两个对立统一的艺术形象，作者全面隐晦地表达了自己强烈的爱憎情感。在作者的形象思维里，对立的两个女性形象一个被"肢解"，一个被"捅死"。前者意味着作者对"真理"和"艺术美"的重新理解与理想之再生；后者则是对现实的一种深恶痛绝的厌倦，一种在罪恶渊薮里死里逃生的生死搏斗。

赫达雅特巧妙地利用荒诞的描写，掩盖了自己内心的真实意向，但真情实感也不无流露。《瞎猫头鹰》开篇就交代："生活中有些创伤就像麻风杆菌似的，不声不响地吞噬着人们的心灵。这种创伤不便讲给别人听，因为一般人总是将这种难以言状的伤痛视为罕见的怪事；倘若照直说出或写出来，人们就会按照常规和自己固有的看法对之深表怀疑，乃至加以嘲讽。"因此，即使是作者用西方现代派表现手法创作的最有代表性的小说中，仍可发掘出作者那些煞费苦心、顽强表达的隐晦观点和情感信息。"作者通过它们告诉读者，美好的理想的幸福、自由、光明是追求不到的，而丑恶与卑俗的事物却又无法摆脱。"直面充满罪恶的现实世界，作者对真理、对艺术美的追求都是徒劳无益的，因此，小说表现出浓重的悲观主义色彩。

三、扭曲的灵魂

从上述分析中，不难发现赫达雅特小说创作手法上的多样性和思想深层的矛盾性。现实主义成分和现代派手法在创作过程中杂糅一体，与"追求"之不可得、"摈弃"之不可脱的矛盾里，以一种艺术合力与张力扭曲了作者灵魂，也是作者对人生和艺术苦苦思索、顽强努力的再现。

20年代后期，他赴欧洲学习期间得以和当时知识界名流接触。不久，他弃工习文，深为19世纪美国小说家爱伦·波、法国作家莫泊桑、奥地利作家卡夫卡以及俄国小说巨匠契诃夫、陀思妥耶夫斯基等人的艺术魅力所吸引。因此，一方面他对契诃夫的现实主义艺术创作给予了极高的评价，并首先将其作品译为波斯文，另一方面又为卡夫卡波斯文版的小说集写过题为《寄语卡夫卡》的译序，并在自己的创作中进行积极的借鉴与探索。这些五色斑斓的文艺思潮、文学表现手法，在赫达雅特笔下被熔为一炉，成为表现自己思想时随手拈来的素材。因此，他的小说创作常常处于一种动态之中，游离于现实与虚幻的两极之中。一端是真实的残酷，一端是荒诞的奇想，但其作品的底蕴和精髓却是他仔细剖析伊朗现实社会所表现出的那种真实。

30年代，回国的赫达雅特因和家庭不和而断绝了关系，这在他心灵深处留下了诸多的隐秘和深深的创伤。这种境遇增加了他性格中孤独、感伤，甚至悲观的情绪。他深深体会到"自从我与其他人断绝来往之后，就越发迫切地希望认识自己"的那种内驱力。当这种内心冲动一旦化为不可遏止的创作欲望以后，就为他的写作提供了取之不尽的原动力。在他不得不依靠自己菲薄的薪金维持独立生活时，曾经常深入劳苦大众聚居的街区，到国内许多地方察访熟习人民的生活风俗，促使他对伊朗社会有了极为广泛而深刻的了解。面对残酷的黑暗现实，他既不愿与之为伍，又感到势单力薄，曾不无感慨地说："我深感这个世界并非属于我，它属于那些恬不知耻、卖弄学问、巧取豪夺、骄奢淫逸之徒。他们就像在肉铺前打转的饿狗，对世间和天上的统治者极尽摇尾乞怜、阿谀奉承之能事。"他看清周围丑恶现实的本质，又深陷其间难以自拔，这无异于一种哀莫大于心不死的精神折磨。因此，他"只想在离开人世之前，把自己遭受的犹如患麻风病似的痛苦写在纸上。"而麻风病这种在当地常见的慢性传染病，给病人带来的最大痛苦即皮肤麻木，感觉丧失，四肢变形，患者苦不堪言。而作者将自己在现实社会的重压下所遭受的痛苦，多次比作麻风病，其内心的苦楚可见一斑。

长期处于生与死的困惑、爱与恨的彷徨之中的赫达雅特时常觉得"自己既不是活人，又算不上死人"。因为他既"跟活着的人没有关系，可也享受不到死亡的安宁"。在小说《瞎猫头鹰》中，他就曾借主人之口倾诉自己深埋心底的愿望："我巴不得早一天离开这个世界！"内外交困的处境使这个颇有才华的青年过早地产生了这种痛不欲生的心理。30年代礼查国王统治的伊朗（1925—1941），对外推行亲德反苏政策，对内实行专制独裁统治；进步作家受到迫害，言论自由受到限制，一派令人窒息的可怕气氛。因此，酷爱自由、性格叛逆、忧国忧民的作者曾寄居印度，1936年归来后未出版过任何文艺作品，以示对当时黑暗社会现实的无声抗议。

1942年，礼查王朝的反动统治结束，反法西斯战争也取得胜利，伊朗政治生活发生很大变化，他的艺术才能才有得以充分发挥的可能；但他对于帝国主义势力日益深入地侵入伊朗内政、经济、文化诸领域深感不满，有切肤之痛。他那被痛苦折磨、扭曲的灵魂始终洞察着充满罪恶与欺骗的黑暗现实。1950年，保卫和平大会邀请他出席会议，但政府当局不予批准，他致电大会主席约里奥·居里时愤怒地说："帝国主义分子把我国变成一座大牢狱，在这里发表自己的意见和进行正常思维都被认为是犯罪。"作为一个正直、敏感的作家，他不仅始终怀疑和否定不合理的社会制度，而且愈来愈怀疑自己为之奋斗的生活目标和自身价值。他无奈地认为："唯有死亡才能把我们从生活的骗局中解救出来，正是死亡在生活的深处向我们发出召唤！"由于内心的矛盾，他过早地失去了对外部世界进行积极思考和深入分析的正确判断力，从感到孤独到觉得人生徒劳，从对现实世界的迷惘到听凭死亡的诱惑。1950年10月5日，他离开祖国去巴黎，但同样未能发现寻觅一生的"真理"和"艺术美"的"真谛"，仍没有找到思想出路，在极度绝望的心理压力之下，他万念俱灰，毁掉了自己身边的许多手稿，于1951年4月9日在公寓里打开煤气开关结束了自己的一生。

值得欣慰的是，他始终直面死亡的召唤，勇敢地向它挑战。早在比利时求学时，他就写过一篇名曰《死亡》的散文，文中不仅流露出厌世思想，而且歌颂死亡是苦难人生的归宿。他曾直言不讳地承认："对于像我这样历经磨难和饱受死亡一般可怕生活煎熬的人说来，什么世界末日的审判，灵魂的惩罚和奖赏等等，统统不过是无稽之谈！"他长期受到戕害的灵魂早已被外力扭曲得不成样子，但是在他的小说中，既有对社会现实真实性的哲理思考，又利用荒诞的艺术手法暗抒他的胸臆隐情，充分展示了他那受伤的灵魂在人生苦旅中所体验的种种危险。赫达雅特在自己的小说中能两鸣一击、两歌一声，使其美学意蕴悠长深远，难能可贵。最后，他终于在自己的人生道路和创作道路上，为自己被扭曲的灵魂找到一个永远解脱的归宿。

旅美派作家流散写作的美学特征[①]

旅美派(即叙美派)作家在阿拉伯近现代文学史上颇有影响,是阿拉伯地区"海外文学"或"侨民文学"的重要组成部分。这些作家自19世纪末不堪忍受奥斯曼帝国的专制统治,纷纷到美洲寻求自由,谋求发展。几乎所有这些移民作家都称自己是"叙利亚人",实际上大多来自黎巴嫩,但因其历史上属于叙利亚地区,所以"旅美派"作家史称"叙美派"。这些移民作家主要分布在北美的美国,其中心是纽约;南美的巴西、阿根廷,其中心是圣保罗、布宜诺斯艾利斯。因北美的移民作家影响远远大于南美的移民作家,所以本文主要以北美移民作家为代表来进行分析阐释流散写作的美学韵味。

一、异质文化融摄中的流散美

流散写作或称流散现象早已有之,应该说自有文化文学交流之日起就有这种现象。中国唐朝时期汉文化圈内的日本、朝鲜、越南就有大批作家移民到中国,自西域而来的波斯、阿拉伯诸国的移民中也有不少作家。中国历代都有不少华人移民国外,其中也不乏作家或后来发展成的作家,他们的写作都可归入流散写作的范畴。当前随着经济一体化而进入全球化的时代,移民潮的日益加剧,导致

---

① 本文原载《东方丛刊》2006年第2期。收入本书时篇名略有改动。

了其中不少作家都加入到流散写作中来。19世纪末20世纪初，阿拉伯移民美洲的这些作家实际是这股世界潮流中的先驱，或称在阿拉伯地区乃至世界文坛都产生了巨大影响的移民作家群。流散写作作为一种文学现象，必然有它的美学特质，尤其是阿拉伯地区，具体指黎巴嫩、叙利亚地区的流散写作，更具有它独特的美学内涵。

首先，19世纪末，土耳其奥斯曼帝国在这一地区的统治日益不得人心，政治腐败，经济日益衰退，阿拉伯民族主义日益深入人心。黎巴嫩、叙利亚等国大批受过西方教育和西方文化影响的基督徒，不堪忍受政治压迫、宗教歧视和经济贫困，抱着各种美好的梦想移民美洲，其中不乏诗人和文学家，他们利用阿拉伯文和英文进行创作，所以他们的写作介于伊斯兰教与基督教，阿拉伯世界和英语世界等多重宗教文化和民族文化的杂糅之间，形成既可与本土文化和文学进行对话，同时，又可以两栖身份跻身于世界文化之中的"多面"。这种"另类"特征，使他们的作品具有了某种其他作家难以匹敌的异质美。旅美派旗手黎巴嫩作家纪伯伦，在艺术上追求爱与美的主旨。他认为："美是上帝，是真理。美是爱情的向导，精神的醇酒，心灵的佳肴。"[①]前半句是对西方文化的回应，后半句沿用阿拉伯文化的传统，所以正是这种异质的美学追求，使其作品成为"东方赠给西方的最好礼物"。

其次，旅美派作家不仅精于传统的诗歌和散文创作，而且从事小说、文论等不同体裁的写作。他们自觉不自觉地借助各种文学手段，以文学为体裁，表达自己流散无根的情感和经历，这些作品从内容题材上分析，都具有异质文学的两重性。它们既洋溢着阿拉伯文学的博大恢弘气势和深厚底蕴，又表现出在汲取了西方文学的营养后的那种奋斗精神；既继承了阿拉伯民族勇于开拓积极进取的勃

---

① 《河北北方师院学报》，2005年第1期，第19页。

发精神，又发扬为阿拉伯移民在新大陆的努力探索与追求；既充满了流散他乡者对祖国的眷念与乡愁，又在字里行间流露出浓郁的异国情调。旅美派中与纪伯伦难分伯仲的作家努埃曼在文学评论集代表作《筛》中提出这样的美学观点："文学负有人类的精神使命，应能帮助人认识他自己，认识使他得以前进的力量，文学作品是作者心灵和读者心灵之间的使者，而批评家的力量在于，有能力阐明作品中蕴含的一切积极因素，使作者和读者心灵间产生更好的沟通。"①这种"人类的精神使命"就是异质文学得以发扬光大，并表现出流散美的主旨。

再次，跨越异质文化这面墙，努力去表现融合了东西文化的文学之美，也是流散写作的又一美学追求。旅美派作家以自己的创作实践向世人表明文学无国界的美学特质。他们的思想从养成到发出辉人眼目之光，他们创作从写故国本土到写异国他乡，无不向世人表明，他们毫无隐私可藏，可以同时向着东方和西方两个方向敞开心扉。他们既竭尽全力地吸收东方文化、文学的乳汁，又积极努力地向西方学习其文化、文学中的精髓。既为东方读者介绍西方，又让西方读者了解东方，成为横亘在东西方之间的文化桥梁。旅美派中和纪伯伦、努埃曼并称三巨头的雷哈尼就曾热情洋溢地向西方介绍东方，赞美东方："我是东方，我是上帝第一座圣殿、人类第一个宝座的第一块基石。因此你看到我被压弯了的腰。但是我品格正直，意志坚强！"②

东西方互补互利、相得益彰始终是旅美派作家的理想，在东西方异质文化文学的相互融摄中实现自己的美学追求，更是他们流散写作的奋斗目标。他们认为东方的精神完美与西方的科学分析相结

---

① 《东方现代文学史》（下册），海峡文艺出版社，1994年，第1292页。
② 《东方现代文学史》（下册），海峡文艺出版社，1994年，第1299页。

合，能将人类提升到理想的完美水平。他们希望阿拉伯先知的睿智和西方学者的研究成果能成为同一棵树上的果实。正如雷哈尼所说："我为东方和西方歌唱，这两大源流使人类复苏、强壮，肉体和灵魂得到净化。我为两者自豪，我为两者歌唱，为两者我可献出生命，为两者我工作、痛苦、直至死亡。"①毫不夸张地说他这一席话道出了旅美派作家普遍的心声。

二、身份变迁、认同中的品格美

旅美派作家的移民经历，异质文化语境中的生存体验成为他们流散写作的主要内容和重要主题。初离祖国，他们有快乐，也有痛楚，初到美国，他们有兴奋，也有烦恼。无论是对故国故土的遗忘和回忆，还是对新国新土的认同与归化，都表现出作家流散写作在变迁中的一种美学抉择，都表现出一种不断认同自己写作身份的品格美。旅美派作家无论出于什么原因移居国外，在历经了异质文化的洗礼之后必然面临着自身存在与认同的危机与拷问，即我是谁，我从哪里来，要到哪里去的困惑与选择。

首先，这些作家多多少少都要面临创作上的更新，不仅是题材意趣的变化，还有创作语言的选择。他们不少经历了创作上的两个阶段，即移民前和移民后用两种语言创作的阶段，前一段大多用母语即阿拉伯语进行创作，后一段用英语进行创作。一般中间有用两种语言进行创作的交叉期。这种创作语言的变化，必然导致创作题材内容的变化。无论是前一段的创作对包括祖国在内的阿拉伯人民生存状态的忧虑，还是后一段创作对理想世界的憧憬与向往，都是

---

① [黎巴嫩]汉纳·法胡里：《阿拉伯文学史》，人民文学出版社，1990年，第692页。

作者由于生存环境的变迁，对现实的直接或间接的反映，都是作者对自我存在的身份认同的一种努力。区别在于前一段作品主要借助已有的生活体验，是一种回忆式、反映式的创作，而后一段则是有时空隔离带的反思，是一种哲理性、感情性的创作。这两种创作都表现了旅美派作家谋求现实生存的一种诗性美。这种美学倾向在旅美作家派代表作家纪伯伦、努埃曼和雷哈尼等人的作品中都不难发现。他们从母语创作转变为用移居地语言创作，表明他们创作目光在艺术空间里的拓展与创新。

其次，移民作家的生存状态表现为三种形式，一是有的作家始终无法与移民地的异质文化合流，二是有的作家能融入移民地的异质文化中，但却无法摆脱故园的文化之根，三是有的作家不仅走进移民地的异质社会文化之中，而且从故土中拔出了文化之根。旅美派作家大多属于第二类，即在异质文化的环境里取得了身份认同，但因文化心理结构的不同，以及阿拉伯文化作为强势文化所具有的巨大穿透力，他们根本无法忘记祖国和人民，无法遗忘深深浸透着阿拉伯文化雨露的一方热土。因此，他们的创作或多或少地呈现或隐含地保存着阿拉伯人的痕迹。在纪伯伦晚年用英语创作的《流浪者》和《先知园》里，前者从内容到形式都能发现《圣经·新约》的影响，但宗教气味全无。诗人假托的流浪者已不再是耶稣或先知式的神之子，而是偶然来做客的平凡而又普通的阿拉伯人。后者显然是《先知》的续篇，虽然触及问题没有《先知》多，但视野开阔、思想深刻、想象奇异、文笔挥洒。其中既有西方现代派的影响，又不乏东方文化的艺术魅力。旅美派诗坛骄子艾布·马迪一方面继承了阿拔斯时期诗人至近代巴鲁迪、邵基、哈菲兹等诗人的诗歌传统，到美国后，他的诗又汲取了新的时代精神，形成自己富有东方底蕴的现代诗风。

再次，由于"身份"与"认同"这两个疑难问题的纠缠，几乎每位移民作家都面临着在异质文化的语境中如何寻求生存与打破心理障碍两个难题。由于身份的变迁,"认同"与"回归"的话题,常常因为隐藏在创作心理的深层结构中,而难以察觉。旅美派作家雷哈尼用英语创作的长篇小说《哈利德》就通过青年主人公"在市场"、"在神庙"、"在一切地方"三个场景的描述,表现出国返回故乡的青年知识分子宣传自己启蒙主义主张的努力。主人公身上有作者身影的折射,这种"去国怀乡"、"返回故国"、"愤世嫉俗"的三部曲式描写,表现了处于时代变革浪潮中的心灵上的动荡与震撼,以及对生活理想的执著追求。主人公回到祖国,渴望实现情感与心理上对故土和往昔的回归。但是由于域外的生活经历,在故土那些所有已被中断的故事,再也无法续接,作者心中的"回归"只能通过主人公张扬个性、个人奋斗来实现。这种由记忆引发的回归,是许多旅美派作家流散写作中的共同心态,充分反映了"身在曹营心在汉"的漂泊者的生存状态。正如纪伯伦在寓言《流浪者》(又译《彷徨者》)中所描述:"在十字路口遇见他,一个光穿一件外套,拄一根拐杖的人,脸上蒙着一层痛苦之纱。"这个除却痛苦几乎一无所有的人给作者讲了许多故事。作者记录下来的"都脱胎于他的生涯之辛酸",当流浪者离开后,作者感到"倒像是我的家庭中有个人还在外边儿花园里"。①因为作者和流浪者的心态是一致的,因此,他不会将其视为路人,而只会是家人。

正是他们经历了惨痛的历史化变迁,多厄的命运历练了他们的精神,因此"认同"与"回归"的困惑反复萦绕在他们的艺术思维之中。移民身份使这些作家永远无法摆脱记忆中的这些痛苦。这也是许多旅美派作家不是客死他乡,就要叶落归根的原因。

最后,旅美派作家的移民经历使他们自觉不自觉地从生活到工

---

① 纪伯伦:《流浪者》,百花文艺出版社,1986年,第105页。

作都构成了一个永恒的三部曲,即"告离故园"、"异国他乡"、"回忆往昔"。他们想通过对"遗忘"的这三种写作状态,努力找回自我,从而表现出特定政治、经济、文化环境中的主人公在现实命运面前所能承受的程度。但是,"遗忘"是有生存限度的,它的道德底线表现在如果主人公(或作者)不能回归故里,那么他们只能在怀旧中生活,去承受那种永远无法排遣的痛苦。如果他们有机会回到故土,一定会以极大的热情表现自己对祖国的"回归热"。1949年,出国40载之后回到黎巴嫩的著名诗人艾布·马迪写了一首《星之国》。在诗中,他回忆了自己的童年,并对"遗忘"进行了挑战。诗中述说:"多少次我的灵魂紧拥你的山岗/在坡岭上击掌赞叹?……人们说我已将你遗忘……但愿他们/加罪于我的是一桩可能发生的事件,"并坚决表示"尽管他忘却了一切也永不会忘记故乡家园"。①这首表达作者对祖国眷念之情的诗曾在阿拉伯各国广为传诵。它使人们清楚地看到旅美派作家为了避免在艺术心灵上对祖国的"遗忘",渴望记忆、努力回归,渴望找回"失去的自我"的那些努力。

许多作家都有移民的经历,在这一复杂多变的过程中,旅美派作家和所有人一样自觉不自觉地选择了"身份"的移位,由本土作家变为移民作家,其中重要的是在这一变迁中,自我"认同"是对这种跨文化身份的唯一选择。他们在异质文化语境中的现实生存状态和艺术创作主旨都要经历上述事实所带来的诸多精神考验。他们虽然生活在新大陆,但移民现实为他们提供的写作契机却是矛盾困惑的。正如努埃曼在描写域外生活的一篇小说《阿勒芬斯先生》的结束时,主人公说的一句话:"这就是我的灾难;我喜欢音乐;我感觉到的别人却感觉不到;我看到的别人却看不到。——因此谁也不

---

① 《阿拉伯现代诗选》,郭黎译,湖南文艺出版社,2000年,第108—112页。

肯相信我。"①旅美作家在身份认同的挑战面前，作为移民他们可侨居他乡，可以不认同奥斯曼帝国对自己国家的统治，但是作为一个黎巴嫩人或叙利亚人，他们却无法忽视国家这一实体正在遭受侵略与人民正在遭受蹂躏的现实，他们几乎都做出了人生的正确抉择。

三、民族性与世界性中的整合美

旅美派作家的移民身份，并不能使他们忘记自己独特的民族文学。而世界文学是不同民族文学长期相互交流、融合的产物，是世界各国人民共同的精神财富。每个民族的作家都对世界文学的形成和发展做出难以统一划一的贡献。任何一个民族在其发展过程中，既要坚持本民族的文学传统，又要与其他民族进行文学交流，汲取有益的营养，以充实提高自己，使本民族的文学生机勃勃、充满活力。文学交流是一个由点到面，由局部到整体，由低级到高级，由简单到复杂，从不自觉到自觉的过程，其交流的方式和途径是多种多样的，民族的整体迁徙和部分移民往往也会对文学交流产生某些促进作用，使民族文学走向世界。

首先，旅美派著名理论家努埃曼在自己的文艺理论专著《筛》中谈到翻译问题时，认为"加强东、西方文学的联系十分必要，西方文学对阿拉伯文学的发展是有益的，阿拉伯人民需要从西方文学中摄取、'拿来'，应积极翻译介绍西方优秀文学成果，而不应难为情"。②这种强调东西方文学要紧密联系，阿拉伯文学要走向世界的主张，几乎是旅美派所有作家的共同心声。旅美派著名作家纪伯伦少年时刻苦学习阿拉伯古典诗文与哲学，并学会了法语。青年时曾

---

① 努埃曼：《努埃曼短篇小说选》，外国文学出版社，1981年，第123页。
② 《东方现代文学史》（下册），海峡文艺出版社，1994年，第1292页。

就读于巴黎朱利昂学院,专攻绘画和雕塑,并曾得到罗丹的赞赏。他的广泛兴趣,使他大量涉猎了西方的哲学和文学典籍。"西方的文化就这样的在纪伯伦的心智上同东方的阿拉伯文化交融在一起了。"①

其次,为了宣扬自己的文学主张,旅美派作家成立了文学团体——笔会,随之在整个阿拉伯地区产生了深远影响。笔会的宗旨是:"为使阿拉伯文学摆脱僵化和停滞,成为民族生活中的积极有效力量,必须为阿拉伯文学注入新的精神。侨民文学家应该联合起来,一致行动。"②笔会的作家和诗人为了实现上述的宗旨,逐渐成为东西方精神与东西方文学交流的中介与桥梁。他们珍视东方文化的潜在价值,也非常重视西方文化的已有成果,逐渐使民族文学走向世界。他们热爱祖国,也热爱阿拉伯民族,但从不否认移民地的人道主义原则、政治自由、民族平等、宗教宽容以及人类与大自然的和谐。旅美派作家在创作中自然地反映这些内容,客观地评价这些事实,既是阿拉伯民族文学发展的必然,也是他们努力寻找与世界文学对接的一种美学追求。

再次,旅美派的诗人与作家,在不同生活环境的陶冶下,铸就了他们刻苦研读古今内外名家名作的良好学风,因此,他们谙熟阿拉伯——伊斯兰文明与欧美——基督教文明。传统的民族文化、文学与西方文化、文学自然而然地产生了碰撞与交流。正如亚历山大东征时曾占领埃及并建立了著名的亚历山大里亚城,那里有许多希腊移民,还有许多亡国后迁到那里的犹太移民,最终使之"成为希腊哲学和东方宗教……的最早的重要会合点。"③旅美派作家也认识到要将阿拉伯世界的民族文学、文化融合到世界文学、文化中去才

---

① 纪伯伦:《流浪者》,百花文艺出版社,1986年,第178—179页。
② 《东方现代文学史》(下册),海峡文艺出版社,1994年,第1301页。
③ 丹皮尔:《科学史》(上册),商务印书馆,1995年,第106页。

能发展，由此，才能创造出独树一帜而又别具一格的阿拉伯现代文学之美。

第四，旅美派作家在创作思想上是民族主义与世界主义兼而有之。他们在自己的作品里既表现出明显的爱国主义精神，也反映出鲜明的人道主义精神。他们身在海外，却与祖国共命运，与民族同呼吸。背井离乡、现实严酷，使他们对故国和亲人充满了思念，对祖国的光荣历史、秀丽的山川又表现出一往情深。他们远在天边，却时刻关心着阿拉伯民族的种种苦难。他们又以世界的眼光认识阿拉伯现实，大胆揭露阿拉伯社会的各种腐败现象，企图唤醒人民团结战斗、自强自立。他们受启蒙主义影响，主张平等、博爱，贬斥假恶丑，大胆歌颂真善美，追求现实的完美。无论是纪伯伦的散文诗，还是艾布·马迪的抒情诗，也不论是努埃曼的小说，都洋溢着理想之光，都不乏这种博爱思想和精神。

最后，旅美派作家的艺术风格追求现实主义与浪漫主义并重，象征主义、古典主义、超现实主义，乃至神秘主义等多种艺术倾向并存的创作风格，充分表现出旅美派这种混血文学的东西交融的美学特征。旅美派的诗人尤其重视对古代阿拉伯安达卢西亚"彩锦体诗"的继承，因为这种诗体原是古代阿拉伯诗歌与西班牙当地民歌融合的产物，已有东西融会的美学特质。现在他们把这种音韵富于变化、又颇具生活气息的诗体进行创新，以便表达他们富于人文精神的新思想。旅美派作家虽然继承了古代阿拉伯大诗人穆太奈比和麦阿里等人的艺术传统，注重在作品中表达深邃的哲理和丰富的想象，但也反对近世阿拉伯文学那种过分追求文学技巧的浮华文风，主张文学要有善于发现问题、追究责任、拷问灵魂的使命感。在他们手中文学逐渐摆脱掉"无用之学"的躯壳，走上与现实生活紧密联系的美学之路，从而使阿拉伯的民族文学经过整合而进入世界文学之林。

阿拉伯民族文学是世界文学赖以生存、发展的土壤，是以认识世界文学为前提的，凡是各民族所接受的世界文学成果往往首先出自某个民族的创造。旅美派作家在创作中所表现出的这种民族性与世界性的整合美，是移民作家得以取得骄人成绩的根本原因。也是流散写作在全球化时代浪潮中能够愈来愈被后殖民文化所研究重视的美学基础。

后 记

  2013年底，接向远兄信息，说打算编一套比较文学与世界文学研究方面的系列丛书，邀我加盟，我欣然应允。向远兄历来以学术观点新锐、研究思路开阔，既有宏大视野，又有个案研究的深厚功底而著称于学界。我们相识相知二十多年，他雷厉风行的作风和严谨认真的学风，为我们东方文学与比较文学同人所敬服。这次由他担纲策划此事，我想一定能成功。果不其然，不久就接到他的信息，已与中央编译出版社联系好出版事宜，并将我那本书的书名也拟定好：《瀛涯文谭——孟昭毅教授讲东方周边各国文学》。这对我而言真可谓是"量身定做"，只需将过去发表的论文以讲稿的形式编排好即可。只是他提出最好多收一些近年来新的研究成果，尽量避免炒冷饭的现象。我将书稿的目录发给他过目，他认为不错，在得到应允答复后我便开始编辑整理。寒假中我因按原计划去了中东海湾地区的以色列、巴勒斯坦、约旦等进行文化考察，开学后时间就显得有些紧张，经过进站博士甄蕾讲师和硕士生丛佳、张洋的帮助整理，终于能按时完成任务了。这也算是对我近一段时间的学术研究进行的总结吧。

  在此，我要再次感谢王向远教授和中央编译出版社的领导给予拙作面世的机会，也请读者、学者批评指正。

孟昭毅

2014年初春

图书在版编目(CIP)数据

瀛涯文谭 / 孟昭毅著. —北京：中央编译出版社，2014.7

(比较文学与世界文学名家讲堂 / 王向远主编)

ISBN 978-7-5117-2237-9

Ⅰ.①瀛… Ⅱ.①孟… Ⅲ.①比较文学-文学研究-东方国家 Ⅳ.①I106

中国版本图书馆 CIP 数据核字(2014)第 159116 号

瀛涯文谭

| 出 版 人：刘明清
| 责任编辑：邓　彤
| 责任印制：尹　珺
| 出版发行：中央编译出版社
| 地　　址：北京西城区车公庄大街乙 5 号鸿儒大厦 B 座(100044)
| 电　　话：(010) 52612345(总编室)　(010) 52612352(编辑室)
| 　　　　　(010) 52612316(发行部)　(010) 52612315(网络销售)
| 　　　　　(010) 52612346(馆配部)　(010) 66509618(读者服务部)
| 传　　真：(010) 66515838
| 经　　销：全国新华书店
| 印　　刷：北京时捷印刷有限公司
| 开　　本：787 毫米×1092 毫米　1/16
| 字　　数：310 千字
| 印　　张：24
| 版　　次：2014 年 7 月第 1 版第 1 次印刷
| 定　　价：68.00 元

| 网　　址：www.cctphome.com　　邮　箱：cctp@cctphome.com
| 新浪微博：@中央编译出版社　　　微　信：中央编译出版社(ID:cctphome)

本社常年法律顾问：北京市吴栾赵阎律师事务所律师　闫军　梁勤
凡有印装质量问题，本社负责调换。电话：010-66509618